BESTSELLER

Liane Moriarty (Sídney, 1966) es una escritora de gran éxito internacional, traducida a treinta y cinco idiomas, autora de seis novelas, cuatro de las cuales han sido publicadas en español: *Tres hermanas, un cumpleaños y un problema*; *Lo que Alice olvidó*; *El secreto de mi marido*, y *Pequeñas mentiras*. Bajo el seudónimo de L. M. Moriarty, ha publicado también la serie para niños Space Brigade. *El secreto de mi marido* lleva ya vendidos más de dos millones de ejemplares en todo el mundo. Liane vive en Sídney con su marido y sus dos hijos.

www.lianemoriarty.com

Biblioteca
LIANE MORIARTY

Lo que Alice olvidó

Traducción de
Zoraida de Torres Burgos

DEBOLS!LLO

Título original: *What Alice Forgot*
Primera edición en esta presentación: mayo, 2015

© 2009, Liane Moriarty
© 2010, Penguin Random House Grupo Editorial, S. A. U.
Travessera de Gràcia, 47-49. 08021 Barcelona
© 2010, Zoraida de Torres Burgos, por la traducción

Printed in Spain – Impreso en España

ISBN: 978-84-9062-665-8 (vol. 861/1)
Depósito legal: B-9216-2015

Compuesto en Infillibres, S. L.
Impreso en Novoprint
Sant Andreu de la Barca (Barcelona)

P 626658

Penguin
Random House
Grupo Editorial

Para Adam

1

Flotaba con los brazos extendidos, con el agua acariciándole el cuerpo, envuelta en una fragancia veraniega a coco y salitre. Notaba en el paladar el agradable sabor del desayuno: beicon, café y tal vez cruasanes. Alzó un poco la cara y la luz del sol matinal reverberó con tanta intensidad que tuvo que entornar los ojos para verse los pies. Llevaba cada uña pintada de un color: rojo, dorado, violeta... Curioso. La laca no estaba bien aplicada; había pegotes y se salía por los bordes. Otra persona flotaba a su lado, a la derecha. Era alguien que le caía muy bien, que le hacía reír y que llevaba las uñas de los pies pintadas del mismo modo. La otra persona agitó sus dedos de uñas multicolores en un gesto amistoso y a ella le invadió una soñolienta satisfacción. Una voz masculina gritó en la distancia: «¿Marco?», y un coro de voces infantiles contestó: «¡Polo!». El hombre volvió a gritar: «¿Marco, Marco, Marco?», y las vocecitas respondieron: «¡Polo, Polo, Polo!». Se oyó una carcajada larga y gorjeante, como un chorro de pompas de jabón. Una voz murmuró con insistencia junto a su oído: «¿Alice?», y ella echó la cabeza hacia atrás y dejó que el agua fresca se deslizara silenciosamente sobre su rostro.

Frente a sus ojos bailaban diminutas motas de luz.

¿Era un sueño o un recuerdo?

—¡No sé! —exclamó una voz asustada—. ¡No lo he visto!

No valía la pena darle vueltas.

El sueño o el recuerdo o lo que fuera se desvaneció igual que un reflejo en el agua y una serie de pensamientos inconcretos ocupó su lugar, como si se estuviera despertando de un sueño largo y profundo un mediodía de domingo.

«El queso de untar ¿se considera queso tierno?

No es queso seco.

No es...

... seco en absoluto.

Por lo tanto, lógicamente, diría...

... algo.

Algo lógico.

La lavanda es adorable.

Lógicamente adorable.

¡Toca podar la lavanda!

Huele a lavanda.

No, no huele.

Sí, sí que huele.»

Fue entonces cuando notó el dolor por primera vez. Le dolía un solo lado de la cabeza, muy fuerte, como si le hubieran dado un mazazo.

Sus pensamientos se volvieron más nítidos. ¿Por qué le dolía la cabeza? Nadie le había hablado de dolores de cabeza. La habían alertado sobre una larga lista de síntomas peculiares: ardor de estómago, una especie de sabor a aluminio en la boca, aturdimiento, fatiga extrema... pero no contra aquel dolor palpitante en un lado de la cabeza. Y tendrían que haberlo mencionado, porque era muy fuerte. Pero claro, si una simple jaqueca le parecía insoportable...

El aroma a lavanda parecía acercarse y alejarse, como una brisa.

La invadió otra vez el sopor.

Lo mejor sería volver a dormirse y retomar aquel sueño tan bonito del agua y las uñas multicolores.

De hecho, ¿sería posible que le hubieran hablado de los

dolores de cabeza y se le hubiera olvidado? ¡Ay, Dios! ¡Sí que los habían mencionado! Unos dolores terribles, impresionantes...

Había que recordar tantas cosas... No podía comer queso tierno, salmón ahumado ni sushi, por el riesgo de contraer esa enfermedad cuya existencia desconocía hasta entonces. Listeria, una especie de bacteria muy peligrosa para el feto. Por eso te prohibían comer sobras. Un mordisquito a un muslo de pollo del día anterior podía ser letal para el bebé. Las duras responsabilidades de la maternidad...

De momento, procuraría dormir. Sería lo mejor.

«Listeria.

Glicinia.

La glicinia de la valla quedará espectacular si llega a florecer.

Listeria, glicinia...

¡Ja! Qué palabras tan graciosas.»

Sonrió, pero le dolía demasiado la cabeza. Intentó no preocuparse.

—¿Alice? ¿Me oyes?

El olor a lavanda se volvió más intenso. Era un poco empalagoso.

«El queso de untar es como una crema. No es tierno ni seco. Ni demasiado duro ni demasiado blando, como la cama del osito del cuento.»

—Le aletean los párpados, como si soñara.

No había manera. No conseguía volver a conciliar el sueño, aunque se sentía completamente exhausta, como si pudiera dormir para siempre. ¿Todas las embarazadas tenían que soportar aquellos dolores de cabeza? ¿Eran una preparación para los dolores del parto? Cuando se despertase, lo buscaría en un manual.

Una y otra vez se le olvidaba la fuerza perturbadora del dolor, su crueldad, su capacidad para cambiarte totalmente el estado de ánimo. Solo querías que cesara, que cesara cuanto antes. Lo mejor era la epidural. «Deme una epidural para la jaqueca, por favor. Gracias...»

—Intenta abrir los ojos, Alice.

De hecho, el queso de untar ¿podía considerarse queso? Nadie pone una cucharada de queso de untar en una tabla de quesos. Quizá, en el contexto de los quesos untables, «queso» no significaba realmente «queso». Sería mejor que no se lo preguntara al médico, para que no dijese otra vez: «¡Pero Alice...!».

No encontraba una postura cómoda. El colchón parecía de hormigón frío. Daría unas pataditas a Nick para que se volviera y la abrazara. Su bolsa de agua caliente humana...

¿Dónde estaba Nick? ¿Ya se había levantado? A lo mejor le estaba preparando una taza de té.

—No te muevas, Alice. Estate quieta e intenta abrir los ojos, preciosa.

Elisabeth sabría lo del queso de untar; soltaría uno de sus bufidos de hermana mayor y le aclararía la duda. Su madre, en cambio, no tendría ni idea. Se asustaría y diría: «¡Ay, Señor! ¡Me parece que comí queso de untar cuando estaba embarazada de vosotras! En ese tiempo no sabíamos nada de estas cosas...», y ya no pararía de hablar y de preocuparse por si Alice había infringido alguna norma sin darse cuenta. Su madre creía en las normas, y Alice también. Frannie no sabría la respuesta, pero encendería orgullosamente su nuevo ordenador y se pondría a investigar, igual que cuando sacaba la Enciclopedia Británica para ayudar a Alice y a Elisabeth a preparar los trabajos del colegio.

La cabeza le dolía muchísimo.

Probablemente era solo una minúscula fracción de los dolores del parto, pero aun así era muy fuerte.

De todos modos, que ella supiera, no había comido queso de untar.

—¿Alice? ¡Alice!

En realidad, ni siquiera le gustaba el queso de untar.

—¿Habéis llamado a una ambulancia?

Volvía a notar aquel olor a lavanda.

Una vez, cuando estaban a punto de bajar del coche, Nick respondió a algún comentario que había hecho ella en busca de reafirmación con la siguiente frase: «¿Cómo puedes decir eso, mi amor? ¡Sabes que estoy enamorado de ti hasta la médula!».

Alice había abierto la portezuela, había notado el calor del sol en las piernas y había aspirado la fragancia de la lavanda que tenían plantada en el jardín, junto a la puerta de entrada.

«Hasta la médula.»

Había sido un instante de dicha perfumada de lavanda a la vuelta de la compra.

—Ya viene. He avisado al 000. ¡Es la primera vez que llamo a emergencias! Estaba tan nerviosa... He estado a punto de llamar al 911, como si estuviéramos en Estados Unidos. De hecho, he llegado a marcar el 9. Está claro que veo demasiado la tele...

—Espero que no sea grave. O sea... que no me va a caer una denuncia o algo así, ¿no? Tampoco era una coreografía tan complicada, ¿no?

—En mi opinión, el último movimiento puede ser excesivo si te has mareado un poco con la doble patada seguida del giro hacia atrás.

—¡Es un curso avanzado! La gente se queja si se lo pones muy fácil. Además, doy opciones, me adapto a los diferentes niveles. ¡Dios! Haga lo que haga, me caen denuncias.

¿Era una tertulia radiofónica lo que escuchaba? Detestaba las tertulias radiofónicas. Los oyentes siempre hablaban con voz nasal e indignada, perpetuamente escandalizados por algo. En una ocasión, Alice había dicho que a ella nunca la escandalizaba nada, y Elisabeth había replicado que a ella eso sí que le parecía escandaloso.

—¿Tienes la radio puesta, Nick? —preguntó Alice sin

abrir los ojos—. Creo que tengo jaqueca. —Le salió un tono enojado muy poco propio de ella, pero al fin y al cabo estaba embarazada, le dolía la cabeza, tenía frío y no se encontraba... del todo bien.

¿Eran las típicas náuseas matutinas?

¿Era ya de mañana?

Pero Alice...

—Alice, ¿me oyes? ¿Me oyes, Alice?

«Pasita, ¿me oyes? ¿Me oyes, Pasita?»

Todas las noches, antes de acostarse, Nick le apoyaba en la tripa el cartón de un rollo de papel higiénico y hablaba con el bebé. Había sacado la idea de un programa de radio. Decían que así el bebé aprendía a reconocer la voz del padre, además de la de la madre.

«¡Eh! —gritaba—. ¿Me oyes, Pasita? ¡Te habla tu padre!»

Habían leído que en esa fase el embrión era del tamaño de una pasa, y por eso lo llamaban «Pasita». Solo en privado, por supuesto. Eran unos futuros padres demasiado sofisticados para permitirse sentimentalismos en público.

La Pasita decía que estaba perfectamente, gracias, papá, a ratos se aburría pero se encontraba bien. Al parecer quería que su madre dejara de comer tanto verde y atacara de vez en cuando alguna pizza. «¡Ya vale de tanta comida para conejos!», protestaba.

Seguramente la Pasita acabaría siendo un niño. Por lo visto, tenía una personalidad bastante masculina. Los dos coincidían en pensar que era un poco gamberro.

Alice se recostaba y contemplaba la cabeza de Nick. Le habían salido algunas canas, pero como no sabía si él se había dado cuenta, no se lo decía. Nick tenía treinta y dos años. Al ver las canas, a Alice se le empañaban los ojos. Las hormonas enloquecidas del embarazo...

Alice nunca hablaba con el bebé en voz alta. Le hablaba para sus adentros, tímidamente, cuando estaba metida en la bañera con el agua no demasiado caliente... ¡cuántas normas! «Hola, bebé», decía en silencio, y de pronto se le hacía tan patente el prodigio del embarazo que golpeaba el agua con la palma de las manos, como una niña que espera ilusionada la Navidad. Estaba a punto de cumplir treinta años y tenía una hipoteca descomunal, un marido y un bebé en camino, pero no se sentía tan distinta de cuando era una quinceañera.

La diferencia era que a los quince años no había instantes de dicha al volver de la compra. Por entonces no conocía a Nick. Su corazón aún tendría que romperse unas cuantas veces, antes de que frases como «enamorado hasta la médula» le ayudaran a curar las heridas y empezar de nuevo.

—¿Estás bien, Alice? Abre los ojos, por favor.

Era una voz de mujer, demasiado alta y estridente para no hacerle caso. Acababa de arrastrarla otra vez a la conciencia y no quería dejarla escapar.

Se trataba de una voz que le producía una impresión desagradable y molesta, como unos calcetines demasiado apretados.

Aquella persona no pintaba nada en su dormitorio.

Alice ladeó la cabeza.

—¡Ay!

Abrió los ojos y se encontró con un amasijo de formas y colores irreconocibles. Ni siquiera veía la mesilla donde había dejado las gafas. Al parecer, estaba cada vez más cegata.

Parpadeó varias veces y la imagen quedó enfocada, como en un telescopio. Estaba viendo unas rodillas. Qué curioso.

Unas rodillas blancas y huesudas.

Alzó la barbilla unos milímetros.

—¡Por fin!

Era Jane Turner, su compañera de trabajo. Estaba agachada a su lado, con las mejillas coloradas y un mechón sudado pegado a la frente. Tenía los ojos cansados y una nariz fofa y regordeta en la que Alice no se había fijado hasta entonces. Llevaba una camiseta manchada de grandes cercos de sudor y unos pantalones cortos; sus brazos eran delgados y pálidos, moteados de pecas morenas. Alice nunca había visto tanta extensión del cuerpo de Jane. Se sintió incómoda. ¡Pobre Jane!

—Listeria, glicinia... —dijo para hacerla reír.

—Estás delirando —respondió Jane—. No intentes sentarte.

—Mmm.... —murmuró Alice—. No quiero sentarme.

Tuvo la sensación de que no estaba en la cama; le parecía que estaba tumbada en el suelo, sobre unas tablas de madera frías. ¿Estaba borracha? ¿Se había olvidado del embarazo y había pillado una cogorza que la hacía delirar?

Su obstetra era un señor muy educado que usaba pajarita y tenía una cara redonda y desconcertantemente parecida a la de uno de los ex novios de Alice. Según él, no pasaba nada si tomaba: «No sé... Pongamos que un copetín antes de comer y un vasito de vino en la comida...». «¡Pero Alice!», había exclamado Elisabeth. Nick le había explicado que un «copetín» era una bebida alcohólica que se toma como aperitivo. Nick venía de una familia en la que se tomaban copetines. Alice, en cambio, pertenecía a una familia que guardaba una polvorienta botella de Baileys en el fondo de la alacena, detrás de los paquetes de macarrones. A pesar de la respuesta del médico, Alice solo había bebido una copa de champán después de hacerse la prueba de embarazo, y aun así se había sentido culpable, aunque todo el mundo le decía que no tenía importancia.

—¿Dónde estoy? —preguntó, temerosa de la respuesta. ¿Se había caído redonda en un sórdido local nocturno? ¿Cómo explicaría a Nick que se le había olvidado que estaba embarazada?

—En el gimnasio —contestó Jane—. Te has caído y has perdido el conocimiento con el golpe. Casi me muero del susto, aunque ha sido una buena excusa para interrumpir la clase.

¿En el gimnasio? Alice no solía frecuentar gimnasios. ¿Había terminado la borrachera en uno?

—Has perdido el equilibrio —explicó una voz estridente y jovial—. ¡Menudo batacazo! ¡Vaya susto nos has dado, nena! Hemos llamado a la ambulancia, así que no te preocupes, que enseguida están aquí los profesionales.

Arrodillada junto a Jane había una chica delgada y muy bronceada, con el pelo teñido de rubio y recogido en una cola de caballo, vestida con unos brillantes shorts de lycra y un top rojo con la frase LOCA POR EL STEP estampada sobre el pecho. Alice sintió una antipatía instantánea. No le gustaba que la llamasen «nena», le parecía una falta de respeto. Según su hermana Elisabeth, uno de sus defectos era la tendencia a tomarse a sí misma demasiado en serio.

—¿Me he desmayado? —preguntó, ilusionada.

Era algo que les pasaba a las embarazadas. Ella no se había desmayado en la vida, aunque se había pasado todo un curso practicando, con la esperanza de terminar siendo una de esas afortunadas alumnas que se desvanecían durante la misa y tenían que salir de la iglesia en los musculosos brazos de su profesor de educación física, el señor Gillespie.

—Es que estoy embarazada —dijo. La «nena» se merecía un respeto.

—¡No me digas, Alice! —exclamó Jane, mirándola boquiabierta.

La loca del step frunció los labios, como si la riñera por alguna travesura.

—¡Ay, chica! Al empezar la clase he preguntado si había embarazadas. No hay que ser tan tímida... Te habría adaptado la rutina.

Alice sintió que la parte dolorida de la cabeza le palpitaba con fuerza. No entendía nada.

—Embarazada... —repitió Jane—. Justo ahora. ¡Qué catástrofe!

—No es una catástrofe.

Alice se llevó una mano protectora a la tripa, para que la

Pasita no oyera unos comentarios tan desagradables. Su situación económica no era asunto de Jane. Se supone que la gente tiene que reaccionar con alegría cuando le anuncias un embarazo.

—Entonces ¿qué vas a hacer? —preguntó Jane.

¡Por Dios!

—¿Que qué voy a hacer? ¿Qué quieres decir con «qué voy a hacer»? ¡Voy a tener un bebé! —Olisqueó el aire—. Hueles a lavanda. Ya me parecía a mí que olía a lavanda...

El embarazo le había agudizado el olfato.

—Es el desodorante.

Jane estaba rara. Tenía los ojos fatal. Quizá tendría que empezar a ponerse cremas.

—¿Qué te pasa, Jane?

—¿A mí? —preguntó Jane, soltando un bufido—. Nada. Estoy preocupada por ti, chica. Eres tú la que se ha caído estando embarazada.

¡El bebé! Alice había estado pensando egoístamente en su dolor de cabeza en vez de preocuparse por la pobre Pasita. ¿Qué clase de madre iba a ser?

—Espero que el bebé no se haya hecho daño con la caída —dijo.

—Bah, los bebés son muy fuertes. No te preocupes por eso.

Era otra voz de mujer. Alice alzó la vista por primera vez y se encontró con un corro de mujeres de mejillas arreboladas, todas vestidas con ropa deportiva. Algunas se inclinaban a mirarla con la avidez del curioso que contempla un accidente de tráfico y otras charlaban de brazos cruzados, como si se encontraran en una fiesta. Estaban en una sala alargada, iluminada con fluorescentes. De fondo se oían las notas metálicas de una música enlatada, y en la distancia estalló una carcajada masculina.

—No deberías hacer este tipo de ejercicio si estás embarazada —dijo otra voz de mujer.

—Yo no hago ejercicio —precisó Alice—. Tendría que moverme más.

—¡No podrías hacer más ejercicio aunque quisieras! —opinó Jane.

—No os entiendo. —Alice alzó la vista y contempló los rostros desconocidos que la rodeaban. Todo era tan... absurdo—. No sé dónde estoy.

—Debe de tener una conmoción cerebral —determinó una voz nerviosa—. La conmoción provoca desorientación y aturdimiento.

—¡Vaya, habló la doctora!

—Hace poco hice un cursillo de primeros auxilios y recuerdo muy bien la explicación: «desorientación y aturdimiento». Hay que tener cuidado con la compresión cerebral. Es muy peligrosa.

—¡¡¡Ay, cariño, puede que tengas una conmocioncita de nada...!!! —gritó con cara de susto la loca del step, acariciando un brazo a Alice.

—Vale, pero no está sorda —dijo secamente Jane. Se acercó a su amiga y añadió en voz baja—: Tranquila. Estás en el gimnasio, en la clase de step de los viernes, esa a la que llevas siglos intentando arrastrarme, ¿recuerdas? La verdad es que no le veo la gracia. En fin, te has dado un batacazo espectacular y te has golpeado la cabeza, eso es todo. No pasa nada. La cuestión es: ¿por qué no me habías dicho que estabas embarazada?

—¿Qué es eso de la clase de step de los viernes? —preguntó Alice.

—¡Ay, qué mala pinta tiene esto! —exclamó Jane, bastante alterada.

—¡Ha llegado la ambulancia! —anunció alguien.

La loca del step se levantó de un salto, con cara de alivio, y empezó a dispersar a las señoras como un ama de casa armada con una escoba.

—¡Venga, chicas! Vamos a dejarles sitio, ¿vale?

Jane seguía arrodillada al lado de Alice, dándole palmaditas en el hombro con aire absorto.

—¡Caray! —exclamó, dejando de dar palmaditas—. ¿Por qué todo lo bueno te pasa a ti?

Alice se volvió y vio a dos hombres guapísimos que se les acercaban resueltamente, ataviados con monos azules y cargados con sendos botiquines de primeros auxilios. Intentó incorporarse, incómoda.

—¡No te muevas, bonita! —le ordenó el más alto.

—Es clavadito a George Clooney... —Jane suspiró al oído de Alice.

Era cierto. Alice no pudo evitar sentirse más animada. Aquel tipo parecía recién salido de un episodio de *Urgencias*.

—A ver, ¿cómo te llamas? —preguntó George Clooney, agachándose a su lado, con sus manazas apoyadas en las rodillas.

—Jane —respondió Jane—. Ay, perdón. Ella se llama Alice.

—¿Y cuál es tu apellido, Alice? —George le oprimió delicadamente la muñeca con dos dedos para tomarle el pulso.

—Alice Mary Love.

—Menudo batacazo te has dado, ¿no, Alice?

—Eso parece. No lo recuerdo.

Alice se sentía insegura y tenía ganas de llorar, como acostumbraba sucederle cuando tenía que tratar con cualquier profesional de la salud, aunque fuera el farmacéutico. Pensó con rabia en los números que montaba su madre cuando Elisabeth y ella se ponían enfermas de pequeñas. Las dos habían terminado convertidas en unas hipocondríacas.

—¿No sabes dónde estás? —preguntó George.

—La verdad es que no —respondió Alice—. En un gimnasio, por lo visto.

—Se ha caído en clase de step. —Jane se metió una mano por el escote para subirse el tirante del sujetador—. Yo la he visto. Ha pegado una voltereta espectacular, se ha caído de espaldas y se ha golpeado la cabeza contra el suelo. Ha estado unos diez minutos inconsciente.

La loca del step apareció otra vez, con la cola de caballo balanceándose a su espalda, y Alice contempló sus piernas largas y torneadas y su vientre duro y liso. Parecía un abdomen falso.

—Creo que ha perdido un momento la concentración —explicó a George Clooney la loca del step, en el tono confidencial de una conversación entre expertos—. La verdad es que no recomiendo este nivel a las embarazadas. Y antes de empezar he preguntado si había alguna.

—¿De cuántas semanas estás, Alice? —preguntó George.

Alice quiso responder, pero para su sorpresa se dio cuenta de que tenía la mente en blanco.

—De trece —dijo al cabo de un momento—. Bueno, de catorce. De catorce semanas.

Hacía al menos quince días que se había hecho la ecografía de la duodécima semana. La Pasita había dado un saltito muy curioso, como si estuviera bailando en la discoteca, y más tarde Nick y Alice habían tratado de reproducir el movimiento para sus amigos. Todos habían comentado muy educadamente que era fantástico.

Se llevó una mano a la tripa y por primera vez fue consciente de la ropa que llevaba puesta: unas zapatillas deportivas y unos calcetines blancos, unos shorts negros y una camiseta de tirantes amarilla con una pegatina dorada. Parecía el dibujo de un dinosaurio, y de su boca salía un bocadillo con la frase: BAILA SIN PARAR. ¿Baila sin parar?

—¿Qué demonios es esto? Tengo un dinosaurio pegado a la camiseta —dijo Alice, perpleja.

—¿Qué día de la semana es hoy, Alice? —preguntó George.

—Viernes —respondió Alice. Hacía trampa, porque había oído decir a Jane que estaban «en la clase de step de los viernes», fuera lo que fuese eso.

—¿Recuerdas qué has desayunado?

Mientras hablaba, George le iba palpando con cuidado un lado de la cabeza, a la vez que su compañero rodeaba el brazo de Alice con el manguito de tomar la presión.

—¿Tostadas con mantequilla de cacahuete?

Era su desayuno habitual. Tenía posibilidades de acertar.

—Él no sabe qué has desayunado —intervino Jane—. Solo quiere comprobar si te acuerdas.

El manguito se estrechó en torno a su brazo.

—Vamos a ver, Alice —dijo George, sentándose en el suelo—. Dime si sabes cómo se llama nuestro excelentísimo primer ministro.

—John Howard —respondió dócilmente Alice. Esperaba que no hubiera más preguntas sobre política, porque no era su fuerte; le parecía de lo más aburrida.

Jane soltó un resoplido burlón.

—Bueno... Sigue siendo el primer ministro, ¿no? —preguntó Alice, avergonzada. Le tomarían el pelo por los siglos de los siglos. «¡Pero Alice...! ¿No sabes quién es el primer ministro?», dirían. ¿No había estado atenta a las últimas elecciones?—. ¡Estoy segura de que es él!

—¿Y en qué año estamos? —George no parecía especialmente preocupado.

—En 1998 —respondió Alice al instante. Eso lo tenía claro, porque el bebé tenía que nacer en 1999.

Jane se tapó la boca con la mano. George fue a decir algo, pero Jane lo detuvo. Apoyó la mano en el hombro de su amiga y la miró fijamente, con las pupilas dilatadas por la emoción. Tenía minúsculas bolitas de rímel en la punta de las pestañas. La combinación del olor a lavanda de su desodorante y del olor a ajo de su aliento era demoledora.

—¿Qué edad tienes, Alice?

—Veintinueve años, Jane. —Le molestó el tono grandilocuente que había usado su amiga. ¿Qué demonios le pasaba?—. Igual que tú.

Jane se incorporó y miró a George Clooney con expresión triunfal.

—Justo hoy me ha llegado la invitación para la fiesta de su cuarenta cumpleaños.

Así fue el día en que Alice Mary Love fue al gimnasio y sin darse cuenta perdió una década de su vida.

2

Jane dijo que le encantaría poder acompañarla al hospital, pero que a las dos en punto tenía que estar en el juzgado.

—¿Para qué has de ir al juzgado? —preguntó Alice, que no tenía ningún inconveniente en que Jane no la acompañase. Ya había tenido bastante dosis de su amiga para todo el día. Una invitación para su cuarenta cumpleaños... ¿Qué habría querido decir con eso?

Jane esbozó una sonrisa indescifrable y no respondió.

—Llamaré a alguien para que vaya a esperarte al hospital.

—A alguien no. —Alice observó cómo los técnicos de urgencias desplegaban una camilla, que parecía un poco endeble—. A Nick.

—Sí, claro... A Nick... —Jane articuló las palabras con lentitud, como si estuviera actuando en una función infantil.

—No hace falta, seguro que puedo andar —dijo Alice, dirigiéndose a George Clooney. No le gustaba que nadie la cogiera en brazos, ni siquiera Nick, que era bastante fuerte. Le preocupaba su peso. ¿Y si al subirla a la camilla los enfermeros hacían una mueca y empezaban a soltar tacos?—. Estoy bien. Lo único que tengo es dolor de cabeza.

—Has sufrido una contusión importante, Alice —le dijo George—. Con un traumatismo craneal no se puede perder tiempo.

—Oye, que transportar a mujeres guapas es lo mejor de nuestro trabajo —intervino el otro enfermero—. No nos prives del gusto.

—Eso, Alice. No les prives —dijo Jane—. Te has dado un golpe en la cabeza y crees que tienes veintinueve años.

¿Qué quería decir?

Alice cedió y dejó que los dos enfermeros la depositaran expertamente en la camilla. Al volver la cabeza, una punzada de dolor la dejó aturdida.

—Ah, esta es su bolsa. —Jane cogió una mochila de lona del fondo de la sala y la dejó hecha una bola al lado de Alice.

—Esto no es mío —protestó Alice.

—Sí, es tu mochila.

Alice lanzó una mirada a la bolsa de lona roja, vio que tenía tres adhesivos de dinosaurios como el de la camiseta y pensó que se estaba mareando.

Los dos enfermeros levantaron la camilla del suelo. Por lo visto no tenían problemas para cargarla. Alice pensó que estarían acostumbrados a transportar a personas de todos los tamaños.

—¡La oficina! —exclamó, súbitamente asustada—. Tengo que avisar. ¿Por qué no estamos allí si es viernes?

—Pues no sé... ¿Por qué no estamos allí? —repitió Jane, de nuevo con aquel tono de función infantil—. No te preocupes, llamaré a «Nick» y luego a la «oficina». Cuando dices «oficina» supongo que quieres decir... Construcciones ABR, ¿no?

—Sí, Jane, claro —respondió Alice, recelosa. Llevaban tres años trabajando en ABR. ¿Qué le pasaba a Jane? ¿Se estaría volviendo loca, la pobre?—. Y será mejor que digas a Sue que hoy no podré ir.

—Sue... —repitió lentamente Jane—. Y cuando dices «Sue», supongo que quieres decir Sue Mason.

—Claro, Jane. Sue Manson. —Era evidente que a Jane se le iba la olla.

Sue Manson era la jefa de las dos, y era muy estricta con las horas de llegada, las bajas y la vestimenta apropiada para el entorno laboral. Alice se moría de ganas de coger el permiso de maternidad para olvidarse del trabajo durante una temporada.

Cuando los enfermeros se la llevaban, Alice vio que Jane los miraba absorta. Se estaba pellizcando el labio inferior y parecía un pez.

—¡Que te mejores! —gritó la loca del step desde lo alto de una tarima, con la voz amplificada por el micrófono que llevaba ajustado a la cabeza.

En el momento en que los camilleros llegaron a la puerta, sonó una música atronadora. Alice se volvió y vio a la loca del step subiendo y bajando a toda velocidad de una plataforma de plástico. Las mujeres que antes hacían corro a su alrededor empezaron a imitarla desde sus plataformas.

—¡Venga, chicas! ¡Uno, básico! ¡Dos, giro! ¡Tres, rodeo!

Las mujeres se sentaron a horcajadas sobre las plataformas y agitaron imaginarios lazos de vaquero sobre sus cabezas.

¡Buf! Tenía que recordar todos los detalles para describir a Nick aquel día tan absurdo. Le haría una representación del «rodeo»; seguro que se reiría mucho. Sí, estaba siendo un día muy gracioso.

Claro que también estaba siendo un poco inquietante, porque ¿qué demonios hacía ella en un gimnasio, con Jane Turner comportándose como una chalada?

Atravesaron una puerta de cristal y accedieron a una sala alargada y grande como un supermercado, donde todo era desconocido para Alice.

Había varias filas de máquinas de aspecto extraño, manejadas por hombres y mujeres que levantaban, empujaban o arrastraban hacia delante y hacia atrás objetos que parecían fuera del alcance de sus fuerzas. Reinaba un ambiente de silencio y concentración, como en una biblioteca. Cuando pasó la camilla, ninguna de esas personas interrumpió lo que estaba haciendo. Solo sus miradas vacías e inexpresivas siguieron a Alice con desapego, como si contemplaran las imágenes del telediario.

—¡Alice! ¿Qué te ha pasado? —preguntó un hombre que se bajó de una cinta de correr, quitándose unos auriculares de las orejas y dejándoselos colgados del cuello.

A Alice no le sonaba de nada su rostro enrojecido y sudoroso. Lo miró fijamente mientras intentaba buscar una respuesta educada. Era surrealista estar tumbada en una camilla, charlando con un desconocido. Parecía uno de esos sueños en los que de repente apareces en una fiesta vestida con el pijama.

—Se ha dado un coscorrón —contestó George Clooney en su lugar, empleando un vocabulario muy poco profesional.

—¡Madre mía! —El desconocido se enjugó la frente con una toalla—. ¡Solo te faltaba esto, tan cerca del «gran día»!

Alice trató de responder con un gesto compungido a aquel comentario sobre el «gran día». ¿Era un compañero de trabajo de Nick y le estaba hablando de algo que ella debería saber?

—En fin, ya ves que no es bueno obsesionarse con el ejercicio, ¿no, Alice?

—Ah —dijo Alice. No sabía muy bien qué había querido decir ese hombre, y lo único que salió de sus labios fue un «ah».

Los enfermeros siguieron caminando, y el hombre subió otra vez a la cinta y comenzó a correr.

—¡Que no sea nada, Alice! ¡Le diré a Maggie que te llame! —Se llevó una mano a la oreja y levantó los dedos para hacer como si sostuviera un teléfono.

Alice cerró los ojos. Tenía el estómago revuelto.

—¿Te encuentras bien, Alice? —preguntó George Clooney.

—Estoy un poco mareada —respondió Alice, abriendo los ojos.

—Sí, es normal.

Se pararon delante de un ascensor.

—No sé dónde estamos —añadió Alice. Pensó que era importante recordar ese detalle a George.

—Ahora no te preocupes por eso —contestó George.

Las puertas del ascensor se abrieron y dejaron salir a una mujer de cabello lacio y brillante cortado al estilo paje.

—¡Alice! ¿Qué te ha ocurrido? —La mujer hablaba con un afectado acento británico—. ¡Qué casualidad, ahora mismo estaba pensando en ti! Iba a llamarte por... en fin, por el pequeño incidente de la escuela. ¡Pobrecita, ya me lo ha contado Chloe! Solo te faltaba esto, corazón. Y con lo de mañana, y tan cerca del «gran día»...

Mientras hablaba, los enfermeros metieron la camilla en el ascensor y pulsaron el botón de bajada. Las puertas se cerraron suavemente y dejaron atrás a la mujer, que hizo el mismo gesto de llamar por teléfono que el tipo de la cinta de correr, mientras se oía otra voz preguntando:

—¿Era Alice Love la de la camilla?

—Conoces a mucha gente —dijo George.

—Qué va —dijo Alice—. No sé quiénes son.

Pensó en Jane diciendo: «Justo hoy me ha llegado la invitación para la fiesta de su cuarenta cumpleaños».

Volvió la cara y vomitó encima de los bonitos y bien lustrados zapatos negros de George Clooney.

Las notas de Elisabeth para el doctor Hodges

Me ha llamado a punto de terminar la pausa del almuerzo. Me quedaban cinco minutos para volver y debería haber estado en el baño, comprobando que no tenía nada entre los dientes. Ha dicho: «¿Elisabeth? Hola, soy Jane. Ha habido un problema», como si no hubiera más que una Jane en todo el mundo. Alguien que se llama Jane tendría que estar acostumbrada a decir también el apellido. Así que me he quedado pensando: «Jane, Jane... Una tal Jane que tiene un problema...», hasta que he comprendido que se trataba de Jane Turner. Jane la de Alice.

Me ha contado que Alice se había caído en el gimnasio, durante la clase de step.

Y allí estaba yo, con 143 personas sentadas alrededor de las mesas, sirviéndose agua fresca, chupando caramelitos y contemplando la tarima expectantes y con el bolígrafo a punto; todas habían pagado, solo por oírme hablar, 2.950 dólares australianos, o 2.500 si se beneficiaron del descuento por inscripción anticipada. Eso es lo que cobro por enseñarles a preparar una buena campaña de publicidad directa. ¡Sí, ya sé! Ese asqueroso mundo empresarial de ahí fuera le es totalmente ajeno, ¿verdad, doctor Hodges? Me imagino que ante mis intentos de describirle mi trabajo, se ha limitado a asentir cortésmente con la cabeza. Seguro que nunca se le ha ocurrido que las cartas y los folletos publicitarios que le llegan están escritos por personas reales, personas como yo. Seguro que en el buzón tiene un adhesivo con la frase NO SE ADMITE CORREO COMERCIAL. Tranquilo, no se lo tendré en cuenta.

En fin... La cuestión es que no era el momento más oportuno para largarme, solo porque mi hermana hubiera sufrido un accidente deportivo (algunos de nosotros tenemos una profesión y no nos sobra tiempo para correr al gimnasio en plena jornada laboral), sobre todo porque aún estaba enfadada con ella por el asunto de las magdalenas de plátano. Ya sé que hemos hablado reiteradamente de que debo intentar ver el comportamiento de mi hermana desde una «perspectiva más racional», pero de momento sigo enfadada con ella. Claro que Alice no lo sabe, pero permítame que me regodee un poquito en mi autocomplacencia infantil.

Total, que le he dicho a Jane (en un tono un poco irritado y pomposo, lo reconozco): «¿Y es grave?». La verdad es que ni se me ha pasado por la cabeza que realmente pudiera haber ocurrido algo grave a Alice.

Y Jane ha dicho: «Cree que estamos en 1998, que tiene veintinueve años y que las dos seguimos trabajando en Construcciones ABR, así que como mínimo es muy raro».

Y luego ha dicho: «Ah, y supongo que ya sabías que está embarazada...».

Estoy profundamente avergonzada de mi reacción. Lo único que puedo decir, doctor Hodges, es que ha sido involuntaria e incontenible como un estornudo alérgico.

Una repentina sensación de rabia me ha recorrido todo el cuerpo, desde las tripas hasta la cabeza. Le he dicho: «Lo siento, Jane, tengo que dejarte», y he colgado.

George Clooney fue muy comprensivo con el asunto de los zapatos. Alice estaba horrorizada e intentó levantarse de la camilla para ayudarle a limpiarlos... si es que encontraba un pañuelo de papel en algún sitio, quizá en aquella extraña mochila de lona.... pero los enfermeros se pusieron serios y le dijeron que no podía moverse.

El mareo se le pasó un poco cuando la subieron a la parte trasera de la ambulancia. Todo aquel plástico blanco e impoluto; se respiraba un ambiente cómodo y esterilizado. Resultaba reconfortante.

El traslado al hospital fue plácido como un viaje en taxi. Que Alice supiera, no dieron ningún frenazo ni encendieron la luz de alarma para que los coches se apartaran.

—¿No me estoy muriendo, entonces? —le preguntó a George.

George Clooney iba con ella en la trasera y su compañero conducía la ambulancia. Alice se fijó en que las cejas de George eran muy espesas. Nick también tenía unas cejas espesas y alborotadas. Una noche había tratado de depilárselas, y él había pegado un chillido tan fuerte que ella había pensado que la señora Bergen, la de la casa de al lado, cumpliría con su cometido de buena vecina y llamaría a la policía.

—Dentro de nada podrás volver al gimnasio —respondió George.

—Yo no voy al gimnasio —declaró Alice—. La gimnasia me parece una estupidez.

—Estoy de acuerdo. —George sonrió y le dio una palmadita en el brazo.

Alice vio desfilar trozos de cielo, carteles y edificios a través de la ventanilla de la ambulancia, por detrás de la cabeza de George.

Vale, no había motivos para preocuparse. Era solo el «coscorrón» el que hacía que lo encontrara todo tan raro. Lo que le estaba pasando no era más que una versión especialmente larga e intensa de la confusión que sentimos al despertarnos en el lugar de vacaciones y no reconocer dónde estamos. No había nada que temer. ¡En realidad, era muy interesante! Solo tenía que ubicarse.

—¿Qué hora es? —preguntó resueltamente a George.

—Es casi la hora de comer —dijo él, mirando el reloj.

Muy bien. La hora de comer. Viernes al mediodía.

—¿Por qué me has preguntado antes qué había desayunado? —añadió Alice.

—Es una de las preguntas del protocolo para evaluar las funciones mentales de la persona que ha sufrido un traumatismo craneoencefálico.

Por lo tanto, si Alice conseguía recordar qué había desayunado, probablemente todo lo demás encajaría.

¿Qué había desayunado esa mañana? Un esfuerzo... Tenía que ser capaz de recordarlo...

Alice tenía una imagen mental bastante clara de cómo era un desayuno en un día laborable. Eran dos rebanadas saltando al unísono de la tostadora y el hervidor silbando furiosamente y un rayo de sol recorriendo el suelo de linóleo de la cocina e iluminando aquella mancha marrón que parecía que podía quitarse en un santiamén con un estropajo y resultaba que no. Era echar un vistazo al reloj de pared que les había regalado la madre de Nick al estrenar la casa con la ferviente esperanza de que fuera más temprano de lo que parecía —siempre era tarde—. Era el murmullo eléctrico de la tertulia matinal de la ABC: un coro de voces que hablaban con solemnidad de la actualidad internacional. Nick solía escuchar ese programa de radio y a veces soltaba cosas como: «¡No lo dirás en serio!», mientras Alice se hacía la dormida y procuraba no escuchar.

Ni Nick ni Alice tenían buen despertar. Era una característica que cada uno apreciaba en el otro, ya que hasta entonces los dos habían salido con gente que se levantaba siempre de un insoportable buen humor. Ellos, en cambio, se dirigían frases breves y cortantes, y a veces era un juego en el que ambos exageraban el malhumor matinal, y otras no lo era pero daba lo mismo porque sabían que aquella misma tarde, al volver del trabajo, una y otro habrían recuperado su verdadero yo.

Alice intentó precisar el recuerdo de un desayuno concreto.

Estaba esa mañana invernal, con la cocina a medio pintar. Fuera llovía a cántaros y el olor a pintura les cosquilleaba en la nariz mientras masticaban silenciosamente unas tostadas con mantequilla de cacahuete, sentados en el suelo porque tenían todos los muebles cubiertos con telas. Alice iba en pijama, pero se había puesto una chaqueta de lana y unos calcetines viejos de Nick. Nick ya se había afeitado y llevaba puesta la ropa del trabajo, excepto la corbata. La noche anterior le había contado que tenía que presentar un tema bastante complicado delante del Capullo Calvorota, el Malvado Cabronazo y el Jefe Máximo, los tres a la vez, y Alice, a quien le horrorizaba hablar en público, había sentido un solidario nudo en el estómago. Aquella mañana Nick tomó un sorbito de té, dejó la taza en el suelo y, en cuanto abrió la boca para pegar un mordisco, la tostada se le cayó justo en la pechera de su camisa de rayas azules favorita. Los dos intercambiaron una mirada de espanto. Nick retiró la tostada con cuidado y dejó a la vista una gran mancha rectangular de mantequilla de cacahuete. Con la voz de un hombre que acabara de recibir un disparo mortal, dijo: «Era mi única camisa limpia», y luego cogió la tostada y se la estampó en la frente.

Alice dijo: «No. Anoche, cuando te fuiste a jugar a squash, salí a hacer una colada». Aún no tenían lavadora y siempre llevaban la ropa a la lavandería de la esquina. Nick se apartó la tostada espachurrada de la frente y dijo: «No puede ser», y ella dijo: «Sí que puede ser», y él se le acercó sorteando latas de pintura y le dio un beso largo y tierno con sabor a mantequilla de cacahuete.

Pero ese no era el desayuno más reciente. De eso hacía meses, o semanas, o lo que fuera. La cocina aún no estaba terminada, y además ella no estaba embarazada. Todavía tomaba café.

Luego estaba esa serie de desayunos de cuando les dio por la vida sana y tomaban yogur y fruta. ¿Cuándo había sido eso? El arrebato saludable no duró mucho, aunque al principio se lo tomaron muy en serio.

Y había otros desayunos en los que Nick estaba de viaje y ella comía las tostadas en la cama, regodeándose en el romántico dolor de la nostalgia, como si Nick fuera un marinero o un soldado. Era como disfrutar de la sensación de hambre cuando sabes que más tarde te darás un festín.

Y estaba aquel desayuno en que se habían peleado —malas caras, miradas furibundas, portazos...— porque no quedaba leche. Ese no había sido tan agradable. Pero tampoco era el más reciente. Alice recordaba que se habían reconciliado aquella misma noche, mientras veían a la hermana pequeña de Nick interpretando un breve papel en una obra de teatro posmoderno tremendamente larga y que ninguno de los dos entendía. «Por cierto, te perdono», le susurró Nick al oído, y Alice contestó: «No, soy yo la que te perdono a ti», y una espectadora de la fila anterior se volvió y les dijo: «¡Chitón! ¡Los dos!», como un maestra enfadada, y a ellos les dio un ataque de risa y tuvieron que salir de la sala chocando con las rodillas de los demás espectadores, y más tarde tuvieron que soportar una bronca terrible de la hermana de Nick.

Y estaba ese otro desayuno en que ella iba leyendo con voz malhumorada las propuestas de una guía de nombres y él iba contestando «sí» o «no», también con voz malhumorada. Ese había estado bien, porque era una de las mañanas de mal humor fingido. «Es increíble que tengamos derecho a poner nombre a una persona —dijo Nick—. Se supone que algo así tendría que ser prerrogativa de alguien como el rey Arturo.» «O de la reina Ginebra», contestó Alice. «Huy, no; a las mujeres no les permitirían poner nombre a nadie», opinó Nick. «¡Ya!»

¿Era ese el desayuno más reciente? No. Ese había sido... hacía algún tiempo, pero no aquel mismo día.

Alice no tenía ni la más remota idea de qué había desayunado aquella mañana.

—Antes he dicho que había tomado tostadas con manteca de cacahuete porque es lo que como normalmente —confesó a George Clooney—, pero en realidad no tengo ni idea de qué he desayunado.

—Tranquila, Alice —respondió George—. Creo que yo tampoco podría recordar mi desayuno.

¡Pues sí que le interesaban sus funciones mentales! ¿Sabía el George ese lo que tenía entre manos?

—Igual es que tú también has sufrido una conmoción —dijo Alice.

George rió cortésmente. Ya no estaba tan pendiente de ella. Quizá estaba deseando que el siguiente enfermo fuera más interesante. Seguro que le encantaba usar esos cacharros para desfibrilar. A Alice le encantaría usar uno si trabajara en urgencias.

Un domingo en que estaba intentando convencer a Nick de que la acompañara a la playa pero él no le hacía caso porque tenía resaca y estaba tumbado en el sofá con los ojos cerrados, Alice había dicho: «¡Oh, no! ¡Lo estamos perdiendo!», y se había puesto a frotar dos tenedores, los había colocado sobre el pecho de Nick y había gritado: «¡Dale!». Nick, solícito, respondió con una muy realista imitación de un espasmo, pero como seguía sin levantarse, Alice empezó a gritar: «¡No respira! ¡Hay que intubarlo! ¡Ahora!», e intentó meterle una pajita de plástico en la garganta.

La ambulancia se detuvo en un semáforo rojo y Alice se removió en la camilla. Se sentía muy rara. Sentía una fatiga demoledora en los huesos, y al mismo tiempo una energía nerviosa le daba ganas de bajar de un salto de la camilla y ponerse a hacer algo. Seguramente era el embarazo. Todo el mundo decía que cuando estás embarazada tienes la impresión de que has dejado de ser tú misma.

Bajó la barbilla y observó otra vez la extraña ropa que llevaba puesta. No parecía haberla elegido ella, porque Alice no usaba nunca prendas amarillas o camisetas sin mangas. Presa otra vez de la angustia, desvió la mirada y clavó los ojos en el techo de la ambulancia.

Por lo visto tampoco podía recordar qué había cenado la noche anterior.

Nada. Ni siquiera lo tenía en la punta de la lengua.

¿Atún con judías? ¿El cordero al curry que tanto le gustaba a Nick? No tenía ni idea.

De todos modos, era normal que los días laborables se confundieran en la memoria. Intentaría recordar qué había hecho durante el fin de semana.

Le vinieron a la mente un montón de recuerdos simultáneos de distintos fines de semana, como si le hubieran volcado un cesto de ropa sucia en la cabeza: lecturas del periódico en el parque, meriendas campestres, paseos por el centro de jardinería, películas, cenas, cafés con Elisabeth, mañanas dominicales consistentes en sexo seguido de sueño seguido de cruasanes de la panadería vietnamita, cumpleaños de amigos, alguna boda, viajes, compromisos con la familia de Nick...

Por alguna razón, sabía que ninguno de aquellos recuerdos correspondía al último fin de semana. No podía decir cuándo los había vivido, si había sido hacía poco o hacía mucho. Habían sucedido, sin más.

El problema era que no conseguía establecer una vinculación con un «hoy» o un «ayer», ni siquiera con un «la semana pasada». Flotaba sin rumbo sobre el calendario, como un globo escapado de la mano de un niño.

De repente le vino a la cabeza la imagen de un cielo nuboso y gris, cubierto de globos rosados y unidos entre sí con lazos blancos, como ramos de flores. Un viento violento arrastraba por el aire los ramilletes de globos, y ella se sentía invadida por una honda pesadumbre.

La sensación desapareció igual que una náusea seca.

¡Por el amor de Dios! ¿Qué estaba pasando?

Alice sintió unas repentinas ganas de ver a Nick. Él podría arreglarlo todo, podría decirle qué habían cenado la noche anterior y qué habían hecho durante el fin de semana.

Por suerte, la estaría esperando en el hospital. A lo mejor ya le había comprado unas flores. Sí, seguro que ya las tenía, aunque sería mejor que no se las hubiera comprado, porque serían un gasto excesivo.

Evidentemente, en realidad Alice deseaba que Nick le hubiera comprado las flores. ¡Iba en ambulancia! Se merecía un ramo.

Le vino a la cabeza otra imagen. Esta vez se trataba de un enorme ramo de rosas rojas y gipsófilas, dispuesto en el jarrón de cristal que el primo de Nick les había regalado por la boda. ¿Por qué tenía aquella imagen en la mente? Nick nunca le regalaba rosas; sabía que solo le gustaban las rosas del jardín. Las de la floristería no olían a nada, y además, por alguna razón, le hacían pensar en asesinos en serie.

La ambulancia se detuvo y George se incorporó rápidamente, agachando la cabeza para no golpearse contra el techo.

—Ya hemos llegado, Alice. ¿Cómo te encuentras? Pareces pensativa...

Abrió la puerta posterior, y Alice parpadeó cuando la luz del sol irrumpió en el interior de la ambulancia.

—No te he preguntado cómo te llamas —dijo.

—Kevin —respondió George con voz contrita, como si supiera que la decepcionaría.

Las notas de Elisabeth para el doctor Hodges

La verdad es que a veces en el trabajo me entra un subidón de adrenalina, doctor Hodges, tengo que reconocerlo. No es exagerado, pero lo noto. Cuando se atenúan las luces y el público enmudece y estoy yo sola en la tarima y Layla me hace la señal de «adelante» con un gesto muy serio, como si estuviéramos a punto de lanzar un cohete de la NASA, y al cabo de un momento tengo la cara iluminada por el foco y lo único que se oye es el tintineo de los vasos de agua y un par de toses respetuosamente contenidas... Me gusta el olor limpio y funcional de los salones de conferencias de los hoteles y el frío del aire acondicionado; me despejan la cabeza. Y cuando hablo, el micrófono transmite mi voz con nitidez y le confiere autoridad.

Otras veces, sin embargo, subo a la tarima y me siento como si un peso en la nuca me obligara a agachar la cabeza y encorvar la espalda como una vieja. Entonces me entran ganas de pegarme al micrófono y soltar: «¿Qué sentido tiene esto, señoras y señores? Me parecen ustedes buena gente, así que, por favor, díganme: ¿qué sentido tiene?».

En realidad, sé muy bien qué sentido tiene.

El sentido que tiene es que están ayudándome a pagar la hipoteca, los gastos de comida, agua y electricidad y las cuotas de la Visa. Están financiándome generosamente las inyecciones, los camisones de hospital y la labor de aquel último anestesista de ojos afables y tristes que, cogiéndome de la mano, me dijo: «Ahora vas a dormir un poquito, guapa». En fin, estoy divagando. Pero usted quiere que divague. Quiere que me siente y me ponga a escribir lo primero que se me pase por la cabeza. Me pregunto si me encuentra aburrida... Aunque parece escucharme con educado interés, quizá cuando aparezco por la consulta con cara de pocos amigos y empiezo a quejarme de mi patética vida, le entran ganas de apoyar la barbilla en las manos y decirme: «¿Qué sentido tiene esto, Elisabeth?», pero calla porque de pronto recuerda que le estoy ayudando a pagar las cuotas de la Visa, los gastos de comida y todo lo demás... Así es la vida.

El otro día me dijo que pensar que las cosas no tienen sentido es un síntoma claro de depresión, pero ya ve, no estoy deprimida porque tengo muy claro cuál es el sentido de todo: el dinero.

El móvil ha vuelto a sonar justo después de colgarlo. Debía de ser Jane, pensando que se había cortado la llamada. Lo he apagado sin contestar. Un tipo ha comentado: «Estaríamos todos más tranquilos sin estos dichosos cacharros», y yo he dicho: «¡Es verdad, joder!». Hasta entonces nunca había dicho «es verdad, joder», pero la frase me ha venido inesperadamente a la cabeza. Me gusta cómo suena. A lo mejor se la suelto en nuestra próxima sesión, para ver si pestañea... Y el tipo ha dicho: «Felicidades, por cierto. He estado en un montón de seminarios parecidos y nunca había oído a nadie que hablara con tanta claridad».

Estaba intentando ligar conmigo. A veces pasa. Debe de ser cosa del micrófono, o de los focos... Es curioso, porque siempre doy por sentado que para cualquier tío debería ser evidente que no me queda ni gota de sexualidad. Me siento como una fruta que se ha secado. Eso es: soy un albaricoque reseco, doctor Hodges. No un albaricoque tierno, suave y sabroso, sino un albaricoque mustio, duro e insípido, que te parte un diente cuando le das un bocado.

He aspirado unas cuantas veces el frescor del aire acondicionado y he vuelto a ponerme el micrófono en la solapa. Tenía tantas ganas de volver a la tarima que estaba temblando. Me sentía como en un ataque de locura transitoria, doctor Hodges. Si quiere podemos hablar de ello en la próxima sesión.

O quizá lo de la locura transitoria no sea más que un intento de justificar un comportamiento injustificable. Quizá me avergüenza demasiado contarle que me estaban llamando para decirme que mi única hermana había tenido un accidente y que yo he colgado el teléfono. Se lo estoy poniendo en bandeja. Quiero mostrarle mis errores para que piense usted que está haciendo algo útil por mí, pero a la vez quiero que piense que soy buena persona, doctor Hodges. Una buena persona que comete errores.

He subido a la tarima como una estrella del rock y he empezado a hablarles de la «visualización del objetivo». Estaba inspirada. Les he hecho reír. Les he pedido que se distribuyan en equipos y propongan respuestas, y durante todo el tiempo en que ellos han estado visualizando el objetivo, yo he estado visualizando a mi hermanita.

H pensado: «Los traumatismos craneales pueden ser muy graves».

Y he pensado: «Nick no está, y esto no es responsabilidad de Jane».

Y al final he pensado: «En 1998, Alice estaba esperando a Madison».

3

Nick no estaba en el hospital con un ramo de flores. No había nadie esperando a Alice, lo cual la hizo sentirse levemente heroica.

Los dos enfermeros se volatilizaron como si nunca hubieran existido. Alice no los vio despedirse, así que no pudo darles las gracias.

En el hospital había momentos de actividad frenética, seguidos de períodos en que la dejaban sola en un pequeño cubículo blanco, tumbada en la camilla y contemplando el techo.

Una médica que apareció de repente le enfocó las pupilas con una pequeña linterna y le pidió que siguiera con la mirada el movimiento de sus dedos. Una enfermera de espectaculares ojos verdes que hacían juego con su uniforme se plantó al pie de la camilla con un portapapeles y le hizo preguntas sobre el seguro médico, las alergias y ese tipo de cosas. Cuando Alice le alabó los ojos, la enfermera le explicó que eran lentillas de colores, y Alice dijo «¡ah!» y se sintió estafada.

Le pusieron una bolsa de hielo sobre la nuca que la enfermera de ojos verdes comparó con «un huevo de avestruz» y le dieron un vasito de plástico con dos comprimidos blancos para el dolor, pero Alice explicó que en realidad no le dolía tanto la cabeza y que no quería tomar nada porque estaba embarazada.

Varias personas le estuvieron preguntando cosas en voz muy alta, como si estuviera dormida, a pesar de que ella las miraba a los ojos. ¿Se acordaba de la caída? ¿Recordaba el viaje en la ambulancia? ¿Sabía qué día de la semana era? ¿Sabía en qué año estaban?

—¿En 1998? —repitió una médica con cara de agobiada, lanzándole una mirada suspicaz a través de sus gafas de montura roja—. ¿Está segura?

—Sí —contestó Alice—. Sé que estamos en 1998 porque salgo de cuentas el 8 de agosto de 1999. El 8 del 8 del 99. Es fácil de recordar.

—Es que resulta que estamos en 2008... —afirmó la médica.

—Mire usted, eso es imposible... —explicó Alice tan amablemente como pudo. Quizá aquella médica era una de esas personas extremadamente inteligentes pero incapaces de aclararse con algo tan sencillo como las fechas...

—¿Y por qué es imposible?

—Porque aún no hemos entrado en el nuevo milenio —dijo Alice en tono pedante—. Dicen que habrá un gran apagón por culpa de no sé qué problema informático.

Estaba orgullosa de recordar aquel dato. La hacía parecer muy informada.

—Me temo que se equivoca... ¿No recuerda la fiesta del nuevo milenio, con esos fuegos artificiales tan bonitos en Harbour Bridge?

—No —dijo Alice—. No recuerdo ninguna fiesta con fuegos artificiales.

«Déjenme en paz, por favor —tenía ganas de decirles—. No me hacen gracia sus bromas y además les he mentido respecto al dolor de cabeza. La verdad es que me duele un montón.»

Recordó lo que había dicho Nick una tarde: «¿Te das cuenta de que cuando celebremos el cambio de milenio tendremos un bebé de cuatro meses?». Tenía una maza en las manos porque estaba a punto de derribar un tabique. Alice soltó la cámara que tenía preparada para documentar la caída.

«¡Es verdad!», exclamó, emocionada y aterrada ante la idea. Un bebé de cuatro meses: una personita en miniatura, creada por ellos, perteneciente a ellos, separada de ellos.

«Sí, supongo que tendremos que buscar un canguro para el monstruito», había añadido Nick con estudiada indiferencia, y acto seguido había blandido alegremente la maza y Alice había pulsado el disparador y los dos habían quedado cubiertos por una nube rosada de partículas de yeso.

—Quizá tendrían que hacerme una ecografía para comprobar que el bebé no se ha hecho daño con la caída —dijo Alice muy seria, mirando a la médica. Así se comportaría Elisabeth en una situación similar. Cuando Alice necesitaba ser asertiva, siempre pensaba: «¿Qué haría Elisabeth?».

—¿De cuántas semanas está? —preguntó la médica.

—De catorce —dijo Alice, pero volvió a toparse con aquel extraño blanco mental, como si no estuviera segura de que lo que decía fuera cierto—. O al menos podrían ver si el bebé tiene pulso —insistió con su voz de Elisabeth.

—Mmm... —murmuró la médica, subiéndose las gafas.

En la cabeza de Alice irrumpió el recuerdo de una voz femenina que hablaba con un simpático acento norteamericano: «Lo siento, no hay pulso».

Lo recordaba con toda claridad. La minúscula pausa después de «lo siento»: «Lo siento, no hay pulso».

¿Quién era? ¿Quién había dicho eso? ¿Había sucedido realmente? A Alice se le empañaron los ojos, y volvió a pensar en los ramos de globos de color rosa que el viento hacía revolotear en un cielo gris. ¿Los había visto en una película muy triste y olvidada hacía mucho tiempo? Volvió a golpearla la misma sensación de cuando iba en la ambulancia, aquella mezcla de dolor y de rabia. Se vio a sí misma sollozando, gimiendo y mordiéndose las uñas, aunque nunca en la vida se había comportado de ese modo. Y justo cuando creía que no podía soportarla más, la sensación se desvanecía y se quedaba en nada. Era extrañísimo.

—¿Cuántos hijos tiene? —preguntó la médica. Le había subido un poco la camiseta y bajado la cinturilla de los shorts para palparle la tripa.

Alice parpadeó, intentando contener las lágrimas.

—Ninguno. Es mi primer embarazo.

La médica dejó de palparla y la miró.

—Pues yo diría que esto es una cicatriz de cesárea.

Alice levantó como pudo la cabeza y vio que la médica le señalaba el abdomen con una uña muy bien arreglada. Forzó un poco la vista y le pareció ver una tenue línea rosada justo por encima del vello púbico.

—No tengo ni idea de qué es —declaró Alice, avergonzada. Pensó en la solemnidad con que su madre les decía de pequeñas: «No enseñéis a nadie vuestras partes femeninas». Nick estuvo a punto de soltar una carcajada cuando se lo contó. ¿Cómo podía ser que Nick no hubiera visto aquella cicatriz tan extraña? Había dedicado bastante tiempo a inspeccionar sus partes femeninas...

—Y tampoco parece que el útero tenga el tamaño de un embarazo de catorce semanas —observó la médica.

Alice se miró la tripa y vio que la tenía bastante lisa. Era la tripa de una mujer delgada, algo que en otras circunstancias habría agradecido, pero no ahora que estaba embarazada. A Nick siempre se le escapaba una risita cuando Alice se ponía algo que le marcaba la redondez de la barriga.

—¿Seguro que está de tanto tiempo? —preguntó la médica.

Alice se quedó mirando su abdomen liso (¡planísimo!) y no dijo nada. Sintió perplejidad, miedo y una espantosa vergüenza. De pronto se dio cuenta de que los pechos, que últimamente se le habían puesto hinchados, pesados y claramente «pechugones», habían recuperado su humilde y discreto estado normal. No se notaba embarazada. Se sentía rara, pero no embarazada.

¿Qué era aquella cicatriz? Pensó en las historias que circulaban sobre personas a las que secuestraban para robarles los órganos. ¿Había ido a un gimnasio, se había emborrachado hasta perder el sentido y alguien había aprovechado para quitarle algún órgano?

—Bueno, quizá no estoy de catorce semanas; a lo mejor me he confundido con las fechas —le dijo a la médica—. Estoy un poco espesa. Pero enseguida vendrá mi marido y se lo explicará todo.

—Bueno, usted descanse y no se preocupe. —La médica le recolocó la ropa con un gesto rápido y amable—. Le haremos una tomografía para descartar que haya algún problema grave, pero creo que enseguida empezará a ver las cosas más claras. ¿Recuerda cómo se llama su obstetra? Puedo llamarle para que nos diga de cuánto está. No quiero que se preocupe si resulta que no captamos pulso fetal porque aún es demasiado pronto.

«Lo siento, no hay pulso.»

El recuerdo era muy nítido. Alice tuvo la impresión de que realmente había oído aquella frase.

—Me lleva el doctor Sam Chapple —dijo Alice—. Está en Chastwood.

—Muy bien, no se preocupe. Es muy normal sentir confusión después de un traumatismo craneoencefálico.

La médica le dirigió una sonrisa solidaria y se fue. Alice la observó mientras salía de la habitación, y luego se subió la camiseta para mirarse otra vez la tripa. Además de tenerla más lisa, había una serie de líneas blanquecinas a un lado y a otro del ombligo. Parecían estrías. Las rozó con los dedos, sobrecogida. ¿Eso era verdaderamente su tripa?

Una cicatriz de cesárea, había dicho la médica. A no ser que lo hubiera oído mal, claro; quizá no era una cicatriz de cesárea sino una cicatriz normal y corriente... de lo que fuera.

De todos modos, si realmente había oído bien, eso quería decir que algún médico (¿el doctor Chapple, quizá?) le había rajado la piel con un bisturí y le había sacado de la barriga un bebé ensangrentado y berreante, y que ella no recordaba nada parecido.

¿Acaso un golpe en la cabeza podía borrar de la memoria un dato tan importante? ¿No era un poco excesivo?

Alice pensó en las veces en que se quedaba dormida viendo la tele en el sofá, con la cabeza apoyada en el regazo de Nick. No le gustaba nada, porque se despertaba con la boca pastosa y veía que la vida de los personajes de la pantalla había evolucionado y la pareja que al principio se odiaba ahora estaba compartiendo un paraguas al pie de la Torre Eiffel.

«Has tenido el bebé —se dijo para sí, sin mucha convicción—. ¿No lo recuerdas?»

Era absurdo. No iba a darse una palmada en la sien y decir: «Ah, el bebé... ¡claro que lo tuve! ¡Qué curioso que se me haya olvidado!».

¿Cómo podía haber olvidado a un bebé que crecía, daba pataditas y se movía en el interior de su tripa? Si ya lo había tenido, eso quería decir que también había asistido con Nick al cursillo de preparación al parto, y que se había comprado ropa de premamá, y que ya habían terminado de pintar el cuarto del niño, y que ya habían comprado la cunita, el cochecito, la silla de paseo, el cambiador y los pañales.

Quería decir que había un bebé en alguna parte.

Alice se incorporó y se puso las manos sobre la tripa.

¿Dónde estaba su hijo, entonces? ¿Quién lo estaba cuidando? ¿Quién le daba de mamar?

Era un despiste mucho peor que los que solía granjearle un «pero Alice...». Era un despiste descomunal y aterrador.

¡Por el amor de Dios! ¿Dónde se había metido Nick? Tendría que ponerse seria con él cuando apareciera, aunque tuviera una buena excusa.

La enfermera de ojos verdes entró en la habitación.

—¿Cómo se encuentra? —preguntó.

—Bien, gracias —respondió automáticamente Alice.

—¿Recuerda por qué está aquí y qué le ha pasado?

En teoría, aquel interrogatorio constante pretendía evaluar sus funciones mentales. Alice tuvo ganas de gritar: «Pues mire, ¡¡¡estoy aquí porque me he vuelto loca!!!», pero no quería incomodar a aquella pobre chica, y los locos incomodaban a la gente. Por eso dijo:

—¿Podría decirme en qué año estamos? —Hablaba con rapidez, por si volvía la médica de las gafas y la pillaba estudiándose las respuestas a escondidas.

—En 2008.

—¿De verdad estamos en 2008?

—Hoy es el 2 de mayo de 2008. ¡La semana próxima es el día de la Madre!

¡El día de la Madre! Sería el primer día de la Madre que Alice podría celebrar como mamá.

Ahora bien, si estaban realmente en 2008, en realidad no era su primer día de la Madre.

Si estaban en 2008, la Pasita ya tendría nueve años. Y ya no sería en absoluto una Pasita, sino que habría crecido hasta alcanzar el tamaño de una uva, y después de una pelota de tenis, y después de un balón de baloncesto, y finalmente... de un bebé.

Alice contuvo una inoportuna carcajada.

¡Su bebé tenía nueve años!

Las notas de Elisabeth para el doctor Hodges

Para el espanto de Layla, he interrumpido la explicación sobre la «visualización del objetivo» y he pasado a la «olimpiada de ideas». Le fascinará saber, doctor Hodges, que llegados a este punto les pido que miren bajo las mesas y saquen el «producto misterioso». Todo el mundo se emociona y mete la cabeza bajo la mesa. Es impresionante ver cómo personas tan distintas acaban haciendo siempre los mismos chistes. Es algo que corrobora mi idea de que el tiempo pasa pero nada cambia. Yo soy la perfecta encarnación de la frase «Nada evoluciona».

Mire, dentro de diez minutos empieza *Anatomía de Grey*,

y la redacción de estas notas no debería interferir en mi consumo televisivo nocturno. Me da igual lo que diga Ben; sin los efectos narcóticos de la televisión, hace mucho que me habría vuelto loca de verdad.

Mientras mis alumnos apuntaban en una cartulina las ideas que se les ocurrían para la comercialización de sus respectivos productos misteriosos, he intentado devolver la llamada a Jane; pero claro, ahora era ella la que tenía el móvil apagado, así que he soltado «¡A la mierda!» en voz alta y he visto que Layla esbozaba una sonrisa tensa. Le había sentado muy mal que alterase el orden de los temas como si no tuviera importancia, cuando eso precisamente es su vida.

Entonces le he contado que mi hermana había tenido un accidente y que no sabía en qué hospital estaba y que alguien tenía que ir a recoger a los críos a la escuela. Y Layla me ha dicho: «Vale, pero ¿cuándo vas a terminar la "visualización del objetivo"?». Supongo que está bien que tus subordinados tengan este grado de dedicación a la empresa, pero ¿no le parece un poquito patológico, doctor Hodges? Como experto, ¿qué opina?

Lo siguiente que he hecho ha sido llamar a mi madre, pero también me ha saltado el contestador. He añorado los tiempos en que mamá aún no tenía vida propia. No hace tanto, habría empezado por llamar a Frannie, que siempre conserva la calma en las situaciones de crisis, pero Frannie decidió dejar de conducir cuando se mudó a esa comunidad residencial para jubilados. Aún no lo he asimilado, porque siempre fue tan buena conductora... He llamado al colegio de los niños y me han dejado en espera, escuchando una grabación sobre los valores familiares. También he llamado al gimnasio de Alice para que me dijeran a qué hospital la habían llevado y me han dejado en espera, escuchando una grabación sobre la alimentación saludable.

Por último, he llamado a mi marido.

Ben ha respondido a la primera, ha escuchado mientras yo farfullaba y ha dicho: «Ya me ocupo yo».

4

Al parecer, el resultado de la tomografía fue: «Normal», lo que hizo que Alice se ruborizara por su mediocridad y recordara sus tiempos escolares, cuando sacaba suficientes y merecía comentarios como «Alumna muy silenciosa; necesita participar más en clase». Era como estamparle en la frente: «Es tan sosa que ni siquiera sabemos qué cara tiene». Elisabeth tenía sobresalientes en algunas asignaturas e insuficientes en otras, y comentarios como «Alumna problemática». A Alice le habría encantado ser problemática, pero no habría sabido por dónde empezar.

—Nos preocupa la pérdida de memoria, así que esta noche la tendremos en observación —dijo la médica de las gafas rojas.

—Ah, vale, muy bien. —Alice se alisó el pelo avergonzada, imaginando su cama rodeada de médicos y enfermeros armados con tablillas sujetapapeles y contemplándola mientras dormía. (A veces roncaba.)

La médica apretó el sujetapapeles contra el pecho y la miró con afabilidad, como si tuviera ganas de entablar conversación.

¡Vaya! Alice se puso a buscar algún tema interesante.

—¿Ha llamado ya a mi obstetra, el doctor Chapple? —dijo por fin—. Bueno, si es que ha tenido tiempo, claro...

No quería que la médica le soltara: «¡Lo siento, estaba muy ocupada salvando la vida de alguien!».

La doctora la miró con cara pensativa.

—Sí, he llamado, y por lo visto el doctor Chapple se jubiló hace tres años —contestó—. La recepcionista me ha dicho que se ha comprado una islita. ¡Qué fuerte!

—Se ha comprado una islita... —repitió Alice.

Le molestaba que la médica usara expresiones como «qué fuerte» porque le hacían parecer demasiado joven e inexperta, y un médico no debería ser inexperto. Era como George Clooney en la ambulancia. Esos profesionales de la sanidad parecían gente muy especial y de repente resultaba que eran personas normales y corrientes, lo cual era una desilusión. En fin, a ella todo le parecía muy raro. ¡La gente no se compraba islas!

—Seguramente usted le ha ayudado a pagarla —comentó jovialmente la médica.

A Alice le parecía increíble que el doctor Chapple ya no estuviera en su cómodo sillón de cuero, anotando en grandes tarjetones, con su hermosa letra caligráfica, las respuestas a sus corteses preguntas. Ahora estaría en una tumbona, bebiendo un cóctel adornado con una sombrillita de papel. ¿Seguiría usando la pajarita? Alice se lo imaginó en bermudas, con el torso desnudo y una pajarita alrededor del cuello, como un stripper. Archivó la imagen para describirla a Nick. ¿Dónde se había metido aquel hombre, por cierto?

Claro que, si estaban en 2008, habrían pasado diez años y era normal que hubieran cambiado muchas cosas en la vida del doctor Chapple, y lo que era más importante, en la vida de Alice... además de que, por lo visto, ¡¡¡el bebé ya había nacido!!!

Habrían pasado muchas, muchas cosas en los últimos diez años.

Un millón de cosas, un billón... ¡un trillón de cosas!

Sería fascinante, si no fuera tan aterrador al mismo tiempo. Alice tenía que resolver cuanto antes aquel... aquel «problema». «¡Ahora! ¡Ya mismo!», como diría Frannie. ¿Seguía viva Frannie en 2008? Las abuelas morían. Era ley de vida, algo tan previsible que ni siquiera podías entristecerte demasiado. Alice rogó a Dios que Frannie no hubiera muerto, que nadie hubiera muerto. «No se va a morir nadie más en la familia, no sería justo», le había prometido Elisabeth cuando eran pequeñas, y Alice creía a pies juntillas todo lo que le decía su hermana.

¿Estaría muerta Elisabeth, o Nick, o su madre, o el bebé...? «Lo siento, no hay pulso.»

Por primera vez en mucho tiempo, Alice revivió lo que había sentido al quedarse huérfana: la certeza de que alguien a quien quería estaba a punto de fallecer. Le entraban ganas de reunir a todas las personas a las que quería y ponerlas a buen recaudo debajo de la cama, junto a sus muñecas favoritas. A veces se angustiaba tanto que se olvidaba de respirar correctamente, y Elisabeth tenía que darle una bolsa de papel para que su respiración recuperara el ritmo.

—Creo que necesito una bolsa —le dijo a la médica.

—¿Una bolsa?

Era ridículo. No era una niña que hiperventilaba al pensar que la gente se moría.

—Tengo por ahí una bolsa —explicó—. Una mochila de lona roja, con unos adhesivos. ¿Sabe dónde está?

La médica parecía un poco molesta por aquella petición tan ajena a sus funciones.

—Ah, sí, aquí está. ¿La quiere?

Cogió la extraña mochila de un estante y Alice la miró con aprensión.

—No. Bueno, sí. Pásemela, por favor.

—Está bien, ahora descanse un poco —dijo la médica después de darle la bolsa—. Dentro de un rato vendrán a buscarla para trasladarla a otra habitación. Siento tenerla tanto tiempo esperando, pero así son los hospitales. —Le dio una palmadita maternal en el hombro y salió de la habitación con súbita prisa, como si hubiera recordado que tenía otro paciente esperándola.

Alice pasó los dedos por los tres adhesivos pegados a la bolsa. Todos tenían un dinosaurio y una frase: EL REY DINOSAURIO O LOS DINOS MOLAN. Observó el adhesivo de la camiseta y lo despegó. Era igual que los otros tres. Volvió a pegarlo en la camiseta; no sabía por qué, le parecía que ese era su lugar. Luego esperó a tener algún recuerdo o alguna sensación.

¿Serían de la Pasita? Su mente rechazó la idea con aprensión. No quería saberlo. No quería un hijo crecido, sino al bebé que aún estaba esperando.

No podía ser que le estuviera sucediendo aquello. «Pero te está sucediendo, así que más vale que te tranquilices, Alice», se dijo. Cuando quiso abrir la bolsa de deporte, se fijó en sus uñas. Alzó las manos a la altura de los ojos y vio que las llevaba muy bien arregladas, con las uñas largas y pintadas de un tono muy claro. Normalmente las tenía mordidas, rotas y sucias de tierra del jardín o de pintura de paredes. La única ocasión en que se las había visto tan cuidadas había sido el día de su boda, cuando se hizo la manicura. Se había pasado el viaje de novios enseñando las manos a Nick y diciendo: «¡Mira, soy una señora!».

Aparte de eso, sus manos seguían siendo las de siempre. De hecho, se veían bastante bonitas. No llevaba joyas, pero Alice solo se ponía anillos en ocasiones especiales —y probablemente el gimnasio no merecía esa consideración—, porque se le enganchaban continuamente con todo, especialmente cuando estaba trabajando en las obras de la casa. Levantó la mano izquierda y en el lugar de la alianza vio una marca blanca que antes no estaba. Tuvo una sensación extraña, como cuando se había visto las estrías de la barriga. Su mente pensaba que todo seguía igual que antes, pero su cuerpo le indicaba claramente que el tiempo había transcurrido al margen de ella.

El tiempo. Se tocó la cara con las manos. Si por lo visto había estado enviando invitaciones para la fiesta de su cua-

renta cumpleaños, si tenía... treinta y nueve años —ahogó
una exclamación y suspiró al pensarlo—, entonces su cara no
debía de ser la misma. Estaría más vieja. En un rincón del
cuarto había un lavamanos y un espejo. Alice vio el reflejo de
sus pies, cubiertos con los calcetines blancos de deporte; una
de las enfermeras le había quitado las extrañas zapatillas deportivas, de suela de goma muy gruesa, y las había dejado en
el suelo, junto a la cama. Podía bajar de un salto e ir a mirarse
sin más.

Era de suponer que levantarse iba contra todos los regla-
mentos hospitalarios. Tenía un traumatismo craneal. Podía
desmayarse y darse otro golpe en la cabeza. Nadie le había
dicho que permaneciera acostada, pero seguramente pensaban que era obvio.

Debería mirarse en el espejo, pero no quería ver, no quería saber, no quería que lo que le estaba pasando fuera cierto.
Además, en aquel momento tenía muchas cosas que hacer.
Necesitaba ver qué había en la bolsa. Con movimientos rápidos, abrió la mochila y metió una mano en ella, como si fuera
a encontrar un regalo escondido. Y sacó... una toalla.

Una inocente, sencilla y limpia toalla de baño de color
azul. Alice la miró y lo único que sintió fue incomodidad por
hurgar en la intimidad ajena. Era evidente que Jane Turner
había cogido la bolsa de otra persona y se la había adjudicado
sin pensarlo dos veces. Era típico de Jane, siempre tan mandona e impaciente.

En fin.

Alice contempló otra vez sus preciosas uñas pintadas.
Luego volvió a meter la mano en la mochila y sacó una bolsa
de plástico de Country Road. Caray, una tienda cara... Volcó
el contenido sobre la colcha.

Ropa de mujer. Lencería. Un vestido rojo. Una chaqueta de punto de color crudo con un gran botón de madera.
Unas botas de caña alta de color marrón claro. Un pequeño
joyero.

La lencería era de satén color crema, con encaje. Alice solía usar ropa interior cómoda y divertida: bragas con caballitos de mar estampados o sujetadores de algodón violeta que se cerraban por delante.

Levantó el vestido en el aire y le pareció precioso. Era de corte sencillo, de seda clara adornada con minúsculas flores amarillas. El color de la chaqueta de lana entonaba perfectamente con el estampado del vestido.

Miró la etiqueta y vio que era una talla 38. Era demasiado pequeño para ella, no podía ser suyo.

Alice dobló otra vez las prendas, abrió el joyero y sacó una fina cadena de oro de la que colgaba un topacio. Era un pedrusco demasiado grande para su gusto, pero al ponerlo sobre la tela del vestido vio que quedaba perfecto. «Buena elección, seas quien seas...», pensó.

La otra joya era una pulserita de colgantes de Tiffany.

«Qué extraño encontrarte aquí», se dijo Alice. Se la puso en la muñeca y se sintió más tranquila, como si por fin hubiera llegado Nick.

Nick le había comprado la pulsera al día siguiente de saber que estaban esperando a la Pasita. No debería haberle regalado algo tan caro porque estaban experimentando lo que él mismo denominaba una «situación económica complicada», ya que cada reforma que emprendían en la casa terminaba costando más de lo planeado, pero Nick decidió incluir el gasto en la «partida extraordinaria» (fuera eso lo que fuese), puesto que tener un bebé era algo extraordinario.

La Pasita había sido concebida una noche de miércoles, un día que en principio no parecía particularmente adecuado para un suceso tan memorable, y el sexo tampoco había sido demasiado apasionado o romántico. Pero en la tele no había nada interesante y Nick había soltado un bostezo y había dicho: «Tendríamos que pintar el pasillo», y Alice había contestado: «No, echemos un polvo», y Nick había soltado otro bostezo y había dicho: «Mmm... Vale». Y luego había resultado que no había condones en la mesilla de noche, pero ya estaban metidos en faena y ninguno de los dos tenía ganas de ir a por uno al baño, y además era miércoles, y sería solo una vez, y en fin, estaban casados... tenían permiso para procrear, con lo cual el embarazo era bastante improbable. Al día siguiente Alice había visto que quedaba un preservativo en el fondo del cajón de la mesilla y que si hubiera extendido un poco más el brazo lo habría alcanzado, pero ya era tarde. La Pasita había empezado a hacer lo que tuviera que hacer para convertirse en una persona.

Al día siguiente de hacerse la octava prueba con resultado positivo —por si las siete primeras habían fallado—, Nick había llegado del trabajo y le había dado un paquetito con una tarjeta que decía: «Para la madre de mi hijo», y dentro estaba la pulsera de colgantes.

Alice tenía que reconocer que la pulsera le gustaba más que el anillo de compromiso.

De hecho, para ser sincera, tenía que reconocer que el anillo de compromiso no le gustaba nada. Más bien lo odiaba.

Pero eso no lo sabía nadie. Era su único secreto... lástima que no fuera más jugoso. El anillo de compromiso era una sortija de estilo eduardiano que había pertenecido a la abuela de Nick. Alice no había llegado a conocer a la abuela Love, que según contaban era una mujer imponente y encantadora, aunque daba miedo imaginarla. Las cuatro hermanas de Nick, a las que él se refería como las Raritas por sus excentricidades, estaban locas con el anillo y habían protestado amargamente al saber que la abuela Love lo había dejado en herencia a Nick. Siempre había una u otra que cogía la mano a Alice y suspiraba: «¡Ya no se regalan joyas como estas!».

Alice encontraba el anillo bastante feo. Era una esmeralda enorme, rodeada de diamantes dispuestos en forma de flor. No sabía por qué, pero le hacía pensar en un hibisco, una planta que nunca le había gustado. Sin embargo, quién era ella para poner objeciones cuando por lo visto todas las mujeres del mundo opinaban que aquel anillo era divino y que debía de valer una pequeña fortuna.

Y ese era el otro problema. Aquel anillo era la joya más cara que había poseído en la vida, y Alice perdía cosas constantemente. Siempre estaba volviendo sobre sus pasos, vaciando papeleras y telefoneando a estaciones de tren, restaurantes y comercios para averiguar si habían encontrado un bolso, unas gafas de sol o un paraguas.

«¡Oh, no! —había exclamado Elisabeth al saber que el anillo de Alice era una valiosa reliquia familiar—. No sé... Podrías pedir a un cirujano que te lo cosa al dedo...»

La mayor parte del tiempo, salvo en ocasiones especiales o cuando tenía que coincidir con alguna de las Raritas, Alice no lo usaba. Llevaba solamente la alianza de oro o no se ponía nada. De hecho, nunca había sido aficionada a las joyas.

La pulserita de colgantes de Tiffany, en cambio, le encantaba. A diferencia del anillo de compromiso, parecía el emblema perfecto de todas las cosas maravillosas que le habían sucedido en los últimos años: Nick, la casa, el embarazo...

Se colocó la pulsera en la muñeca, apoyó la cabeza en la almohada blanca del hospital y puso la bolsa de deporte sobre la tripa. Se le pasó por la cabeza que seguramente había un millón de pulseras idénticas y que aquella podía ser de cualquiera —de hecho no reconocía ninguna otra de las cosas que había sacado de la bolsa—, pero, por alguna razón, sabía que era la suya.

Estaba empezando a enfadarse consigo misma. «¡Vamos a ver! ¡Trata de recordar! ¿Por qué eres siempre tan tonta? ¿Por qué estas cosas siempre te pasan a ti?»

Con un gesto de rabia, volvió a meter la mano en la bolsa y sacó un monedero negro de piel, alargado y lujoso. Alice le dio vueltas en las manos. «Gucci», ponía en letras menudas y discretas. ¡Dios mío! Lo abrió y lo primero que vio fue su propia cara contemplándola desde el permiso de conducir.

Su cara. Su nombre. Su dirección.

En fin, ahí estaba la prueba de que la bolsa era suya.

Era una foto borrosa, como suelen ser las fotografías de carnet, pero pudo ver que llevaba una blusa blanca y un largo collar de cuentas negras. ¿Un collar? ¿Se había convertido en el tipo de mujer que usaba collares? Llevaba una media melena por los hombros y por lo visto se había teñido de un rubio muy claro. ¡Se había cortado el pelo! Una vez, Nick le había hecho prometer que jamás se lo cortaría. Alice había pensado que era una petición exquisitamente romántica, aunque Elisabeth, cuando se lo contó, dijo con cara de asco: «No puedes prometerle que seguirás peinándote como una adolescente a los cuarenta años».

A los cuarenta años.

Ajá.

Alice se tocó la nuca con una mano. Era vagamente consciente de que desde hacía unas horas llevaba el pelo recogido, pero no había caído en la cuenta de que era una coleta muy corta. Se quitó el coletero y se pasó los dedos por el pelo. Lo llevaba aún más corto que en la foto del permiso de conducir. Se preguntó si a Nick le gustaría. Dentro de nada iba a tener que armarse de valor y mirarse en el espejo.

Claro que justo en ese momento tenía muchas cosas que hacer. No había prisa.

Volvió a guardar el permiso de conducir y empezó a inspeccionar el monedero. Encontró varias tarjetas de débito y de crédito con su nombre, entre ellas una tarjeta Oro de American Express. ¿No era un típico símbolo de estatus, como los BMW? También encontró el carnet de la biblioteca, la tarjeta del seguro del coche, la del seguro sanitario...

Había una tarjeta de visita a nombre de un tal «Michael Boyle, Fisioterapeuta colegiado», con una dirección de Melbourne. Alice dio la vuelta a la tarjeta y vio una nota escrita a mano:

Alice:

Ya estamos instalados. Pienso a menudo en ti y en otros tiempos más felices. Llama cuando quieras.

Mil besos.

Soltó la tarjeta. ¿Qué querría decir ese tal Michael Boyle con una frase tan cursi como «otros tiempos más felices»? Alice no quería haber vivido tiempos más felices con un fisioterapeuta de Melbourne. Sonaba fatal. Se imaginó a un señor calvo y barrigón, de manos fofas y boca babosa.

¿Dónde demonios estaba Nick?

A lo mejor Jane se había olvidado de llamarlo. En el gimnasio se había comportado de una forma muy extraña. Tendría que telefonearlo ella directamente para decirle que la situación era grave y que necesitaba que saliera de inmediato del trabajo. ¿Por qué no se le había ocurrido antes? De repente, estaba ansiosa por conseguir un teléfono y escuchar la encantadora voz familiar de Nick. Tenía una sensación extraña, como si llevara siglos sin hablar con él.

Buscó febrilmente por toda la habitación, donde por supuesto no había ningún teléfono. En aquel cuarto no había nada de nada, salvo el lavabo, el espejo y un cartel que explicaba cómo lavarse las manos correctamente.

¡Un móvil! Eso era lo que necesitaba. Hacía muy poco que tenía uno, un móvil viejo que había sido del padre de Nick y que aún funcionaba, aunque había que sujetar la carcasa con una goma elástica. Algo le dijo que probablemente ahora tenía otro más caro, y cuando abrió un compartimiento con cremallera de la mochila, se topó con el compacto y elegante teléfono plateado que esperaba encontrar. ¿Realmente esperaba encontrarlo? No lo tenía tan claro...

También sacó una agenda con tapas de piel que se apresuró a abrir para comprobar que realmente estaban en 2008, y leyó con angustia y asombro las anotaciones escritas de su puño y letra. En lo alto de cada página había un claro y rotundo «2008». «2008», «2008», «2008»... Alice dejó de hojear la agenda y cogió el teléfono plateado respirando con dificultad, como si tuviera una barra metálica clavada en el pecho.

¿Sabría hacer funcionar aquel extraño aparato? Siempre le costaba acostumbrarse a las novedades electrónicas, pero por lo visto sus dedos cuidados y elegantes sabían qué hacer, ya que pulsaron los dos botoncitos plateados de los laterales y el teléfono se abrió de golpe. Alice marcó el número directo de Nick y sostuvo el teléfono junto a la oreja mientras sonaba el tono de comunicación. «Por favor, contesta. Por favor, contesta...», pensó. Tenía la impresión de que se echaría a llorar al oír la voz de su marido.

—Departamento de ventas, ¿dígame?

Era una chica joven, de voz alegre y chispeante. Al fondo se oía reír a alguien.

—Por favor, ¿podría hablar con Nick Love? —dijo Alice.

Hubo una pequeña pausa. Cuando contestó, la chica habló como si acabara de recibir una regañina. La risa de fondo ya no se oía.

—Lo siento, no es esta extensión, pero si quiere puedo pasar a la asistente personal del señor Love.

Alice no dijo nada; estaba desconcertada por el hecho de que Nick tuviera una «asistente personal». Vaya lujo.

—El señor Love está en Portugal esta semana —continuó la chica, como si Alice hubiera puesto alguna objeción—; o sea, que será mejor que hable con su asistente.

¡En Portugal!

—¿Qué está haciendo en Portugal? —quiso saber Alice.

—Ha ido a una convención, creo —explicó la chica con voz vacilante—. Pero puedo pasarle a...

Portugal y una asistente personal. Debían de haberlo ascendido. ¡Tendrían que descorchar una botella de champán!

—Esto... Por favor, ¿podría recordarme qué cargo ocupa el señor Love en la empresa? —preguntó astutamente Alice.

—Es el director general —respondió la chica, en un tono que significaba: «¿Acaso hay alguien que no lo sepa?».

¡Cielos! ¡Nick ocupaba el cargo del Malvado Cabronazo!

Era un salto brutal en la jerarquía de la empresa, un salto que implicaba más de un ascenso. Alice sintió un gran orgullo al imaginarse a Nick recorriendo la empresa con paso firme, diciendo a la gente qué tenía que hacer. ¿No se reirían de él?

—Le paso a su asistente —dijo la chica con decisión. Se oyó un chasquido y de nuevo el tono de llamada.

—Despacho del señor Love... —respondió melosamente otra voz femenina—. Soy Annabelle. ¿Qué desea?

—Ah —dijo Alice—. Soy la mujer de Nick... esto... del señor Love. Quería hablar con él, pero...

La voz de la mujer se volvió cortante como el filo de una navaja.

—Hola, Alice. ¿Qué tal estás?

—Bien. Es decir...

—Como sabes, Nick no vuelve a Sidney hasta el domingo. Obviamente, si hay algo que no pueda esperar puedo intentar hacerle llegar un mensaje, pero la verdad es que preferiría no molestarlo. Tiene una agenda de locos.

¿Por qué era tan antipática con ella esa mujer? Era evidente que se conocían. ¿Qué podía haberle hecho Alice para caerle tan mal?

—Dime, Alice. ¿Es algo que puede esperar o no?

No eran imaginaciones suyas. Aquella voz expresaba un odio real. Alice notó una punzada de dolor en la cabeza y le entraron ganas de decir: «Oiga, señorita, estoy en el hospital. ¡Me han traído en ambulancia!».

«No tienes que dejarte avasallar», le decía siempre Elisabeth. A veces, cuando Alice ya hacía horas que se había olvidado de un incidente, su hermana le decía: «Anoche no pude dormir pensando en lo que te dijo aquella mujer en la farmacia. No sé cómo se lo permitiste. ¿Por qué dejas que te traten como a un trapo?». Y Alice se dejaba caer al suelo fingiendo que era un trapo, y Elisabeth decía: «¡Por el amor de Dios, Alice!».

El problema era que Alice necesitaba un poco de preparación para responder con asertividad, y ese tipo de situaciones solían ser inesperadas. Ella necesitaba horas para tomar una decisión. ¿Realmente la habían tratado mal, o es que era demasiado suspicaz? ¿Y si resultaba que la otra persona se había enterado aquella misma mañana de que padecía una enfermedad terminal y tenía todo el derecho a estar de mal humor?

Cuando estaba a punto de murmurar una respuesta patética y suplicante a la asistente personal de Nick, su cuerpo inició una extraña serie de acciones, en contra de su voluntad. Su espalda se irguió, su barbilla se elevó, los músculos de su abdomen se tensaron... Alice habló sin reconocer su propia voz, que sonó áspera, cortante y altanera.

—No, no puede esperar. Es urgente. Se trata de un accidente. Por favor, que Nick me llame lo antes posible.

Alice no se habría sorprendido más si de repente se hubiera puesto a hacer un triple salto mortal.

—Muy bien, Alice. Veré qué puedo hacer —respondió la mujer tras un suspiro. Su desprecio era aún palpable.

—Gracias —dijo Alice, y en cuanto colgó, exclamó—: ¡Estúpida! ¡Bruja! ¡Zorra! —Escupió estas palabras con la boca torcida, como si fueran balas envenenadas.

Tragó saliva. La cosa se ponía cada vez más extraña: de repente se comportaba como una barriobajera tatuada, dispuesta a abalanzarse sobre cualquiera que le tosiera un poco.

Se sobresaltó al notar que el móvil le sonaba en la mano.

«Debe de ser Nick», pensó, aliviada. Una vez más, sus dedos supieron qué hacer. Pulsó la tecla con el dibujo de un teléfono verde y respondió.

—¿Nick?

—¿Mamá? —preguntó una enojada vocecita infantil.

5

Meditaciones de una bisabuela

Me tendréis que perdonar, pero necesito desahogarme. Estoy un poquito «rayada», como dicen los jóvenes. No me gusta nada esta palabra, pero es tan difícil escapar a la evolución del habla...

Como muchos sabéis, soy la presidenta del Comité de Actividades de nuestro querido Bosque de la Tranquilidad y en los últimos meses he estado organizando la Velada del Talento Familiar. Será el próximo miércoles y contaremos con la participación de varios familiares nuestros: hijos, nietos y demás. ¡Seguro que lo pasamos en grande! En fin, probablemente algunas de las actuaciones serán espantosas, pero al menos nos olvidaremos un rato de la artritis.

En la reunión de hoy se ha presentado un miembro reciente de la comunidad. Como me encanta escuchar nuevas aportaciones, he dado una calurosa bienvenida al «señor X». Imagino que ninguno de los residentes del Bosque de la Tranquilidad lee este blog, ya que todos son unos vejestorios que no tienen ni idea de internet, pero prefiero ser prudente con los nombres.

El señor X tenía un montón de propuestas.

Nosotros habíamos pensado ofrecer té, café, sándwiches

y pastitas a los asistentes a la Velada del Talento Familiar. Pues bien, el señor X ha levantado la mano y ha propuesto instalar una «barra de cócteles». Ha dicho que durante un año fue barman en no sé qué isla caribeña y que prepara «unos combinados que te cagas». Literalmente. Así es como habla.

Luego ha preguntado si podría actuar una joven conocida que no era exactamente de la familia. Le he contestado que sí, por supuesto, y él ha dicho que muy bien, porque era genial haciendo strip-tease. Todos los hombres de la reunión han soltado una carcajada. Pues no, señores, ¡no tiene gracia! Es una propuesta sexista y cutre. Y algunas mujeres también se han reído. ¡Rita se tronchaba! Vale, ya sabemos que tiene demencia, pero es inadmisible.

Me he sentido muy incómoda y me han entrado ganas de echarme a llorar. Ha sido como volver al día de mi primera clase, recién salida de la facultad. (Por si alguien no ha leído el apartado **Sobre la autora**, os contaré que trabajé veinte años como profesora de matemáticas y diez más como directora de instituto. He dedicado toda mi vida al sistema educativo.) Pues bien, en mi primera clase había un alumno que se llamaba Frank Neary. Aún me parece ver su carita traviesa. Era un chico listo, pero totalmente incontrolable. Siempre estaba soltando chistes para hacer reír a sus compañeros. Hacía que me sintiera una solterona seria y aburrida.

Evidentemente, cada año hay algún Frank Neary, y enseguida aprendí a pararles los pies. Pero en esa primera clase, cuando era una profesora joven e inexperta, Frank consiguió que me sintiese la persona más sosa del mundo. Y hoy me he sentido exactamente igual.

¡Y sin embargo, tengo un gran sentido del humor! Me río con los chistes buenos. Pero... ¡un strip-tease! A vosotros no os parece chistoso, ¿verdad?

En fin. El siguiente punto del orden del día era esa **polémica excursión** de la que hablaba en mi último post. ¡Hicisteis muchos comentarios! ¡Algunos no os lo tomasteis nada bien!

Me he imaginado que el señor X tampoco estaría de acuerdo conmigo en este asunto, y evidentemente...

¡NOTICIA DE ÚLTIMA HORA!

¡Ay, Señor! Estoy hecha un manojo de nervios... He interrumpido lo que estaba escribiendo porque acaba de llamar mi «hija» **Barb** para darme la desagradable noticia de que mi «nieta» **Alice** ha tenido un accidente en el gimnasio al que suele ir (demasiado a menudo para mi gusto) y está en el hospital. Estoy muy preocupada, porque Alice está pasando por una **mala temporada** últimamente y solo le faltaba esto. Por lo visto se ha dado un golpe en la cabeza que le ha provocado amnesia y cree que estamos en 1998. ¡Madre mía! Seguro que no tardará en recuperar la memoria, pero de momento es una situación complicada que me ayuda a situar en perspectiva mis banales preocupaciones. Doy por concluido el post de hoy. Actualizaré la información en cuanto sepa algo más.

COMENTARIOS

Beryl dijo...
¡Estoy contigo, Frannie! ¡Dile a ese imbécil de X que no pinta nada en el Comité de Actividades! Y besos y oraciones para Alice.

Brisbaniano dijo...
Supongo que soy el único tío que hace comentarios en el blog y que todas me pegaréis la bronca, pero no puedo quedarme callado: ¿qué problema hay con servir cócteles en ese sarao familiar? A mí me parece una idea genial. ¡Viva X!

Y lo siento, Frannie, pero me has hecho reír. Déjalo tranquilo al pobre. Solo pretende animaros un poco.

DorisdeDallas dijo...
¿Y si invitas al señor X a una copa e intentas solucionar el asunto hablando? ¡Utiliza tus armas de mujer! Podrías prepararle esa

quiche de jamón y queso de la que hablabas en un post anterior.
PD: ¿Por qué entrecomillas las palabras «hija» y «nieta»?

Abuela Molona dijo...
Siento mucho lo de Alice. ¡Solo le faltaba eso! Mantennos informados.

Lady Jane dijo...
Dile a Alice que un día me desmayé en la sección de congelados del súper y cuando me desperté y me preguntaron cómo me llamaba les dije mi apellido de soltera. ¡Y llevaba 43 años casada! Es curioso cómo funciona el cerebro.

Frank Neary dijo...
Hola, señorita Jeffrey. Hoy se me ha ocurrido buscar mi nombre en Google y he llegado a su blog. Siento haber sido el graciosillo del curso, pero sepa que tengo muy buen recuerdo de sus clases de matemáticas. Me parece que incluso estaba medio enamorado de usted. Estudié ingeniería y estoy convencido de que si me ha ido bien en mi carrera profesional ha sido gracias a su excelente enseñanza.

Loca_Mabel dijo...
He descubierto este blog hace muy poco. ¡Enhorabuena, es genial! Soy una bisabuela del otro lado del mundo (vivo en Indiana, USA) y estoy pensando en escribir un blog yo también. Una pregunta: ¿qué piensan tus parientes de que escribas sobre ellos? Creo que a los míos les parecería un poco raro.

AB44 dijo...
¿Realmente es tu antiguo alumno Frank Neary el que ha enviado el comentario anterior? ¡Vaya pasada! ¡Internet es una caña!

—¿Mamá? —repitió con impaciencia la vocecita infantil.

Alice no habría podido decir si era un niño o una niña. Era una voz infantil normal y corriente: entrecortada, impetuosa, un poco nasal; bastante agradable. Alice hablaba pocas veces por teléfono con niños —solo cuando era el cumpleaños de algún sobrino de Nick—, pero siempre le impresionaba la dulzura de sus voces. En carne y hueso los críos parecían mucho más grandes, sucios y temibles.

Empezó a sudarle la mano. Aferró el teléfono con firmeza y se pasó la lengua por los labios.

—¿Diga? —dijo con voz ronca.

—¡Soy yo, mamá! —La vocecita subió de volumen al otro lado de la línea, como si el crío le estuviera chillando al oído—. ¿Por qué pensabas que era papá? ¿Te ha llamado desde Portugal? ¡Caray! Pues si vuelves a hablar con él, ¿podrías decirle que el juego que quiero es el *Lost Planet: Extreme Condition*? ¿Me has oído? Es que me parece que el otro día me equivoqué de nombre. Oye, mami, es muy importante, así que apúntalo, por favor. ¿Te lo repito? *Lost... Planet... Extreme... Condition...* Pero ¿dónde estás? Tenemos clase de natación y sabes que no me gusta llegar tarde porque luego tengo que esperar un montón de rato con el flotador en la mano. ¡Ah, mira, está aquí tío Ben! ¿Nos llevas tú a la piscina? ¡Vale, genial! ¿Por qué no nos lo habías dicho? ¡¡¡Hola, tío Ben!!! Bueno, te dejo, mamá. Hasta luego.

Se oyó un chasquido, seguido de un golpe y de unos gritos infantiles. Una voz masculina dijo: «¡Hola, artistas!», y la línea se cortó.

Alice soltó el teléfono y dirigió la mirada a la puerta abierta de la habitación. Vio pasar a una persona que llevaba un gorro de plástico verde en la cabeza y gritaba: «¡Dejadme en paz!». A lo lejos se oía el llanto de un bebé.

¿Había estado hablando con la Pasita?

Ni siquiera sabía cómo se llamaba. Aún estaban discutiendo qué nombre le pondrían. Nick quería que se llamara

Tom —«un nombre sencillo y normal, muy adecuado para un chico»—, pero Alice prefería Ethan, pues le parecía más sexy y triunfador. Y si al final la Pasita resultaba ser una niña, Alice quería que se llamara Madeline y Nick prefería Addison, porque por lo visto las niñas no necesitaban «un nombre sencillo y normal».

«Es imposible que haya sido madre y no sepa cómo se llama mi hijo. No puede ser. Está fuera de los límites de lo verosímil», se dijo Alice.

A lo mejor se había equivocado al marcar el número. El crío había hablado de un tal «tío Ben», y Alice no conocía a nadie con ese nombre. Rebuscó en su memoria y el único Ben que le vino a la cabeza fue un vendedor de rótulos luminosos corpulento y barbudo que había estado trabajando durante una temporada para la tienda de artículos esotéricos de Dora, la hermana mayor de Nick y la menos rarita de las Raritas. De hecho, quizá se llamaba Bill o Brad.

El problema era que el crío, al oírle decir «Nick», había preguntado: «¿Por qué pensabas que era papá?». Además, sabía que Nick estaba en Portugal.

Estaba fuera de los límites de lo verosímil, sí, pero por otro lado parecía bastante concluyente.

Alice cerró los ojos y volvió a abrirlos al cabo de un momento, intentando imaginar a un niño de diez años más bien parlanchín. ¿Qué estatura tendría? ¿De qué color serían sus ojos? ¿Y su pelo?

La situación era tan aterradora que estuvo a punto de soltar un chillido, pero al mismo tiempo le entraron ganas de reír al pensar que era completamente absurda. Parecía un chiste imposible, una historia hilarante que contaría durante años: «Y entonces llamé a Nick y esa mujer me dijo que estaba en Portugal... Y yo pensé: "¿En Portugal?"».

Cogió el teléfono como si fuera una bomba, intentando decidir a quién llamar a continuación. ¿A Elisabeth, a su madre, a Frannie...?

No. Estaba harta de oír voces desconocidas diciéndole cosas que debería saber sobre personas a las que quería.

Se sentía muy débil, los brazos y las piernas le pesaban. No llamaría a nadie; no haría nada. En un momento u otro ocurriría algo o aparecería alguien. Los médicos la curarían y todo iría bien. Empezó a meter las cosas en la mochila otra vez. Cuando cogió la agenda de piel, cayó una foto del interior.

Era un retrato de tres niños vestidos con el uniforme escolar. Era evidente que les habían pedido que posaran, porque estaban puestos en hilera, los tres con los codos apoyados en las rodillas y la barbilla en las manos. Eran dos niñas y un niño.

El niño estaba en el centro. Tenía el pelo rubio y alborotado, orejas de soplillo y nariz respingona. Ladeaba la cabeza y apretaba los dientes en una mueca grotesca que Alice supo que era una sonrisa. Lo supo porque debía de haber visto por lo menos cien fotos con su hermana poniendo esa misma cara. «¿Por qué hago siempre eso?», se lamentaba Elisabeth cuando veía el resultado.

A la derecha del niño había una niña que parecía un poco mayor que él. Tenía la carita alargada y muy seria, y el pelo castaño y liso, recogido en una coleta que le caía sobre el hombro. Inclinaba el torso en un gesto que decía claramente: «No quiero estar en esta postura ridícula». Apretaba la boca hasta formar una fina línea y miraba hoscamente a la cámara. Tenía un rasguño muy feo en la rodilla y se le habían soltado los cordones de los zapatos. Alice no reconoció ninguno de sus rasgos.

A la izquierda del niño había otra niña más pequeña, con el pelo rubio y rizado, recogido en dos grandes coletas. Tenía una sonrisa beatífica, con un hoyuelo en cada una de sus mejillas de querubín. Llevaba algo pegado a las solapas de la chaqueta. Alice se acercó la foto a los ojos y vio que eran dos adhesivos de dinosaurios, idénticos al de su camiseta.

Dio la vuelta a la foto y vio una etiqueta en el dorso, con un texto impreso:

Niños (de izquierda a derecha): Olivia Love (Preescolar 2), Tom Love (4.º B), Madison Love (5.º M)
Madre: Alice Love
Número de copias encargadas: 4

Alice giró otra vez la foto y contempló de nuevo a los niños.

¡No os he visto en mi vida!

Notó un extraño zumbido en los oídos. Sintió que se asfixiaba y su pecho empezó a inflarse y desinflarse muy deprisa, como si estuviera a una altitud extrema. «¡Fue tan raro...! Estaba mirando la foto de tres niños y resulta que eran mis hijos. ¡Y no los reconocí! ¡Qué gracioso!»

Una enfermera a la que no había visto hasta entonces entró en la habitación, le lanzó una mirada y cogió el sujetapapeles que estaba colgado al pie de la cama.

—Lo siento, pero tendrá que esperar un poco más. Los que mandan me han prometido que dentro de un ratito podremos adjudicarle una cama. ¿Qué tal se encuentra?

Alice se tocó la sien con mano temblorosa.

—Pues mire, resulta que no recuerdo los diez últimos años de mi vida. —Su voz delataba un dejo de histeria.

—Voy a ver si puedo traerle una taza de té y un bocadillo. —La enfermera miró la foto que Alice tenía en el regazo—. ¿Son sus hijos?

—Eso parece —respondió Alice, y soltó una risita que se convirtió en un sollozo.

Notó en la boca el conocido sabor de las lágrimas y le vino a la cabeza una frase: «¡No puedo más! ¡Estoy cansada de tanto llorar!»; pero no sabía qué significaba, porque no había llorado de ese modo desde que era pequeña, y en cualquier caso no habría podido parar aunque quisiera.

6

Las notas de Elisabeth para el doctor Hodges

Durante el descanso de media tarde he llamado a Ben al móvil, y él, por encima de un barullo que parecía producido por veinte críos en lugar de tres, me ha explicado que había ido a recoger a los niños al colegio y que estaba llevándolos a la piscina, a clase de natación. Ha dicho que por lo visto no podían saltarse ni una lección porque a Olivia acababan de hacerla cocodrilo u ornitorrinco o algo así, y entonces se ha oído una risita de Olivia y su voz gritando: «¡Delfín, tonto!». También se oía a Tom, que seguramente iba sentado al lado de Ben, entonando monótonamente: «Vas cinco kilómetros por encima de la velocidad máxima, vas cuatro kilómetros por encima de la velocidad máxima, vas dos kilómetros por debajo de la velocidad máxima...».

Ben parecía estresado, pero contento; más contento de lo que lo he visto en semanas. No es que Alice suela contar con nosotros para ir a recoger a los niños al colegio y llevarlos a la piscina, y era evidente que Ben estaba entusiasmado con esta nueva responsabilidad. Me he imaginado que cuando parasen en un semáforo, los demás conductores verían a un padre normal (quizá un poco más corpulento y melenudo que la media), acompañado de sus tres hijos.

Si pienso demasiado en eso terminaré angustiándome, así que voy a dejar de pensar.

Ben también ha dicho que según Tom, que acababa de hablar con su madre por el móvil, Alice no había dicho nada de ninguna caída en el gimnasio, y sonaba «como mamá, pero un quince por ciento más gruñona de lo normal». Creo que estos días están dando los porcentajes en clase de matemáticas.

Lo curioso es que a mí no se me había ocurrido llamar a Alice al móvil, pero lo he intentado justo después de hablar con Ben.

Me ha contestado con una voz tan rara que no la he reconocido; he creído que era una enfermera. He dicho: «Perdone, quería hablar con Alice Love», pero enseguida me he dado cuenta de que era Alice, que me decía entre sollozos: «¡Libby, menos mal que llamas!». Estaba histérica; decía no sé qué de una foto, de unos adhesivos con dinosaurios, de un vestido rojo que era imposible que le entrara pero que era muy bonito, de una borrachera en un gimnasio, y que por qué estaba Nick en Portugal, y que no sabía si estaba embarazada, y que pensaba que estábamos en 1998 pero todo el mundo decía que era 2008... Me he asustado mucho. No sé cuándo fue la última vez que la oí llorar, o llamarme Libby; de un año a esta parte lo ha pasado fatal, pero nunca ha llorado delante de mí. Recientemente nuestras conversaciones son tan educadas y contenidas que resultan desagradables; además las dos nos esforzamos en hablar como si no pasara nada.

La verdad es que me he alegrado de oírla llorar. Me he sentido más cerca de ella. Hace mucho que Alice dejó de necesitarme, pero hubo un tiempo en que ser la hermana mayor que la protegía del mundo era una parte importante de mi identidad. (Debería ahorrarme la tarifa de estas sesiones y analizarme yo misma, doctor Hodges.)

De manera que le he dicho que no se preocupara, que enseguida iba para allá y que ya veíamos cómo solucionábamos el problema, y luego he vuelto a subir a la tarima y he comunicado a los asistentes que había surgido un imprevisto familiar y que tenía que marcharme, pero que mi eficiente colaboradora Layla seguiría con el seminario, y cuando me he vuelto hacia ella la he visto con la cara radiante, como si acabara de descubrir la religión. Así que todo iba bien.

Evidentemente, el hospital tenía que ser el Royal North Shore...

Cada vez que entro en ese aparcamiento, me siento como si acabara de engullir un hierro enorme que tiene forma de ancla y me presiona el esófago y a ambos lados de la tripa.

Y otra cosa: en el Royal North Shore el cielo siempre me parece inmenso, como una caracola hueca. ¿Por qué? No sé si es porque tengo que mirar hacia arriba para entrar en el aparcamiento y me siento pequeña e inútil, o si es una simple cuestión de geografía, porque hay un tramo de carretera que sube y de repente baja en picado para acceder al aparcamiento.

«Estoy aquí por Alice», me he dicho al bajar del coche.

Sin embargo, mirara a donde mirase, veía antiguas versiones de Ben y de mí misma pululando por todas partes, como fantasmas. Si alguna vez va al Royal North Shore, doctor Hodges, fíjese y nos verá por allá, volviendo al aparcamiento en un día frío y soleado, yo con esa falda hippy que me sienta fatal pero que sigo usando porque no necesita plancha, aferrada a la mano de Ben, dejando que me guíe, mientras clavo la vista en el suelo y entono mi mantra: «No pienses, no pienses, no pienses...». O nos verá rellenando impresos en el mostrador de recepción, yo delante y Ben detrás de mí, haciéndome pequeñas caricias circulares en la espalda, y yo sintiendo que esos círculos me permiten respirar... inspirar, espirar, inspirar, espirar, como un ventilador. O nos encontrará apretujados al fondo del ascensor, compartiendo el exiguo espacio con una familia emocionada y cargada de flores y de globos con la frase: «¡Ha sido niña!»; y los dos cruzaremos los brazos sobre el abdomen, adoptando una postura idéntica, como si nos protegiéramos para que tanta alegría no nos hiera.

La semana pasada me decía usted que lo que me pasó no me define, pero resulta que sí me define, doctor Hodges.

No pienses...

Mientras recorría esos largos pasillos donde resonaba el clop, clop, clop de mis pasos, envuelta en aquel olor (supongo que sabe, doctor Hodges, lo mal que huele el puré de patatas de hospital, cómo te impregna las fosas nasales con recuerdos de otras visitas), he procurado no hacer caso de aquellos fantasmas del pasado y he intentado concentrarme en Alice, pensando en cómo debía de sentirse si aún creía que estábamos en 1998. Solo se me ocurría compararlo con aquella borrachera que pillé de adolescente, en la celebración de un veintiún cumpleaños, cuando solté un largo y sentido brindis en honor del homenajeado, al que acababa de conocer aquella misma tarde. Al día siguiente no recordaba absolutamente nada, ni siquiera detalles sueltos. Me dijeron que había incluido la palabra «penuria» en el discurso, lo cual me dejó bastante preocupada, porque era algo que no recordaba haber pronunciado jamás estando sobria y además no sabía muy bien qué significaba. Nunca he vuelto a emborracharme de ese modo. Soy demasiado controladora para aceptar que la gente tenga que contener la risa mientras me describe cosas que he hecho pero no recuerdo.

Si un vacío de memoria de dos horas ya me parece espantoso, ¿cómo debía de ser olvidar diez años enteros?

Cuando buscaba la sala donde estaba Alice, me ha venido a la cabeza la imagen de mi madre, Frannie y yo, las tres nerviosas y emocionadas como la familia del ascensor, recorriendo los pasillos de otro hospital para ir a verla cuando acababa de tener a Madison. De pronto vimos a Nick delante de nosotras y lo llamamos las tres al unísono; Nick se volvió y, mientras esperaba a que llegáramos a su altura, empezó a correr en círculos como Rocky y a dar puñetazos en el aire, y Frannie soltó un cariñoso: «¡Qué gracioso es!», y yo, que por entonces salía con aquel arquitecto tan creído, decidí en ese mismo momento que rompería con él porque Frannie nunca lo habría definido como «gracioso».

Y de pronto se me ha ocurrido que, si realmente Alice había perdido la memoria de los últimos diez años, entonces tampoco recordaría aquel día, ni a Madison recién nacida. No recordaría que en el momento en que el pediatra entró a ver a la niña estábamos abriendo una caja de bombones comprada en Quality Street. El pediatra palpó a Madison y se la colocó en la palma de la mano con impertérrita pericia, como un jugador de baloncesto que da vueltas al balón, y Alice y Nick exclamaron al unísono: «¡Cuidado!», y los demás nos reímos, y el pediatra sonrió y dijo: «¡Han tenido una niña de matrícula de honor!». Y todos aplaudimos y jaleamos a Madison por su primera buena nota, mientras el pediatra la envolvía otra vez en la mantita blanca, como si fuera una ración de pescado con patatas de la freiduría, y la entregaba ceremoniosamente a Alice.

Y justo cuando empezaba a pensar en la enormidad de lo que le había sucedido a mi hermana en los últimos diez años, he encontrado la sala en la que estaba, y al asomarme a la puerta la he visto tras las cortinas del primer cubículo, recostada en las almohadas, con las manos en el regazo y la mirada clavada al frente. Le faltaba color. Llevaba puesto el camisón blanco del hospital, estaba rodeada de sábanas blancas, tenía una venda blanca en la cabeza y hasta su cara tenía una palidez mortal. Era raro verla tan quieta, porque siempre está haciendo movimientos bruscos y rápidos, enviando mensajes de texto, buscando las llaves del coche, agarrando a uno de los críos por el hombro para soltarle una regañina... Siempre tamborilea con las uñas, pendiente de un montón de cosas que hacer.

Diez años atrás no era así. Los domingos, Nick y ella se quedaban durmiendo hasta mediodía. «¿Cómo van a terminar las obras de esa casa tan grande?», los criticábamos mamá, Frannie y yo, como tres tías solteronas.

Al principio no me ha visto, pero cuando me he acercado ha pestañeado, y sus ojos me han parecido enormes y azules en esa cara tan pálida. Pero lo importante es que me ha mirado con una expresión distinta, pero familiar a la vez. No sé cómo describirla; lo primero que me ha venido a la cabeza ha sido: «Has vuelto».

Y ¿quiere saber qué es lo primero que me ha dicho Alice a mí, doctor Hodges?

Ha dicho: «Pero Libby... ¿qué te ha pasado?».

Ya le he dicho que lo que me ha pasado sí que me define. O quizá eran solo las arrugas.

A Alice la habían llevado por fin a una habitación colectiva y le habían dado un camisón y un mando para la tele y una pequeña mesa blanca con ruedas. Una señora que empujaba un carrito le llevó una taza de té aguado y cuatro sándwiches minúsculos de jamón y queso. La enfermera tenía razón: el té y los bocadillos la ayudaron a sentirse mejor, aunque no lograron hacer desaparecer aquel inmenso vacío de su memoria.

En cuanto oyó la voz de Elisabeth en el móvil, se sintió como cuando telefoneaba a casa durante aquel viaje patético que había hecho por Europa a los diecinueve años; quería actuar como si tuviera una personalidad distinta, la de una joven aventurera y extravertida, el tipo de chica que durante el día disfrutaba visitando ruinas y catedrales sin compañía alguna y por la noche charlaba animadamente en el albergue con compatriotas borrachos, a pesar de que en realidad se sentía nostálgica y sola y muchas veces aburrida, y además no entendía los horarios de los trenes. Sin embargo, cuando llamaba a casa y oía la voz de Elisabeth, que llegaba con toda claridad hasta una extraña cabina telefónica de la otra punta del mundo, Alice temblaba de alivio y apoyaba la frente en el cristal y pensaba: «Vale, soy una persona real».

—Vendrá mi hermana a verme —dijo a la enfermera que

entró en la habitación, como si le estuviera dando sus credenciales de persona real y poseedora de familiares a los que conseguía reconocer.

Sin embargo, al principio no reconoció a Elisabeth. Cuando se acercó a la cama, Alice dio por supuesto que aquella señora con media melena, gafas y traje de chaqueta de color beis era una administrativa del hospital que necesitaba resolver algún trámite, hasta que algo en su actitud, aquel gesto de «yo me encargo de todo» tan propio de ella, la delató.

Era asombroso, porque parecía que Elisabeth hubiera engordado un montón de kilos de la noche a la mañana. Siempre había tenido un cuerpo fuerte y atlético; corría, practicaba remo y era muy activa. Y no es que ahora estuviera gorda, pero su cuerpo se había vuelto más ancho, más fofo y más tetudo. Era como una versión hinchada de sí misma, como si le hubieran insuflado aire como a un flotador de plástico. «No le gustará nada estar así», pensó Alice. Elisabeth tenía una actitud ridículamente histérica respecto a la alimentación; les soltaba sermones sobre las grasas y se negaba en redondo a comer pastel cuando le ofrecían un pedazo. Una vez en que Nick, Alice y ella fueron a pasar el fin de semana fuera de Sidney, Elisabeth se pasó horas examinando la letra pequeña de los envases de yogur en el bufet de desayunos del hotel, para terminar advirtiéndoles sombríamente: «Hay que andar con muchísimo cuidado con el yogur». A partir de entonces, cada vez que Alice y Nick comían yogur, exclamaban a dúo: «¡Cuidado!».

Cuando Elisabeth dio un paso más y su cara quedó bajo la potente luz que había sobre la cama, Alice vio la maraña de pequeñas líneas que le flanqueaban la boca y los ojos, protegidos por unas elegantes gafas. Elisabeth, como ella, tenía unos hermosos ojos azules y pestañas oscuras, herencia de su padre; eran unos ojos grandes y expresivos que cosechaban elogios, pero ahora se veían pequeños y mortecinos, como si el color hubiera empezado a desgastarse.

Aquellos ojos sin brillo tenían un aire mustio, triste y fatigado, como si hubieran perdido una batalla que esperaban ganar.

Alice sintió una repentina preocupación. A su hermana debía de haberle sucedido algo terrible.

Sin embargo, cuando le preguntó qué le había pasado, Elisabeth respondió con brusca energía: «¿Cómo dices? ¿Si me ha pasado algo a mí...?», y Alice terminó dudando de sí misma.

Elisabeth cogió una silla de plástico y se sentó al lado de la cama. Al ver cómo la falda le marcaba la barriga, Alice tuvo ganas de llorar y desvió rápidamente la mirada.

—Eres tú la que está en el hospital —prosiguió Elisabeth—. La cuestión es: ¿qué te ha pasado a ti?

Sin poder evitarlo, Alice se encontró de nuevo en el papel de la pobre e irresponsable hermana pequeña.

—Es todo muy raro, como un sueño. Por lo visto me he caído en el gimnasio. ¡Yo, en un gimnasio! ¡Ya ves! Según Jane Turner, asistíamos a lo que ella llama «la clase de step de los viernes».

No le importaba hablar como una niña, porque Elisabeth estaba allí para poner la nota de cordura. Sin embargo, Elisabeth la miró con una expresión tan severa y preocupada que la sonrisa infantil de Alice se desvaneció.

Extendió una mano para coger la foto que había dejado en la mesilla y la pasó a su hermana.

—¿Estos son...? —comenzó a preguntar con un educado hilo de voz, sintiéndose más tonta de lo que se había sentido en toda la vida—. ¿Son mis hijos?

Cuando Elisabeth cogió la foto y la miró, su cara esbozó una expresión extraña, un temblor apenas perceptible que enseguida se disipó.

—Sí, Alice —contestó, sonriendo con recelo.

Alice respiró hondo y cerró los ojos.

—No los he visto en la vida —declaró.

Oyó que Elisabeth también respiraba hondo.

—No es más que un problema pasajero. Seguramente solo necesitas descansar, relajarte...

—¿Cómo son? —Alice abrió los ojos—. Los niños de la foto... ¿son simpáticos?

—Son maravillosos, Alice —respondió Elisabeth, en un tono algo más sereno.

—¿Soy una buena madre? —preguntó Alice—. ¿Los cuido bien? ¿Qué les doy de comer? ¡Están tan altos...!

—Tus hijos son tu vida, Alice —la tranquilizó Elisabeth—. Enseguida los recordarás otra vez. Recuperarás la memoria. Solo necesitas...

—Supongo que puedo hacerles salchichas —elucubró Alice, animándose con la idea—. A los niños les encantan.

Elisabeth la miró muy seria.

—Tú nunca les darías salchichas.

—Pensaba que estaba embarazada —le explicó Alice—, pero me han hecho un análisis de sangre y resulta que no. No es que me sienta embarazada, pero me cuesta creer que no lo estoy. Me parece increíble.

—No lo es. Quiero decir, no es probable que estuvieras embarazada...

—¡Tres niños! —soltó Alice—. Solo queríamos tener dos.

—Olivia no estaba programada —precisó Elisabeth con severidad, como si no le pareciera bien.

—¡Todo me parece tan irreal...! —exclamó Alice—. Soy como Alicia en el País de las Maravillas. ¿Recuerdas lo odioso que me parecía ese libro? Lo odiaba porque era todo muy inverosímil. A ti tampoco te gustaba. Preferíamos que las cosas tuvieran sentido.

—Entiendo que debe de parecerte todo muy raro, pero seguro que es pasajero; volverás a recordarlo todo de un momento a otro. El golpe que te has dado ha debido de ser... importante.

—Sí, bastante importante. —Alice cogió otra vez la

foto—. Así que es esta niña. Si es la mayor, será el bebé que estaba esperando, ¿no? Así que fue una niña...

—Sí, fue una niña.

—Pensábamos que sería un niño.

—Lo recuerdo.

—¡Y el parto! ¿He parido tres veces? ¿Cómo fueron los partos? Tengo tanto miedo... Quiero decir, tenía tanto miedo...

—Creo que el parto de Madison fue muy fácil, pero con Olivia la cosa se complicó. —Elisabeth se removió en la silla de plástico—. Oye, Alice, voy a salir un momento a hablar con los médicos. Lo que te está pasando es muy fuerte. Es todo muy raro. Incluso da miedo.

Alice extendió una mano hacia su hermana, presa de un pánico repentino. No podía soportar quedarse otra vez sola.

—No, no te vayas. Enseguida entrará alguien. Todo el rato vienen a hacerme pruebas. Oye, Libby, he llamado a Nick al trabajo y me han dicho que estaba en Portugal. ¡En Portugal! ¿Qué está haciendo allí? Le he dejado un recado a esa secretaria suya tan antipática. ¡Pero le he parado los pies, no creas! ¡Habrías estado orgullosa de mí! He mostrado mis agallas. Unas agallas de acero.

—Bien por ti —la elogió Elisabeth. Tenía una expresión extraña, como si acabara de engullir algo que no le gustase.

—Pero Nick sigue sin llamar... —Alice suspiró.

Las notas de Elisabeth para el doctor Hodges

En cuanto ha empezado a preguntarme por qué Nick estaba en Portugal lo he entendido, y me ha parecido aún más extraño que el hecho de que me preguntara si los niños eran simpáticos.

Era evidente que lo había olvidado todo.

Incluso a Gina.

7

—¿En serio no recuerdas nada, ni un detalle, desde 1998? —Elisabeth acercó la silla de plástico a la cama y se inclinó hacia su hermana, como si hubiera llegado el momento de llegar al fondo de la cuestión—. ¿Nada de nada?

—Bueno, me han ido viniendo retazos sueltos a la cabeza —dijo Alice—, pero me resulta todo bastante incomprensible.

—A ver, cuéntame —insistió Elisabeth.

Había acercado aún más la cara, y Alice se dio cuenta de que las sutiles arrugas de alrededor de la boca eran más profundas de lo que había pensado en un primer momento. ¡Dios mío! En un gesto involuntario, se palpó la cara con los dedos. Todavía no se había mirado en el espejo.

—Bueno, pues cuando recuperé el conocimiento estaba soñando, pero en realidad no sabía si era un sueño o algo que había sucedido de verdad. Nadaba; era una mañana de verano preciosa y llevaba las uñas de los pies pintadas de diferentes colores. A mi lado había otra persona con las uñas pintadas de la misma manera. Oye... ¿no serías tú la otra persona? ¡Seguro que eras tú!

—No, no me suena de nada —dijo Elisabeth—. ¿Qué más?

Alice pensó en los ramilletes de globos rosados que flotaban en el cielo gris, pero no quería hablarle a su hermana de la profunda pesadumbre que la había invadido y tampoco tenía muchas ganas de saber a qué se debía.

—También recuerdo a una señora con acento norteamericano que decía: «Lo siento, no hay pulso» —se limitó a decir.

Las notas de Elisabeth para el doctor Hodges

Reconozco que me ha sorprendido que, de todos los recuerdos lo suficientemente importantes para emerger a la superficie del cerebro de mi hermana, ese fuera uno de los primeros.

A Alice siempre se le ha dado bien imitar acentos, y ha reproducido a la perfección la voz de la mujer. El tono y el ritmo eran tal como yo los recordaba, y durante un instante me he visto otra vez en aquel cuartito siniestro, intentando comprender qué sucedía. Llevaba mucho tiempo sin pensar en ello.

Imagínese, doctor Hodges, que pudiera retroceder en el tiempo hasta llegar a ese día y susurrarme a mí misma al oído: «Esto no ha hecho más que empezar, bonita». Echaría la cabeza para atrás y soltaría una carcajada enloquecida y amarga.

Sí, ya sé que no aprueba mi afición al humor negro... Cada vez que hago un chiste de este estilo, le veo sonreír cortésmente y con cierta tristeza, como si pensara que me estoy poniendo en ridículo por alguna razón que se me escapa, como si fuera una adolescente incapaz de controlar sus emociones y de comportarse sin incomodar a la gente.

En fin, la cuestión es que no me apetecía hablar con Alice de lo que había sucedido con la norteamericana. Por supuesto que no. Con ella menos que nadie. Aunque tampoco es que me apetezca mucho hablarlo con usted, o pensar en ello, o escribir sobre ello. Es solo algo que sucedió, como todo lo demás.

Elisabeth pasó la palma de una mano junto al muslo de Alice para alisar la sábana. Su expresión parecía haberse endurecido de repente.

—Lo siento, tampoco me suena de nada —aseguró.

¿Por qué hablaba como si estuviera enojada? Alice tuvo la impresión de que había hecho algo malo, aunque no tenía ni idea de qué podía ser. Se sintió torpe y estúpida, como una niña que intenta entender algo importante que los mayores no quieren contarle.

Elisabeth la miró a los ojos, esbozó una pequeña sonrisa y desvió rápidamente la mirada.

Una mujer cargada con un ramo de flores entró en la sala, les lanzó una mirada esperanzada, parpadeó desdeñosamente al no reconocerlas y siguió andando hacia el siguiente cubículo, que tenía las cortinas cerradas. Una voz espectral dijo: «¡Ahora mismo estaba pensando en ti!».

—Tendría que haberte traído flores —murmuró Elisabeth.

—¡Estás casada! —exclamó de pronto Alice.

—¿Cómo dices?

Alice le cogió la mano izquierda.

—¡Llevas un anillo de compromiso! Es precioso. Es justo del estilo que me habría gustado tener si hubiera podido elegir. No es que no me guste el anillo de la abuela Love, claro...

—Detestas profundamente el anillo de la abuela Love, Alice —la cortó Elisabeth.

—Ah. ¿Te lo conté? No recuerdo habértelo contado.

—Me lo dijiste hace años, un día que habías bebido unas copas de más. Por eso no entiendo que... En fin, da igual.

—Bueno, ¿vas a dejarme con la intriga? —continuó Alice—. ¿Con quién te has casado? ¿Con aquel arquitecto tan guapo?

—¿Con Dean? No, no me casé con él, solo salimos una temporadita. Además, murió hace tiempo, en un accidente de submarinismo. Una tragedia. En fin, estoy casada con Ben.

¿No recuerdas a Ben? En estos momentos se está ocupando de tus niños.

—Ah, qué bien, qué amable —comentó Alice, vacilante.

Se angustió otra vez, porque lo primero en lo que debería haber pensado una buena madre era en encontrar a alguien que se ocupara de los niños. El problema era que aún no había asimilado su existencia. Se tocó la tripa con la mano, aquella tripa tan lisa y en la que ya no había ningún bebé, y sintió una especie de vértigo. Si le daba demasiadas vueltas, se echaría a llorar y sería incapaz de parar.

—Ben —repitió, centrándose en Elisabeth—. Así que te has casado con alguien que se llama Ben. —Recordó la vocecita nasal que decía «tío Ben» al teléfono. Cuando las cosas empezaban a encajar era aún peor, como si todo estuviera claro para todo el mundo menos para ella—. Qué curioso, hace un rato estaba pensando que el único Ben que conozco es ese vendedor de rótulos luminosos al que conocí una vez en la tienda de la hermana de Nick. Me acuerdo de él porque era enorme, torpón y callado, como un oso encarnado en persona.

Elisabeth soltó una carcajada, y tanto el tintineo de su risa —cuando oía su risa generosa y franca, a Alice siempre le entraban ganas de repetir lo que le había hecho tanta gracia— como la forma en que echó la cabeza para atrás hicieron que volviera a parecer ella misma.

—No lo pillo —dijo Alice con una sonrisa, dispuesta a escuchar el chiste.

—Ese es el Ben con quien me he casado. Lo conocí cuando Dora inauguró la tienda. Llevamos ocho años juntos.

—¿Ah, sí?

¿Elisabeth se había casado con aquel vendedor de rótulos luminosos que parecía un oso? Normalmente salía con ejecutivos vanidosos y mordaces, al lado de los cuales Alice se sentía muy tonta.

—Pero ¿no llevaba barba?

Elisabeth nunca se casaría con un tipo con barba.

—Sí, sigue llevando barba —dijo Elisabeth sin dejar de reír.

—¿Y sigue vendiendo rótulos luminosos?

—Sí, y muy bonitos. Mi preferido es el que hizo para Rob's Ribs and Rumps de Killara. El año pasado quedó segundo en el Concurso Anual de Neones.

Alice frunció el ceño, pero por lo visto su hermana estaba hablando en serio.

—Así que ese es mi cuñado —reflexionó—. En fin, supongo que lo conozco, que nos conocemos. ¿Se lleva bien con Nick? ¿Salimos los cuatro de cuando en cuando?

Elisabeth calló, y Alice no supo cómo interpretar su expresión.

—Hace años —explicó Elisabeth al cabo de un momento—, en unas vacaciones de Pascua, antes de que Ben y yo nos casáramos, cuando Madison era pequeña y tú estabas esperando a Tom, alquilamos juntos una casa en la bahía de Jervis. Estaba justo en la playa de Hyams (ya sabes, la de las arenas más blancas del mundo), hacía un tiempo buenísimo y Madison era tan mona que nos tenía a todos enamorados. Jugábamos a las cartas, y una noche Nick y Ben se emborracharon, pusieron música de los ochenta y empezaron a bailar. ¡Ben no baila jamás! Creo que es la única vez en la vida que lo he visto bailar. ¡Qué tontos estaban! Nos reímos tanto que Madison, que dormía en el piso de arriba, se despertó, bajó y se puso a bailar con ellos en pijama. Fueron unas vacaciones muy especiales. Me entra tanta nostalgia al recordarlo... Hacía años que no pensaba en eso.

—No recuerdo nada en absoluto —declaró Alice. Era muy triste haber olvidado unas vacaciones tan geniales, como si las hubiera vivido otra Alice en su lugar.

—Es increíble que no recuerdes a Ben —opinó Elisabeth. Su tono había cambiado bruscamente, y ahora tenía un matiz casi agresivo. Dirigió a Alice una mirada torva, como si la retase—. Lo viste ayer mismo. Fue a ayudarte con un problema del coche. Lo invitaste a magdalenas de plátano recién hechas, de esas que tanto le gustan, y tuvisteis una conversación muy interesante.

—Entonces... —contestó Alice, nerviosa— ¿ahora tenemos coche?

—Mmm... Sí, Alice. Tienes coche.

—¿Y hago magdalenas de plátano?

La expresión de Elisabeth se suavizó.

—Con poca grasa y mucha fibra, pero sorprendentemente deliciosas.

A Alice le bullía la cabeza. Le entró vértigo al pensar en los tres niños desconocidos sentados en hilera, las magdalenas de plátano, el coche (no le gustaban los coches, prefería los autobuses o el transbordador, y además se le daba fatal conducir), Elisabeth casada con un vendedor de rótulos luminosos llamado Ben...

De pronto, sus pensamientos se centraron en un detalle particularmente doloroso.

—¡Oye! ¿No habréis celebrado la boda sin mí? —A Alice le encantaban las bodas. No olvidaría una boda.

—Alice, fuiste mi dama de honor, y Madison llevó el cestito de las flores —la tranquilizó Elisabeth—. Llevabais vestidos idénticos de color violeta. Y pronunciaste un discurso muy divertido, y Nick y tú montasteis el número bailando «Come on Eileen». Nos regalaste una licuadora.

—¡Buf! —exclamó Alice, sintiéndose cada vez más frustrada—. Es increíble que no pueda recordar nada de lo que me cuentas. ¡Ni siquiera me suena! —Agarró la sábana con fuerza con las dos manos, en un gesto infantil—. Son... ¡tantas cosas!

—Eh, eh... —Elisabeth le dio una palmada en el hombro con un ímpetu un poco excesivo, como si fuera una boxeadora, mientras miraba nerviosamente en derredor para pedir ayuda—. Deja que vaya a buscar a un médico para explicarle lo que pasa.

Elisabeth era una mujer resolutiva, siempre dispuesta a solucionar los problemas de los demás.

En el cubículo contiguo sonaron unas carcajadas femeninas. «¡No puede ser!» «¿Puedes creértelo?», oyeron.

Alice y Elisabeth alzaron las cejas en un gesto desdeñoso, y Alice sintió un tranquilizador arrebato de cariño fraternal.

—No te vayas, por favor —dijo, dejando de estrujar la sábana y colocando otra vez las manos sobre el regazo—. Enseguida vendrá una enfermera y podrás preguntárselo a ella. Quédate charlando conmigo. Me ayudarás a curarme.

—No sé qué decirte... —respondió Elisabeth, mirando el reloj, pero no se movió de la silla.

Alice se incorporó y recostó la espalda en las almohadas. Quería preguntarle más cosas sobre los niños de la fotografía. ¡Tres! Era una cifra tan descomunal, tan imposible... De tan surrealista, la situación era casi divertida, como cuando ves una película con un guión muy rebuscado y empiezas a removerte en la butaca para no soltar una carcajada. Sería mejor que preguntara algo sobre la vida de Elisabeth.

Elisabeth había agachado la cabeza y se estaba rascando la muñeca. Alice volvió a observar aquellas arruguitas que parecían darle una expresión de tristeza. ¿Era solo la edad? ¿También a ella se le habría torcido la boca de ese modo? Bueno, pronto lo sabría; pronto... No: tenía que ser algo más, porque el rostro de su hermana reflejaba una honda tristeza. ¿No era feliz, casada con aquel hombre que parecía un oso? ¿Era posible querer a un tipo con barba? Qué bobada. Por supuesto que era posible, aunque fuera una barba especialmente frondosa y descuidada.

Al darse cuenta de que Alice la miraba, Elisabeth tragó saliva y su garganta tembló visiblemente.

—¿En qué piensas? —le preguntó Alice.

Elisabeth alzó la cabeza y la miró muy seria.

—No sé, en nada. —Ahogó un bostezo—. Lo siento. No es que me aburra, es que estoy muy cansada. Anoche solo dormí un par de horas.

—Ah —respondió Alice.

No hacían falta explicaciones. Elisabeth y ella habían sufrido unos insomnios terribles durante toda la vida. Era algo que habían heredado de su madre. Cuando murió su padre, Alice y Elisabeth se quedaban muchas noches haciendo compañía a su madre, sentadas las tres en el sofá con la bata puesta, viendo vídeos y bebiendo leche con malta, y no se dormían hasta la madrugada, cuando la luz del sol empezaba a filtrarse en la casa tranquila y silenciosa.

—¿Cómo me ha ido con el insomnio últimamente? —preguntó Alice.

—No lo sé. No sé si aún tienes.

—¿No lo sabes? —Alice la miró con perplejidad, porque Elisabeth y ella siempre se habían mantenido puntualmente informadas de sus combates contra el insomnio—. Es que... ¿es que no hablamos?

—Claro que hablamos, pero parece que siempre estás muy ocupada con los críos y todo lo demás; o sea, que tenemos conversaciones un poco precipitadas.

—Muy ocupada —repitió Alice.

No le gustaba lo que acababa de oír. La gente ocupada siempre le había inspirado desconfianza. No le caían bien esas personas que se describían a sí mismas diciendo: «¡Estoy estresada! ¡Ando muy liada!». ¿A qué venía tanta prisa? ¿Por qué no bajaban el ritmo? ¿Qué demonios las mantenía tan ocupadas?

—Vaya... —exclamó, sintiendo una inexplicable vergüenza.

Tuvo la sensación de que entre ella y Elisabeth no iban bien las cosas. En algunos momentos parecía que entre ambas reinaba una formalidad rígida y distante, como si fueran dos buenas amigas que habían dejado de verse.

Tendría que preguntárselo a Nick. Era una de sus cualidades: a Nick le gustaba hablar de la gente, observar a las personas y tratar de entenderlas. Le interesaban las complejidades de las relaciones humanas. Además quería mucho a su cuñada, y si alguna vez se reía de ella, o si se quejaba —porque a veces Elisabeth podía ponerse muy pesada—, lo hacía en un tono fraternal, y Alice no tenía necesidad de salir en su defensa.

Alice observó el precioso traje beis de su hermana; al parecer, el guardarropa de las dos había mejorado en 2008.

—¿Sigues trabajando en aquella empresa de venta por catálogo, *El Cofre del Tesoro*?

Elisabeth trabajaba redactando los textos de un voluminoso catálogo mensual de venta por correo, titulado *El Cofre del Tesoro*. Tenía que idear frases inteligentes y convincentes para vender cientos y cientos de productos, que podían ir desde un brillo de labios con sabor a plátano hasta un hervidor de huevos instantáneo, pasando por una radio a prueba de agua para escuchar música en la ducha. Le regalaban un montón de cosas, lo cual no estaba mal, y cada mes, cuando se publicaba el catálogo, todos los miembros de la familia leían en voz alta las frases que más les habían gustado. Frannie conservaba orgullosamente todos los números de *El Cofre del Tesoro* y los enseñaba a las visitas.

—¡Uf, hace siglos de eso! —Elisabeth suspiró. Miró a Alice y movió la cabeza pensativamente, como si no pudiera creer lo que oía—. Es como si hubieras hecho un viaje en el tiempo, ¿eh?

—O sea, que ya no trabajas allí... —Alice empezaba a ponerse de mal humor. Sería una lata que todo el mundo se la quedara mirando con asombro cada vez que hacía una pregunta. ¿Cuánto podían cambiar las cosas en diez años? Era como si todo fuera distinto.

—Ahora *El Cofre del Tesoro* es una web de venta por internet —explicó Elisabeth—, y yo dejé de trabajar con ellos hace seis años. Estuve cuatro en una agencia, y luego, hace dos, empecé a dar unos seminarios en los que enseño a elaborar campañas de publicidad directa. O de «correo basura», como lo llama la mayoría de la gente. Son... Bueno, lo cierto es que tienen mucho éxito, por extraño que parezca. En fin, así me gano la vida. Justo estaba presentando uno cuando me ha llamado Jane para contarme qué te había pasado.

—Así que tienes tu propia empresa...

—Sí.

—¡Caray, qué impresionante! ¡Eres una triunfadora! Siempre supe que llegarías lejos. ¿Puedo ir un día a mirar?

—¿Ir a mirar? ¿A mirarme a mí? —Elisabeth soltó un bufido.

—Ah. Supongo que ya he ido a verte alguna vez, ¿no?

—Pues no, Alice. Nunca has mostrado el más mínimo interés en asistir a mis seminarios —respondió Elisabeth. Su voz volvía a tener aquel tono agresivo.

—Vaya —exclamó Alice, desconcertada—. Parece que... Bueno, en fin... ¿Y por qué no he ido?

Elisabeth suspiró.

—Es que estás muy ocupada, Alice. Eso es todo.

Otra vez esa palabra: «ocupada».

—Además, creo que mi profesión te parece un poco... vulgar.

—¿Vulgar? ¿Yo he dicho eso? ¿Te lo he dicho a ti? ¡Nunca te diría eso!

Alice estaba horrorizada. ¿Se había convertido en una estirada que juzgaba a las personas por la profesión que ejercían? Siempre había estado orgullosa de Elisabeth. Era la lista, la que se atrevía a ir a los sitios, mientras que ella se mantenía al margen.

—No, no —dijo Elisabeth—. No me lo has dicho nunca. Seguramente ni siquiera lo piensas. Olvida lo que he dicho.

«Quizá esa otra Alice que ha estado viviendo mi vida en los últimos diez años es una antipática», pensó Alice, temerosa.

—Bueno, ¿y qué hay de mí? —preguntó—. ¿Cómo me gano yo la vida?

Alice había sido administrativa en el departamento de contabilidad de ABR. No lo adoraba ni lo detestaba, era solo un trabajo. No estaba especialmente interesada en prosperar en el mundo laboral. «Eres el ángel del hogar, como un ama de casa de los cincuenta», le había dicho Elisabeth una vez, después de contarle que había pasado un día de lo más agradable cuidando el jardín, cosiendo unas cortinas para la cocina y preparando un pastel de chocolate para Nick.

—No trabajas. —Elisabeth le lanzó una mirada inescrutable.

—Vaya, eso suena bien —respondió Alice, feliz.

—Pero estás muy ocupada. —¿Qué demonios pasaba con esa palabra?—. Haces muchas cosas en la escuela.

—¿En la escuela? ¿En qué escuela?

—En la escuela de los niños.

Ajá. Ellos. Los tres pavorosos desconocidos.

—¡Frannie! —exclamó Alice de pronto—. ¿Cómo está Frannie? No habrá... No estará enferma o algo así, ¿verdad? —Ni siquiera quería pensar en la palabra «muerta».

—Se encuentra bien —dijo Elisabeth—. Está en plena forma.

El móvil plateado que descansaba en la mesilla cobró vida.

—¡Por fin, Nick! —Alice se abalanzó hacia el teléfono.

—¡Déjame que le hable yo primero! —gritó Elisabeth, extendiendo una mano.

—¡Ni lo sueñes! —protestó Alice, apartando el teléfono—. ¿Por qué? —Sin esperar respuesta, pulsó el botón verde y se acercó el móvil a la oreja—. ¿Sí?

—Hola, soy yo. —Era Nick. Alice sintió que un maravilloso alivio le recorría las venas, como si acabara de tomarse un vasito de coñac—. ¿Qué ha pasado? ¿Llamabas por algo de los niños? —La voz de Nick sonaba más profunda y áspera de lo normal, como si estuviera resfriado.

De modo que Nick también conocía la existencia de «los niños». Todo el mundo conocía la existencia de los niños.

Elisabeth había empezado a dar saltos y a agitar los brazos, señalando el teléfono. Alice le sacó la lengua.

—No, llamaba por mí —explicó. Tenía tantas cosas que contarle que no sabía por dónde empezar—. Me he caído en... bueno... en el gimnasio, con Jane Turner, y me he dado un golpe en la cabeza. He perdido el conocimiento. Han tenido que llamar a una ambulancia, y... en fin... en el ascensor me he mareado y he vomitado en los zapatos de ese chico. ¡Qué vergüenza! ¡Ah, y ya verás cuando te explique lo de esas mujeres haciendo el Rodeo! Ha sido muy gracioso. Oye, sé que estás en Portugal. ¡Me parece increíble que estés en Portugal! ¿Cómo es eso?

Tenía tantas cosas que contarle... Era como si llevara años sin verlo. Cuando volviera reservarían mesa en aquel restaurante mexicano que les gustaba tanto y hablarían largo y tendido. Pedirían unos margaritas. Ahora podía beber, ya que no estaba embarazada... Ansió estar con Nick en el restaurante mexicano en ese mismo momento, sentados en un reservado del fondo, mientras él le acariciaba una mano con el pulgar.

Al otro lado de la línea solo había silencio. Nick debía de estar en estado de shock.

—Ah, pero estoy bien —lo tranquilizó Alice—. No es grave. Seguro que enseguida me recupero. ¡Ya me encuentro mejor!

—Entonces ¿por qué coño tenía que llamarte? —dijo él.

Alice apartó la cara como si acabase de recibir un bofetón. Nick no le había hablado jamás de ese modo, ni siquiera cuando discutían. Se suponía que iba a resolver la pesadilla, no a empeorarla.

—¿Nick? —La voz le temblaba. Cuando volviera tendría que hablarle seriamente; estaba muy ofendida—. ¿Qué te pasa?

—¿Es una nueva estrategia? Porque si lo es, no termino de captarla, y además, para serte sincero, no tengo tiempo para tonterías. No querrás cambiar los planes del fin de semana, ¿verdad? ¿Es ese el problema? No irás a decirme que tiene que ver con el día de Navidad, ¿verdad?

—¿Por qué me hablas así? —preguntó Alice. El corazón le latía cada vez más deprisa. Era lo más horrible que le había sucedido en todo el día—. ¿Qué te he hecho?

—¡Joder! ¡No tengo tiempo para numeritos!

Nick estaba gritando. Le estaba gritando de verdad, a ella, ¡y ella estaba en el hospital!

—Vas a tener que comer una cucharada de cayena, Nick... —susurró.

—¡Déjalo! —ordenó Elisabeth, poniéndose en pie.

Arrancó el teléfono de los dedos temblorosos de Alice, se lo puso junto a una oreja y se tapó la otra con un dedo. Volvió la cara para no mirar a Alice y bajó la barbilla.

—Oye, Nick, soy Elisabeth. Lo que está pasando es grave. Alice ha tenido un traumatismo craneal y ha perdido la memoria. Ha olvidado todo lo sucedido desde 1998. ¿Entiendes lo que te digo? ¡Todo!

Alice apoyó la cabeza en la almohada y empezó a respirar entrecortadamente. ¿Qué quería decir eso?

Elisabeth estuvo un momento escuchando en silencio, con el ceño fruncido.

—Sí, sí, lo entiendo, pero es que no recuerda absolutamente nada.

Otra pausa.

—Están con Ben. Los ha llevado él a clase de natación. Y supongo que esta noche se quedarán en nuestra casa, y luego...

Pausa.

—Sí. Vale. Luego tu madre puede ir a recogerlos como de costumbre, y seguro que el domingo Alice ya se encontrará bien y habrá vuelto a la normalidad.

Pausa.

—No, no he hablado todavía con el médico, pero no tardaré.

Pausa.

—Vale, muy bien. ¿Quieres que te pase otra vez a Alice?

Alice extendió una mano hacia el teléfono —seguramente Nick volvía a ser él mismo—, pero Elisabeth no se lo pasó:

—Ah, vale. Bueno. Adiós, Nick.

Y colgó.

—¿No ha querido hablar conmigo? —dijo Alice—. ¿En serio no ha querido hablar conmigo? —Sentía punzadas de dolor en todo el cuerpo, como si un dedo largo y malvado la pinchara cruelmente.

Elisabeth cerró el teléfono y le posó una mano en el brazo.

—Pronto recuperarás la memoria —le dijo con dulzura—. No pasa nada. Es solo que Nick y tú ya no vivís juntos.

Alice tuvo la impresión de todo lo que había a su alrededor se fundía y se concentraba en la boca de Elisabeth. Se fijó en sus labios. Los llevaba pintados de color frambuesa, y una línea más oscura definía el contorno. Seguramente usaba perfilador. ¡Qué curioso! Su hermana usando perfilador de labios...

¿Qué estaba diciendo Elisabeth? No podía estar diciendo que...

—¿Qué? —preguntó Alice.

—Os estáis divorciando —repitió Elisabeth.

Vaya, eso sí que era curioso.

8

Alice había bebido una copa de champán con las damas de honor mientras las maquillaban, media copa en la limusina, tres copas y cuarto en el banquete de bodas —con fresas— y otra por la noche, sentada con Nick en la enorme cama del hotel.

Así que estaba un poco achispada, pero no pasaba nada porque era la novia y era su día y todo el mundo le había dicho que estaba guapísima, de manera que era una borrachera maravillosa y romántica que seguramente no culminaría en resaca.

—¿No te parece precioso mi vestido de novia? —preguntó a Nick más o menos por tercera vez, mientras acariciaba la tela lujosa y brillante. Era un «satén duquesa color marfil», y acariciarlo le producía la misma satisfacción que sentía cuando era pequeña y rozaba con los dedos el forro acolchado y fucsia de la cajita de música, solo que esta vez era aún mejor, porque de pequeña le habría gustado estar dentro de la caja de música, girando sobre el satén de color fucsia—. Me encanta mi vestido de novia. Es como un helado mágico, ¿no te parece? ¿No te entran ganas de comértelo?

—Le daría un bocado —dijo Nick—, pero la tarta me ha dejado lleno. Me he comido tres trozos. ¡Era una tarta de primera! La gente hablará durante años de la tarta que servimos en nuestra boda. La mayoría de las tartas nupciales no tienen ninguna gracia, pero ¡¡¡la nuestra...!!! ¡Qué orgulloso estoy de nuestra tarta! No la he hecho yo, pero estoy orgulloso. ¡Viva nuestra tarta!

Por lo visto, Nick también se había achispado un poco con el champán.

Alice dejó la copa en la mesilla y se tumbó boca arriba, envuelta en ondas de satén. Nick se tumbó a su lado. Se había quitado la corbata y llevaba la camisa del esmoquin desabotonada. Tenía un poquito de barba y los ojos algo enrojecidos, pero seguía perfectamente peinado, con una onda muy marcada a un lado de la cabeza. Alice le tocó el pelo y apartó enseguida la mano.

—¡Parece paja!

—Mis hermanas —explicó Nick—. Se han presentado armadas con gomina. —Acarició el pelo de Alice y dijo—: Y esto también tiene un tacto muy sintético, mujercita mía.

—Es laca. Cantidades ingentes de laca, maridito mío.

—¿Ah, sí, mujercita mía?

—Así es, maridito mío.

—Qué interesante, mujercita mía.

—¿Vamos a pasarnos la vida hablando así, maridito mío?

—Ni lo sueñes, mujercita mía.

Contemplaron el techo sin decir nada.

—¡Menudo discurso, el de tu hermana Ella! —exclamó de pronto Alice.

—Creo que intentaba resultar emotiva.

—Ajá.

—¡Y menudo vestido, el de tu tía Wahtsie!

—Creo que intentaba resultar... elegante.

—Ajá.

Los dos soltaron una risita.

Alice se tumbó de costado.

—Imagínate... —Se le llenaron los ojos de lágrimas. Siempre se ponía sentimental cuando abusaba del champán—. Imagínate que nunca nos hubiéramos conocido.

—Fue cosa del destino —aseguró Nick—. Así que si no hubiera sido ese día, nos habríamos conocido al siguiente.

—¡Pero yo no creo en el destino! —protestó Alice, disfrutando de la voluptuosa sensación de las lágrimas deslizándose por sus mejillas. Seguro que la triple capa de rímel se le correría y le dejaría churretones en la cara...

Era terrible pensar que conocía a Nick solo gracias al azar. Podían no haberse conocido nunca, y en ese caso ella habría tenido una existencia sombría y triste, como un animal que vive en las profundidades del bosque y nunca ve el sol, sin llegar a saber cuánto podía amar y ser amada. Una vez, Elisabeth, con mucha seriedad y contundencia, le había dicho que una no debe buscar al hombre que la complementa sino encontrar la felicidad por sí misma, y Alice había asentido dócilmente, aunque para sus adentros se decía: «¡Claro que hay que buscarlo!».

—Si no nos hubiéramos conocido —continuó Alice—, hoy sería un día como cualquier otro y ahora mismo estaríamos viendo la tele cada uno en su casa, y yo llevaría puesto un chándal y... mañana no nos iríamos de luna de miel. —El horror de aquella perspectiva la sobrecogió—. Lo que haríamos sería irnos al trabajo. ¡Al trabajo!

—Ven aquí, mi amada y embriagada esposa. —Nick atrajo a Alice hacia sí, y ella recostó la cabeza en su pecho y aspiró el aroma de su loción de afeitado. Olía más fuerte de lo habitual; seguramente se había puesto más cantidad esa mañana, y pensar en Nick poniéndose más loción le pareció tan dulce que aún le entraron más ganas de llorar—. Lo importante... —prosiguió Nick—. Un momento, que estoy a punto de hacer un comentario muy importante e inteligente... ¿Estás lista para escucharlo?

—Sí.

—Lo importante es que sí que nos hemos conocido.

—Sí —concedió Alice—. Nos hemos conocido.

—Así que todo ha salido bien.

—Es cierto —respondió Alice entre sollozos—, todo ha salido bien.

—Todo ha salido bien.

Y después se sumieron en un sueño profundo y fatigado, envueltos en ondas de satén duquesa color marfil, y Nick con una mota roja de confeti pegada a la mejilla, que le dejaría una pequeña marca circular durante los tres primeros días de la luna de miel.

—Seguro que ha sido una discusión tonta —dijo Alice—. No nos estamos divorciando. Nosotros nunca nos divorciaremos.

Era tan fea esa palabra, «divorcio»... Al pronunciar la segunda sílaba, fruncía los labios y parecía un pez: di... *vor*... cio. No. Ellos no podían divorciarse. Ellos nunca, jamás.

Los padres de Nick se habían divorciado cuando era pequeño, y él no lo había olvidado. Cada vez que oía que dos personas se divorciaban —aunque fuera una patética pareja de famosillos—, siempre exclamaba con voz triste, como si fuera una vieja: «¡Ay, qué pena!». Nick creía en el matrimonio y pensaba que había que luchar por salvar la relación. En una ocasión había dicho que si alguna vez tenían problemas matrimoniales, movería cielo y tierra para arreglarlo. Alice no lo había tomado en serio, porque pensaba que nunca sería necesario. Cualquier problema que hubiera entre los dos podría arreglarse pasando unas horas en habitaciones separadas, dándose un abrazo en el pasillo, deslizando silenciosamente una chocolatina bajo la mano del otro, o incluso dándose un discreto codazo que significaría: «Dejemos de estar peleados».

Para Nick, el divorcio era como una fobia, ¡su única fobia! Si era cierto que se estaban divorciando, debía de estar hecho polvo, absolutamente desolado, ya que aquello que más temía en el mundo se habría hecho realidad. Alice sintió mucha pena por él.

—¿Hemos discutido por algo? —preguntó Alice a su hermana, dispuesta a llegar al fondo de la cuestión y a solucionar el problema.

—No creo que haya sido una sola discusión. Creo que es más bien una acumulación de pequeñas desavenencias. Para serte sincera, nunca me has hablado mucho del tema. Solo me llamaste el día en que Nick se fue de casa y dijiste...

—¿Se ha ido de casa? ¿Nick ya no vive en la casa?

Era desconcertante. Alice intentó imaginar cómo había sucedido: Nick metiendo sus cosas en una maleta y dando un portazo al salir, mientras fuera lo esperaba un taxi, un taxi amarillo; tenía que ser un taxi estadounidense porque aquello no podía ser real sino la escena de una película con una banda sonora muy triste. No era su vida.

—Alice, lleváis seis meses separados, pero en fin, cuando recuperes la memoria, te darás cuenta de que no es tan grave. Es lo que tú querías. Te lo pregunté la semana pasada precisamente. «¿Estás segura de que es eso lo que quieres?», te dije, y tú contestaste: «Absolutamente. Nuestro matrimonio está muerto y enterrado desde hace tiempo».

¡Mentira cochina! No podía ser cierto. Elisabeth se lo estaba inventando, seguro. Alice intentó contener la rabia mientras hablaba.

—Acabas de inventártelo para que me sienta mejor, ¿no? Yo nunca diría «muerto y enterrado». ¡No es mi forma de hablar, yo no digo eso! Por favor, no te inventes cosas. Ya es bastante duro lo que me está pasando.

—Pero Alice... —protestó Elisabeth con voz triste—. De verdad que es solo la lesión que has sufrido en la cabeza lo que... ¡Ah, hola!

Elisabeth saludó con visible alivio a una enfermera a la que Alice no había visto hasta entonces y que acababa de descorrer con gesto enérgico la cortina del cubículo.

—¿Cómo se encuentra? —La enfermera volvió a ponerle el manguito del tensiómetro.

—Bien —contestó Alice con resignación. Ya sabía cómo iba todo. Le mirarían la presión, las pupilas... Y le harían más preguntas.

—Le ha subido la tensión desde el último control —comentó la enfermera, anotando algo en el gráfico.

«Hace un rato, mi marido ha empezado a chillarme como si fuera su peor enemiga. Mi querido Nick. ¡Mi Nick! Ojalá pudiera hablar con él para contárselo, porque si supiera que alguien me ha tratado como lo ha hecho él, se enfadaría un montón. Nick es la primera persona en la que pienso cuando alguien me trata mal; aprieto el acelerador con fuerza para llegar a casa cuanto antes, y en cuanto se lo he contado, lo veo lleno de indignación por mí y empiezo a sentirme mejor.

»Nick, ¡ya verás cuando te cuente cómo me ha tratado ese hombre! Cuando te lo cuente, querrás ir a por él y darle un puñetazo en las narices. Solo que esta vez es muy raro, porque el hombre que me ha tratado mal has sido tú mismo, Nick.»

—Ha tenido un disgusto —explicó Elisabeth.

—Procure descansar.

La enfermera se inclinó y abrió los párpados de Alice con un gesto rápido mientras sacaba una linternita para enfocarle las pupilas. Alice pensó que su perfume le recordaba algo —o a alguien—, pero la impresión desapareció en cuanto la enfermera se apartó. ¿Es que su vida iba a ser así a partir de entonces, una sensación de *déjà-vu* constante, como un sarpullido?

—Y ahora voy a hacerle otra vez esas preguntas tan aburridas, ¿vale? ¿Cómo se llama?

—Alice Mary Love.

—¿Dónde está y qué está haciendo aquí?

—Estoy en el hospital Royal North Shore porque me he golpeado la cabeza en el gimnasio.

—¿Y qué día es hoy?

—Viernes. El 2 de mayo de... 2008.

—¡Muy bien, perfecto! —La enfermera se volvió hacia Elisabeth, como si esperase ver su cara de admiración—. Queremos comprobar que el traumatismo no ha afectado a las facultades cognitivas.

—Sí, vale, muy bien —respondió Elisabeth, parpadeando enojada—, pero ella sigue creyendo que estamos en 1998.

«¡Chivata!», pensó Alice.

—No es verdad —dijo—. Sé que estamos en 2008. Acabo de decirlo.

—Pero sigue sin recordar nada posterior a 1998, o apenas nada. No recuerda a sus hijos ni recuerda que su matrimonio se ha roto.

«Su matrimonio se ha roto.» Su matrimonio era un objeto frágil, como un jarrón.

Alice cerró los ojos y pensó en Nick en una mañana de domingo, con la cabeza apoyada en la almohada contigua y las arrugas de la sábana marcadas en las mejillas. A veces, al despertarse, el pelo le formaba un remolino en mitad de la cabeza. «Tienes una cresta», le dijo Alice la primera vez que observó el fenómeno. «Claro —contestó él—. Es domingo, ¡día del peinado informal!» Aunque tuviera los ojos cerrados, se daba cuenta de cuándo Alice estaba ya despierta, tendida a su lado y mirándolo, pensando esperanzada en la taza de té que se tomaría en la cama. «¡No! —exclamaba él antes de que le diera tiempo a preguntárselo—. ¡Ni lo sueñes, chica!» Pero siempre se levantaba a prepararle el té.

Alice habría dado todo lo que tenía, absolutamente todo, para estar en ese mismo momento tumbada al lado de Nick, esperando una taza de té. ¿Se habría hartado de prepararle té? ¿Habría sido eso? ¿Había dejado ella de agradecérselo? ¿Se había creído que era una princesa, esperando tumbada a que le trajeran tazas de té, antes incluso de lavarse los dientes? No era suficientemente guapa para permitirse un comportamiento así. Tendría que haberse levantado antes de que Nick se despertase, para peinarse y maquillarse y servirle unas tortitas con fresas vestida con un largo camisón de encaje. Así es como se mantiene vivo un matrimonio. ¡Como si no hubiera leído miles de consejos en revistas femeninas! ¡Era básico! Alice pensó que había cometido una negligencia imperdonable —¡qué descuidada, qué perezosa había sido!— con el regalo más precioso que había recibido jamás.

Alice oyó que Elisabeth hablaba en voz baja con la enfermera; exigía ver al médico para conocer los resultados de las pruebas.

—¿Cómo saben que no se le ha formado un coágulo en el cerebro? —Alzó la voz hasta alcanzar un tono un poco histérico y Alice sonrió para sí. ¡Su Elisabeth siempre tan dramática!

De todos modos, ¿podía ser que se le hubiera formado un coágulo en el cerebro? ¿Podía haber un objeto oscuro y peligroso dentro de su cabeza, agazapado como un murciélago? Sí, realmente hacía falta conocer los resultados.

Quizá Nick había terminado aburriéndose de ella. ¿Había sido eso? Una vez, de adolescente, Alice había oído que una compañera de instituto decía: «Bueno, Alice es maja, pero es de esas personas que carecen de interés...».)

«De esas personas que carecen de interés.» Su compañera lo había dicho sin darle importancia, sin malicia, constatando un hecho. Y a sus catorce años, Alice se lo había tomado como la fría confirmación oficial de lo que siempre había creído: sí, por supuesto que era aburrida, ¡se aburría a sí misma! La personalidad de los demás era mucho más interesante. Otro día, en la bolera, un chico se le había arrimado y, echándole un aliento que olía a Coca-Cola, le había dicho: «Tienes cara de cerdita», lo cual corroboraba otra cosa que Alice había sospechado desde siempre: su madre se equivocaba cuando le decía que tenía una linda naricilla respingona. Su nariz no era una nariz, ¡¡¡era un hocico!!!

Aquel chico tenía la cara chupada y los ojos muy pequeños, como un ratón. Alice ya tenía veinticinco años cuando se le ocurrió que podía haber contraatacado comparándolo con otro animal, pero la norma era que los chicos comentaran si las chicas eran guapas o no, sin que el grado de belleza de ellos tuviera la menor importancia.

Quizá una mañana, cuando le llevaba una taza de té a la cama, a Nick se le había caído la venda de los ojos y había pensado: «Vamos a ver, ¿cómo es que he terminado casado con esta chica tan vaga y con tan poca personalidad y que tiene esa cara de cerdita?».

¡Ay, Dios! ¿Cómo podía volver a sentir con tanta intensidad todas aquellas inseguridades? Era una mujer adulta. ¡Tenía veintinueve años! Hacía poco, un día en que volvía de la peluquería sintiéndose guapísima, se había cruzado con un grupito de chicas adolescentes y el estridente sonido de sus risas la había animado a enviar un mensaje a través del tiempo a su yo de los catorce años: «No te preocupes, al final todo se arregla. ¡Has conseguido tener personalidad, has conseguido un trabajo, has aprendido a arreglarte el pelo y te has echado un novio que te encuentra guapa!». Y se había sentido muy segura, como si la angustia adolescente y la frustración de las relaciones anteriores a Nick formaran parte del plan que la había llevado hasta ese momento preciso en que ya era una mujer de veintinueve años y todo era por fin como tenía que ser.

Treinta y nueve, no veintinueve. Tenía treinta y nueve años. Y seguramente había pasado bastante tiempo desde el día en que se había cruzado con aquel grupito de adolescentes.

Elisabeth volvió a entrar en la habitación y se sentó al lado de Alice.

—La enfermera dice que intentará convencer a la médica para que pase otra vez. Por lo visto es muy complicado, porque ya te han puesto en observación y la médica está «tremendamente ocupada», pero ha dicho que «verá qué puede hacer». Supongo que al final no vendrá nadie.

—Por favor, dime que no es verdad lo de Nick —suplicó Alice.

—Pero Alice...

—Porque yo lo quiero, lo quiero de verdad. Lo quiero tanto...

—Lo querías.

—No, lo quiero. En este momento. Sé que todavía lo quiero.

Elisabeth chasqueó la lengua y alzó las manos en un gesto de impotencia.

—Cuando recuperes la memoria...

—¡Pero es que somos muy felices! —la interrumpió Alice con voz nerviosa, intentando que su hermana lo entendiera—. ¡Es imposible ser más feliz! —Las lágrimas se deslizaron por las comisuras de los ojos y le hicieron cosquillas en las orejas—. ¿Qué ha pasado? ¿Se ha enamorado de otra persona? ¿Es eso?

No podía ser. Era completamente absurdo. El amor de Nick por Alice era un hecho constatado, y los hechos constatados eran indiscutibles. Una vez, un amigo empezó a burlarse de Nick porque había aceptado acompañar a Alice a ver un musical, aunque a él le gustaban bastante los musicales. «Me parece que te estás volviendo un calzonazos», había dicho, y Nick se encogió de hombros y repuso: «¿Qué quieres que haga, tío? La quiero más que al aire que respiro».

Claro que Nick llevaba entonces unas cuantas cervezas de más, pero lo había dicho en la cervecería, cuando tocaba hacerse el machote. La quería más que al aire que respiraba.

Qué pasaba entonces, ¿que ya no necesitaba aire para respirar?

Elisabeth le apoyó el dorso de la mano en la frente y le acarició el pelo.

—Que yo sepa, no ha conocido a nadie, y tienes razón: habéis sido felices juntos y habéis tenido una relación muy especial y maravillosa. Sé que ha sido así. Pero las cosas cambian, la gente cambia... es ley de vida. Y el hecho de que estéis tramitando el divorcio no implica que no hayáis compartido épocas geniales. Además, te prometo que cuando recuperes la memoria, te parecerá bien que os estéis divorciando.

—No. —Alice cerró los ojos—. No, no me parecerá bien. No quiero que me parezca bien eso.

Elisabeth continuó acariciándole la frente, y Alice recordó aquel día de su infancia en que la llevaron en coche a casa después de una fiesta de cumpleaños. Estaba nerviosa porque había ganado uno de los concursos y le habían dado un globo y una caja de cartón llena de chucherías. Cuando llegó a casa, Elisabeth la esperaba en la puerta de la calle. «Ven conmigo», le ordenó.

Alice corrió tras ella, dispuesta a jugar al juego que hubiera organizado su hermana y dispuesta a compartir las chucherías con ella —menos las dentaduras de gominola, que eran sus preferidas—, y al entrar en la sala con el globo flotando a su espalda, vio que había un montón de adultos desconocidos rodeando a su madre, que estaba en el sofá y apoyaba la cabeza en el respaldo formando un ángulo extraño. Era raro, pero quizá tenía jaqueca. Alice no saludó a su madre para no tener que hablar con aquellos adultos desconocidos y siguió a su hermana por el pasillo hasta que llegaron a su habitación, donde Elisabeth dijo: «Tengo que contarte algo que te dará mucha pena. Será mejor que antes te pongas el pijama y te metas en la cama, y que te prepares; así no te afectará tanto».

Alice no dijo: «¿Por qué? ¿Qué es? ¡Cuéntamelo ahora!», porque tenía seis años y nunca le había pasado nada malo, y además siempre hacía lo que decía Elisabeth. O sea, que se puso dócilmente el pijama mientras su hermana salía de la habitación y volvía con una bolsa de agua caliente, envuelta en una funda de almohada para que no quemara. También traía una cucharada de miel, el tarro de Vicks VapoRub, media aspirina y un vaso de agua. Eran las cosas que les daba su madre cuando se ponían enfermas, y a Alice le encantaba estar enferma. Elisabeth la arropó y le frotó el pecho con Vicks

VapoRub y empezó a acariciarle el pelo de la frente, como hacía su madre cuando a alguna de las dos le dolía mucho la barriga, y Alice cerró los ojos y disfrutó de las ventajas de estar enferma sin las molestias de estar enferma. Y luego Elisabeth dijo: «Y ahora voy a contarte esa cosa tan mala. Es una cosa muy rara y muy triste, así que prepárate, ¿vale? Puedes chuparte el pulgar si quieres». Y Alice había abierto los ojos y la había mirado frunciendo el ceño porque ella ya no se chupaba el dedo; solo lo hacía cuando había tenido un día realmente malo, y aunque así fuera, solo chupaba la punta del pulgar, nunca el pulgar entero. Y entonces Elisabeth le dijo: «Se ha muerto papá».

Alice no recordaba qué había sucedido a continuación, ni siquiera cómo se había sentido al escuchar sus palabras. Lo único que recordaba era que su hermana había intentado protegerla de aquella cosa «muy rara y muy triste». Y ya era adulta cuando se le ocurrió con súbita sorpresa que Elisabeth también era una niña pequeña por entonces. La llamó para agradecérselo, pero descubrió que, curiosamente, su hermana tenía unos recuerdos muy distintos del día en que había muerto su padre y ni siquiera era consciente de que había acompañado a Alice a acostarse.

Claro que también estaba ese día en que Elisabeth le había lanzado unas tijeritas de manicura que se le habían clavado en la nuca. Pero aun así...

En ese momento Alice abrió los ojos.

—Eres una hermana mayor genial...

Elisabeth la cogió de la mano.

—No —contestó lacónicamente.

Ninguna de las dos dijo nada durante unos segundos.

—¿Eres feliz, Libby? —preguntó al final Alice—. Porque pareces... —«Desesperadamente infeliz», quiso decir.

—Estoy bien.

Elisabeth parecía estar pensando qué decir a continuación, pero no encontraba las palabras.

«¡Sé tú misma!», estuvo a punto de gritarle Alice.

—Creo que nuestra vida es muy distinta de como la imaginábamos cuando teníamos treinta años —dijo Elisabeth al final.

—¡Por fin os encuentro! ¡Pensaba que no os encontraría nunca! —las interrumpió una voz.

Al pie de la cama había una señora, con el rostro oculto por el gran ramo de tulipanes amarillos que sostenía ceremoniosamente frente a ella.

La mujer bajó el ramo y dejó a la vista su cara. Alice parpadeó una vez y luego volvió a parpadear.

9

—¿Mamá? —dijo Alice.

La mujer que estaba al pie de la cama era Barb Jones, su madre, pero era una Barb Jones completamente distinta a la que Alice conocía.

Para empezar —aunque se podía empezar por muchas cosas—, ya no tenía el pelo castaño y cortado al severo estilo monjil que había llevado desde que Alice tenía uso de razón. Ahora llevaba una melena hasta más abajo de los hombros de un vivo tono caoba; se había peinado hacia atrás un mechón de cada lado de la cara —lo que hacía que sus orejas pequeñas y puntiagudas resaltaran cómicamente— y se los había recogido con un cursi coletero adornado con una flor de seda. Su madre, su humilde y discreta madre, que como mucho se ponía una imperceptible capa de brillo de labios Avon de un suavísimo color rosado, llevaba lo que habría podido describirse como un «maquillaje histriónico»: los labios pintados de un tono caoba idéntico al de su pelo, los párpados violeta y las mejillas rosa, y se había puesto una base densa y demasiado oscura y... ¿eran eso unas pestañas postizas? Además, llevaba una falda granate y un top de lentejuelas sin espalda y ceñido a la cintura con una gran hebilla negra. Alice alzó un poco más la barbilla y vio que unas medias de rejilla y unas sandalias de tacón alto completaban el atuendo.

—¿Cómo estás, cariño? —le dijo su madre—. Te he dicho siempre que el step es demasiado intenso para tus articulaciones, y ¡mira lo que ha pasado!

—¿Vas a un baile de disfraces? —preguntó Alice, llevada de una repentina inspiración. Eso lo explicaría todo, aunque también sería bastante sorprendente.

—¡No, tonta! Cuando he visto el mensaje de Elisabeth estábamos haciendo una demostración en la escuela, y he venido directamente, antes de cambiarme. La gente me miraba por la calle, pero ya estoy acostumbrada. En fin, no hablemos de mí. Cuéntame qué te ha pasado y qué te han dicho los médicos. ¡Estás blanca como el papel! —Su madre se sentó a un lado de la cama, le dio una palmadita en el muslo y le resbalaron por el brazo varias pulseras relucientes. ¿Estaba... bronceada? ¿Tenía... canalillo?

—¿Una demostración de qué? —preguntó Alice. No podía apartar los ojos de aquel ser extraño. Era su madre, pero no era su madre. A diferencia de Elisabeth, no le habían salido más arrugas. De hecho, la gruesa capa de maquillaje daba un aspecto uniforme a su cara y la hacía parecer más joven.

—Alice tiene un vacío de memoria importante, mamá —explicó Elisabeth—. No recuerda nada posterior a 1998.

—¡Vaya! —exclamó Barb—. ¡Eso no pinta bien! Ya te he dicho que estabas muy pálida. Tienes conmoción cerebral, imagino. ¡Procura no dormirte! Después de una conmoción, hay que mantenerse despierta. Hagas lo que hagas, Alice, ¡no te duermas!

—Eso es un mito —declaró Elisabeth—. Ya no lo aconsejan.

—En fin, no sé cómo son las cosas ahora, pero no hace mucho, en el *Reader's Digest*, leí que un chavalito, un tal Andy, se golpeó la cabeza al caerse de una de esas motos para niños... lo mismo que le pasó al nieto de Sandra... desde luego, no cuentes conmigo para que le regale una a Tom, Alice, aunque estoy segura de que al monstruito le encantaría tener una... pero son muy peligrosas, aunque lleven casco... cosa que ese chaval no llevaba... Andy, creo que se llamaba... aunque quizá era Arnie... era un nombre anticuado, de esos que hoy en día ya no se oyen...

—¡Mamá! —la interrumpió Alice, consciente de que su madre ya no saldría del laberinto formado en torno a Andy/Arnie.

Su madre siempre había sido patológicamente parlanchina, aunque normalmente, cuando estaba en público, como en ese momento, solía bajar la voz en deferencia a la gente que la rodeaba, y entonces había que decirle: «¡Habla más alto, mamá!». En cuanto aparecía alguien a quien no conocía personalmente desde por lo menos veinte años atrás, se interrumpía en seco en mitad de una frase, como una radio que se apaga, agachaba la cabeza, evitaba todo contacto visual y esbozaba una sonrisa desesperantemente humilde. Era tan tímida que, cuando Alice y Elisabeth eran pequeñas, se ponía histérica si tenía que ir a una reunión de padres en el colegio, y luego llegaba a casa pálida y temblorosa de cansancio, incapaz de repetir nada de lo que hubieran dicho los profesores, como si lo importante fuera asistir y no escuchar, cosa que ponía furiosa a Elisabeth, que siempre quería saber todos los piropos que decían de ella sus profesores. A Alice le daba igual, ya que la mayoría de sus profesores ni siquiera debían de saber quién era porque padecía la misma timidez que su madre. Era como si hubiera heredado una enfermedad mal vista socialmente, como un eccema.

Ahora, en cambio, su madre estaba hablando a un volumen normal —de hecho, un tono más alto de lo estrictamente necesario— y no lanzaba miradas cautelosas a su alrededor para comprobar que no había ningún desconocido en las cercanías. Además, parecía haber desarrollado una nueva manera de sostener la cabeza, con la barbilla adelantada y el cuello muy tieso, como un pavo real. Alice pensó que le recordaba a alguien; alguien a quien estaba segura de no haber olvidado y a quien conocía perfectamente desde hacía tiempo, aunque en aquel momento no era capaz de ponerle nombre.

—Pues entonces no entiendo qué haces vestida así, mamá —dijo Alice—. Estás... irreconocible.

Las notas de Elisabeth para el doctor Hodges

Yo estaba pensando para mis adentros: «Por favor, mamá, ni se te ocurra mencionar el nombre de Roger. La pobre no será capaz de soportar una impresión más. ¡Le estallará el cerebro!»

—Pues como te iba diciendo, cariño, he visto el mensaje de Elisabeth cuando Roger y yo estábamos haciendo una demostración de bailes latinos en el colegio. Me he quedado atónita cuando he visto que...

—¿Tú bailas?

—¡Es imposible que te hayas olvidado de nuestros bailes! Te diré por qué es imposible: porque justo el miércoles pasado dijiste que nuestra última actuación había sido inolvidable. Hicimos subir a Olivia al escenario, pero a Madison y a Tom no conseguimos convencerlos, y a ti tampoco... Roger estaba un poco decepcionado, pero intenté explicarle...

—¿Roger? —dijo Alice—. ¿Quién es Roger?

Las notas de Elisabeth para el doctor Hodges

¿A quién quería engañar? Es imposible que mi madre aguante cinco minutos sin mencionar el nombre de Roger.

—Pues Roger, claro. No te habrás olvidado también de Roger, ¿verdad? —Su madre miró a Elisabeth con cara de susto—. Parece que es grave, ¿no? Nunca la había visto tan pálida. Ha perdido totalmente el color.

Alice intentó pensar en nombres parecidos a «Roger». ¿Rod...? ¿Robert...? Su madre solía cambiar el nombre a la gente, de modo que Jamie podía terminar siendo Johnny; Susan, Susannah...

—El único Roger al que conozco es el padre de Nick —concluyó Alice con una risita, porque el padre de Nick era un poco ridículo.

Su madre la miró muy seria. Con aquellas pestañas postizas parecía una muñeca.

—Pues ese es precisamente el Roger del que estoy hablando, cariño. Mi marido: Roger.

—¿Tu marido?

—¡Ay, Dios! —Elisabeth suspiró.

Alice se volvió hacia su hermana.

—¿Mamá se ha casado con Roger?

—Ya ves.

—Pero... ¿con Roger? ¿En serio?

—En serio.

Por lo tanto, había otra boda a la que había asistido la otra Alice en su lugar; en este caso, una boda que le resultaba totalmente inimaginable.

Para empezar, su madre siempre se había negado a considerar siquiera la posibilidad de salir con otros hombres. «¡Ay, estoy demasiado mayor! —decía—. ¡Para salir con hombres hay que ser joven y guapa! Además, uno solo tiene un gran amor en la vida, y en mi caso fue tu padre. ¿Cómo voy a encontrar a nadie que esté a su altura?» Y aunque sus hijas intentaban convencerla de que aún era joven y atractiva y de que su padre no habría querido que le guardase luto eterno, Alice se sentía secretamente orgullosa de la lealtad de Barb. Era una actitud maravillosa y conmovedora, pero también desconcertante, porque el resultado era que Alice y Elisabeth eran las únicas responsables de que su madre tuviera vida social.

Así que, vale, su madre había superado el miedo a salir con otros hombres —probablemente, el motivo de su reclusión era más ese que la lealtad eterna a su marido—, pero ¿por qué se había casado precisamente con el padre de Nick?

—Pero ¿por qué? —exclamó con impotencia Alice—. ¿Por qué te has casado con Roger?

«Ahora lo entiendo: ¡es Roger quien sostiene la cabeza como un pavo real!», pensó.

Barb abrió mucho los ojos y frunció los labios en un mohín coqueto, con una expresión tan poco típica de ella que Alice tuvo que desviar la mirada, como si hubiera pillado a su madre cometiendo una perversidad.

—Me enamoré perdidamente de él —explicó—. ¿No te acuerdas? Tienes que acordarte. Todo empezó en el bautizo de Madison, cuando Roger me contó que estaba pensando en apuntarse a clases de salsa y me preguntó si querría acompañarlo, y de hecho no me dio ocasión para negarme, parecía convencido de que lo acompañaría, y a mí me pareció una grosería decepcionarlo, y como me puse muy nerviosa quise pedir hora al doctor Holden para que me diera algo que me calmase, y vosotras protestasteis, como si fuera a convertirme en una drogadicta o algo así... ¡por el amor de Dios!, solo quería un Valium, que por lo visto lo único que hace es dejarte como flotando... pero no me dieron hora... típico, claro... la recepcionista nueva es una antipática... no sé qué habrá sido de esa tal Kathy que había antes, aquella chica tan agradable...

—¿Y cuánto tiempo lleváis casados? —la cortó Alice.

Volvió a sentir la terrorífica sensación de desconocer sucesos esenciales de su vida. Era como estar en una montaña rusa que te lanza primero a la izquierda y luego a la derecha y al final te pone el mundo del revés y te permite ver las cosas conocidas desde perspectivas inesperadas. Alice odiaba las montañas rusas.

—Ah, pues va a hacer cinco años. Pero Alice, estoy segura de que recuerdas la boda. Madison llevaba las flores. Estaba tan mona con su vestidito amarillo... le queda tan bien el amarillo... es algo que poca gente puede decir... le compré una camiseta amarilla por Navidad, pero si se la pone o no es otra cuestión...

—Mamá —intervino secamente Elisabeth—, Alice ni siquiera recuerda a Madison. Lo último que recuerda es cuando estaba esperándola.

—No recuerda a Madison —repitió Barbara en voz muy baja. Tomó aire y siguió hablando en un tono nervioso y jovial, como si quisiera devolver la cordura a su hija—: Bueno, entiendo que en estos momentos quieras olvidarte de Madison y de sus problemillas, aunque seguro que enseguida vuelve a la normalidad, pero desde luego recordarás a Tom y a nuestra preciosa Olivia, ¿verdad? En fin, no puedo creer que te esté haciendo esta pregunta. Claro que los recuerdas. ¡No puedes haber olvidado a tus propios hijos! Es algo... impensable.

En su voz se adivinaba cierto temblor a causa del miedo que a Alice le resultó inexplicablemente reconfortante. «Sí, mamá, es temible. Sí, es impensable.»

—Mamá —repitió Elisabeth—. Por favor, intenta comprenderlo. Alice no recuerda nada posterior a 1998.

—¿Nada?

—Seguro que es pasajero.

—Ah, por supuesto. ¡Pasajero!

Su madre se sumió en el silencio y se pasó una uña por el borde de sus labios demasiado pintados.

Alice trató de asimilar la noticia: «Mi madre se ha casado con el padre de mi marido».

Era un hecho tan difícil de olvidar como «tengo tres hijos» o «mi adorado marido ya no vive en casa», pero por algún motivo, no lo recordaba.

Nada de lo que estaba pasando podía ser verdad. Debía de ser una broma verdaderamente descomunal y elaborada.

O un sueño increíblemente realista. Una alucinación demasiado vívida. Una pesadilla que no cesaba.

¡Roger! ¿Qué demonios le había dado a la dulce y temerosa Barb para «enamorarse perdidamente» de alguien como Roger? De Roger, con su embriagadora loción de afeitado, su voz de locutor y su afición a decir cosas como «a mi parecer» y «acaso»... Roger, quien cuando se había tomado unas copas en una reunión familiar abordaba a Alice en un rincón y le soltaba un interminable monólogo sobre sí mismo y los múltiples detalles de su fascinante personalidad. «¿Soy un hombre deportista? Sí, está claro. ¿Soy un intelectual? Bueno, quizá no en el sentido académico de la palabra, pero podemos plantearlo de otro modo: ¿soy una persona inteligente? La respuesta no puede ser más que afirmativa, Alice: estoy doctorado en la Universidad de la Vida. Y te preguntarás acaso si soy una persona espiritual. A mi parecer, la respuesta tiene que ser afirmativa: soy espiritual, no hay ninguna duda.»

Alice se limitaba a asentir dócilmente con la cabeza, inspirando y espirando con rapidez para evitar el olor de la loción de afeitado, hasta que aparecía Nick diciendo: «A mi parecer, mi mujer necesita una copa, papá».

¿Y qué diría Nick? ¿Cuál sería su opinión sobre aquel acontecimiento? Nick tenía una relación complicada con su padre. Imitaba sin piedad a Roger a sus espaldas, y cuando hablaba de cómo había tratado a su madre durante el divorcio, su voz transmitía algo cercano al odio, pero al mismo tiempo Alice veía que cuando Roger estaba cerca, Nick bajaba la voz, sacaba pecho y aludía, como quien no quiere la cosa, a alguna venta que había negociado en el trabajo o a cualquier otro logro que ella desconocía, como si en el fondo aún necesitase la aprobación de su padre, aunque seguramente él lo habría negado con vehemencia e incluso con rabia.

Alice no era capaz siquiera de imaginar cómo debía de haber reaccionado Nick ante la noticia. Además, ¿significaba eso que ahora los dos estaban emparentados? ¡Nick se había convertido en su hermanastro! Lo primero que pensó fue que al enterarse debían de haber soltado una gran carcajada, habrían pensado que era una broma, se habrían puesto a hacer chistes sobre el incesto y habrían jugado a ser Greg y Marcia, los hermanastros de *La tribu de los Brady*. Pero quizá no les había hecho ninguna gracia. A lo mejor Nick estaba enfadado por culpa de su madre, aunque por lo visto ella trataba desde hacía tiempo a su ex marido como a un tío lejano y un poco pesado.

¿Y las Raritas? ¡Ah, las Raritas! Las excéntricas hermanas de Nick se habían convertido en las hermanastras de Alice. Seguro que ellas no se habían quedado indiferentes ante la noticia; nunca se tomaban nada con indiferencia: se desmayaban, sollozaban, dejaban de hablarse, se ofendían por los comentarios más inocuos... Siempre había una u otra pasando alguna crisis. Alice ignoraba que las relaciones familiares pudieran ser tan dramáticas, hasta que conoció a la familia de Nick, con toda aquella caterva de hermanas, cuñados, novios, tíos y primos. En comparación, su propia familia, tranquila, silenciosa y de tamaño reducido, parecía tremendamente pacífica y aburrida.

—¿Es por eso que Nick y yo estamos...? —preguntó Alice—. ¿Porque le ha afectado que su padre se case con mamá?

—¡Claro que no! —Su madre había recuperado la energía—. Vuestro divorcio es un gran misterio para todos nosotros, pero desde luego ¡no tiene nada que ver con Roger y conmigo! Roger se puso muy triste cuando se enteró de lo vuestro. Claro que él tiene sus teorías sobre el divorcio...

—Mamá y Roger empezaron a salir hace años —la cortó Elisabeth—. Nick y tú os lo tomasteis un poco mal al principio, y las Raritas se pusieron histéricas, evidentemente, pero al final lo asimilasteis y ahora ya nadie le da importancia. Alice, te aseguro que todas estas cosas que en este momento te parecen tan extrañas, en realidad no lo son tanto. Cuando recuperes la memoria, te reirás de tu reacción.

Alice no quería volver a un yo que no encontraba extraño el hecho de que Nick y ella se estuvieran divorciando, y tampoco entendía que su madre aludiera al «divorcio» con tanta indiferencia, como si fuera algo totalmente real, como si fuera ¡un objeto!

—Bueno, pues ya no pienso divorciarme —declaró Alice—. No hay divorcio.

—¡Oh! —Su madre juntó las manos presa del entusiasmo, como si rezara—. ¡Oh, qué maravilla!

—Mamá —dijo Elisabeth—, prométeme que no dirás ni una palabra de esto ni a Roger ni a nadie. Alice no sabe qué está diciendo.

—Sí que lo sé —aseguró Alice. Se sentía un poco embriagada—. Puedes contárselo a quien quieras, mamá. Díselo a Roger, díselo a las Raritas, díselo a nuestros tres hijos. No hay divorcio. Nick y yo solucionaremos el problema, sea cual sea.

—¡Maravilloso! —exclamó Barb—. ¡Qué contenta estoy!

—A ti no te parecerá tan maravilloso cuando recuperes la memoria —le dijo Elisabeth a Alice—. Ya habéis empezado los trámites. A Jane Turner le dará un infarto si sigues con esta idea.

—¿A Jane Turner? —repitió Alice—. ¿Qué pinta Jane Turner aquí?

—Es tu abogada —señaló Elisabeth.

—¿Mi abogada? Jane no es abogada. —En el cerebro de Alice se filtró el vago recuerdo de una discusión en el trabajo en la que un compañero había terminado diciendo a Jane: «Tendrías que ser abogada», y ella había contestado: «Sí, lo sé».

—Se licenció hace unos años y se ha especializado en divorcios —explicó Elisabeth—. Y te está ayudando a... a divorciarte de Nick.

Era ridículo y absurdo pensar que Jane Turner la estaba ayudando a «divorciarse de Nick». «Esa Jane llegará lejos», había dicho una vez Nick, y Alice había estado de acuerdo.

Aun así, ¿cómo era posible que se hubiera inmiscuido tanto en su vida?

—Nick y tú os estáis peleando por la tutela de los niños —dijo Elisabeth—. Es una situación complicada.

Peleándose por la tutela. Sonaba como «pelearse por la Nutella». Alice se imaginó a Nick y a ella lanzándose cucharadas de Nutella el uno al otro, entre risas y gritos, para terminar lamiéndose mutuamente.

Por lo visto, pelearse por la tutela de los hijos no era tan divertido.

—Bueno, pues eso también se ha acabado —anunció Alice. ¿Para qué demonios quería la tutela de tres niños a los que no conocía? A quien quería era a Nick—. No vamos a pelearnos por la tutela porque no vamos a divorciarnos, y no hay más que hablar.

—¡Hurra! —exclamó su madre—. Estoy contentísima de que hayas perdido la memoria. ¡Este accidente es un milagro!

—Vale, pero sigue habiendo un problemilla, ¿sabéis? —dijo Elisabeth.

—¿Cuál?

—Nick no ha perdido la memoria.

10

—¿Nick? —dijo Alice.

—Lo siento, guapa. Soy yo otra vez —contestó la enfermera.

La estaban despertando a cada hora para ver cómo estaba, enfocarle las pupilas con la linterna y hacerle todo el rato las mismas preguntas.

—Alice Mary Love. Hospital Royal North Shore. Un golpe en la cabeza —murmuró Alice.

La enfermera soltó una risita.

—Muy bien. Perdona la molestia. Ya puedes dormir otra vez.

Alice se durmió y soñó con enfermeras que la despertaban.

«¡Despierta! ¡Es hora de la clase de salsa!», decía una, tocada con una enorme cofia que en realidad era una lionesa con chocolate.

«He soñado que nos estábamos divorciando —decía Alice a Nick—, y que teníamos tres hijos, y que mi madre se había casado con tu padre, y que Elisabeth estaba muy triste...»

«¿Y a mí qué coño me importa? —contestaba Nick. Entonces Alice ahogaba un sollozo y se chupaba el pulgar. Nick se apartaba un confeti rojo del cuello y se lo enseñaba—. ¡Era broma!»

«¿Nick?», preguntaba Alice.

«He dejado de quererte porque aún te chupas el dedo.»

«¡Yo no hago eso!» Alice estaba tan avergonzada que quería morirse.

«¿Cómo te llamas?», gritaba una enfermera, pero no podía ser de verdad porque estaba flotando en el aire, entre ramilletes de globos de color rosa. Alice no le hizo caso.

—Soy yo otra vez —dijo una enfermera.

—¿Nick? —preguntó Alice—. Me duele la cabeza. Tengo una jaqueca terrible.

—No, no soy Nick. Soy Sarah.

—No eres una enfermera de verdad. Eres otra de las enfermeras del sueño.

—Sí, soy de verdad. Por favor, abra los ojos y dígame cómo se llama.

Las notas de Elisabeth para el doctor Hodges

Hola, soy yo otra vez, doctor Hodges. Son las tres y media de la mañana y ahora mismo dormir me parece algo absurdo e imposible que solo hacen los demás. Me he despertado pensando en Alice y en lo que me dijo ayer: «Eres una hermana mayor genial».

Y no lo soy. No lo soy.

Seguimos queriéndonos; claro que nos queremos. Ese no es el problema. A ninguna se le olvida cuándo cumple años la otra. De hecho, hay una especie de competición silenciosa para ver quién hace el mejor regalo cada año, como si rivalizáramos por ser la hermana más generosa y atenta. Nos vemos a menudo. Todavía nos reímos cuando estamos juntas. Somos como millones de hermanas. Así que no sé muy bien cómo explicárselo. Es solo que las cosas ya no son como cuando éramos jóvenes. Pero así es la vida, ¿no, doctor Hodges? Las relaciones van cambiando. Y no hay tiempo para nada. ¡Pregunte a Alice! ¡Ha adoptado el papel de supermamá permanentemente ocupada como si fuera una religión!

¿Debería haberme mostrado más atenta? Quizá, como hermana mayor, era responsabilidad mía mantener el contacto.

Lo que pasa es que la única manera que he tenido de superar lo que me ha pasado en los últimos siete años ha sido envolverme en un montón de capas protectoras, como si fuera un objeto muy frágil. Tengo tantas capas a mi alrededor que cuando quiero hablar de cualquier cosa que no sea cómo preparar una perfecta campaña de publicidad directa, siento un repentino nudo en la garganta, como si no pudiera abrir la boca para mantener una conversación normal sin pensar con antelación en qué voy a decir.

El problema es la rabia, una rabia que está siempre a punto de estallar, aunque no sea consciente de ella. Si me doy un golpe, o si estoy en la cocina y se me cae una cestita de arándanos al suelo, la rabia se desborda de pronto, como la leche hirviendo. Tendría que haber oído el grito de furia ancestral que solté el otro día, cuando me di contra la puerta abierta de la alacena mientras vaciaba el lavavajillas. Me senté en el suelo, apoyé la espalda en la nevera y me pasé veinte minutos llorando. Es un poco embarazoso.

Antes de que mi hermana y Nick se separasen, algunas veces, al hablar con ella, tenía que esforzarme para no soltarle comentarios horribles e implacables, como: «¡Te crees que el mundo empieza y acaba en ti, en tu familia perfecta y en tu vida perfecta, y que elegir el color de los cojines para tu sofá nuevo de diez mil dólares es estresante!».

Y ahora tengo ganas de escribir estas cosas para sacármelas de dentro, porque son muy desagradables y ni siquiera son verdad. Son cosas que en realidad no pienso pero que podría haber dicho, aún podría decirlas, solo que si las dijera, quedarían para siempre en la memoria de Alice y en la mía. Por eso prefería callar y comportarme como si no pasara nada, y mi hermana sabía que yo fingía y ella misma fingía que no pasaba nada, hasta que se nos ha olvidado cómo ser sinceras la una con la otra.

Por eso me sorprendió tanto que me llamara para decirme que Nick se había ido de casa. No tenía ni la más remota idea de que tuvieran problemas. Fue la prueba definitiva de que habíamos dejado de confiarnos nuestros secretos. Debería haber estado al corriente de cómo le iba la vida, y Alice debería haberme pedido antes mi consejo fraternal, pero no lo había hecho. Por lo tanto, era evidente que yo la había dejado de lado, del mismo modo que ella me había dejado de lado a mí.

Y esta es la razón de que no supiera qué hacer cuando me enteré de lo de Gina. ¿Debía telefonear a Alice? ¿Tenía que coger el coche e ir a verla en persona, o era preferible llamar antes y preguntarle? No tenía ni idea de qué querría ella. Y me obsesioné con una cuestión de protocolo, como si Alice fuera una mera conocida. ¡¡¡Y era obvio que debería haber cogido el coche para hablar directamente con ella, por Dios!!! ¿Qué me había pasado, para tener que pensarlo tanto?

Ayer, cuando salimos del hospital, mi madre dijo con una vocecita apagada, muy poco propia de ella: «Supongo que tampoco se acordará de lo de Gina, ¿no?», y yo contesté: «Supongo que no». Ninguna de los dos supimos qué decir.

¿Sería posible retroceder en el tiempo, recorrer hacia atrás toda la serie de llamadas telefónicas y de reuniones familiares navideñas y de fiestas infantiles, hasta llegar al principio de todo, cuando éramos solamente Alice y Libby Jones? ¿Sabe usted cómo se hace eso, doctor Hodges?

En fin... Creo que será mejor que intente dormir.

No. Ni siquiera puedo fingir un bostezo.

Mañana iré al hospital para recoger a Alice y llevarla a casa. Le dan el alta a las diez, y por lo visto da por sentado que soy yo quien irá a buscarla. Si estuviera en su estado normal, haría lo posible para no depender de mí. Solo acepta ayuda de las demás madres del colegio, porque puede devolverles el favor con complicadas reorganizaciones de agenda.

Me gustaría saber si mañana habrá recuperado la memoria. No sé si le dará vergüenza recordar las cosas que ha dicho esta tarde, especialmente lo de Nick. No sé si volverá a ser ella misma, o la antigua ella misma, o una ella misma confusa, con un golpe en la cabeza. ¿Es que en el fondo le apena el divorcio? ¿Acaso su reacción de hoy es un reflejo de sus verdaderos sentimientos? No lo sé. Sencillamente, no lo sé.

La médica con la que hablé parecía convencida de que Alice habrá recuperado la memoria mañana por la mañana. Era una de las personas más agradables con las que me he topado en todos mis años de trato con profesionales de la medicina. Me miró a los ojos y me dejó terminar de hablar antes de intervenir ella. Sin embargo, parecía que solo le importase el hecho de que la tomografía no mostrara ninguna señal de lo que denominó «hemorragia intracraneal». Parpadeó un poco cuando le conté que Alice no recordaba a sus hijos, pero dijo que las personas reaccionan de muchas maneras distintas ante una conmoción cerebral y que lo mejor era dejarla descansar. También dijo que cuando el traumatismo estuviera curado, Alice recuperaría la memoria. Insinuó que, al mantenerla toda la noche en observación, ya estaban haciendo cuanto se puede hacer en un caso normal de conmoción.

Me sentí inexplicablemente culpable cuando me fui, sabiendo que Alice se quedaba sola en el hospital. Ahora parece mucho más joven. Eso es lo que no conseguí explicar a la doctora. No es que mi hermana estuviera confusa, es que al charlar con ella tuve la impresión de que estaba hablando directamente con la persona que era Alice a los veintinueve años. Incluso su forma de hablar era distinta: se expresaba con más lentitud y en un tono más bajo y menos controlado. Soltaba lo que se le pasaba por la cabeza.

«¿Di alguna fiesta al cumplir los treinta?», me preguntó antes de que me fuera.

Me esforcé, pero no supe qué responderle. Cuando volvía a casa con el coche, recordé que habían organizado una barbacoa. Estaban en plena reforma y Alice tenía una gran tripa de embarazada. La casa estaba llena de escaleras plegables, latas de pintura y boquetes en las paredes. Recuerdo que yo estaba en la cocina, ayudándoles a poner velitas en la tarta, y Alice dijo: «Me parece que el bebé tiene hipo». Nick le puso una mano sobre la barriga y luego me cogió una mano para que la tocara yo también, y entonces noté unos movimientos extraños, parecidos a los de un pez. Recuerdo claramente a Nick y a Alice mirándome con ojos brillantes y emocionados. Los dos tenían motitas de pintura azul en las cejas, porque habían estado pintando la habitación del bebé. Estaban guapísimos. Eran mi pareja favorita.

Muchas veces me quedaba mirando con disimulo a Nick cuando Alice le contaba algo: él la observaba con una mirada tierna y orgullosa, y reía con más ganas que nadie cuando mi hermana decía algo gracioso o muy típico de ella... Nick la entendía tan bien como nosotras, o quizá aún más. Conseguía que Alice fuera más valiente, más lista, más divertida. Nick logró sacar de mi hermana todas las cualidades que tenía escondidas; a su lado, Alice llegó a ser plenamente ella misma, hasta el punto de que parecía brillar con una especie de resplandor interior. Nick la amaba tanto que hacía que pareciese aún más digna de ser amada.

¿Me ama a mí Ben de esa manera? Sí. No. No lo sé... Quizá al principio. Ahora esas deslumbrantes cosas propias del amor ya no parecen tan presentes. Lo veo en gente más joven, más delgada y más feliz que yo, y además, es imposible que un albaricoque reseco resplandezca.

Echo de menos a los Nick y Alice de antes. Cuando pienso en ese día en la cocina, poniendo velitas en la tarta, me siento como si recordara a alguien a quien conocí hace tiempo y con quien he perdido el contacto porque se ha ido a vivir a otro país.

A las cuatro y media de la mañana, Alice se despertó sobresaltada y con un pensamiento muy claro en la cabeza: «No le he preguntado a Elisabeth cuántos hijos tiene».

¿Cómo podía ignorar la respuesta a esa pregunta? Y lo más importante: ¿cómo podía haberse olvidado de preguntarlo? ¡Era una frívola, una egoísta, una egocéntrica! Por supuesto que Nick había querido divorciarse de ella... Por supuesto que Elisabeth ya no la miraba como antes...

Al levantarse llamaría a su madre; actuaría como si no se hubiera olvidado de la existencia de los hijos de Elisabeth, solo la de los suyos, y diría: «Ah, por cierto, ¿cómo está el bicho?».

El problema era que no sabía si su madre tenía el mismo número de teléfono; ni siquiera sabía dónde vivía. ¿Se habría mudado al lujoso apartamento de Roger en Potts Point? ¿O sería Roger quien se habría trasladado al piso de su madre, con sus cacharritos, sus tapetes de encaje y sus plantas? Ambas posibilidades se le antojaban absurdas.

La chica del cubículo contiguo estaba roncando. Era un sonido débil y resollante, como el zumbido de un mosquito. Alice se volvió boca abajo y apoyó la cara contra la almohada, como si quisiera ahogarse.

«Esto es lo peor que me ha pasado nunca», pensó.

Aunque, en realidad, no podía estar segura de que fuera así.

Las notas de Elisabeth para el doctor Hodges

Al salir del hospital, mi madre y yo fuimos a buscar a Ben y a los niños a casa de Alice y cenamos una pizza todos juntos. Por suerte, Roger estaba en una reunión del Rotary Club, porque yo no estaba de humor para aguantarle. No se me ocurre nadie que pueda tener humor para aguantarle, excepto quizá mi madre, y el propio Roger, evidentemente. No les contamos a los niños que Alice había perdido la memoria;

solo les dijimos que se había golpeado la cabeza en el gimnasio pero que no tardaría en ponerse bien. Olivia juntó las manos y exclamó: «¡Pobre mamita! ¡Qué tragedia tan grande!», y vio que Ben contenía la risa mientras abría el cajón de los cubiertos. Madison hizo una mueca y preguntó con desdén: «¿Y papá ya lo sabe?», y luego se fue corriendo a su habitación, como si ya supiera cuál iba a ser la respuesta. Tom esperó hasta que Olivia se instaló en la mesa de la cocina a confeccionar un tarjetón para Alice, en el que le deseaba que se recuperara pronto, rodeada de rotuladores y botes de purpurina, y entonces me cogió silenciosamente de la mano y me llevó al comedor. Una vez allí me hizo sentar, me miró a los ojos y me dijo: «A ver, dime la verdad. ¿Mamá tiene un tumor cerebral?». Y sin darme tiempo a contestarle, añadió: «¡No me mientas! ¡Soy un detector de mentiras humano! Si miras a la derecha, quiere decir que mientes». Tuve que hacer un esfuerzo sobrehumano para no mirar a la derecha.

Fue una noche divertida. No sé por qué. Una noche divertida a costa de la pobre Alice.

¡Oh, un bostezo! ¡Un bostezo magnífico y oportuno! Tengo que dejarle, doctor Hodges. Me parece que me estoy durmiendo.

Cuando el cielo empezaba a iluminarse en el exterior del hospital, Alice se sumió en el sueño más profundo de aquella extraña e interrumpida noche. Soñó que Nick estaba sentado junto a una larga mesa de pino que ella no había visto en la vida. Nick movía la cabeza, cogía una taza de café y decía: «Siempre se trata de Gina, ¿no? Gina, Gina, Gina...». Luego tomaba un sorbo de café y Alice sentía una clara repugnancia; desviaba la vista y empezaba a frotar con energía una mancha de grasa reseca que había en el banco de cemento.

Mientras dormía, Alice dio un respingo tan violento que sacudió la cama.

Soñó que estaba de pie en un cuarto pequeño y poco iluminado, y que Elisabeth estaba tumbada a su lado, mirándola con cara asustada y diciendo: «¿Qué ha querido decir con que no hay pulso?».

Soñó con un rodillo de cocina gigante. Tenía que subirlo por una cuesta, ante las miradas de miles de personas. Era importante darles la impresión de que no estaba haciendo ningún esfuerzo.

—Buenos días, dormilona —la saludó una enfermera. Su voz alegre y chispeante parecía una copa de cristal al romperse.

Alice se incorporó de un salto y aspiró entrecortadamente, como si hubiera estado conteniendo la respiración.

11

Meditaciones de una bisabuela

¡Ya veis, hoy he madrugado! Llevaba desde las cinco de la mañana sin dormir y al final he decidido levantarme y actualizar el blog.

Gracias a todos por vuestros emails de ánimo. Hay buenas noticias sobre el **accidente de Alice**. Barb llamó anoche y
me contó que Alice se encontraba mejor. Parece que le han
hecho una tomografía o algo así (supongo que es como una
radiografía pero más moderno) y todo está normal. Barb dice
que la han tenido toda la noche en observación pero que hoy
por la mañana ya le dan el alta. Lo raro es que anoche Alice
seguía sin recordar nada posterior a 1998. Cree que sigue viviendo con su marido, y Barb está contentísima porque piensa
que su hija se reconciliará con Nick, cosa que a mí me parece
improbable. Barb está de lo más optimista desde que se ha
aficionado a bailar salsa.

La pérdida de memoria de Alice me ha hecho pensar en mi
querida amiga Ellen, a quien hace poco diagnosticaron **demencia**. El otro día charlábamos por teléfono y parecía totalmente lúcida. Me contó que había estado preparando un pastel de cumpleaños para su bisnieta y de pronto, como quien
no quiere la cosa, dijo que no oía el cortacésped, que seguramente Ernie había terminado de cortar el césped y que me

dejaba porque se iba a prepararle la cena. Y bueno... Ernie murió en 1987. Me quedé helada. Le recordé que Ernie había fallecido y se puso a llorar como si acabara de recibir la noticia. Me sentí fatal, pero tampoco quería que se pasara dos horas pelando patatas para Ernie. (Una vez lo vi comerse diecisiete patatas asadas sin pestañear. Era un glotón.)

Por suerte, Alice es demasiado joven para tener demencia senil, y estoy segura de que mañana, cuando vaya a verla, estará como una rosa. Tengo que comprarle un regalito. Me gustaría escoger bien, pero no es fácil. Tengo la impresión de que ya no sé elegir regalos. Cuando eran pequeñas era mucho menos complicado. Me encantaba verlas con aquella carita de ilusión. Ahora me temo que se limitan a sonreír por cortesía. ¿Alguna sugerencia?

Creo que fue DorisdeDallas la que preguntó por qué llamo a Barb mi «hija» y a Alice mi «nieta». Pues bien, la razón es que no somos familia biológica. Fui vecina suya durante muchos años. La verdad es que, si el marido de Barb no hubiera muerto cuando las niñas eran pequeñas, seguramente no habríamos pasado nunca de una cortés relación de vecindad. Pero Barb lo pasó muy mal al quedarse viuda y, como no tenía más parientes, entré en su vida y me convertí en una especie de abuela «honoraria». Y como no me he casado y no tengo sobrinos, fue una gran suerte para mí. Ahora tengo **tres «bisnietos»** preciosos, ¡un encanto de niños!

En fin, pasemos a otro tema.

En mi último post estaba a punto de contaros cómo terminó la reunión del Comité de Actividades. Cuando todo el mundo dejó de soltar risitas por la propuesta del strip-tease, pasamos al siguiente punto del orden del día: la excursión en autobús que he organizado. Puede ser muy interesante. La idea es asistir a una mesa redonda sobre la **eutanasia** a cargo de diferentes expertos (un médico, un abogado, etc.) y luego ir a comer al bar de un centro de jardinería. Pues bien, como era de esperar, el señor X es de los que no quieren ni oír hablar del derecho a elegir la propia muerte. Empezó a soltar cosas como «¡La vida es para vivirla!», «¡Disfruta del momento!» y otros tópicos por el estilo. Es obvio que nunca ha visto sufrir a una persona cercana, como me sucedió a mí hace treinta años, cuando mi querida madre murió de cáncer. Le expliqué de la forma más sencilla que pude (porque es evidente que no es una persona culta) que yo sí quiero poder elegir cómo y cuándo dejaré esta vida. Es una cuestión de dignidad, de control. Creo que fui bastante elocuente. El señor X se me quedó mirando y por un momento pensé que quizá le había entrado la idea en la mollera. Pero dijo: «Entonces ¿por qué no nos apuntamos todos a hacer caída libre?». Y el graciosillo de Harry Palisi levantó las manos y gritó: «¡Apruebo la moción!». (Me gustaría señalar que Harry va en silla de ruedas.) Y al minuto siguiente se había disuelto la reunión.

Desde entonces, ya se han borrado varios de mi actividad, «Tu derecho a elegir», y se han apuntado a la que está organizando el señor X para la misma fecha. La ha titulado: «Vive la vida». No tengo muy claro adónde piensan ir. Dicen que el programa incluye una ruta por varios bares, un espectáculo de camiones y buceo en la playa de Coogee.

Aún hay una cantidad respetable de residentes apuntados en mi excursión, pero lamento decir que en su mayor parte no son la mejor de las compañías. Son personas antipáticas y gruñonas, de esas que siempre se quejan del café que sirven en los centros de jardinería. Incluso Shirley, que es mi mejor amiga en esta comunidad, me preguntó si me importaría que se apuntase a la excursión de X. Estoy muy enfadada. ¿No os parece que organizar su excursión para la misma fecha que la mía es una grosería por parte de X? No pienso seguir llamándolo «señor».

Por su culpa, yo también me siento gruñona y antipática. ¡Y ya no tengo edad para empezar a plantearme dudas sobre mi personalidad! Soy vieja; es tarde para cambiar de carácter.

Aun así, en el fondo vuelvo a sentirme tan insegura como hace cuarenta años.

Voy a contaros algo que no le he contado nunca a nadie. En 1975, cuando trabajaba dando clases de matemáticas, mis colegas organizaron una excursión a la playa solo para profesoras. ¡Y yo fui la única a la que no invitaron! Me enteré más tarde, por casualidad, cuando vi a un grupito intercambiando las fotos que habían sacado. La verdad, me sentí muy dolida. Y ahora vuelvo a sentirme igual.

En fin, no hay que darle más vueltas. Me parece que saldré a dar un paseo.

Ah, se me olvidaba. Dudo mucho que la persona que dejó ese comentario fuera realmente Frank Neary, mi antiguo alumno. Tengo entendido que murió en Vietnam.

COMENTARIOS

DorisdeDallas dijo...
Gracias por explicarnos lo de tu «hija» y tu «nieta» y todo eso. ¿Las ves a menudo? Cuéntanos más cosas. No creo que hagan falta las comillas esas. Yo te veo como una bisabuela de verdad. Ah, ¿seguiste mi consejo de invitar a X a una copa? Puede que el secreto esté ahí, en hacer amistad con él. A lo mejor tenéis más en común de lo que crees.

Beryl dijo...
Cuando tenía diez años, Mary Murray invitó a todos los niños de la clase, menos a mí, a su fiesta de cumpleaños. Han pasado sesenta años y todavía me acuerdo. ¿Por qué no me invitaron? ¿Qué les había hecho? Así que te entiendo muy bien, Frannie. Estoy con Doris: creo que deberías hacer amistad con X. ¿Quién dijo eso de «mantén cerca a tus amigos, pero aún más cerca a tus enemigos»? Ah, ¿y qué te parece regalar a Alice un bote de talco? Mis nietas siempre lo agradecen mucho.

Brisbaniano dijo...
Yo considero aceptable la eutanasia en determinadas circunstancias, pero no me gusta hablar del tema. Puede que a X le pase lo mismo. O puede que no le guste pensar en la muerte. ¡Deja que el pobre se lleve a la gente de bares!

Frank Neary dijo...
Pues no, señorita Jeffrey: ¡estoy vivo y coleando! Oiga, cuénteme: ¿por qué no se ha casado? De joven era usted un bombón. Pensaba que alguno la habría convencido. Seguro que por eso no la invitaron a la playa sus compañeras. ¡Usted era la más guapa de todas, con diferencia, y no querían que las eclipsara con su biquini de topos amarillos!

Loca_Mabel dijo...
Me ha sorprendido desagradablemente leer tu post. El suicidio es un pecado mortal. No hay medias tintas en este tema. Confiemos en la sabiduría del Señor. Lo siento, pero no volveré a leer tu blog.

Abuela Molona dijo...
Me alegra saber que Alice se encuentra mejor. Pasa de X. Yo no estoy de acuerdo con la eutanasia (creo que con unos cuidados paliativos adecuados no es necesaria), pero Frannie tiene derecho a tratar el tema. ¡Nadie te obliga a leer este blog, Loca_Mabel! Por cierto, ¿alguien más opina que el comentario de Frank Neary raya en lo inaceptable? ¡Te mereces un palmetazo en los nudillos, jovencito!

«¡Vale! Es hora de ponerse en marcha. Date una ducha bien caliente. Vístete, péinate, maquíllate...»

La última enfermera ya se había marchado, y en la cabeza de Alice sonaba una voz enérgica y mandona que le iba indicando lo que tenía que hacer.

«Estoy muy cansada», respondió hoscamente Alice. Tenía los ojos resecos y le picaban. «Acabo de pasar la peor noche de mi vida. Además, es mejor esperar a que venga la enfermera para preguntarle si puedo levantarme.»

«¡Tonterías! Estarás más despejada después de una ducha. ¡Siempre te pasa!»

«¿Ah, sí?»

«¡Sí! ¡Y ya es hora de que te mires en el espejo, por el amor de Dios! Tienes treinta y nueve años, no ochenta y nueve. ¿Tan terrible es?»

«¿Y la toalla? No sé qué toalla usar. Seguro que hay normas.»

«Apestas a sudor, Alice. Estabas haciendo gimnasia. Tienes que ducharte.»

Alice se sentó. Detestaba la mera idea de emitir cualquier tipo de olor corporal. Era la humillación definitiva. Le horrorizaba incluso que, al día siguiente de cenar algún plato condimentado con ajo, Nick mencionase de pasada al despertar que le olía el aliento. Alice se tapaba la boca con la mano y corría al baño a lavarse los dientes, y luego se pasaba el día entero mascando chicle. Nick no entendía que se lo tomase tan en serio, porque él no daba importancia a sus propios olores. Después de pasarse todo el día trabajando en las obras de la casa, se olisqueaba el sobaco como un gorila y anunciaba alegremente: «¡Huelo fatal!», como si fuera una hazaña.

Quizá se estaban divorciando porque a ella había empezado a olerle mal el aliento.

Se palpó con la mano el bulto de la cabeza. Seguía doliéndole, pero era un dolor más mitigado, como una reminiscencia de la jaqueca del día anterior.

Sin embargo, seguía sin recordar a los tres críos, y tampoco recordaba que Nick se hubiera marchado de casa.

Apoyó las plantas de los pies en las frías baldosas del suelo y miró a su alrededor. Los grandes tulipanes amarillos del ramo que había traído su madre destacaban contra la blanca pared del hospital. Intentó imaginarse a Barb bailando salsa con Roger, los dos balanceando las caderas al unísono. A él no era difícil imaginarlo moviendo las caderas, pero ¿su madre...? La idea resultaba fascinante y repugnante al mismo tiempo. Alice estaba impaciente por contárselo a Nick.

En fin...

Recordó a Nick chillándole al teléfono el día anterior, con aquella voz cargada de resentimiento. Tenía que deberse a algo más grave que una halitosis. Si el motivo del divorcio hubiera sido ese, Nick le habría hablado en un tono avergonzado y compasivo.

A pesar de aquella llamada —¡qué palabras tan desagradables le había soltado!—, le seguía pareciendo imposible que Nick no fuera a aparecer de un momento a otro, despeinado y jadeante, disculpándose por el malentendido y estrechándola contra su pecho. No estaba realmente preocupada por el asunto del divorcio, porque resultaba demasiado absurdo. ¡Era Nick! ¡Su Nick! En cuanto volvieran a verse, todo se arreglaría.

La bolsa de deporte con los adhesivos de dinosaurios seguía en la mesilla. Alice pensó en aquel vestido rojo tan bonito. A lo mejor conseguía ponérselo, aunque le apretase un poco...

Se puso la bolsa bajo un brazo y con la mano libre cerró púdicamente la abertura del camisón para que no se le vieran las bragas, aunque no hacía falta porque las cortinas del cubículo contiguo estaban cerradas y su compañera de habitación seguía emitiendo aquel ronquido parecido al zumbido de un mosquito.

Quizá, con los años, había empezado a roncar más fuerte que aquella chica y por eso Nick la había dejado. Bueno, podía comprarse una de esas pinzas horrorosas que vendían en la farmacia. Era un problema fácil de solucionar. «Vuelve a casa, Nick.»

Estaba tan cansada que se sentía como si caminase sobre cemento húmedo.

«Creo que debería volver a acostarme.»

«Ni se te ocurra meterte en la cama. Llegarán tarde al colegio otra vez y la habremos liado.»

Alice alzó la barbilla, sorprendida. ¿De dónde venía esa voz? Pensó en la fotografía de los tres niños en uniforme escolar. Debía de ser responsabilidad suya conseguir que llegaran al colegio a tiempo todas las mañanas.

Quizá, solo quizá, notaba que empezaba a filtrarse en su cerebro el recuerdo tenue y fugaz de unos pasos corriendo por el pasillo, un portazo, un claxon, una protesta infantil y una punzada de dolor en la frente, pero en cuanto intentaba retenerlo, se desvanecía como si se lo hubiera inventado.

Se sentía como si solo pudiera ver lo que tenía enfrente, mientras a su derecha y a su izquierda había diez años de recuerdos invisibles que podría descubrir si encontrara el modo de volver la cara y afrontarlos.

Entró en el pequeño cuarto de baño que compartía con la chica de los ronquidos, echó el cerrojo y encendió la luz. Parpadeó cuando la envolvió el resplandor del fluorescente. La noche anterior había conseguido ir al váter y lavarse las manos sin mirar el reflejo de su cara en el espejo del lavabo, pero esta vez no pensaba hacer lo mismo. Ahora tocaba arreglarse y ponerse en marcha.

Deshizo los nudos del cuello y de la espalda, dejó caer el camisón al suelo y se plantó delante del espejo.

Se vio de cintura para arriba.

«Qué flaca», pensó, palpándose la cintura con los dedos y recorriendo luego las costillas, que sobresalían visiblemente. «Estoy flaquísima.» Tenía el abdomen duro y liso, como el de la chica del gimnasio. ¿Cómo lo había conseguido?

Evidentemente, solía decir que debería hacer ejercicio y perder peso, pero no hacía nada para lograrlo. Era una de esas frases que sueltas de vez en cuando a las amigas para demostrarles que te comportas como debe comportarse una mujer: «¡Ay, estoy tan gorda...!». Cuando salía con Richard, el novio que había tenido antes de Nick, cada vez que la veía intentando abrocharse los pantalones le soltaba «¡Vaya pandero!», y entonces la ligera insatisfacción que Alice sentía con su cuerpo se convertía ocasionalmente en autodesprecio, y se pasaba un día entero sin comer nada, para terminar engullendo un paquete de galletas de chocolate a la hora de la cena. Pero luego había conocido a Nick, que le decía que era guapísima y que cada vez que la acariciaba la hacía sentirse tan hermosa como la veía él. De modo que ¿para qué privarse de una segunda ración de pastel o de una copita de champán, si a su lado estaba Nick con el cuchillo a punto o la botella preparada, sonriéndole pícaramente y diciendo: «Solo se vive una vez», como si cada día fuera una fiesta? Nick era goloso, y disfrutaba de la comida, de la bebida y del buen tiempo; comer y beber con él al aire libre, al calor del sol, era como hacer el amor. Gracias a él, Alice se sentía como una gatita feliz y bien alimentada: gordita, lustrosa, ronroneante de placer sensual.

Alice no sabía si su nuevo abdomen plano le gustaba o no. Por un lado sentía un orgullo evidente, como si hubiera descubierto una habilidad nueva. «¡Mirad qué he conseguido! ¡Tengo la tripa de una supermodelo!» Por otro lado, le había dado un poco de grima notar los huesos bajo la piel, como si le hubieran cortado la carne a cuchillo.

¿Qué pensaría Nick de aquel cuerpo tan delgado? A lo mejor no le importaba el cambio. «Entonces ¿por qué coño me has llamado?»

Por otra parte, ahora tenía los pechos bastante más pequeños y menos respingones. De hecho estaban feísimos: los tenía alargados y caídos, como calcetines colgando sobre el estómago. Alice se los subió con las manos y volvió a soltarlos. ¡Buf! No le gustaban nada. Echó de menos las bonitas, redondas y saltarinas tetas que tenía antes.

¿Era por haber amamantado a tres niños? Sería perfecto, si por lo menos tuviera el nostálgico recuerdo de las horas pasadas en la mecedora con un bebé adormilado en brazos, pero no lo tenía. Esperaba con ilusión el momento de amamantar a su bebé. Era algo que debía pertenecer al futuro, no al pasado.

En fin, por ahora se olvidaría de los pechos. La cara. Había llegado el momento de la cara.

Dio otro paso más hacia el espejo y contuvo el aliento.

Al principio sintió alivio, porque la que le devolvía una mirada desconcertada desde el cristal era todavía su cara. No estaba horriblemente deformada ni le habían salido cuernos. De hecho, aquel rostro más delgado le gustaba. Parecía más definido, y sus ojos se veían más grandes. Tenía las cejas perfectamente depiladas y las pestañas oscuras. Por lo visto, había menos pecas que antes. La piel se veía lisa y clara, aunque había algunos rasguños diminutos alrededor de la boca y de los ojos. ¿Serían por la caída? Alice se inclinó para examinarlos más de cerca.

Caramba.

No eran rasguños. Eran arrugas, como las de Elisabeth; quizá aún peores que las de Elisabeth. En el entrecejo había dos surcos profundos, que no desaparecieron cuando dejó de fruncir el ceño. Debajo de los ojos había unas pequeñas bolsas de piel rosada. Al verlas, Alice recordó que lo primero que le había venido a la cabeza al ver a Jane el día anterior había sido que a su amiga le pasaba algo en los ojos. A Jane no le pasaba nada; solo era diez años mayor.

Se pasó el dedo por las finas arrugas de la boca y de los ojos, como si pudiera borrarlas. Parecían un error, como si no debieran estar allí. Gracias pero no, eso no es para mí, no pertenece a mi cara.

Se dio por vencida y retrocedió unos pasos, para no seguir viendo las arrugas en el espejo.

Aún llevaba el pelo recogido con el mismo coletero del día anterior. Se lo quitó y se lo puso en la palma de la mano, de nuevo impresionada: no reconocía aquella goma negra y no recordaba cuándo se la había puesto.

El pelo le llegaba hasta los hombros. Se lo había cortado, como sospechaba. Se preguntó qué la habría impulsado a tomar esa decisión. El color también era distinto; más rubio que castaño, de un tono rubio ceniza. Lo tenía alborotado porque se había pasado la noche dando vueltas en la cama, pero cuando se lo alisó con las manos vio que era un corte elegante, con una forma que se curvaba en torno al cuello y lo hacía parecer más largo. No era su estilo, pero tenía que reconocer que le sentaba mejor que cualquier otro peinado de los que había usado antes.

Había madurado. Eso era lo que pasaba. Desde el espejo la contemplaba una mujer madura. El problema era que Alice no se sentía madura.

Vale. Esa eres tú, Alice. Eso es lo que eres ahora. Una mujer madura y flaca, madre de tres hijos, que está pasando por un desagradable proceso de divorcio.

Entrecerró los ojos e imaginó a su antiguo yo, su verdadero yo, contemplándola desde el espejo. Una chica con una melena larga y castaña de ningún estilo especial; con la cara más redonda y suave; con unos pechos más grandes y turgentes; con una tripa más gordita (bastante más gordita); con más pecas y sin arrugas visibles... enamorada de Nick y embarazada de su primer hijo.

Pero aquella chica ya no existía. No valía la pena pensar en ella.

Alice se apartó del espejo y al recorrer con la mirada aquel cuarto de baño desconocido sintió una soledad abrumadora. Pensó otra vez en el viaje que había hecho sola por Europa; a veces, al lavarse los dientes en algún baño extraño y mirarse en un espejo sucio, la invadía una vertiginosa sensación de disociación, como si no pudiera saber quién era porque no podía ver reflejada su personalidad en las personas que la querían. Ahora no estaba en un país extranjero donde se hablaba otro idioma, pero sí en un mundo nuevo y desconocido, donde todos menos ella sabían qué estaba pasando. Y ella era la tonta que hacía el ridículo porque ignoraba las normas y decía lo que no tenía que decir.

Inspiró entrecortadamente.

Era pasajero. Dentro de nada habría recuperado la memoria y la vida volvería a la normalidad.

Ahora bien, ¿realmente quería recuperarla? ¿Quería recordar? Lo que de verdad quería era subirse a la máquina del tiempo y regresar directamente al año 1998.

«En fin, mala suerte. Asúmelo, guapa. Date una ducha. Tómate un café y un bollo con queso de untar antes de que se levanten los niños.»

«Antes de que se levanten los niños...» La vocecita mandona y amargada que seguía sonando en su cabeza la estaba volviendo loca. ¿Y a qué venía eso del bollo con queso de untar? ¿Qué pasaba? Ella no desayunaba esas cosas.

¿O sí? Se relamió los labios. ¿Le apetecía un bollo con queso o una tostada con mantequilla de cacahuete? Ambas cosas le parecían deliciosas y repugnantes a la vez.

«En fin, tampoco es una cuestión de vida o muerte, ¿verdad, Alice?»

«¡Ay, calla! No te ofendas, pero pareces una amargada, Alice.»

Cogió la bolsa de deporte y sacó el elegante neceser. Seguro que la nueva Alice había metido en él champú y acondicionador. Rebuscó entre el repertorio de frascos y botes, todos enormes y caros (¡por Dios! ¿llevaba todo eso para ir al gimnasio?), y encontró dos botes oscuros y alargados. La marca no le sonaba de nada, pero prometía «resultados profesionales».

Cuando se colocó bajo la ducha y se echó champú en el pelo, la fragancia a melocotón que le impregnó la nariz le resultó tan familiar que empezaron a temblarle las rodillas. «Claro, claro...» Emitió un sollozo ahogado y se recordó a sí misma bajo un potente chorro de ducha, con la frente apoyada en una pared alicatada de azul y llorando en silencio mientras la espuma con olor a melocotón le entraba en los ojos. «No puedo soportarlo, no puedo... no puedo...»

Durante un instante, el recuerdo fue tan vívido como si estuviera sucediendo en aquel mismo momento, pero al cabo de un segundo se había deshecho como la espuma bajo el chorro de agua.

El olor del champú seguía siendo intenso y inexplicablemente familiar, pero Alice no lograba concretar ningún otro recuerdo.

Solo estaba aquella tristeza insoportable, y el deseo de dejar de sentirla.

¿Se había recordado llorando por Nick?

Si eran esos los recuerdos que encerraba su cabeza —la desintegración de un matrimonio perfecto y maravilloso, un ataque de llanto con la frente pegada a la pared de la ducha...—, ¿realmente quería recuperarlos?

Cerró el grifo y se secó con la toalla azul que había en la bolsa de deporte. Se envolvió en ella, sacó todos los botes y frascos del neceser y los puso en fila. ¿Qué iba a hacer con todo eso?

¡Vamos!

Su mano se adelantó instintivamente hacia un frasco de tapón dorado. Lo abrió y vio que era una loción hidratante densa y cremosa. Con movimientos rápidos y precisos, se embadurnó la cara. ¡Plaf, plaf, plaf! Sin detenerse a pensar, cogió un pequeño bote de cristal con base de maquillaje, puso una pizca en una esponja y empezó a extendérsela por la cara. Una parte de sí misma lo contemplaba todo con asombro. ¿Base de maquillaje? Jamás había usado eso; apenas se pintaba. Sin embargo, sus manos se movían con rapidez y su cabeza se volvía hacia un lado y hacia el otro, como si llevara miles de años repitiendo la misma rutina. Después cogió un tubo dorado que se aplicó a las mejillas. Fue abriendo botes, frascos y envases varios: rímel, perfilador, pintalabios...

En un santiamén —en total, debía de haber empleado

unos cinco minutos—, estaba perfectamente maquillada y dejaba otra vez los frascos en el neceser. A continuación abrió un compartimiento lateral de la mochila sin saber qué buscaba, hasta que encontró un secador de pelo plegable y un cepillo redondo. ¡Ah, claro! Ahora tocaba secarse el pelo. Enchufó el secador y, una vez más, sus manos se movieron sin que tuviera que indicarles nada. El cepillo se deslizaba arriba y abajo mientras el secador expulsaba aire caliente.

«Muy bien, pues cuando salgas, tienes que...»

Se quedó en blanco.

«... tienes que...»

Ya estaba peinada.

Apagó el secador, lo desenchufó y enrolló el cable, lo guardó otra vez en la bolsa y se puso a buscar otra cosa. ¡Ay, Dios! ¿Por qué se movía tan deprisa? ¿Había algún incendio?

Cogió la bolsa de plástico que contenía la ropa, la abrió con brusquedad y sacó el conjunto de lencería beis y el vestido. La ropa interior tenía un tacto suave y sedoso y el sujetador logró que sus pechos recuperasen su antigua turgencia. Seguramente aquel vestido tan bonito no le cabría, pero de todos modos se lo pasó por la cabeza y subió la cremallera lateral sin necesidad de buscarla; no se le marcó ningún michelín porque ya no tenía ninguno.

Joyas. Sacó el colgante con el topacio y la pulsera de Nick y se los puso. Zapatos. Deslizó los pies dentro de ellos.

Se detuvo un momento, contempló a la mujer del espejo y observó boquiabierta el resultado.

Estaba... Bueno, tenía que reconocer que estaba bastante bien. Se volvió a un lado y a otro y se miró por encima del hombro.

Era una mujer delgada, elegante, atractiva. El tipo de mujer que nunca habría creído posible ser. Se había convertido en una de esas mujeres, de esas otras mujeres, que siempre parecían demasiado perfectas para ser auténticas.

¿Por qué quería dejarla Nick, si estaba tan espectacular?

Faltaba algo.

Perfume.

Lo encontró en el bolsillito cerrado con cremallera de la parte delantera del neceser. Se roció las muñecas y tuvo que agarrarse al borde del lavabo para no caer desmayada. Olía a vainilla, mandarina y rosas. Toda su vida estaba contenida en aquella fragancia. Sintió que la engullía un inmenso y turbulento abismo de tristeza y de rabia, en el que se oía el zumbido persistente del teléfono, el chillido de un niño y el rumor ahogado del televisor, y en el que Nick estaba sentado al borde de la cama, encorvado y rodeándose la nuca con las manos.

—¿Perdone?

Alguien llamó a la puerta con los nudillos.

—Perdone, ¿tardará mucho? ¡Tengo que ir al baño!

Alice se incorporó con lentitud. Estaba muy pálida. ¿Iba a vomitar otra vez, como el día anterior? No.

—¡Sí, disculpe! —gritó—. ¡Un momentito!

Colocó las manos bajo el grifo y se frotó las muñecas con el jabón rosado del dispensador para hacer desaparecer todo rastro del perfume. Mientras su nariz se llenaba de un fresco y reconfortante aroma a fresas mezclado con desinfectante, el abismo se alejó.

No recuerdo.

No recuerdo.

No recuerdo.

Las notas de Elisabeth para el doctor Hodges

Cuando he ido a buscarla al hospital, me la he encontrado vestida y esperándome. Tenía los ojos enrojecidos y ojerosos, pero iba perfectamente maquillada y peinada, como siempre.

Me ha mirado como si volviera a ser la misma, y yo he

pensado que había recuperado la memoria y que ese extraño intervalo en nuestras vidas había concluido.

Le he dicho: «¿Ya lo recuerdas todo?», y ella ha contestado: «Más o menos». Y ha desviado la vista y yo he supuesto que debía de sentirse incómoda por lo que había comentado acerca de Nick. Luego ha dicho que la médica había pasado a verla y que había firmado todos los papeles que había que firmar y que se moría de ganas de volver a casa y acostarse en su cama.

Apenas me ha dirigido la palabra cuando salíamos del hospital, y yo a ella tampoco. Se ha animado cuando íbamos de camino a casa, y he pensado que empezaría a hablar del millón de cosas que tenía que hacer durante el fin de semana y del tiempo que había perdido en el hospital. Pero lo que ha dicho es: «¿Cuántos hijos tienes?».

Yo he exclamado: «¡Alice!», y he estado a punto de chocar.

Ha dicho: «Perdona que no te lo preguntase ayer; creo que estaba un poco alterada. Pensaba llamar a mamá para que me lo dijera, pero no sé si sigue teniendo el mismo número y además pensé: ¿Y si se pone Roger?».

Yo le he dicho que creía que ya había recuperado la memoria, y ella ha contestado que no del todo.

He empezado a decirle que teníamos que volver cuanto antes al hospital y le he preguntado si había mentido a la médica para que le diera el alta, y entonces ha adelantado la barbilla (estaba igualita que Madison) y ha dicho que si la llevaba otra vez al hospital, diría que no tenía idea de qué estaba diciendo yo porque su memoria era perfecta, y ha añadido que en el hospital tendrían que decidir cuál de las dos era la loca y probablemente concluirían que era yo y me pondrían una camisa de fuerza.

Yo le he dicho que ya no se usaban camisas de fuerza. ¿Se siguen usando, doctor Hodges? ¿Tiene guardada una en el armario, por si un día tiene que sacarla?

Y entonces Alice ha cruzado los brazos sobre el pecho y

ha empezado a agitarse como si llevara puesta una camisa de fuerza, gritando: «¡Soltadme! ¡Mi hermana es la que está loca! ¡Yo estoy cuerda!».

Me he quedado atónita. Estaba tan... ¡tan payasa! ¡Tan idéntica a la Alice de antes!

Al cabo de un momento las dos hemos empezado a soltar risitas, como dos crías. Hemos estado un buen rato riendo como locas, y yo he seguido conduciendo hacia su casa porque no sabía qué otra cosa hacer. Era muy extraño volver a reír con ella. Ha sido como saborear una comida deliciosa que llevabas años sin probar. Había olvidado la sensación embriagadora y eufórica que producen unas buenas carcajadas. Al cabo de un rato se nos saltaban las lágrimas. Es una característica familiar que hemos heredado de nuestro padre. ¡Qué curioso! Eso también se me había olvidado...

Al final dejaron de reír y se quedaron calladas.

Alice se preguntó si Elisabeth volvería a proponerle volver al hospital, pero su hermana no dijo nada; se limitó a enjugarse las lágrimas con los dedos, se sorbió la nariz y puso en marcha el equipo de música. Alice se armó de valor, porque a Elisabeth le encantaba el heavy-metal, ese estilo ruidoso y agresivo que normalmente escuchaban los chavales aficionados a los coches tuneados y que a ella le daba dolor de cabeza. Sin embargo, el coche se llenó de unos acordes suaves y una meliflua voz femenina, como si estuvieran en un humeante club de jazz. Los gustos musicales de Elisabeth habían cambiado. Alice se tranquilizó y miró por la ventana. Las calles de Sidney eran más o menos como las recordaba. ¿Siempre había estado allí esa cafetería? Aquel edificio parecía nuevo, aunque cabía la posibilidad de que llevara veinte años en el mismo sitio y ella acabara de darse cuenta de su existencia...

Había un tráfico impresionante, pero todos los coches parecían idénticos. De pequeña, Alice había dado por supuesto que en el año 2000 vivirían en una especie de era espacial, con coches voladores por todas partes.

Contempló el perfil de su hermana. Elisabeth tenía una pequeña sonrisa en los labios, una reminiscencia de las carcajadas de hacía un momento.

—Anoche volví a soñar con aquella norteamericana que decía lo del pulso, y esta vez estabas tú también —dijo Alice—. ¿Estás segura de que no te suena de nada?

La pequeña sonrisa desapareció de la cara de Elisabeth, y sus mejillas coloreadas por la risa parecieron hundirse. Alice se arrepintió de haber hablado.

—Fue hace seis años —dijo finalmente Elisabeth.

Las notas de Elisabeth para el doctor Hodges

Así que se lo he contado todo, como si fuera un cuento. De hecho, de repente he tenido muchas ganas de contárselo yo antes de que lo recordara por sí sola. Antes de que pudiera apartarlo de sus preocupaciones como si fuera un triste y minúsculo incidente ocurrido mucho tiempo atrás.

Para su información, doctor Hodges, esto es lo que pasó.

Alice y yo nos quedamos embarazadas al mismo tiempo. Ella salía de cuentas una semana después que yo.

El tercer embarazo de Alice había sido otro accidente, por supuesto; una confusión con píldoras de diferentes marcas, muy típica de ella (típica de la Alice de antes, no de su nueva versión mejorada, teñida, depilada y de uñas cuidadas).

Mi embarazo, en cambio, no era accidental. La mera idea de quedarse embarazada por accidente me parece irresponsable y frívola. Me hace pensar en unas vacaciones de verano juveniles, con largas horas de besos y caricias y... no sé... cantidades ingentes de piña colada. Se me antoja algo totalmente imposible en mi caso, no solo a causa de mi estúpido cuerpo, sino porque no tengo la personalidad necesaria para eso. No soy suficientemente veleidosa, no me dejo llevar por el momento. Me entran ganas de gritarles: «¡¿Por qué demonios no usasteis anticonceptivos?!». Alice me confesó un día que, si hubiera extendido el brazo un poco más, habría encontrado el preservativo que quedaba en la mesilla y Madison no habría sido concebida. Me desesperé al oírla, porque ¿¿¿tanto le costaba extender un poco más el brazo???

Ben y yo habíamos estado dos años intentando que me quedara embarazada, probando todo lo que se puede probar: la temperatura basal, el sistema del calendario, la acupuntura, las hierbas chinas, las vacaciones en las que finges que el tema no te preocupa, los tests de saliva para saber si estás ovulando...

Nuestras relaciones sexuales seguían siendo satisfactorias. Era antes de que me convirtiese en un albaricoque reseco, doctor Hodges, y estaba delgada y en forma. Aunque a veces Ben tenía una expresión obstinada, como cuando intenta arreglar una avería del coche.

Me inquietaba no quedarme embarazada, pero aún era optimista, porque en esa época era una persona optimista en general. Leía muchos libros de autoayuda, e incluso me apunté a cursillos de crecimiento personal donde descubrí mi fuerza interior, solté gritos y abracé a desconocidos. ¡Sí, creía en mí misma! Me bastaba un punto de apoyo para mover el universo. Clavaba notas con frases inspiradoras en el corcho que tengo al lado del escritorio. Esa era mi prueba en la vida e iba a superarla. (Era un poco pedante.)

Por eso comenzamos con la fecundación in vitro.

Me quedé embarazada durante el primer tratamiento, lo cual es muy poco frecuente. Estábamos locos de contento. Cada vez que nos mirábamos, nos echábamos a reír de pura felicidad. ¡Había quedado demostrado el poder del pensamiento positivo! ¡Era un milagro de la ciencia! Adorábamos la ciencia, la ciencia clásica, la de toda la vida. Adorábamos a nuestro médico. Adorábamos aquellas inyecciones diarias...

no habían supuesto ningún problema, ni siquiera dolían, ¡no eran tan fieras como las pintaban! La medicación tampoco me había hinchado tanto ni me había cambiado el humor. De hecho, todo el proceso parecía interesante y divertido.

Odio a las personas que éramos entonces, y a la vez siento una cariñosa compasión por ellas, porque aún no sabíamos lo que supimos después. Además, uno no puede ir por la vida esperando lo peor, solo para no quedar luego como un tonto. Me duele pensar en Ben y en mí abrazándonos, gritando de alegría y soltando risitas por teléfono, como si estuviéramos en una ridícula serie de la tele. Llegamos incluso a hablar de los nombres. ¡Nombres! Me entran ganas de gritar a la mujer que era yo hace unos años: «¡Quedarte embarazada no significa que vayas a tener un hijo, idiota!».

Hay por ahí una foto mía con mi hermana, espalda contra espalda, las dos sujetándonos la tripa con las manos. Salimos muy guapas. Yo no pongo mi estúpida sonrisa forzada y Alice no cierra los ojos. Nos entusiasmaba salir de cuentas con pocos días de diferencia. «¿Te imaginas que nacen el mismo día?», decíamos, fascinadas ante la coincidencia. «¡Parecerán gemelos!», exclamábamos. Pensábamos hacernos una foto cada mes en la misma postura, para registrar la evolución de nuestras barrigas. ¡Era tan bonito, joder! Siento haber soltado una palabrota, doctor Hodges, pero quería expresar mi rabia. Tendré que comer una cucharada de cayena. Es lo que nos decía mamá cuando soltábamos palabrotas de pequeñas, en vez de amenazarnos con lavarnos la boca con jabón, cosa que le parecía antihigiénica. No puedo decir «¡joder!» sin sentir el sabor de la cayena. Ben se ríe cada vez que me oye decir una palabrota. No sé utilizarlas, y Alice tampoco. Es por la cayena, creo. Me parece que siempre ponemos una mueca porque nos imaginamos el sabor.

Alice me acompañó a hacerme la ecografía de la duodécima semana porque Ben estaba en un salón automovilístico en Canberra. Madison estaba en la guardería y Tom vino con nosotras, sentado muy tieso en la sillita, mordisqueando una galleta y examinando el mundo con gran atención. Me encantaba hacer reír a Tom cuando era un bebé. Me quedaba mirándolo con la cara muy seria y de repente inflaba los carrillos y sacudía la cabeza como si fuera un perro. Tom pensaba que acababa de darme un ataque de histeria. Me observaba muy atento desde la sillita, con los ojos iluminados, y cuando hacía mi imitación del perro, él soltaba una carcajada y se daba una palmada en la pierna, como su padre, porque pensaba que es lo que hay que hacer cuando uno se ríe. Se le veían sus dos dientecitos, y su risa era dulce como un pastel de chocolate.

Alice entró en la consulta con el niño y dejó la sillita en un rincón, y yo me quité la falda y me tumbé en la camilla. No me fijé en la mujer de pelo rizado y acento norteamericano que me embadurnó la tripa con gel y pulsó algo en el teclado del monitor, porque estaba mirando a Tom, dispuesta a hacerle reír. Tom también me miraba, y su cuerpo, robusto aunque pequeño, temblaba de emoción, mientras Alice charlaba con la mujer de pelo rizado, diciéndole que le gustaban más los días fríos que los calurosos, pero no cuando el frío era excesivo, por supuesto.

La mujer miraba el monitor mientras me pasaba la sonda por la barriga. Lancé una ojeada a la pantalla y vi mi nombre en la esquina superior, encima de aquel paisaje lunar que por lo visto tenía algo que ver con mi cuerpo. Esperé a que la mujer señalara el embrión, pero ella se mantuvo callada, pulsando el teclado y frunciendo el ceño. Alice levantó la vista hacia el monitor y se mordió una uña. Miré otra vez a Tom, abrí mucho los ojos, alcé la barbilla y sacudí la cabeza como un perro.

Tom empezó a soltar carcajadas en la sillita, y la mujer, elevando la voz por encima de sus risas, dijo: «Lo siento, pero no hay pulso». Tenía un bonito acento del sur de Estados Unidos, como Andie MacDowell.

No entendí a qué se refería, porque Ben y yo habíamos oído latir el corazón del bebé en la primera visita al obstetra.

Era un sonido extraño, como el galope de un caballo bajo el agua; no parecía del todo real, pero a Ben y al médico se les veía contentos de escucharlo, porque me sonreían orgullosos, como si lo hubieran creado ellos. Pensé que lo que quería decir aquella mujer de pelo rizado era que el aparato electrónico tenía algún problema, alguna pieza rota. Estuve a punto de decir educadamente: «No pasa nada», pero entonces miré a Alice, que debía de haberlo entendido desde un principio porque se tapaba la boca con una mano crispada y tenía los ojos rojos y empañados de lágrimas. La mujer me tocó un brazo y dijo: «Lo siento mucho», y poco a poco fui comprendiendo que había sucedido algo malo. Miré a Tom, que sonreía desde la sillita, mordisqueando una galleta y pensando: «¡Va a hacer otra vez esa cosa tan divertida!», y sin poder evitarlo le sonreí, mientras preguntaba: «¿Qué quiere decir?».

Después me sentí culpable porque no había estado pendiente del bebé. No debería haber estado jugando con Tom mientras mi pobre bebé intentaba por todos los medios que su corazón latiera. Tenía la impresión de que el bebé había notado de algún modo que yo no estaba pendiente de él. Debería haber tenido la vista clavada en el monitor todo el rato. Debería haber colaborado, haber estado repitiendo mentalmente todo el tiempo: «¡Late, late, late...!».

Ya sé que es una idea irracional, doctor Hodges. Sé que yo no podía hacer nada.

Pero también sé que una buena madre habría estado pendiente del latido del corazón de su bebé.

Ya no volví a poner esa cara que tanto hacía reír a Tom. No sé si su cabecita infantil lo echó de menos. Pobrecito Tom. Pobrecito astronauta perdido en el espacio.

—¿Lo recuerdas? —preguntó Elisabeth—. ¿Recuerdas a la mujer del pelo rizado? Tom tenía restos de galleta por toda la cara. Era un día húmedo y caluroso y tú llevabas unos pantalones de color caqui y una camiseta blanca. De vuelta a casa paramos a echar gasolina, y cuando volviste al coche, Tom y yo estábamos llorando. Habías comprado una chocolatina en el mostrador y nos diste la mitad a cada uno, y un señor que estaba haciendo cola tocó el claxon, y entonces sacaste la cabeza por la ventanilla y le pegaste un grito. Y yo estuve orgullosa de ti por haberle gritado.

Alice intentó recordar. Deseaba mucho recuperar aquel recuerdo. Le parecía una traición a su hermana haber olvidado algo así. Se estrujó los sesos, esforzándose con toda su voluntad, como una levantadora de peso tratando de extraer algo inmenso que había quedado atrapado en su memoria.

Le vinieron a la cabeza escenas fugaces de un bebé riendo en una sillita de paseo, de Elisabeth llorando en el coche, de un señor tocando el claxon enfadado... pero no sabía si eran recuerdos reales o algo que su imaginación acababa de fabricar, incitada por la explicación de Elisabeth. No parecían recuerdos reales. Eran imágenes vagas y confusas, fuera de contexto.

—¿Lo recuerdas ya? —preguntó Elisabeth.

—Un poco. —Alice no quería decepcionar a su hermana, que parecía llena de esperanza.

—Vale, no pasa nada.

—Lo siento —añadió Alice.

—¿Por qué? No es culpa tuya. No te caíste adrede en el gimnasio.

—No. Quiero decir que siento lo de tu bebé.

12

Alice estaba meditando qué decir a continuación. La pregunta más evidente era: «¿Has vuelto a intentar quedarte embarazada?», pero parecía que estuviera diciendo: «¿Y qué? ¡Supéralo!».

Miró de reojo a su hermana. Elisabeth llevaba puestas unas gafas de sol que le tapaban los ojos y conducía con una mano mientras con la otra se frotaba compulsivamente algo que tenía al otro lado de la cara.

Alice se volvió hacia la ventanilla y vio que estaban a solo una calle de distancia de su casa. Nick y ella habían paseado muchas veces por aquella zona al atardecer, parándose a mirar las casas de los demás en busca de ideas para la reforma. ¿Realmente habían pasado diez años? Parecía imposible. El recuerdo era tan banal y tan nítido que podía ser de algo ocurrido el día anterior. Nick siempre saludaba a los vecinos con los que se cruzaban. «¡Qué buena noche hace!», gritaba con animada cordialidad, y luego se paraba a charlar con ellos como si fueran viejos amigos, mientras Alice esperaba tensa y sonriente, pensando: «¿Por qué perdemos el tiempo con estos desconocidos?». En realidad se sentía orgullosa de la desinhibida sociabilidad de Nick, de que fuera capaz de llegar a una fiesta llena de gente desconocida y tender la mano a un extraño diciendo: «Hola, me llamo Nick, y ella es Alice, mi mujer». Era como si tuviera un talento innato, como si supiera tocar un instrumento musical especialmente complicado que Alice ni siquiera pudiera soñar en dominar. Y lo mejor era que se sentía protegida en su compañía, con lo cual las fiestas habían dejado de ser una tortura para convertirse en actividades divertidas, hasta el punto de que a veces se preguntaba si realmente había sido tímida alguna vez. Además, incluso en los momentos en que Nick no estaba cerca, Alice sabía que si la persona con la que estaba hablando la dejaba para charlar con otros invitados, ya no se sentiría una extraña en medio del gentío porque podría ir en busca de Nick con una expresión decidida en la cara, y él le pasaría un brazo por el hombro y la incluiría tranquilamente en la conversación.

Y ahora, ¿tenía que volver a ir sola a las fiestas?

Recordó la tristeza en que se había sumido al terminar las relaciones anteriores a Nick. Durante varios meses se sintió como si hubiera perdido una capa de piel. Si tanto le había afectado dejar a novietes sin importancia, ¿cómo había debido de sentirse después de romper con Nick? Estaba tan cómoda a su lado... Pensaba que aquello duraría toda la vida.

Apartó la mirada de la pulsera de colgantes y vio que estaban entrando en Rawson Street. Cuando vio la larga hilera de frondosos estoraques y el coche que las precedía con el intermitente derecho encendido para entrar en King Street, sintió un pánico repentino y el corazón empezó a latirle a toda velocidad, como si se hubiera despertado en mitad de una pesadilla. Algo le oprimió la garganta con fuerza, y un puro sentimiento de terror la dejó clavada en el asiento.

Quiso tocar el brazo a Elisabeth para que supiera que estaba punto de tener un ataque, pero no fue capaz de mover la mano. Elisabeth frenó y miró a izquierda y derecha para entrar en King Street. Alice estaba teniendo un infarto a su lado y ella no se daba cuenta.

Cuando doblaron la esquina, el corazón de Alice empezó a serenarse. Por fin consiguió respirar, y emitió un gemido de alivio al sentir que el aire le entraba de nuevo en los pulmones.

Elisabeth se volvió hacia ella.

—¿Te encuentras bien?

—Hace justo un momento me he sentido rarísima —consiguió articular Alice con una voz muy aguda.

—¿Estás mareada? Porque si quieres, podemos volver directamente al hospital. No hay problema.

—No, no. Ya se me ha pasado. Ha sido... En fin, no ha sido nada.

El miedo se había esfumado, dejándola débil y temblorosa como si acabara de bajar de una montaña rusa. ¿Qué significaban aquellos altibajos? Primero aquella pesadumbre tan honda, y luego aquel acceso de puro terror.

Cuando entraban en la calle donde vivían Alice y Nick, vio que en la casa de enfrente había un letrero con la frase EN VENTA.

—¡Vaya! ¿Los Pritchetts venden la casa? —preguntó.

Elisabeth lanzó una mirada al letrero, y una expresión extraña e inescrutable le cruzó la cara.

—Ah, pues... creo que la vendieron hace unos años. La que ahora ha puesto la casa en venta es la familia que se la compró a ellos. Bueno... —Entró en el jardín de la casa de Alice y accionó el freno de mano—. Hogar, dulce hogar.

Alice miró las ventanas de la casa y se tapó la boca con la mano. Al abrir la portezuela y bajar del coche, la grava del camino de entrada crujió bajo sus pies. ¡Grava blanca!

—¡Caramba! —exclamó entusiasmada—. ¡Qué bien nos ha quedado!

Habían visto la casa por primera vez un melancólico día invernal.

—¡Ay, madre! —exclamaron al unísono mientras aparcaban enfrente, y luego estuvieron un momento contemplándola desde el coche y emitiendo varios «hummm» que significaban: «¿Tendrá arreglo?».

Era una destartalada casa de dos plantas de estilo federal, con tejados muy inclinados, sábanas colgando tras las ventanas en lugar de cortinas, y un jardín con el césped mal cortado y cubierto de desperdicios. Tenía un aspecto triste y desolado, pero si entornabas los ojos podías ver el edificio señorial que había sido en sus buenos tiempos.

El cartel de EN VENTA que había enfrente especificaba: GRANDES POSIBILIDADES, pero todo el mundo sabía qué significaba eso.

—Demasiado trabajo —dijo Nick.

—Demasiado, desde luego —reconoció Alice, y se miraron los dos con recelo.

Bajaron del coche y cruzaron la calle para esperar al agente de la inmobiliaria. En ese momento se abrió la puerta de entrada, y una señora viejecita, vestida con camisa de cuadros, chándal de hombre, calcetines altos y zapatillas deportivas, se acercó al buzón arrastrando los pies.

—¡Ay, madre! —exclamó Alice, asustada.

Ya era bastante desagradable ver a un matrimonio cincuentón subiendo a toda prisa al coche para escapar antes de que entraras en su casa y empezaras a criticar el color de las moquetas... A Alice le rompía el corazón ver lo que llegaban a hacer los dueños para dejar presentable el inmueble que querían vender: los ramos de flores recién cortadas, las encimeras de la cocina con las huellas del trapo húmedo con que acababan de frotarlas, las tazas y la cafetera cuidadosamente dispuestas en la mesa de centro para crear un ambiente acogedor... Nick soltaba un bufido cínico cuando la gente dejaba velas encendidas en el baño, como si fuera algo que hacían todos los días, pero a Alice le enternecía imaginarlos tan esperanzados. «No hace falta que hagáis tantos esfuerzos para impresionarme», le entraban ganas de decirles. Y ahora se topaban con aquella ancianita temblorosa. ¿Adónde iría en aquel día gélido, mientras ellos visitaban su casa? ¿Le dolerían las rodillas artríticas de haber estado fregando el suelo para la cita de la inmobiliaria, cuando seguramente no terminarían comprando la casa?

—¡Hola! —saludó Nick en voz alta, mientras Alice se escondía tras su espalda diciendo: «¡Chist!».

Él le tiró de la mano, y Alice, que no quería iniciar una discusión en público, no tuvo más remedio que salir de detrás de él y acercarse a la anciana.

—Estamos esperando al agente de la inmobiliaria —explicó Nick.

—Su cita no es hasta las tres —dijo la señora, sin sonreír.

—¡Vaya! —dijo Alice. Lo de las tres le sonaba vagamente, pero Nick y ella siempre se confundían con esas cosas. «Que Dios os asista si algún día tenéis hijos», les había dicho una vez su madre.

—Lo siento —se excusó Nick—. Iremos a dar un paseo por el barrio. Es muy bonito.

—Si quieren pueden pasar ahora —propuso la señora—. Seguro que se lo explico mejor que ese pelota.

Sin esperar respuesta, dio media vuelta y se encaminó hacia la puerta de entrada.

—Nos meterá en una jaula y nos cebará para comérsenos —susurró Nick.

—Dejemos un rastro de miguitas —dijo Alice.

Temblando de risa aunque disimulando, siguieron dócilmente a la propietaria.

En lo alto de la escalera de la veranda había dos leones de piedra defendiendo la casa. Cuando pasaron por su lado, parecían seguirlos con la mirada.

—Grrr —murmuró Nick, levantando una mano como si fuera una garra.

—¡Chist! —susurró Alice.

El interior de la casa era mejor y peor de lo que esperaban. Tenía techos inclinados; molduras, cornisas y rosetones ornamentados, y chimeneas de mármol originales. Nick apartó discretamente con la punta del pie un desgarrón de la moqueta para que Alice viera el antiguo suelo de madera. Al mismo tiempo, en el aire flotaba un desagradable olor a humedad y descuido, y había desconchones en las paredes, moho en los cuartos de baño, y en la cocina un suelo de linóleo de los cincuenta y unos fogones que parecían recién salidos de un museo.

La señora les ofreció asiento delante de una estufita eléctrica y les sacó unas tazas de té y una bandeja de galletas, descartando con un gesto el ofrecimiento de ayuda de Alice. Era desesperante verla caminar. Al final se sentó ella también, cargada con un polvoriento álbum de fotos.

—Así era la casa hace cincuenta años —les dijo.

Eran fotos pequeñas y en blanco y negro, pero se veía que había sido una mansión preciosa y señorial, y no aquella especie de caserón destartalado en el que se había convertido.

La anciana señaló con una uña amarillenta la foto de una joven que abría los brazos en el jardín delantero.

—Esa soy yo el día en que nos instalamos.

—Qué guapa era usted —dijo Alice.

—Pues sí —contestó la señora—. Yo no lo sabía, claro. Igual que usted no sabe ahora lo guapa que es.

—No lo sabe, es verdad —concedió Nick, que ya iba por la tercera galleta rancia, como si llevara un mes sin comer.

—Debería dejar esta casa a mis hijos y a mis nietos —explicó la señora—, pero mi hija murió a los treinta años y mi hijo ya no me habla, así que la he puesto en venta. Pido doscientos mil dólares.

A Nick se le atragantó la galleta. El anuncio decía más de trescientos mil.

—El de la inmobiliaria les dirá que pido mucho más, pero miren, si me aseguran esta cantidad, acepto. Ya sé que podría sacar más de un inversor, que haría unas cuantas reformas rápidas y la vendería enseguida, pero yo prefiero que la compre una pareja joven que dedique tiempo a restaurarla y la devuelva a sus buenos tiempos. Hay muchos recuerdos felices en esta casa. Supongo que ustedes no los notan, pero están aquí.

Pronunció las palabras «recuerdos felices» con cierta repugnancia.

—Podría quedar preciosa —continuó la señora, como si les estuviera riñendo—. Debería quedar preciosa. Solo necesita un fregoteo.

Más tarde, cuando se sentaron en el coche, volvieron a mirar en silencio la casa.

—Solo necesita un fregoteo —dijo Alice.

Nick soltó una carcajada.

—Sí, horas y horas de fregoteo.

—¿Qué opinas? —preguntó Alice—. ¿Nos olvidamos del tema? Podemos olvidarnos y ya está, ¿no?

—Dilo tú primero. ¿Tú qué piensas?

—No. Antes quiero saber qué piensas tú.

—Las señoras primero.

—Vale, vale —aceptó Alice.

Tomó aliento, miró la casa y la imaginó recién pintada, con el césped segado y un niño pequeño gateando en el jardín. Era una locura, claro. Tardarían años en reformarla. No tenían el dinero necesario. Los dos trabajaban a jornada completa. Habían quedado en que no comprarían nada que necesitase algo más que una reforma superficial.

—Quiero esta casa —confesó al fin.

—Y yo también —dijo Nick.

Alice estaba en el séptimo cielo. Dondequiera que mirase, encontraba alguna novedad que le encantaba: los anchos escalones de arenisca que conducían a la veranda, idea de Nick; las ventanas de madera pintadas de blanco, tras las que asomaban cortinas de color crema; el enrejado cubierto de una buganvilla rosa, en un lateral de la veranda. Alice habría jurado que esa idea se le había ocurrido justo la semana anterior

—«Podríamos desayunar aquí fuera e imaginarnos en una isla griega», le había dicho a Nick—. ¡Caray, incluso la puerta de entrada! Por lo visto, en algún momento habían terminado de lijarla y la habían pintado de nuevo.

—Teníamos una lista —explicó a su hermana—. ¿Te acuerdas? Eran tres hojas con todo lo que queríamos hacer en la casa. Una lista de noventa y nueve puntos. La llamábamos «el Sueño Imposible». El último era: «un camino de entrada de grava blanca». —Se agachó para coger una piedrecita blanca y la enseñó a Elisabeth. ¿Habían tachado todos los puntos de la lista? Parecía un milagro. Habían hecho realidad el Sueño Imposible.

Elisabeth sonrió con cansancio.

—Tenéis una casa preciosa, y espera a ver el interior. Supongo que llevas las llaves en la mochila.

Sin necesidad de pensar, Alice se inclinó y sacó un grueso manojo de llaves de un compartimiento lateral de la bolsa. El adorno del llavero era un pequeño reloj de arena. Había sabido dónde encontrarlo, a pesar de no haberlo visto nunca.

Elisabeth y ella subieron a la veranda, que estaba agradablemente fresca. Alice vio un juego de sillas de mimbre con cojines azules —le encantaba aquel tono de azul— y un vaso lleno hasta la mitad de zumo sobre una mesa redonda de cerámica. Automáticamente, se inclinó y cogió el vaso, mientras se colgaba del hombro la bolsa de deporte. Su pie se topó con algo: una pelota de fútbol que salió rodando y chocó con la rueda de una bicicleta infantil tirada en el suelo, con unos lazos atados al manillar.

—¡Ay! —exclamó, con un pánico repentino—. ¡Los niños! ¿Estarán en la casa?

—Están con la madre de Nick. Este fin de semana le tocaban a él. Nick vuelve de Portugal mañana por la mañana, y te los traerá a casa el domingo, como de costumbre.

—Como de costumbre —repitió débilmente Alice.

—Por lo visto es lo que soléis hacer —dijo Elisabeth en tono de disculpa.

—Muy bien —contestó Alice.

Elisabeth cogió el vaso de zumo de naranja de entre los dedos obedientes de Alice.

—¿Entramos? Te vendrá bien echarte un rato. Estás muy pálida.

Alice miró a su alrededor. Faltaba algo.

—¿Dónde están George y Mildred? —preguntó.

—No sé quiénes son George y Mildred —contestó Elisabeth en un tono exageradamente amable, como si estuviera hablando con una loca.

—Así llamábamos a los leones de arenisca. —Alice señaló con un gesto el espacio vacío en la veranda—. Nos los dejó la antigua propietaria. Nos encantan.

—Ah, sí, ya me acuerdo. Espero que os deshicierais de ellos. No son de tu estilo, Alice.

Alice no la entendió. Nick y ella jamás se habrían deshecho de los leones.

«George, Mildred: nos vamos un ratito de compras —les decían al salir—. Vigilad bien la casa.»

Nick sabría dónde estaban. Se lo preguntaría cuando lo viera. Alice se volvió y se dispuso a abrir. La puerta tenía una cerradura dorada de aspecto muy sólido que le resultaba totalmente desconocida, pero sus dedos encontraron automáticamente la llave adecuada, su mano accionó el pomo y su hombro empujó la puerta, en una serie de movimientos perfectamente ejercitada. Era impresionante ver cómo su cuerpo era capaz de hacer determinadas cosas —llamar por el móvil, maquillarse, abrir la puerta—, sin que su mente recordase haberlas hecho nunca. Alice estaba a punto de comentárselo a Elisabeth, pero de repente vio el recibidor y se quedó sin habla.

«A ver, escúchame bien, porque soy un visionario... —había dicho Nick en medio del recibidor mohoso y oscuro, cuando solo llevaban una semana viviendo en la casa. (La madre de Alice había llorado al verla.)—. Imagínate que entra la luz del sol por las claraboyas que abriremos ahí y ahí; imagínate esto sin el papel de la pared y pintado de verde claro; imagínate que la moqueta ha desaparecido y que la madera del suelo está barnizada y refleja la luz; imagínate una mesa de recibidor con flores y una bandeja de plata para las cartas.... ya sabes, como si las hubiera dejado el mayordomo... y un paragüero y un perchero. Imagínate las fotos de nuestros preciosos niños colgadas en la pared; no unas fotos de estudio de esas tan feas, sino fotos de verdad: de ellos en la playa o hurgándose la nariz o lo que sea.»

Alice había intentado imaginárselo, pero estaba muy resfriada y le picaba mucho la nariz y se notaba los ojos lagrimosos y solo les quedaban doscientos once dólares en el banco y hacía veinte minutos acababan de enterarse de que había que cambiar todas las cañerías. Solo pudo decir: «Me parece que nos hemos vuelto locos», y a Nick le había cambiado la cara y había contestado, desesperado: «¡No me digas eso, Alice!».

Y allí estaba el recibidor, justo como lo había descrito Nick: las claraboyas, la mesa, la madera reluciendo como los chorros del oro. Incluso había un perchero antiguo en una esquina, con unos sombreros de paja y unas gorras de béisbol y un par de toallas de playa.

Alice recorrió lentamente el recibidor, sin detenerse en ningún sitio en particular, solo rozando los objetos con un dedo, como acariciándolos. Echó un rápido vistazo a las fotos enmarcadas: un bebé regordete, gateando en el césped y mirando con unos ojos enormes a la cámara; una criatura de pelo rubio, riendo a pierna suelta junto a una niñita disfrazada de Spiderman y con los brazos en jarras; un niño escuálido y moreno en un holgado bañador de surf mojado, atrapado en el instante de saltar en el aire, frente a un cielo muy azul, agitando los brazos y las piernas, antes de zambullirse en el agua que no aparece en la imagen salpicando el objetivo. Cada una de aquellas fotos era otro tanto de los recuerdos que ya no tenía.

El recibidor desembocaba en lo que había sido el diminuto salón donde la antigua propietaria les había ofrecido té y galletas. Tenían pensado derribar tres de los tabiques —la idea se le había ocurrido a Alice; había hecho un croquis en un mantel de papel de la pizzería—, para crear un gran espacio abierto que les permitiera ver la jacaranda del jardín mientras trabajaban en la cocina. «No eres el único visionario que hay por aquí», le había dicho a Nick. Y allí estaba: una cocina casi idéntica a la que había dibujado, pero aún mejor. Alice admiró las amplias encimeras de granito, la inmensa nevera de acero inoxidable y los sofisticados electrodomésticos.

Elisabeth entró tranquilamente en la cocina —¡como si fuera una cocina vulgar!— y vació el vaso de zumo en el fregadero.

Alice dejó caer la bolsa al suelo. Eso del «divorcio» no podía ir en serio. En una casa como aquella, era imposible no ser absolutamente feliz.

—Es increíble —le dijo a Elisabeth—. ¡Ah, mira! Sabía que la ventana del fondo quedaría genial con unos postigos blancos. Nick los quería en madera natural. Y veo que se impuso su opinión respecto a las baldosas, pero hay que reconocer que tenía razón. ¡Ah, y hemos solucionado lo de aquel rincón! Sí, queda perfecto. En fin, no sé qué decir de las cortinas...

—Alice... —la interrumpió Elisabeth—. ¿Has recuperado mínimamente la memoria?

—¡Ay, madre! ¿Eso de ahí es una piscina? ¿Una piscina de verdad, y encastrada? ¿Somos ricos, Libby? ¿Es eso lo que ha pasado? ¿Nos ha tocado la lotería?

—¿Qué les has dicho a los del hospital?

—¿Has visto el tamaño de esa tele? ¡Parece una pantalla de cine! —Sabía que estaba farfullando, pero no podía parar.

—¡Alice! —insistió Elisabeth.

A Alice empezaron a temblarle las piernas. Se sentó en el sofá de cuero marrón —¡un sofá carísimo!—, delante del televisor, y notó algo debajo del muslo. Era un muñequito de plástico; un soldado de expresión furiosa, con una metralleta bajo el brazo. Lo dejó con suspicacia en la mesa de centro.

Elisabeth fue a sentarse a su lado y le dio una cartulina doblada.

—¿Sabes de quién es esto?

Era una tarjeta hecha a mano, con purpurina y con un adhesivo en el que se veía el dibujo de una señora con la boca triste y una venda en la frente. Alice la abrió y leyó: «Mamita querida: Ponte buena muy pronto. Besos, Olivia».

—De Olivia, claro —respondió Alice, señalando la purpurina.

—¿Y te acuerdas de Olivia?

—Más o menos.

No tenía ningún recuerdo definido de Olivia, pero su existencia parecía indiscutible.

—¿Y qué les has dicho a los del hospital?

Alice se tocó el bulto dolorido de la nuca.

—Les he dicho que tengo algunos recuerdos confusos, pero que en general conservo la memoria. Me han dado el teléfono de un neurólogo y me han dicho que le pida hora si sigo notando algún problema significativo. Dicen que, en principio, dentro de una semana habré vuelto a la normalidad. De todos modos, creo que voy recordando detalles sueltos.

—¿Detalles sueltos?

Sonó el timbre de la puerta.

—¡Caramba! —exclamó Alice—. ¡Qué bonito! ¡El timbre anterior era odioso!

—Ya voy yo —dijo Elisabeth, alzando las cejas. Calló un momento y añadió—: A no ser que prefieras ir tú.

Alice la miró muy seria. ¿Por qué no podía abrir la puerta Elizabeth?

—No, ve tú, no pasa nada.

Elisabeth desapareció pasillo abajo y Alice recostó la cabeza en el sofá y cerró los ojos. Intentó imaginar cómo serían las cosas al día siguiente, cuando Nick le trajera a los niños.

Su reacción instintiva sería recibirlo con un abrazo, como cuando vivían juntos. Tenía la sensación de que llevaba mucho tiempo sin verlo, como si hubieran estado semanas separados. Pero ¿y si él se quedaba quieto, sin devolverle el abrazo, o si la apartaba delicadamente...? O peor aún: ¿y si la apartaba de un empujón? No, Nick nunca haría eso. ¿Por qué se le ocurría pensar una cosa así?

Y además, los «niños» estarían rondando por la casa, haciendo lo que fuera que hicieran los críos.

Alice susurró mentalmente sus nombres.

«Madison.»

«Tom.»

«Olivia.»

Oliva era un nombre bonito.

¿Qué les diría? «Lo siento, me suena vuestra cara, pero no termino de ubicaros.» No podía decirles eso. Sería traumático para un niño que su madre le dijera que no lo recordaba. Tendría que fingir hasta que recuperase la memoria, cosa que sin duda sucedería muy pronto.

Intentaría hablarles en un tono natural, sin esa voz falsa que usa la gente para hablar con los críos. Los niños son listos y saben lo que uno está pensando. Demonios... ¿qué les diría? Era peor que buscar un tema de conversación antes de ir a una de esas temibles fiestas con los colegas de trabajo de Nick.

Oyó unas voces acercándose por el pasillo.

Entró Elisabeth, seguida de un repartidor que empujaba un carrito con tres cajas de cartón.

—Parece que son copas —dijo Elisabeth—, para esta noche.

—¿Dónde las quiere? —farfulló el repartidor.

—Pues... —dijo Alice—. ¿Para esta noche?

—Déjelas aquí en la cocina —dijo Elisabeth.

El hombre dejó las cajas en la encimera.

—Firme aquí —dijo.

Elisabeth firmó. El repartidor arrancó una hoja, se la pasó y lanzó una mirada a la estancia.

—Bonita casa —declaró.

—¡Gracias! —respondió Alice, con una sonrisa radiante.

—¡El pedido de licores! —gritó alguien desde el vestíbulo.

—Alice... —dijo Elisabeth—. Supongo que no recuerdas nada de una fiesta prevista para hoy...

13

Entre las dos repasaron la agenda, buscando la fecha.

—«Cóctel padres preescolar, 19 horas» —leyó Alice—. ¿Qué significa eso?

—Yo diría que es una fiesta para los padres de los niños del curso de Olivia —dijo Elisabeth.

—¿Y la he organizado yo? —dijo Alice—. ¿Por qué?

—Creo que sueles dar bastantes fiestas en tu casa.

—¿Crees...? ¿No estás segura? ¿Tú no vienes a estas historias?

—Pues no. Tiene que ver con el colegio de tus hijos —dijo Elisabeth—. Todas sois madres, y yo no.

Alice apartó los ojos de la agenda.

—¿No eres madre? —preguntó

Elisabeth dio un respingo.

—Pues no, no lo soy. No he tenido suerte en este aspecto. En fin, ¿qué piensas hacer con la fiesta?

Pero Alice no estaba pensando en la fiesta. No pensaba montar ningún «cóctel para padres de preescolar».

—Bueno, cuéntame qué pasó —dijo—. ¿Volviste a intentar quedarte embarazada después de aquel aborto?

Elisabeth desvió la mirada.

Meditaciones de una bisabuela

DorisdeDallas me ha dado que pensar con su comentario sobre el uso de comillas para referirme a mi «hija» y mi «nieta».

Tiene razón. Barb es mi hija, y Elisabeth y Alice son mis nietas.

Cuando murió el marido de Barb, mi vida cambió para siempre. Hasta entonces no eran más que la simpática familia de la casa de al lado. El padre era un electricista alto y agradable, que me ayudaba a llevar la basura al contenedor. Sus hijas lo adoraban. Aún me parece verlas cruzar corriendo el jardín al volver del colegio, con las trencitas balanceándose a su espalda.

Yo era una mujer soltera. Respondiendo a la pregunta de Frank Neary (no tengo ni idea de si eres realmente el Frank Neary al que di clase hace tantos años o un descarado impostor), debo decir que nunca me he casado. Me temo que me decepcionó el amor, como se suele decir.

Sin embargo, no era ni he sido nunca una mujer insatisfecha ni solitaria. Tenía un trabajo que me encantaba, amigos e «intereses». No necesitaba una familia. Y de pronto me entero de que mi simpático vecino acaba de morir de un infarto... Qué tragedia. Nunca olvidaré a esas niñas saliendo al jardín, con la carita pálida y desoladas, para asistir al entierro de su padre.

Un día fui a llevarles un guiso que había hecho y me di cuenta de que Barb lo estaba llevando muy mal. Había tirado la toalla, sencillamente. Se había quedado sin padres cuando era adolescente y creo que de repente no sabía cómo enfrentarse a la vida.

Tomé la costumbre de ir a visitarlas todas las tardes. Al principio era una mera cuestión de cortesía, algo que debía hacer dadas las circunstancias, pero enseguida me enamoré de las niñas.

Las dos se comportaban como si quisieran hacerse mayores lo antes posible.

Alice quería aprender a cocinar, y yo le enseñé a asar chuletas. Al cabo de unas semanas ya empezaba a experimentar con las especias y cosas así. A Elisabeth le interesaba más saber cómo funcionaba el mundo exterior. «¿Qué hay que hacer para conseguir un trabajo?», me preguntaba. «¿Cómo se abre una cuenta en el banco?»

Hice lo que pude por ayudarlas, pero a veces me pregunto cómo les afectó aquella experiencia años después. Las dos se han esforzado mucho en crear la «familia perfecta». Siempre pienso que quizá, cada una a su manera, intentaban volver a la época de inocencia anterior a la pérdida de su padre. Pero en fin, a todos nos gustaría que las cosas fueran perfectas, ¿no?

Nunca olvidaré el día en que Alice me pidió que la acompañara al colegio el día de los Abuelos.

«Esta es Frannie; vive en la casa de al lado y es mi abuelita», le dijo a la maestra, y luego me miró como diciendo: «¿Te parece bien?». Recuerdo que no fui capaz de decir nada porque no quería echarme a llorar.

Para mí fueron una bendición.

COMENTARIOS

DorisdeDallas dijo...
Gracias por contarnos esto. Eran unas niñas preciosas y tuvieron mucha suerte de poder contar contigo. ¡Y tú eres una mujer fantástica!

PS: ¿Por qué te decepcionó el amor? Perdona la pregunta.

Las notas de Elisabeth para el doctor Hodges

Ha sido surrealista ver a Alice preguntándome, con reverente preocupación, si había intentado quedarme otra vez embarazada. He estado a punto de soltar una carcajada, convencida de que estaba haciendo teatro.

Durante mucho tiempo no he querido pensar en esas primeras «pérdidas», como las llama usted con esa mueca que pone, como si estuviera estreñido. No me gusta nada verle con esa cara, doctor Hodges, y estoy segura de que a su mujer tampoco. Siempre que hace eso, empiezo a pensar en todas las cosas a las que podría destinar los ciento cincuenta pavos que me cuestan sus visitas. ¿Recuerda aquella sesión en la que me pidió que hablara de las «primeras pérdidas» (la mueca, la mueca...) y yo solté un gran suspiro y le dije que me era imposible? En realidad, me había molestado ver la cara que ponía.

Ahora suelo pensar en las «pérdidas» como puntos destacados de mi historial sanitario. Cuando un médico me pregunta por mis antecedentes, soy capaz de detallar todos los tratamientos, pruebas y decepciones sin que me tiemble la voz, como si no tuvieran importancia, como si fueran experiencias de otra persona.

Por ejemplo, puedo decir sin pestañear: «Aborto espontáneo en el primer trimestre», y ni siquiera pienso en cómo sucedió y cómo me sentí en ese momento.

Quiero que sepa que ya me he perdido casi todo el capítulo de *Anatomía de Grey*. Estoy haciendo un gran esfuerzo para seguir esta terapia, y espero que me ponga usted una buena nota. Debería poner nota a los pacientes necesitados de aprobación.

Recuerdo que me puse muy contenta cuando volví a quedarme embarazada, porque esa vez, increíblemente, habíamos conseguido una concepción «natural».

Iba a ser mi bebé de enero; salía de cuentas el 17. (Un día después del cumpleaños de Ben. ¿Se imagina que hubiera nacido el mismo día? ¡Uf, no! Es mejor no pensarlo en voz alta...) Mantuvimos el embarazo en secreto, pensando que haber hablado del primero a todo el mundo había sido un error de novatos. Me veía a mí misma anunciando el segundo embarazo con serena y femenina tranquilidad, una vez cumplido el primer trimestre; me parecía una forma más adulta y racional de llevar las cosas. «No, no; esta vez no ha sido fecundación in vitro —diría como quien no quiere la cosa—, ha sido una concepción natural.» No hablamos de nombres, y Ben no me daba palmaditas en la tripa cuando se iba a trabajar por la mañana. Decíamos cosas como: «Si aún estoy embarazada en Navidades», y bajábamos la voz al pronunciar la palabra «bebé», como si el error del embarazo anterior hubiera sido albergar demasiadas expectativas, como si pudiéramos engañar a los dioses fingiendo que no deseábamos tener un hijo.

Esa vez Ben me acompañó a la primera ecografía y los dos nos pusimos muy elegantes, como si fuéramos a una entrevista de trabajo, como si la ropa fuera a suponer algún cambio. La chica que se encargó de hacérmela era joven, australiana y un poco antipática. Yo estaba inquieta, pero era una inquietud un poco fingida, no sé si me explico. En apariencia estaba muy nerviosa, pero en el fondo disfrutaba viéndome angustiada: «Ooohhh, fíjate en cómo crispa las manos al tumbarse en la camilla, pobrecita, está traumatizada, pero no hay problema, esta vez sí que habrá pulso, una cosa así no puede pasar dos veces...». Sentía anticipadamente el enorme alivio que me invadiría al terminar la prueba. Guardaba en reserva unas lágrimas de alegría, que solo estaban esperando a que dijese: «¡Ya!». Estaba a punto de enviar un conmovido mensaje de amor a mi primer bebé, algo así como: «Nunca te olvidaré; siempre te llevaré en mi corazón», para concentrarme a partir de entonces en el segundo, el verdadero. Se llevaría solo unos meses con el niño de Alice. Seguirían pareciendo gemelos.

—Lo siento... —dijo la chica antipática

Ben tensó la mandíbula y retrocedió un paso, como si se encontrase en medio de una pelea de bar y tratara de esquivar un puñetazo.

¡He escuchado tantos «lo siento» profesionales, doctor Hodges! «Lo siento», «lo siento», «lo siento...». Sí, sus colegas son todos muy sentidos. Quizá un día usted también me dirá con voz afligida: «Lo siento, pero no puedo curarla. Será mejor que intente otra cosa distinta, como un trasplante de personalidad, por ejemplo».

Me daba mucha vergüenza que hubiera pasado lo mismo dos veces, y de un modo tan parecido. Me sentía como si hiciera perder el tiempo a la gente, obligándoles a buscar sonidos emitidos por embriones muertos. «¿Qué? ¿Pensabas que tenías un bebé vivo dentro de la tripa? No seas ridícula. Tú no puedes tenerlo. Tú no eres una mujer de verdad, con esos absurdos intentos de concebir un hijo. Ahí fuera hay mujeres con auténticas barrigas de embarazada y con bebés que sí dan pataditas...»

Después pensé que había sido un error no comunicar el embarazo a mis familiares, ya que me habría gustado poder hablarles del aborto, que supieran que el bebé había existido. Pero cuando les contaba qué había pasado, parecían más interesados en el hecho de que hubiera mantenido en secreto el embarazo, y se sentían estafados. Decían cosas como: «Ah, entonces, en esa barbacoa que hicimos durante las vacaciones de Pascua, cuando dijiste que no te apetecía beber, era por eso...». Es decir: «¡Mentirosa!».

La madre de Ben estaba muy ofendida. Tuvimos que invitarla dos veces a comer a su restaurante preferido para que nos perdonase. Parecía que lo malo no era haber perdido al niño, sino el hecho de haber ocultado el embarazo. La gente no se quedaba tan afectada como con el primero, y es normal, claro, porque, para empezar, acababan de enterarse de que yo había estado embarazada. Y a mí me invadía un absurdo sentimiento de protección hacia mi niñita de enero, como si nadie la quisiera, como si no fuera tan guapa o tan lista como el primer niño.

Sabía que era una niña, porque esta vez llevaron el «material fetal» a analizar y dijeron que era un embrión cromosómicamente normal de sexo femenino. También dijeron que lo sentían mucho, pero que ignoraban el motivo por el que se había malogrado el embarazo. Decían que hay muchas cosas que aún desconocemos sobre los abortos espontáneos, pero que, según las estadísticas, tenía excelentes probabilidades de tener un bebé sano la siguiente vez. Ánimo. Vuelve a intentarlo.

Una semana después del raspado (qué nombre tan alegre para algo tan horrible; jamás me siento tan desolada como cuando me despierto después de un raspado), fui a ver a Alice al hospital para conocer a su niña. Evidentemente, Alice dijo que no hacía falta que fuera, y Ben también dijo que no quería que fuese, pero fui. No sé por qué, estaba decidida a seguir haciendo todo lo que haría en circunstancias normales.

En la papelería compré una tarjeta cubierta de purpurina rosa con la frase «Enhorabuena por vuestra preciosa hijita». Y fui a una tienda de Pumpkin Patch y compré un vestidito amarillo con mariposas bordadas. «Dan ganas de tener una niña, ¿verdad?», exclamó arrobada la dependienta.

Envolví el vestido en papel de seda de color rosa, escribí algo en la tarjeta, me fui en coche al hospital, encontré un hueco para aparcar y recorrí los pasillos con el regalo bajo un brazo y una revista de cotilleos para Alice bajo el otro. Y todo el tiempo estaba admirada de mí misma, pensando: «Vas bien, sigue así. Dentro de un ratito estarás tranquilamente en casa, viendo la tele».

Alice estaba sola en la habitación, dando de mamar a Olivia.

A mí todavía me dolían los pechos. Es una crueldad que tu cuerpo siga comportándose como si estuvieras embarazada, cuando ya te han hecho un raspado para extraerte del útero a tu bebé muerto.

«¡Pero qué monada!», le dije a Alice, dispuesta a iniciar la sarta habitual de tópicos sobre recién nacidos.

Ahora estas cosas se me dan de maravilla. La semana pasada fui a visitar a una amiga que había dado a luz a su tercer hijo y, aunque no está bien que lo diga yo, mi actuación fue impecable. «¡Qué manitas tan preciosas! ¡Fíjate, tiene tus mismos ojos / tu misma nariz / tu misma boca...! ¡Por supuesto que quiero cogerlo en brazos!» Respira hondo, charla, sonríe... No pienses en ello, no pienses en ello, no pienses en ello. Tendría que haber un Oscar para este tipo de actuaciones.

Pero Alice no me dejó seguir con el numerito.

En cuanto me vio, extendió hacia mí el brazo con el que no sostenía a la niña y su mirada se cargó de tristeza. «¡Ojalá fuera yo la que te estuviera visitando a ti!», dijo.

Me senté al borde de la cama y dejé que me abrazase. Las lágrimas le caían sobre la suave carita de Olivia, que seguía chupando el pezón de su madre como si le fuera la vida en ello. Esa niña siempre ha comido muy bien.

Hasta hoy había olvidado todo lo relativo a ese día, lo mucho que me conmovieron las lágrimas sinceras de mi hermana. Era como si se hiciera cargo de una parte de mi desolación. Pensé: «Vale, podré superar esto. Se me pasará, seguiré adelante».

Sin embargo, no sabía que «esto» duraría, duraría, duraría.

Mmm... me parece que hemos hecho grandes progresos en la redacción de estas notas terapéuticas. Pero no se le suban los humos, doctor Hodges. No es que hubiera reprimido el recuerdo de ese momento con Alice; simplemente, llevaba un tiempo sin pensar en él. Y en fin, sí, vale, puede que haya algo bueno en el hecho de haberlo recordado ahora, aunque me haya perdido lo que prometía ser un capítulo especialmente emocionante de *Anatomía de Grey*.

Lo que me endureció fue la siguiente pérdida.

—No estarás fingiendo que has perdido la memoria para demostrarnos algo, ¿verdad? —preguntó Elisabeth.

Alice sintió el mismo nudo de angustia en el estómago que en el momento de oír a Nick gritándole por teléfono. Él también le había preguntado si pretendía demostrar algo.

¿Se había convertido en una mujer que necesitaba demostrar cosas?

—¿Qué quieres decir con demostraros algo?

—Olvídalo, estoy un poco paranoica. —Elisabeth se incorporó, entró en la cocina y se detuvo frente a la nevera, que estaba cubierta de papeles, fotos y dibujos de niños sujetos con imanes—. A lo mejor aquí encontramos una invitación para la fiesta esa que has organizado.

Alice se volvió en el sofá para mirarla y notó una punzada de dolor en la cabeza.

—Libby, por favor, ¿qué quieres decir con demostraros algo? No lo entiendo. A veces me hablas como si... en fin... como si ya no te cayera bien.

—¡Ajá! —Elisabeth cogió uno de los papeles de la nevera y se lo pasó—. Aquí está la invitación. Y viene el nombre de la mujer a la que hay que enviar la confirmación de asistencia. Tienes que llamarla y pedirle que cambie el lugar de encuentro.

Hizo ademán de dar el papel a Alice, pero su hermana no le hizo caso.

—Claro que me caes bien —dijo Elisabeth tras un suspiro—. No le des más vueltas, no hay razón para ello. Mira, la mujer a la que hay que avisar es una tal Kate Harper. Creo que me has hablado de ella alguna vez. Me parece que sois bastante amigas. —Miró a Alice con expresión expectante.

—Es la primera vez que oigo ese nombre —respondió Alice, desanimada.

—Vale. ¿Qué te parece si la telefoneas y luego vas arriba a descansar? Se te ve exhausta.

Alice observó la cara arrugada y preocupada de su hermana.

«¿Te he decepcionado? ¿Os he perdido a ti y a Nick?», pensó.

14

Alice estaba de pie en medio de su casi irreconocible dormitorio, esperando encontrar algo —cualquier cosa— que perteneciera a Nick, pero no había nada que le recordase a su marido. No había pilas de libros y revistas en la mesilla de su lado de la cama, por ejemplo. A Nick le encantaban las novelas policíacas con mucha acción —a los dos les gustaban—, los relatos bélicos y las revistas de negocios. Tampoco estaban los montoncitos que formaba con las monedas que se sacaba cada día del bolsillo, ni las corbatas colgando del pomo de la puerta, ni sus gigantescas pantuflas, ni siquiera una triste camiseta o un calcetín arrugados en un rincón.

Los dos eran desordenados. Cuando se quitaban la ropa solían tirarla alegremente al suelo. A veces organizaban cenas con amigos solo para tener que arreglar un poco la casa antes de que llegaran los invitados.

En aquel momento, sin embargo, la alfombra —una alfombra granate que Alice no recordaba haber elegido— estaba impecable, recién aspirada.

Se acercó al armario ropero —lo habían rescatado de la calle, donde alguien lo había dejado para que lo recogieran los del ayuntamiento; era otoño, como ahora, y tuvieron que lijar una deteriorada capa de pintura marrón para dejar a la vista las vetas de la caoba— y lo encontró lleno de perchas de madera maciza, de las que colgaba una ropa muy bonita que por lo visto era suya. Contemplar las perchas y palpar las sedosas telas le produjo una fugaz alegría, pero le habría gustado encontrar por lo menos una prenda de Nick, aunque fuera una triste camisa blanca de las que se ponía para ir a la oficina. Se habría puesto las mangas alrededor del cuerpo, como si la abrazaran, y habría hundido la cara en la tela del cuello.

Tras cerrar el armario y echar una cautelosa ojeada a su alrededor, se dio cuenta de que tanto el aspecto como el olor de la habitación eran indiscutiblemente femeninos. La cama estaba cubierta con una colcha blanca de ganchillo y varios almohadones de tela azul brillante. A Alice le pareció preciosa —de hecho, era su cama soñada—, pero en su momento Nick había declarado que en un entorno tan cursi se volvería impotente de inmediato, y que, vale, tendrían una cama como esa si era lo que ella quería, pero que estaba avisada. Sobre la cabecera colgaba una litografía de un jarrón con flores de Margaret Olley, y Alice estaba segura de que Nick, nada más verla, habría arrugado la nariz como si fuera a vomitar. En el tocador había varias hileras de pequeños frascos de cristal de diferentes colores —«¿Para qué quieres eso?», habría dicho él—, y un jarrón de cristal con un gran ramo de rosas.

Era el dormitorio que Alice habría creado para sí misma si hubiera vivido sola. Siempre había deseado coleccionar frascos de colores, pero pensaba que nunca llegaría a hacerlo.

Lo único que no encajaba eran las rosas. Recordó que el día anterior, en la ambulancia, le había venido a la cabeza la imagen de un ramo como ese. Se acercó al tocador y lo examinó con atención. ¿Quién se lo habría regalado? ¿Y por qué estaba en el dormitorio, donde no le gustaba nada tener flores?

Al lado del jarrón había una tarjeta. ¿Sería de Nick? ¿Querría que volviera con él y se le había olvidado que no le gustaban las rosas? ¿Querría demostrar algo él también, enviándole unas flores que sabía que ella odiaba?

Cogió la tarjeta y leyó: «Querida Alice, espero que podamos repetirlo... ¿La próxima vez al aire libre? Dominick».

¡Ay, Dios! Tenía un pretendiente...

Alice se sentó bruscamente al borde de la cama, sujetando la tarjeta con una mano, incrédula.

Tener pretendientes era algo que formaba parte de su pasado, no de su futuro. Y de todos modos, nunca le había gustado mucho. El agobio y la vergüenza que sientes al subir por primera vez al coche con el chico con el que has quedado, la desagradable y permanente posibilidad de tener un trocito de comida entre los dientes, la repentina sensación de hastío cuando te toca elegir el siguiente tema de conversación: «Cuéntame... ¿Qué sueles hacer los fines de semana?».

Evidentemente, cuando una cita salía bien, era maravilloso. Alice recordaba muy bien la euforia de las primeras citas con Nick. Una noche habían estado viendo los fuegos artificiales del día Nacional desde un bar del barrio antiguo. Ella se estaba tomando un cóctel grande y cremoso, y Nick le estaba contando algo de sus hermanas, y él estaba sexy y divertido, y ella tenía el pelo precioso, y le dolían los pies, y el cóctel llevaba virutas de chocolate, y la mano de Nick le acariciaba la espalda, y de repente Alice experimentó una felicidad tan intensa que se asustó porque pensó que tanta dicha debía de tener un precio. ¿Sería ese el precio, tantos años después, Nick gritándole al teléfono desde la otra punta del mundo? ¿Tan caro había salido aquel momento de felicidad?

Salir con cualquier otro hombre que no fuera Nick le parecía aburrido, estúpido e incómodo. «Dominick.» ¿Cómo podía tener alguien un nombre así?

Con súbita rabia, Alice hizo trizas la tarjeta. ¿Cómo osaba traicionar a Nick metiendo aquellas flores en su dormitorio?

Y además estaba aquel otro, el fisioterapeuta de Melbourne, el que le había enviado la tarjeta que mencionaba unos «tiempos más felices». ¿Quién era? ¿Iba ya por su segundo pretendiente después de separarse de Nick? ¿Se había convertido en una golfa? ¿Era una golfa que iba al gimnasio para demostrar algo y que tenía preocupada a su querida hermana y que organizaba fiestas para los padres de preescolar? Alice odió a la mujer en que se había convertido. Lo único bueno era su armario.

Aquella situación tenía que terminar. Las monedas de Nick, sus calcetines y sus pantuflas tenían que volver a la habitación, y aquellas rosas tenían que desaparecer.

Se dejó caer sobre la cama. Elisabeth estaba en la planta de abajo, telefoneando a aquella tal Kate Harper para que anulara el cóctel.

Alice dio media vuelta, apartó la colcha y se deslizó entre unas sábanas suaves y limpísimas, sin quitarse siquiera el vestido rojo.

Contempló el techo —enyesado y pintado; las manchas de humedad y las grietas habían desaparecido, como si nunca hubieran existido— y pensó en aquel momento en el baño del hospital, cuando había creído que estaba a punto de recuperar de golpe todos los recuerdos. Era como si se hubiera resistido conscientemente, como si hubiera dado un paso atrás al llegar al borde del abismo, en vez de lanzarse al vacío. Todo sería más sencillo y menos confuso si hubiera recordado por fin qué demonios estaba pasando en su vida. Se olisqueó la muñeca, donde se había echado unas gotas de aquel perfume tan evocador, pero esta vez experimentó sentimientos vagos y confusos; solo le venían a la cabeza recuerdos banales y escurridizos, que desaparecían antes de poder nombrarlos.

Aquello no era lo peor que le había sucedido en la vida, pensó mientras el sueño empezaba a arrastrarla. Solo lo más ridículo.

Cuando se despertó se encontró con Frannie sentada al pie de la cama, con un regalo en la mano.

—Hola, dormilona.

—Hola.

Alice sonrió aliviada, porque Frannie estaba exactamente como debía estar. Llevaba una blusa rosa abrochada hasta el cuello que Alice le había visto otras veces, o al menos una parecida, y unos pantalones rectos de color gris. Seguía teniendo la espalda muy erguida. Parecía un duendecillo. Tenía el mismo pelo blanco y corto, recogido tras sus pequeñas orejas, una piel suave y muy blanca y unos ojos ocultos por unas gafas ovaladas con una cadenita dorada.

—No has cambiado nada —dijo Alice, feliz—. Estás igual que entonces.

—¿Te refieres a hace diez años? —Frannie se subió las gafas—. Supongo que ya no me cabían más arrugas. Toma —le dijo, entregándole el regalo—. Seguramente no te gustará, pero quería traerte algo.

Alice se incorporó en la cama.

—Claro que me gustará. —Desenvolvió el paquete y sacó un bote de polvos de talco—. Es precioso. —Abrió la tapa, se echó un poco de talco en el dorso de la mano y lo olió. Era una fragancia sencilla y floral, que no le recordaba nada—. Gracias.

—¿Cómo te encuentras? —preguntó Frannie—. Vaya susto nos has dado.

—Bien —contestó Alice—. Confusa. A veces tengo la impresión de que estoy a punto de recordarlo todo, y otras veces me siento como si me estuvierais gastando una broma pesada, diciéndome que tengo treinta y nueve años cuando estoy a punto de cumplir los treinta.

—Conozco esa sensación —dijo Frannie, pensativa—. El otro día me levanté sintiéndome como una chica de diecinueve años, y al entrar en el baño me asusté al ver a esa señora mayor que me miraba desde el espejo. «¿Quién es ese vejestorio?», pensé.

—¡Tú no eres ningún vejestorio!

Frannie hizo un gesto displicente con la mano.

—En fin, supongo que tienes un poco de depresión. ¡No me mires así! La gente se deprime, ¿sabes?, y tú últimamente estabas muy estresada. Con todo lo del divorcio...

—Sí, por cierto... ¿por qué hemos roto Nick y yo? —la interrumpió Alice. No era capaz de pronunciar la palabra «divorcio» en voz alta. Frannie no le ocultaría nada; le contaría exactamente qué pasaba.

—No tengo ni la más remota idea —respondió Frannie sin embargo—. Es algo entre tú y él. Todo lo que sé es que los dos lo tenéis muy claro. No parece que haya posibilidades de reconciliación, así que todos hemos cerrado la boca y lo hemos aceptado.

—Pero seguramente tendrás una opinión. ¡Siempre tienes una opinión!

Frannie sonrió.

—Es verdad, suelo tener opiniones, ¿no? Pero en este caso no sé qué decir. No me contaste nada. Está siendo muy triste para los niños, sobre todo esa desagradable batalla por la tutela. En eso no estoy en absoluto de acuerdo, como bien sabes.

—No lo sé, ¡no lo recuerdo!

—Ah, bueno. Yo ya dejé clara mi opinión en su momento. Demasiado clara, podríamos decir.

—¿Crees que puedo recuperarle? —preguntó Alice.

—¿A quién? ¿A Nick? ¡No quieres recuperarle! —dijo Frannie—. De hecho, justo el miércoles pasado hablé contigo y me contaste que un amigo te había mandado flores. Parecías muy ilusionada.

Alice miró con desagrado las rosas.

—Pero ¿no has dicho que estaba estresada? —preguntó secamente.

—Es verdad, lo estás, pero te pusiste contenta al recibir las flores —respondió Frannie.

Alice suspiró.

—¿Y tú cómo estás, Frannie? Sigues viviendo al lado de mamá, ¿no?

—No, cariño. —Frannie le dio una palmadita en el muslo—. Me trasladé a un complejo residencial para jubilados hace cinco años, justo después de que tu madre se fuera a vivir con Roger.

—Ah. Y bueno... ¿te gusta el sitio? ¿Lo pasáis bien?

—¡Pasarlo bien! —protestó Frannie—. Eso es lo único que importa hoy en día, ¿no? Todo tiene que ser alegría y diversión.

—Bueno, no todo, claro.

—¿Tú crees que tengo sentido del humor? —preguntó Frannie, con una mirada sorprendentemente vulnerable.

—Claro que tienes sentido del humor.

—Y dime, ¿qué piensas de la eutanasia?

Alice pestañeó y se enderezó, asustada.

—¿Qué pasa, Frannie? ¿Estás enferma?

—No, no. Tengo una salud de hierro. Es solo que me interesa el tema. Deseo estar informada. Es decir, a mi edad es razonable querer tener claras tus opciones, ¿no? ¿Qué hay de raro en eso? ¡Es un asunto que bien merece un debate! —Empezó a exaltarse.

—Sí, estoy de acuerdo, pero... Oye, ¿seguro que te encuentras bien? ¿Por qué ibas a pensar en algo así si no estuvieras enferma?

Frannie suspiró y sonrió. No era una mujer demasiado jovial, de modo que contemplar una sonrisa suya era como recibir un regalo.

—Te aseguro que no estoy enferma ni nada por el estilo. Es solo que... es un tema que me interesa. Anda, vamos abajo. Tu madre está preparando la comida.

Mientras bajaban, Alice observó con atención a Frannie. Le pareció más frágil que antes. Se aferraba con fuerza a la barandilla.

—¡Hola, Alice, guapa! Iba a subir ahora mismo a llamarte.

—¿Cómo estás, Roger? —dijo Alice, horrorizada al verlo al pie de la escalera. Roger estaba completamente fuera de contexto sin Nick. Era una visita para la que te preparabas —para la que te blindabas—, no alguien que te mira tranquilamente desde el pie de la escalera, como si estuviera en su propia casa.

—¡Yo, en plena forma! —rugió Roger—. ¡Eres tú la que nos tiene preocupados!

Cuando Alice bajó la escalera, Roger la tomó del brazo y la hizo pasar al salón tomándola solícitamente por la cintura.

—¿Has dormido bien, Alice? —preguntó su madre, que salía de la cocina secándose las manos con un trapo—. Lo que mejor te sentará será descansar, seguro. Supongo que ya has recuperado completamente la memoria, ¿no? —Sin esperar respuesta, continuó—: Frannie, corazón, ¿en qué silla estarás más cómoda? No te pongas ahí, que hay corriente.

—¡No me agobies, Barbara! —masculló Frannie mientras Barb la ayudaba a sentarse.

Por fortuna, Barb ya no llevaba el atrevido conjunto de baile del día anterior sino una camiseta bastante escotada y unos pantalones pirata, además del pelo recogido en una garbosa cola de caballo. Alice contempló fascinada la forma en que su madre ladeaba coquetamente la cabeza al mirar a Roger.

—Bueno, para comer he preparado una ensalada de atún. La he hecho en tu honor, Alice, porque el pescado es gasolina para el cerebro. Roger y yo hemos empezado a tomar aceite de pescado todos los días, ¿verdad, cari?

«Cari.» ¡Su madre acababa de llamar «cari» a Roger!

Roger no parecía haber cambiado lo más mínimo en los últimos diez años. Seguía estando bronceado, impecable y encantado de conocerse. ¿Se había operado? Alice no lo descartaba. Llevaba un polo de color rosa y entre el vello canoso del pecho le asomaba una cadena de oro. El pantalón corto le quedaba quizá algo ceñido y dejaba a la vista sus piernas musculosas y morenas.

Cuando Barb se volvió para entrar otra vez en la cocina, Roger le estampó una nada discreta palmetada en el trasero.

Alice, atónita, desvió la mirada. Recordó que Roger tenía una cama de agua. «A las damas les encanta», le había dicho una vez.

Frannie soltó una risita y le cogió la mano en un gesto cómplice. Alice se entretuvo mirando la larga mesa de pino frente a la que estaban sentadas. Había soñado con aquella mesa en el hospital: Nick estaba sentado a un lado, mientras Alice recogía la cocina, y había dicho algo que no tenía sentido. ¿Qué era?

En ese momento entró Elisabeth, con el bolso al hombro.

—Tengo que irme.

—¿Adónde vas? —preguntó Alice, desesperada. Necesitaba apoyo para asimilar lo de Roger y su madre—. ¿Vas a volver?

Elisabeth le dirigió una mirada extraña.

—He quedado con unas personas para comer. Puedo volver luego, si quieres.

—¿Quiénes son? —preguntó Alice, intentando retenerla—. ¿Con quién has quedado?

—Con unas amigas —contestó evasivamente Elisabeth—. Bueno, estate atenta al teléfono, porque le he dejado tres mensajes a esa tal Kate Harper por lo de la fiesta de hoy, pero de momento no ha devuelto la llamada. —Miró a Alice—. Estás muy pálida. Creo que tendrías que acostarte otra vez después de comer.

—¡Estoy de acuerdo! —declaró su madre, saliendo de la cocina cargada con una ensaladera de cristal—. La mandaré a la cama en cuanto acabemos de comer, no te preocupes. Tiene que estar recuperada cuando vuelvan los monstruitos.

Alice miró la gran ensaladera que sostenía su madre y sin razón alguna le vino a la cabeza la palabra «Gina».

«Siempre se trata de Gina. Gina, Gina, Gina...» ¡Exacto! Era eso lo que, en su memoria, o quizá en sus sueños, decía Nick junto a la larga mesa de pino.

—¿Quién es Gina? —preguntó.

Se hizo un silencio repentino.

Frannie se aclaró la garganta. Roger bajó la vista al suelo y empezó a toquetear la cadenita del cuello. Barb se quedó paralizada junto a la puerta de la cocina, con la ensaladera apretada contra el vientre. Elisabeth se mordió con fuerza el labio inferior.

—Bueno, ¿quién es? —dijo Alice.

Las notas de Elisabeth para el doctor Hodges

Una cosa en la que he estado pensando mucho últimamente es en cómo me sentiría si perdiera diez años de recuerdos; qué cosas de mi vida actual me sorprenderían, me gustarían o me inquietarían...

Hace diez años ni siquiera salía con Ben; o sea, que de pronto sería un desconocido, un hombre barbudo y un poco intimidante que dormiría en mi misma cama. ¿Cómo podría explicarle a mi antiguo yo que me había enamorado inesperadamente de un tipo corpulento y silencioso que se ganaba la vida vendiendo letreros luminosos y cuyo mayor interés era el automovilismo? Antes de conocer a Ben, yo era una de esas chicas que desconocían todo lo relacionado con los coches de forma deliberada. Los describía por color y tamaño: un coche blanco grande, un coche azul pequeño... Ahora distingo modelos y marcas, veo las carreras de Fórmula 1 en la tele y a veces hojeo las revistas especializadas que compra Ben.

¿Le gustan a usted los coches, doctor Hodges? Lo veo más de exposiciones y conciertos... He visto que tiene una foto con su mujer y dos niños en la mesa. Suelo mirarla disimuladamente al final de la sesión, mientras usted me extiende la receta. Seguro que su mujer no tuvo problemas para quedarse embarazada, ¿verdad? ¿Le ha dado alguna vez las gracias a la Fortuna por no estar casado con una mujer como yo: discapacitada en cuestiones de reproducción? ¿Contempla con cariño la foto cuando salgo de la consulta, pensando «Menos mal que mi mujer es una buena paridora»? No se preocupe, no pasa nada. Estoy segura de que es algo innato, puramente biológico, que los hombres quieran casarse con mujeres capaces de darles hijos. Una vez, hablando con Ben, saqué el tema. Le dije que ya suponía que debía de odiarme en secreto, pero que lo entendía. Se enfadó muchísimo; nunca lo había visto tan furioso. «No vuelvas a decir eso. Pero estoy segura de que si se lo tomó tan mal fue porque sabía que estaba diciendo la verdad.

Antes de conocerlo yo solía salir con ejecutivos irónicos y engreídos. Nunca había estado con un hombre que tuviera una caja de herramientas. Me refiero a una caja de herramientas como Dios manda, ya sabe, sucia y vieja, llena de destornilladores y esas cosas. Reconozco avergonzada que me excité un montón la primera vez que vi a Ben sacando una llave inglesa de la caja. Mi padre también tenía una caja de herramientas. Quizá, en mi subconsciente, estaba esperando a un hombre con una caja de herramientas. Supongo que usted no tiene una caja de esas, ¿verdad, doctor Hodges? No, creo que no.

Antes pensaba que uno de los principales requisitos para salir con un hombre era que hiciese un buen papel en las cenas de compromiso. Como Nick, el marido de Alice. Ben, en cambio, es un desastre en las cenas de compromiso. Siempre parece demasiado grande para la silla que le ofrecen, y además pone cara de susto. Es como ir a cenar con un chimpancé amaestrado. A veces se divierte, cuando tiene la suerte de toparse con algún otro invitado con quien hablar de coches (o invitada, porque no es machista), pero normalmente lo pasa mal y cuando subimos al coche para marcharnos suelta un gran suspiro, como si acabara de salir de la cárcel.

Es curioso. Durante muchos años, me desesperaba ver cómo se preocupaban mamá y Alice cuando tenían que acudir a algún acto social. «¡Oh, no!», exclamaban, desesperadas, y yo pensaba que se había muerto alguien, pero resultaba que simplemente acababan de invitarlas a una fiesta o a una cena en la que solo conocerían a una persona, y luego venían las estrategias para librarse del compromiso, los dramas, los comentarios compasivos que se dedicaban la una a la otra: «Ay, pobrecita, será horrible, será mejor que no vayas...». No lo soportaba, y sin embargo, he terminado casada con un hombre para el que las invitaciones son también una tortura. No es que sea tímido, como eran ellas. No se pone nervioso ni le angustia la impresión que causará en la gente. De hecho, no creo que se haya sentido nunca avergonzado. Es un hombre sin vanidad. Lo que pasa es que no es hablador; no tiene la más mínima aptitud para la charla intrascendente. Mamá y Alice, en cambio, sí que eran habladoras, y les interesaba la gente. De hecho, eran más sociables que yo. Sin embargo, su timidez les impedía comportarse como las personas abiertas que eran en realidad. Eran como atletas atrapadas en una silla de ruedas.

Al final Ben y yo hemos dejado de ir a cenas de compromiso. No las soporto. Yo también he perdido mi aptitud para la charla intrascendente. Escucho a los demás hablarme de sus vidas, que siempre son plenas y apasionantes. Todos están entrenando para una maratón, o aprendiendo japonés, o a punto de irse de acampada con los niños, o reformando el cuarto de baño... Yo tuve una vida así en otro tiempo. Era una persona interesante, activa e informada. Ahora, en cambio, mi vida se reduce a tres cosas: trabajo, televisión, tratamientos de fertilidad. Ya no tengo ninguna anécdota que contar. Cuando alguien me pregunta: «¿Cómo te va la vida, Elisabeth?», tengo que hacer un esfuerzo para no soltarle todo mi historial médico.

Ahora entiendo por qué las personas viejas o muy enfermas hablan tan compulsivamente de su salud. La infertilidad llena por completo mi espacio mental.

¡Cómo han cambiado las cosas! Ahora soy yo la que protesta cuando alguien me llama por teléfono y me pregunta alegremente si estaré libre el próximo sábado; entre tanto,

Alice organiza fiestas en su casa y mamá sale a bailar salsa tres noches por semana.

Alice no acaba de creerse que tiene tres hijos. A mí, me cuesta creer que no tengo ninguno. No había contado con tener problemas para quedarme embarazada. Evidentemente, nadie da por hecho algo así, en eso no soy especial. Lo que pasa es que yo esperaba otros problemas médicos completamente distintos. Nuestro padre murió de un infarto, así que siempre he vivido aterrada el más mínimo ardor de estómago. Mi abuelo paterno y mi abuela materna fallecieron de cáncer, por lo que siempre he estado alerta por si tocaba luchar contra células cancerígenas. Durante mucho tiempo me causó pavor la posibilidad de tener una enfermedad neuromotora porque me había impresionado mucho un artículo que había leído sobre alguien que sufría una. Lo primero que notó esa persona fue que habían empezado a dolerle los pies cuando jugaba al golf. Desde entonces, cada vez que me picaba un pie, me decía: «¡Ya la tenemos aquí!». Le hablé a Alice del artículo y también empezó a preocuparse. Nos quitábamos los zapatos de tacón, nos dábamos masajes en los pies y hablábamos de cómo sería ir en silla de ruedas, mientras Nick ponía los ojos en blanco y exclamaba: «¿Estáis hablando en serio?».

Alice es la otra razón por la cual no me esperaba ser estéril. Hemos sido siempre muy parecidas en cuestiones de salud. Cada invierno, las dos pillamos una molesta tos seca que tarda justo un mes en curarse. Las dos tenemos las rodillas débiles, miopía, una leve intolerancia a los lácteos y una excelente dentadura. Y como ella no tuvo problemas para quedarse embarazada, pensé que a mí me pasaría lo mismo.

Así que fue culpa suya que yo no dedicase el tiempo necesario a preocuparme por si era o no estéril. Y como no me preocupé, no me protegí contra esta eventualidad. Sin embargo, ya no volveré a cometer el mismo error. Ahora no se me olvida pensar todos los días que Ben puede tener un accidente mortal con el coche, de camino al trabajo. También me aseguro de interesarme regularmente por los hijos de Alice; voy tachando una horrible lista con todo el repertorio de enfermedades infantiles. Antes de acostarme pienso que alguien a quien quiero podría morir esa misma noche, y todas las mañanas pienso que algún conocido podría morir durante ese día en un atentado terrorista. «Eso quiere decir que los terroristas han ganado», me dice Ben. No entiende que mi preocupación es una forma de combatirlos, mi «lucha contra el terrorismo» personal.

Esto último lo he dicho en broma, doctor Hodges. A veces me parece que no capta mis bromas. No sé por qué necesito hacerle reír. Ben me tiene por una persona divertida y suelta una carcajada amable cuando digo algo gracioso. O la soltaba, cuando yo aún no era una mujer aburrida y obsesionada con un único tema de conversación.

Supongo que valdría la pena dedicar una sesión a este hábito de «preocuparme», porque es una superstición estúpida y seguramente infantil... como si yo fuera el centro del universo y mis pensamientos fueran a suponer algún cambio. Pero ya me imagino los comentarios inteligentes que haría usted, sus inspiradas preguntas encaminadas a inducirme la iluminación que tanto necesito, y todo me parece absurdo e inútil. No dejaré de preocuparme. Me gusta preocuparme. Provengo de un largo linaje de personas que se preocupan. Lo llevo en la sangre.

Lo único que le pido es que deje de dolerme, doctor Hodges. Para eso le pago tanta pasta. Solo quiero volver a sentirme como antes.

Estoy divagando. Le decía que había estado imaginándome cómo viviría yo la amnesia. Supongamos que me doy un golpe en la cabeza y al despertarme veo que estamos en el año 2008, que he engordado y Alice ha adelgazado, y que estoy casada con un tipo que se llama Ben.

Me pregunto si volvería a enamorarme de él. Sería bonito. Recuerdo que fue un sentimiento que fue intensificándose poco a poco, como aquella manta eléctrica que calentaba las sábanas heladas con desesperante lentitud, segundo a segundo, hasta que yo empezaba a decirme: «Vale, ya llevo un rato sin tiritar; de hecho empiezo a tener calor; siento un calorcito muy agradable...». Pues así fue con Ben. Pasé de «No debo darle esperanzas a un chico que no me interesa» a «En fin, no está tan mal», a «Me gusta estar con él», y finalmente a «Estoy loca por él».

Me pregunto si Ben trataría de protegerme de las malas noticias, igual que hemos hecho nosotros al evitar determinados temas con Alice. Se le da fatal mentir. Le diría: «¿Cuántos hijos tenemos?», y él murmuraría: «Bueno, no hemos tenido mucha suerte en este aspecto...», y se rascaría la barbilla, carraspearía y desviaría la mirada.

Yo me pondría seria e insistiría en saber los detalles, y al final él tendría que ceder y contármelo todo.

«En los últimos siete años te han hecho tres fecundaciones in vitro y te has quedado embarazada de forma natural en dos ocasiones, pero ninguno de estos hijos hipotéticos ha llegado a ser un hijo real. Lo máximo que conseguiste fue un embarazo de dieciséis semanas, y lo pasamos tan mal después que pensamos que nunca nos recuperaríamos. También te has sometido a ocho tratamientos de hormonas infructuosos. Y sí, todo esto te ha cambiado. Sí, ha cambiado nuestro matrimonio, y tu relación con tu familia y tus amigos. Te has vuelto amargada y gruñona y, la verdad, a veces haces cosas muy raras. Hace poco has empezado a ir al psicólogo, después de un incómodo incidente en una cafetería. Y sí, nos ha costado todo mucho dinero, pero prefiero no hablar de las cifras».

De hecho, doctor Hodges, he tenido seis abortos espontáneos, pero hay uno que él ignora. Solo había llegado a las cinco semanas; o sea, que casi no contaba. Ben se había ido de pesca con un amigo, y yo me había hecho la prueba del embarazo y al día siguiente empecé a sangrar, y eso fue todo. Y como él volvió tan moreno y tan contento de su excursión, no me atreví a decírselo. No era más que la pérdida de otro hijo hipotético. Otro pequeño astronauta perdido en el espacio.

En fin, ¿y qué diría yo cuando Ben terminara de contarme esta larga y triste historia?

Ahí está la cuestión, doctor Hodges, porque me imagino a la mujer decidida y activa que era en otros tiempos y lo primero que pienso es que diría algo así como: «Las cosas no siempre se consiguen a la primera». Al fin y al cabo, yo era esa mujer que empezaba el día contemplando un póster con una montaña nevada y una cita de Leonardo da Vinci: «Los obstáculos no pueden aplastarme; todos ceden ante mi empecinada decisión».

¡Muy buena, Leonardo!

Sin embargo, cuanto más lo pienso, más creo que no diría nada optimista.

Es bastante posible que me diese una palmada en el muslo y exclamara: «Creo que deberías ir pensando en tirar la toalla».

15

Fue su madre la que rompió el silencio.

—Gina era una amiga tuya —explicó, dejando la ensaladera en la mesa sin mirar a Alice—. De hecho, creo que esta ensaladera fue un regalo suyo. Seguramente por eso has pensado en ella.

Alice miró la ensaladera y cerró los ojos. Vio un papel arrugado de color amarillo, notó el sabor del champán en el paladar, le pareció oír una melodiosa risa femenina. Y nada más.

Abrió otra vez los ojos. Todos la estaban mirando.

—Bueno, tengo que irme, de verdad. —Elisabeth miró el reloj.

Todos regresaron a sus actividades, aliviados.

—¡Te he aparcado el coche en el garaje! —anunció jovialmente Roger, levantándose y sacando un gran manojo de llaves del bolsillo.

—Estate atenta por si llama Kate —repitió Elisabeth, saliendo rápidamente del comedor—. Si no, te tocará hacer de anfitriona esta noche.

—Te acompaño a la puerta. —Barb siguió a Elisabeth por el pasillo, con la obvia intención de decirle algo en privado.

Cuando se quedó a solas con Frannie, Alice pinchó un tomatito de la ensalada y preguntó:

—Dime, ¿de qué conozco a esa tal Gina?

—Vivía al otro lado de la calle —le explicó Frannie—. Creo que se instalaron aquí antes de que naciera Olivia. ¿No recuerdas nada de ella?

—No. ¿Y ya no vive al otro lado de la calle?

Frannie se quedó un momento callada, como si buscara la respuesta.

—No —dijo al final—. La familia regresó a Melbourne no hace mucho.

Alice entendió de repente qué había sucedido.

Había habido algo entre Gina y Nick. Eso lo explicaba todo. Por eso todo el mundo se estaba comportando de una forma tan rara.

Gina. ¡Claro! Aquel nombre iba asociado a una profunda tristeza.

¿Por qué se había creído inmune a la infidelidad? Era de lo más típico. Había vivido uno de esos culebrones que en cierto modo parecen un poco cómicos cuando le pasan a otra persona pero que son demoledores cuando te pasan a ti.

Alice pensó en la pobre Hillary Clinton. Que el mundo entero sepa que tu marido te ha engañado de una forma tan sórdida... Si Bill Clinton había caído en la tentación —se diría que el presidente de Estados Unidos tiene un trabajo suficientemente entretenido para no necesitar ese tipo de distracciones...—, a Nick podía pasarle lo mismo.

Pensó sobresaltada que llevaban más de diez años casados. Quizá Nick había contraído una versión leve de la crisis de los siete años —no sería culpa suya; era prácticamente un trastorno médicamente tipificado...—, y esa mujer horrible y manipuladora habría aprovechado para seducirlo.

¡Vaya bruja!

Probablemente estaba borracho; probablemente, solo había sucedido una vez... Quizá estaban en una fiesta y Nick la había besado —¡un beso fugaz, apenas nada!—, y Alice se lo había tomado muy mal, y Nick había pedido disculpas pero

Alice no había dado del brazo a torcer —la muy tonta—, y por eso ahora estaban divorciándose... Todo era culpa de ella. Y de Gina.

Seguro que era muy guapa.

Pensar en la belleza de Gina, y pensar que Nick la encontraba guapa, le resultaba tan doloroso que no pudo contener un gemido.

—¿Ya lo has recordado? —preguntó Frannie, preocupada.

—Creo que sí —contestó Alice, frotándose la frente.

—¡Ay, cariño! —exclamó Frannie.

Cuando alzó la vista y vio la compasión reflejada en la mirada de su abuela, Alice supo que se trataba de algo mucho más serio que un beso.

«¿Cómo pudiste, Nick...?» El domingo, cuando lo viera, en vez de recibirlo con un abrazo empezaría a darle puñetazos en el pecho. ¿Cómo podía haber creado una relación en la que Alice se sentía tan cómoda y satisfecha, para terminar destrozándola de una forma tan cruel? ¿Cómo podía ponerla en ridículo de aquella manera?

Sin embargo, Hillary había decidido seguir al lado de su marido mientras analizaban el vestido de otra mujer en busca de muestras de semen...

De pronto, a Alice se le ocurrió que debían de haber pasado más de diez años desde el asunto de Monica Lewinsky y se preguntó si los Clinton seguirían casados.

Sonó el teléfono y se levantó automáticamente a responder.

—¿Diga?

—¿Alice? ¡Soy Kate! Tenía un millón de cosas entre manos y hasta ahora no he visto los mensajes de tu hermana. Me quedé muy preocupada cuando te vi en el gimnasio. Se lo he contado a todo el mundo. Tenía pensado llamarte, pero ya sabes lo liada que estoy últimamente, y además Melanie me dijo que te vio reír en un coche parado en un semáforo de Roseville, y pensé: «Vale, pues se encuentra bien». ¿Y ahora tu hermana dice que estás pachucha y que no podrás hacer la fiesta en tu casa?

Alice reconoció aquel acento afectado. Era la rubia escuálida con la que se había cruzado en el gimnasio, antes de vomitar en los zapatos de George Clooney.

—Ajá —respondió.

—Por supuesto, en otras circunstancias te diría que no pasa nada, que podemos dar la fiesta aquí sin ningún problema. Pero con las obras, y con la madre de Sam instalada en casa, es literalmente imposible. Bueno... si te duele la cabeza o algo así, no hace falta que hagas nada; ya me ocupo yo de todo. La verdad es que yo tampoco estoy muy fina, pero no es grave, solo un leve catarro. Melanie me ha dicho: «Eres una máquina, Kate. ¿Cómo te las arreglas?». Y yo le he dicho: «Qué va, Melanie, no soy ninguna máquina, solo hago lo que puedo». Sam dice que tengo que aprender a decir que no y dejar de desvivirme por todo el mundo, pero no puedo evitarlo, así es como soy. En fin, como te iba diciendo, si te duele la cabeza, te acuestas y nosotros nos ocupamos de todo y te subimos una copa. Quiero decir... no hace falta que hagas de anfitriona ni nada de eso.

A Alice la invadió una extraña inercia mientras escuchaba a Kate. ¿Esa mujer era amiga suya? No se imaginaba hablando más de cinco minutos con ella. En cualquier momento, su cursi y falsa zalamería la haría reaccionar con la cruda impertinencia de Jane Turner.

—Vale, muy bien —dijo.

¿Qué más daba si un centenar de desconocidos se presentaban esa noche en su casa? Su vida era ya una pesadilla; no pasaba nada por que siguiera siéndolo.

—¿No hace falta que cambiemos de sitio, entonces? ¡Ay, menos mal! Sabía que podía confiar en ti. Estaba segura de que no podía ser verdad lo que decía tu hermana. Es esa ejecutiva amargada con problemas de esterilidad, ¿no? ¡Seguro que no tiene ni idea de qué es capaz de hacer una madre cuando es necesario! En fin, te dejo, nos vemos esta noche. ¡Chao!

La comunicación se interrumpió. Alice colgó el teléfono con tanta rabia que la base tembló. ¿Cómo se atrevía esa mujer a hablar de su hermana de ese modo? Pensó en la expresión de abatimiento de Elisabeth cuando le dijo lo del pulso del bebé, y le entraron ganas de reventar de un puñetazo la elegante nariz de aquella engreída.

—¿Pasa algo? —preguntó Frannie.

De todos modos, ¿era posible que se hubiera quejado de Elisabeth hablando con Kate Harper? ¿Habían salido de su boca las traidoras palabras «ejecutiva amargada»?

—¿Alice?

La voz de Frannie reflejó un leve temblor senil. De pronto, Alice la vio como la vería un desconocido: una anciana menuda y frágil.

Intentó tranquilizarse. Tenía casi treinta años... ¡huy, no! ¡cuarenta! No podía ponerse a llorar sobre el hombro de su abuela.

—Tranquila, no pasa nada —dijo—. Le he dicho a Kate Harper que podemos hacer aquí la fiesta.

—¿Eso le has dicho? —Su madre acababa de entrar en la cocina, seguida de Roger—. ¿Estás segura de que estás en condiciones?

—Claro —dijo Alice—. ¿Por qué no?

—Ha recordado a Gina —explicó Frannie.

—¡Ay, cariño...! —exclamó Barb, mientras la cara de Roger se congestionaba en una mueca que probablemente pretendía expresar compasión.

Alice recordó que Roger había tenido aventuras extramatrimoniales cuando estaba casado con la madre de Nick. «Mi ex marido era un gran seductor», había dicho una vez su suegra con un suspiro, y a Alice le había impresionado mucho que fuera capaz de aludir de forma tan elegante a las infidelidades de su marido.

¿Engañaría Roger también a su madre?

Quizá no era tan raro que Nick hubiera terminado siéndole infiel. ¿No dicen que «de tal poste tal astilla»? Debería decirle eso a Roger, mirarlo a los ojos y exclamar desdeñosamente: «¡Vaya, Roger! Veo que de tal poste, tal astilla...». Aunque, conociéndose, seguro que lo diría mal y nadie la entendería. «¿Qué quieres decir, cariño?», preguntaría su madre con repentino interés, estropeando el momento.

De hecho, Alice tenía la sensación de que no era «poste» sino «palo». Con los postes no se hacen astillas. Notó el cosquilleo de una risa histérica en la garganta. ¡Qué boba era! «¡Pero Alice...!», dirían todos.

—¿Alice? —repitió su madre—. ¿Quieres un té? ¿O un analgésico?

—¿O una copa? —propuso Roger frunciendo el ceño—. ¿Un coñac?

—No está en condiciones de beber alcohol, Roger —masculló Frannie—. Solo falta que la invites a una partida de póquer...

—¿Cómo...? —farfulló Roger.

—Estoy bien —dijo Alice.

Pensaría en todo eso después, cuando no estuviera Roger por allí, poniendo aquella grotesca mueca de pena.

Le daba igual que su mundo hubiera cambiado. Astilla de poste o astilla de palo, Nick no se parecía en nada a su padre.

Las notas de Elisabeth para el doctor Hodges

Alice me ha lanzado una mirada tan implorante que he estado a punto de no ir a la comida, pero tampoco estaba dejándola precisamente sola con Roger el Prócer. Así es como lo llama Ben. Le pega mucho el nombre.

En fin, no tenía ganas de empezar una conversación sobre

Gina. Mis sentimientos hacia Gina son complejos. O quizá sería mejor definirlos como «infantiles».

Había quedado para comer con las Estériles.

Las conozco desde hace cinco años, cuando me apunté al «grupo de apoyo para personas con problemas de fertilidad». Al principio nos reuníamos en el centro cívico y teníamos una monitora, una profesional como usted, doctor Hodges, que básicamente se encargaba de que no nos fuéramos por las ramas. El problema era que nos exigía una actitud positiva: «Intentemos reformular esta idea desde un punto de vista más positivo», decía. Y nosotras no queríamos ser positivas, gracias. Necesitábamos expresar abiertamente la multitud de pensamientos amargos, desagradables y negativos que nos bullían en la cabeza. La medicación, las hormonas, la permanente frustración de nuestras vidas nos habían convertido en unas amargadas, pero una no puede desatar su amargura en público si no quiere caer mal a la gente. Por eso terminamos formando nuestro propio grupo de apoyo. Ahora quedamos una vez al mes en un restaurante suizo, donde no es probable que nos crucemos con grupos de madres acompañadas de cochecitos de bebé. Allí comemos y bebemos y despotricamos cuanto nos da la gana sobre los médicos, la familia, los amigos, y ante todo sobre la falta de sensibilidad de los Fértiles.

Al principio me oponía a la idea de dividir el mundo en Fértiles y Estériles, como si estuviéramos en una película de ciencia ficción, pero enseguida incorporé la distinción a mi vocabulario. «Lo que los Fértiles no consiguen entender...», nos decimos. Ben detesta oírme hablar así. Tampoco le gusta el grupo, aunque no conoce a mis compañeras. Una vez hablamos de organizar una comida con nuestras parejas, pero nunca lo hemos hecho.

Tal como las estoy describiendo parecen horribles, pero no lo son. O quizá sí lo son y yo no me doy cuenta porque soy como ellas. Lo único que sé es que a veces tengo la impresión de que mis encuentros con esas mujeres son lo único que me mantiene cuerda. Y el domingo que viene es el día de la Madre (como la tele no deja de recordarme cada dos minutos), el día más doloroso del año para una Estéril. Nunca duermo la noche anterior, de tan avergonzada como me siento. No triste, sino avergonzada, o estúpida. Es otra versión de la sensación que tenía en el instituto, cuando era la única chica de la clase que aún no necesitaba sujetador. No soy una mujer como Dios manda. No soy una adulta.

Hoy habíamos quedado en un restaurante de Manly, al lado del puerto. Cuando he llegado estaban ya sentadas fuera, frente al mar, mirando algo que había en la mesa, todas con las gafas de sol encaramadas en la frente.

«Las pruebas de embarazo de Anna-Marie —ha explicado Kerry al verme—. No estamos de acuerdo, por supuesto, pero ven a verlas.»

Cada vez que se somete a una fecundación in vitro, Anna-Marie hace lo mismo. Te recomiendan que después de una transferencia de embriones no te hagas la prueba en casa, porque los resultados no son concluyentes. Puedes dar positivo sin estar realmente embarazada, porque las hormonas que quedan en tu cuerpo después de la inyección estimuladora simulan las condiciones de un embarazo, o puedes dar negativo porque aún es demasiado pronto. Lo mejor es esperar al análisis de sangre. Yo nunca me hago la prueba, porque me gustan las cosas claras y porque soy una chica obediente, pero Anna-Marie empieza a hacérselas al día siguiente de la transferencia... Un día reconoció que se había hecho siete. Pero como cada una tiene su propia versión de este tipo de comportamiento obsesivo-compulsivo, no le decimos nada.

He echado una mirada de reojo a las pruebas de Anna-Marie. Eran tres y las ha traído envueltas en papel de aluminio, como de costumbre. Todas me han parecido negativas, pero no valía la pena decírselo. Le he dicho que en una me parecía ver una tenue rayita rosada, y ella ha dicho que su marido había asegurado que eran todas negativas y ella le había contestado a gritos que no colaboraba. «Tienes que mirar la segunda rayita», le había dicho, y al final habían discutido. Anna-Marie lleva más de diez años sometiéndose a tratamientos de fecundación in vitro y nunca ha tenido éxito. Sus médicos, su marido y sus familiares intentan convencerla de que lo deje correr. Tiene solo treinta años, es la más joven del grupo, de modo que aún le queda tiempo para desperdiciar otra década de su vida. O quizá no, claro. Es lo mismo que nos pasa a todas. El elusivo final feliz podría estar a solo un ciclo de distancia.

Kerry (dos años de fecundación in vitro con óvulos de donante, un embarazo ectópico que casi la mata) ha dicho: «Elisabeth se hizo la transferencia hace diez días y seguro que no se ha hecho la prueba».

Todas nos mantenemos informadas por email de nuestros tratamientos de fecundación in vitro. Anna-Marie, Kerry y yo estábamos en mitad de uno. Las demás estaban entre uno y otro, o justo a punto de empezar el próximo.

Para serle sincera, ni siquiera me he planteado si este ciclo funcionará. En los primeros años, cuando aún creía en el poder de la mente, solía meditar todas las mañanas después de una transferencia. «Por favor, no te escapes, embrioncito —entonaba—. No te escapes, no te escapes.» Hacía tratos con él: «Te llevaré a Disneylandia cuando cumplas cinco años. No tendrás que ir al colegio si no te apetece. Pero por favor, déjame ser tu madre, ¿vale?». Pero no parecía servir de nada. Por eso ahora prefiero dar por sentado que la transferencia no funcionará, y que, si funciona, de todos modos perderé al niño. Es una forma de protegerme, aunque en realidad no lo consigo, porque la esperanza siempre se las arregla para inmiscuirse. No soy consciente de ella hasta que desaparece, como barrida por un huracán, cada vez que oigo otro «lo siento».

«A ver si adivino —ha dicho la camarera que nos ha traído las bebidas—. ¡Han dejado a los niños con sus padres para disfrutar de un día entre chicas!»

¡Ah, la dulce inocencia de los Fértiles! Dan por supuesto que un grupo de mujeres de cierta edad han de ser madres.

«¿Qué coño pintamos comportándonos como madres cuando no lo somos?», ha dicho Sarah, nuestra socia más reciente. Solo ha pasado por un tratamiento de fecundación in vitro, pero ya habla de la infertilidad con enérgico cinismo. Gracias a ella me he dado cuenta de que estoy cansada de estar cansada. La admiro cuando la oigo soltar una palabrota.

Al oírla, nos hemos animado a hacer una lista de las ofensas recibidas desde el último encuentro.

Hemos recopilado las siguientes:

El jefe que dijo: «Un tratamiento de fecundación no es como una gripe, es algo voluntario, así que no voy a darle la baja».

La pariente que dijo: «Relájate, pide hora al masajista. No te quedas embarazada porque estás demasiado tensa». (Siempre hay alguien que dice algo parecido.)

El hermano que, ante un trasfondo de gritos infantiles, dijo: «Tu idea de los niños es demasiado romántica; criar un hijo es muy duro».

La prima que soltó, compasiva: «Entiendo perfectamente lo que estás pasando; yo llevo seis años con la tesis».

«¿Y tu hermana? —me preguntó Kerry—. En tu último email dijiste que había hecho algo que te había molestado mucho.»

«Es la supermadre de los tres niños, ¿no? —Anna-Marie ha hecho una mueca—. Esa que no necesita trabajar porque tiene un marido rico...»

Todas me han mirado ávidamente, dispuestas a despotricar contra Alice, porque, para serle sincera, doctor Hodges, últimamente me he quejado bastante de mi hermana.

Pero he pensado en Alice en el coche al salir del hospital, fingiendo que llevaba una camisa de fuerza, y en su cara de dolor cuando hablaba con Nick por teléfono. He pensado en lo que me ha dicho: «¿Ya no te caigo bien?», y en cómo al irme de su casa llevaba el pelo pegado a un lado de la frente y la ropa arrugada porque se había acostado vestida. Era tan típico de ella hacía unos años, eso de no mirarse en el espejo antes de bajar al comedor... Y he pensado en cómo se puso a llorar al verme en el hospital cuando nació Olivia, y en la inocencia con la que hoy nos ha preguntado a todos: «¿Quién es Gina?».

Y me he sentido tremendamente avergonzada, doctor Hodges. Me han entrado ganas de decirles: «¡Eh, que estáis hablando de mi hermana pequeña!».

Sin embargo, lo que hecho ha sido contarles que Alice ha perdido la memoria y que cree que tiene veintinueve años, y que gracias a ella me he puesto a pensar en qué diría mi antiguo yo de mi vida actual. Les he dicho que quizá mi antiguo yo pensaría que había llegado el momento de tirar la toalla, olvidarme del tema, abandonar. No más inyecciones, no más tubos de ensayo ni más análisis de sangre. No más tristeza.

Evidentemente me han llamado la atención, como buenos soldados que conocen su deber.

«Nunca hay que renunciar», han dicho, y una a una han vuelto a relatar terribles historias de infertilidades y abortos que concluyeron con un bebé regordete y sano entre los brazos.

Yo he asentido y sonreído, mientras contemplaba las gaviotas peleándose en el cielo.

No sé, doctor Hodges. No sé qué pensar.

Durante la comida, Roger se encargó de poner al día a Alice contándole su versión de cada hecho de actualidad acaecido en los últimos diez años, mientras su madre decidía hacer lo mismo con la vida privada de todos sus conocidos.

—Y entonces Estados Unidos invadió Irak, porque ese tipejo, Sadam, estaba acaparando armas de destrucción masiva —entonó Roger.

—Solo que esos arsenales no existían —lo interrumpió Frannie.

—Pero bueno, ¿eso quién lo sabe?

—No hablarás en serio, Roger...

—Y entonces Marianne Elton... Tienes que recordarla, seguro... la entrenadora del equipo de baloncesto de Elisabeth... se casó con Jonathan Knox, aquel fontanero tan simpático que venía todos los inviernos, cuando teníamos el problema con las cañerías... y se fueron de viaje de novios a una isla tropical... un desastre para sus clientes... y la pobre florista pilló una insolación... y dos años antes había tenido una niña y le había puesto Madeline, lo cual le hizo mucha ilusión a Madeline, como puedes imaginarte... yo le dije: «Bueno, yo no espero que mis hijas llamen Barbara a sus niñas», cosa que es cierta, pero Madeline es un nombre que está muy de moda... y bueno, resulta que la pobre Madeline...

—... y ahora te diré, Alice, qué debería haber hecho el gobierno tras los atentados de Bali...

—¡Ah, uno de los hijos de Felicity estaba en Bali! —dijo Barb, feliz ante la repentina confluencia de lo privado y lo público—. Había llegado justo el día antes. Felicity cree que se salvó porque está destinado a hacer algo grande, pero de momento no hace mucho más que entrar en Facebook... ¿Así es como lo llaman, Roger? ¿Facebook?

—¿Sabes de qué te estamos hablando, Alice?—preguntó Frannie.

Alice les escuchaba solo a medias porque estaba distraída pensando en el concepto de perdón, una idea bella y generosa cuando no la relacionabas con algún hecho desagradable que merecía ser perdonado. ¿Era una mujer clemente? No tenía ni idea. Nunca había tenido que perdonar algo tan grave como una infidelidad. Además, ¿quería Nick su perdón?

—No estoy segura —le dijo a Frannie.

Algunas de las cosas que estaba diciendo Roger le sonaban ligeramente, como si fueran datos aprendidos en la escuela y luego olvidados. Cuando oyó lo de los atentados terroristas sintió una sensación de horror y le pareció que le venía a la mente la imagen fugaz de una mujer con gorra de visera, que se tapaba la boca con la mano y murmuraba: «¡Dios mío! ¡Dios mío!...», pero no recordaba dónde estaba cuando había oído hablar de los atentados, si estaba sola o con Nick, si lo había visto en la tele o lo había oído por la radio. También había tenido la impresión de reconocer algunos detalles de lo que le contaba su madre. Por ejemplo, había algo familiar en la frase: «La pobre florista pilló una insolación...», como si fuera el final de un chiste que había oído contar alguna vez.

—En fin, tendrá que volver al médico —concluyó Frannie—. Hay algo que no va bien. Miradla. Es evidente.

—Dudo que puedan trasplantarle la memoria otra vez —dijo Roger.

—Ay, perdona, Roger. Olvidaba que eras neurocirujano... —se burló Frannie.

—¿Quién quiere otra tortita con Nutella? —propuso alegremente Barb.

16

Alice estaba sola.

Después de comer había habido un acalorado debate sobre la conveniencia de dejarla sola en casa. Barb y Roger tenían el cursillo de salsa de nivel avanzado de todos los sábados; habían dicho que no pasaba nada por perderse una clase, aunque esa precisamente era importante porque estaban ensayando el número para la Velada del Talento Familiar de Frannie, pero que si Alice los necesitaba se la saltarían. Frannie tenía una reunión importante en el complejo residencial para jubilados, algo relacionado con la Navidad. En teoría le tocaba presidirla, pero podía llamar a Bev o a Dora para que la sustituyeran, aunque las dos se ponían nerviosas hablando en público y además se dejarían convencer por el nuevo residente, que era un poco avasallador; pero no sería el fin del mundo: su nieta era lo primero.

—No pasa nada, marchaos —repitió Alice una y otra vez—. ¡Tengo cuarenta años! —añadió orgullosamente, pero quizá lo dijo de un modo extraño, porque todos la miraron y se ofrecieron una vez más a quedarse con ella—. Elisabeth llegará de un momento a otro —insistió, agitando la mano desde un extremo del pasillo mientras ellos se encaminaban a la salida—. ¡Marchaos! ¡No pasa nada...!

Y al cabo de unos minutos estaban todos instalados en el

reluciente cochazo de Roger y salían del jardín entre una nube de gravilla.

«No pasa nada...», repitió Alice para sus adentros.

Vio que la anciana señora Bergen salía en ese momento de la casa de al lado, tocada con un sombrero de paja y blandiendo unas tijeras de podar. Le caía bien la señora Bergen. Estaba enseñando a Alice a cuidar el jardín y le había dado algunos consejos sobre el limonero —había propuesto que Nick echara una meadita de vez en cuando al pie del árbol, y él, con cierta repugnancia, lo había intentado—, y siempre estaba dándole esquejes y señalando qué plantas necesitaban riego, poda o un poco de herbicida. Como a la señora Bergen no le gustaba mucho cocinar, Alice se lo agradecía llevándole fiambreras con el guiso que había preparado para comer o trozos de quiche y de pastel de zanahoria. La señora Bergen ya le había regalado tres pares de patucos para el bebé y estaba empezando a tejer un gorrito y una chaquetita.

Pero todo eso había ocurrido diez años atrás.

Alice alzó una mano y la saludó cariñosamente, pero la señora Bergen bajó la cabeza y se concentró en las azaleas, desviando significativamente la mirada.

No cabía duda. La señora Bergen le había negado el saludo.

¿Acaso la dulce y regordeta señora Bergen también le pegaría gritos como Nick si se acercaba a saludarla? Sería como cuando a la niña de *El exorcista* empieza a girarle la cabeza.

Alice entró rápidamente en casa y cerró la puerta tras ella, sintiendo unas absurdas ganas de llorar.

Quizá su vecina empezaba a chochear y no la había reconocido. Era una explicación razonable. Sí, de momento lo atribuiría a eso. Cuando recobrara la memoria, todo encajaría otra vez, y entonces diría: «¡Ah, claro!».

En fin. ¿Qué haría a continuación?

No sabía cómo pasaba los fines de semana en que los niños estaban con Nick. ¿Se los tomaba como unas pequeñas vacaciones? ¿Se sentía sola? ¿Añoraba el regreso de los niños?

Lo mejor sería explorar la casa para buscar claves sobre su vida. Así estaría preparada cuando llegara Nick al día siguiente, y habría podido redactar un discurso convincente: diez motivos por los que no debían divorciarse.

Y quizá descubriría algo sobre Gina. ¿Las cartas de amor que le había enviado a Nick? No; seguramente se las había llevado al irse de casa.

¿O tal vez debería empezar a preparar algo para la fiesta de esa noche? Pero ¿qué? Aquel cóctel le parecía extrañamente irrelevante.

En realidad no le apetecía quedarse en casa. Tenía el estómago lleno porque había comido demasiadas tortitas con Nutella. «¿Quieres otra?», había exclamado su madre con complacida sorpresa, y Alice había pensado que no debía de ser habitual que repitiese de postre.

Saldría a dar un paseo; le iría bien para despejarse. Hacía un día precioso. ¿Por qué pasarlo entre cuatro paredes?

Fue al piso de arriba y se quedó parada en el pasillo, mirando las puertas de las otras tres habitaciones. Seguramente era donde dormían los niños. Nick y ella las mantenían vacías, salvo una que pensaban utilizar como cuarto para el bebé. Pasaban mucho tiempo en ella, sentados en el suelo, haciendo planes e imaginando el futuro. Habían elegido juntos el color de las paredes: azul océano. Valdría aunque el bebé, contra todo pronóstico, fuera una niña. Y así sucedió: ¡nació una niña!

Alice abrió cautelosamente la puerta.

En fin... ¿Qué se esperaba? Por supuesto que no había cunas blancas, cambiadores o sillitas. Ya no era la habitación de un bebé.

Lo que encontró fue una cama estrecha, sin hacer y cubierta de prendas de ropa, y una estantería repleta de libros, botellas de perfume vacías y jarrones de cristal. Las paredes estaban cubiertas casi por completo de melancólicas vistas en blanco y negro de ciudades europeas. Alice vio un pequeño cuadrado azul entre dos de los pósteres. Se acercó y lo tocó con el dedo: la pintura azul océano.

Había una mesa de trabajo apoyada en la pared. Alice vio una carpeta con la etiqueta «Madison Love». La letra le resultaba familiar; era igualita a la suya cuando estaba en primaria. Cogió un libro de cocina que había boca abajo sobre la mesa y lo encontró abierto por una receta de lasaña. ¿No era muy pequeña Madison para cocinar o para adornar las paredes con fotos de ciudades europeas? A su edad, ella aún jugaba con muñecas. Su hija estaba consiguiendo que se acomplejara de cómo era a los nueve años.

Dejó el libro de recetas donde estaba y salió de puntillas del cuarto.

La puerta siguiente estaba cerrada y tenía una nota clavada con una chincheta:

NO ENTRAR SIN PERMISO.

PROHIBIDO EL PASO A LAS CHICAS.

LAS INFRACCIONES SE CASTIGARÁN

CON LA MUERTE.

¡Uf! Alice soltó el pomo y retrocedió un paso. Era una chica, al fin y al cabo. Debía de ser la habitación de Tom. Quizá había puesto trampas. ¡Chicos! Qué miedo...

La siguiente habitación era bastante más acogedora. Tuvo que apartar una cortina de cuentas para entrar. La cama era el sueño de cualquier niña: un dosel con cuatro postes y una cortina de gasa violeta. Había unas alitas de hada en un colgador de la pared. También había adornos de cristal, docenas de animales de peluche, un espejo rodeado de bombillas, pasadores y lazos para el pelo, una caja de música, pulseras doradas y collares de cuentas, un equipo de música de color rosa y un arcón lleno de ropa. Alice se arrodilló y sacó un vestido verde de verano que le resultaba familiar. Sosteniéndolo frente a ella, recordó que lo había comprado para la luna de miel.

Era uno de los vestidos más caros que había tenido jamás, y ahora tenía una mancha marrón en el escote y el borde de la falda recortado con tijeras. Alice lo soltó, mareada. La habitación olía a brillo de labios de fresa. ¡Aire fresco! Necesitaba respirar...

Volvió a su habitación y se puso rápidamente unos pantalones cortos y una camiseta que encontró en la cómoda, además de las zapatillas deportivas y las gafas de sol que aún estaban en la mochila que había traído del hospital. Luego bajó corriendo a la planta baja y cogió una de las gorras del perchero. En la visera ponía PHILADELPHIA.

Salió al jardín, cerró la puerta de la casa con llave y observó con alivio que la señora Bergen ya no estaba.

¿Hacia dónde podía ir? Giró a la izquierda y caminó enérgicamente. En dirección opuesta se acercaba una mujer, empujando una sillita donde iba sentado, rígido y solemne, un niño de cara muy seria. Cuando se cruzaron, el niño miró a Alice frunciendo el ceño, mientras su madre sonreía.

—¿Hoy no vas a correr? —preguntó la señora.

—Hoy no. —Alice le sonrió y siguió caminando.

¿A correr? ¡Buf! Detestaba correr... Se acordó de cuando recorría la pista de atletismo del instituto con su amiga Sophie, jadeando y llevándose una mano al costado, mientras el señor Gillespie gritaba: «¡¡¡Por el amor de Dios, chicas...!!!».

¡Sophie! La llamaría al volver a casa. Ahora que ya no contaba confidencias a Elisabeth, quizá Sophie estaba mejor informada de lo que pasaba entre Nick y ella.

Siguió andando y vio que varias casas de la vecindad habían duplicado su tamaño, como pasteles en el horno. Lo que antes eran sencillas casitas de ladrillo ahora se habían convertido en elegantes mansiones beis, con columnas y torretas.

Era curioso, pero cada vez caminaba más deprisa, casi brincando sobre el asfalto, y la idea de correr ya no le parecía tan estúpida. Más bien se le antojaba... agradable.

¿Sería una imprudencia, teniendo un traumatismo craneal? Probablemente sí, pero quizá la ayudaría a recuperar la memoria.

Comenzó a correr.

Sus brazos y piernas adoptaron un ritmo ágil; empezó a inspirar lentamente por la nariz y a sacar el aire por la boca. Caray, era agradable. Muy agradable. Era como si estuviera acostumbrada...

A llegar a Rawson Street dobló a la izquierda y aumentó la velocidad. Las gruesas hojas rojas de los estoraques temblaban bajo la luz del sol. Pasó un coche blanco repleto de adolescentes, del que salía una música atronadora. Vio un jardín donde un grupo de niños chillaban y blandían pistolas de agua. Alguien puso en marcha una cortacésped.

Un poco más adelante, en la esquina con King Street, el coche blanco de los adolescentes se detuvo.

Alice sintió una fortísima punzada de pánico en el centro del pecho. Era lo mismo que había sentido hacía unas horas, cuando volvía a casa en el coche de Elisabeth. Las piernas empezaron a temblarle tan violentamente que tuvo que agacharse en mitad de la acera y esperar a que aquello, fuera lo que fuese, se le pasara. Tenía un grito de horror atascado en la garganta. Si lo dejaba salir, sería muy embarazoso.

Se apoyó con las manos en el suelo y miró alrededor, sin dejar de sentir la opresión en el pecho, y vio que los niños de las pistolas de agua seguían corriendo por el jardín como si el mundo no se hubiera vuelto de repente negro y sombrío. Luego miró al otro extremo de la calle, donde el coche blanco esperaba a que el tráfico se aclarase para acceder a la travesía.

Lo que sentía tenía que ver con aquel coche detenido en la esquina.

Tenía frío y calor a la vez, como si estuviera incubando un resfriado. ¡Uf! ¿Otra vez tenía ganas de vomitar? Demasiadas tortitas con Nutella... Los niños podrían limpiar la acera con las pistolas de agua.

Oyó un claxon.

—¿Alice?

Alice abrió los ojos.

Había un coche parado al otro lado de la calle, y el conductor estaba asomado a la ventanilla. El hombre abrió la puerta, bajó y se le acercó rápidamente.

—¿Qué te pasa?

Se situó delante de ella, tapándole el sol. Alice entornó los ojos y lo miró sin decir nada. No le veía bien la cara. Parecía muy alto.

El hombre se inclinó hacia ella y le tocó el brazo.

—¿Te has desmayado?

Esta vez sí que pudo verle. Tenía una cara normal, delgada y amable; el rostro anodino de un conocido con el que hablas del tiempo.

—Vamos, arriba —dijo el hombre, agarrándola de los codos para ayudarla a levantarse—. Te llevaremos a casa.

La ayudó a cruzar la calle, a subir al coche y colocarse en el asiento del copiloto. Alice no sabía qué decir, de modo que no dijo nada.

—¿Te has caído y te has hecho daño? —preguntó una vocecita procedente del asiento trasero.

Alice se volvió y vio a un niño de expresivos ojos castaños que la observaban con preocupación.

—Estoy bien —contestó Alice—. Un poco mareada, nada más.

El hombre volvió a subir al coche y arrancó.

—Íbamos hacia tu casa y de repente Jasper te ha visto. ¿Has salido a correr?

—Sí —respondió Alice. Se pararon en la esquina de Rawson con King, y Alice no sintió nada especial.

—Esta mañana me he encontrado con Neil Morris en el supermercado —explicó el hombre—. Dice que ayer te vio salir del gimnasio en una camilla. Te he dejado varios mensajes, pero no he...

Dejó la frase sin terminar.

—Me caí y me di un golpe en la cabeza en la clase de step —explicó Alice—. Hoy me encuentro mejor, pero no tendría que haber salido a correr. ¡Qué tonta soy!

El niño llamado Jasper soltó una risita desde el asiento de atrás.

—¡No eres tonta! Mi papá sí que es tonto a veces. Como hoy, que se ha olvidado tres cosas, y hemos tenido que parar, y decía: «¡Qué cabeza tengo!». Era muy gracioso. A ver... la primera cosa era la cartera; la segunda, el móvil, y la tercera... mmm... ¿la tercera...? Papá, ¿cuál es la tercera cosa que te habías olvidado?

Estaban entrando en el jardín de casa de Alice. El hombre paró el motor y el niño dejó de pensar en el tercer olvido, abrió la puerta de golpe y echó a correr hacia la veranda.

El desconocido puso el freno de mano, se volvió hacia Alice con amable preocupación y le apoyó una mano en el hombro.

—Será mejor que descanses un poco mientras Jasper y yo nos encargamos de los globos.

Globos. Para la fiesta, probablemente.

—Esto es un poco raro... —empezó a decir Alice.

Él sonrió. Tenía una sonrisa bonita.

—¿El qué?

—No tengo ni idea de quién eres —dijo Alice.

Aunque en realidad, algo en su modo de sonreír y en la forma de ponerle la mano en el hombro le permitía hacerse una idea...

El hombre retiró la mano bruscamente, como si fuera un resorte.

—¡Alice! —exclamó—. Soy yo. ¡Dominick!

Meditaciones de una bisabuela

Este va a ser un post muy breve, solo para agradeceros los emails que me habéis enviado preguntando por Alice. ¡Lamento decir que está muy rara! No recuerda a su amiga Gina (**aquí** tenéis mi post anterior sobre esta triste historia). Es espeluznante.

Gina tuvo un papel muy importante en la vida de Alice durante bastante tiempo. (Alice tiene una ligera tendencia a idealizar a la gente...) Recuerdo una vez en que Gina hizo un comentario sobre la ropa que se había puesto para una fiesta de cumpleaños de los niños. Fue algo así como: «Con esta falda te quedaría mucho mejor tal blusa...». Era una de esas mujeres que tienen opiniones contundentes sobre cualquier cosa. Pues bien, Alice subió corriendo a la habitación y se cambió de blusa. Fue un incidente sin importancia, pero recuerdo que Nick se enfadó.

COMENTARIOS

Abuela Molona dijo...
Una vez tuve una amiga muy metomentodo, ¡y a mi marido tampoco le gustaba! Espero que a Alice la esté tratando un buen médico.

DorisdeDallas dijo...
Estoy segura de que Alice enseguida se pondrá bien. ¿No nos cuentas nada del señor X?

Las notas de Elisabeth para el doctor Hodges

Cuando volvía de comer con las Estériles ha pasado una cosa muy curiosa. Bastante rara, para ser exactos.

Mientras volvía a casa, he estado pensando en lo de abandonar. La idea ha ido ocupando cada vez más espacio en mi cabeza, hasta que de repente me ha parecido obvia. No puedo soportar otro aborto, ya he tenido suficientes. No era consciente de que eran suficientes, pero resulta que así es.

Antes solíamos marcarnos fechas límite. Lo dejaremos cuando haya cumplido los cuarenta, o lo dejaremos después de Navidades... Pero cada vez nos decíamos: «A ver, ¿qué más podemos probar?». Viajábamos, íbamos a fiestas, a conciertos o al cine, dormíamos hasta tarde muchos fines de semana... hacíamos todo lo que las parejas con niños parecen echar de menos. Y sin embargo, no era lo que queríamos: nosotros queríamos un niño.

Recuerdo que antes pensaba que cualquier madre sería capaz de entrar en un edificio en llamas para salvar la vida de sus hijos y me decía que yo también debía ser capaz de soportar unos cuantos sufrimientos e inconvenientes más para darle la vida a mi hijo. Creía que el sufrimiento me ennoblecía, pero ahora veo que me estaba comportando como una loca que entra en una casa en llamas para salvar a unos hijos inexistentes. Mis hijos no estaban destinados a existir. Solo estaban en mi cabeza. Y eso es lo peor de todo. Cada vez que lloraba por un hijo perdido, era como llorar por el fin de una relación que no llegó a consolidarse. Mis niños no eran niños reales; no eran más que microscópicos conglomerados de células, minúsculos muñequitos inacabados, que nunca llegarían a ser otra cosa. Solo eran mis propias angustias desesperadas. Niños soñados.

Y uno tiene que saber renunciar a sus sueños. Hay mujeres que quieren ser bailarinas y tienen que aceptar que no tienen un cuerpo adecuado para el baile clásico, y nadie las compadece, sino que les dicen: «Pues nada, búscate otra profesión...». Mi cuerpo no es adecuado para tener hijos. Mala suerte.

En el paso de cebra he parado para dejar cruzar a una mujer embarazada, otra que empujaba una sillita y otra que llevaba a un niño de la mano. Y no he sentido nada, doctor Hodges. ¡Nada! Es un hito importantísimo en la vida de una Estéril ver a una embarazada y no sentir nada. Ni una puñalada de tristeza en el estómago, ni el desagradable sabor de la envidia en la boca.

Y ahora voy a contarle qué es eso tan raro que ha pasado.

Al llegar a casa, para variar, no me he encontrado a Ben trasteando con el coche en el garaje sino sentado frente a la mesa de la cocina, rodeado de papeles.

«He estado reflexionando», ha dicho, mirándome con los ojos llorosos y enrojecidos.

Le he contestado que yo también había estado reflexionando, pero que hablara él primero.

Me ha contado que había estado pensando en lo que había dicho Alice la semana anterior y que había decidido que tenía toda la razón.

¡Alice...!

Alice se sentó en el sofá y contempló cómo Dominick inflaba los globos azules y plateados con una bombona de helio. Hacía un rato, Jasper y él se habían mareado por los efluvios del helio y se les había puesto voz de pitufo. Jasper se había reído tan fuerte cuando su padre había empezado a cantar con voz de pito «Somewhere over the Rainbow» que Alice había pensado que se asfixiaría.

Ahora Jasper estaba en el jardín de atrás, manejando como un experto los mandos de un pequeño helicóptero teledirigido.

—Es muy mono —dijo Alice, mirándolo. Dedujo que el niño era compañero de clase de Olivia. Su hija. La niña de las coletas rubias.

—Cuando no se vuelve un monstruito psicópata —respondió Dominick.

Alice soltó una carcajada tal vez demasiado estentórea. No captaba del todo el humor paternal. Quizá aquel niño era realmente un monstruo psicópata y no era cuestión de reírse.

—Dime una cosa —dijo—, ¿cuánto hace que tú y yo... esto... salimos juntos?

Dominick le lanzó una mirada fugaz y desvió la vista.

Hizo un nudo en el extremo del globo y observó cómo ascendía hacia el techo.

—Un mes —respondió sin mirarla.

Alice le había explicado que según los médicos su amnesia era pasajera. Él había puesto cara de susto y había empezado a hablarle con recelosa amabilidad, como si Alice padeciera un pequeño retraso mental. A no ser que siempre le hablara así, claro.

—Ah, ¿y nos va bien? —se atrevió a preguntar Alice.

Era una situación muy extraña. ¿Se habían besado? ¿Se habían acostado? Dominick era muy alto, y no era feo. Era un desconocido como cualquier otro. La idea le repelía y excitaba a la vez. Le recordaba las conversaciones salpicadas de risitas tontas de su época de adolescente: «¡Ostras! ¿Te imaginas que te enrollas con ese...?».

—Pues sí —dijo Dominick. Hacía un gesto raro y nervioso con la boca. Parecía uno de esos tipos muy inteligentes pero con pocas habilidades sociales. Cogió otro globo y lo encajó en la boquilla de la bombona de helio. Le lanzó una mirada seria, directamente a los ojos, y añadió, casi con severidad—: En fin, al menos eso creo.

No era nada feo, la verdad.

—Ah. —Alice se sintió desvalida y nerviosa—. Muy bien, muy bien. Me alegro.

Ansió que Nick estuviera sentado a su lado, apoyándole una mano cálida en el muslo, dejando clara la relación que lo unía a ella. Entonces no le habría importado charlar, coquetear incluso, con aquel hombre tan agradable, porque no habría supuesto ningún peligro.

—Estás distinta —dijo Dominick.

—¿En qué sentido?

—No sé cómo explicártelo.

No dijo nada más. Por lo visto no era hablador, a diferencia de Nick. Alice se preguntó qué había visto en él. ¿Tanto le gustaba? Parecía un poco soso.

—¿A qué te dedicas? —preguntó.

La típica pregunta de una primera cita. Un intento solapado de encuadrarlo en un tipo de personalidad conocido.

—Soy contable —respondió Dominick.

Fabuloso...

—Ah, muy bien.

Dominick sonrió de oreja a oreja.

—Era para ver si realmente habías perdido la memoria. Soy frutero. Vendo frutas y verduras.

—¿Ah, sí? —Alice se imaginó montones de mangos y piñas gratuitos.

—¡Qué va!

Por Dios, ese tipo estaba como una cabra...

—Soy director de escuela.

—¡Anda ya!

—Ahora sí que hablaba en serio. Soy el director de la escuela.

—¿De qué escuela?

—De la de tus hijos. Allí es donde nos hemos conocido.

El director del colegio... «¡Vas a ir al despacho del director!»

—Ah, ¿y vienes a la fiesta de esta noche?

—Sí. Haré dos papeles, porque Jasper es alumno de preescolar, y la fiesta es para los padres de los niños de preescolar. Así que seré...

Acostumbraba dejar las frases sin terminar. Su voz quedó en suspenso, como si pensara que la explicación era demasiado obvia y no hacía falta expresarla en voz alta.

—¿Y por qué doy la fiesta? —preguntó Alice. Le parecía una situación extraordinaria. ¿Por qué se le había ocurrido algo así?

Dominick alzó las cejas.

—Bueno, pues porque tu amiga Kate Harper y tú sois Madres Participantes.

—¿Madres impactantes?

—Las Madres Participantes —explicó Dominick, con una sonrisa dubitativa— se encargan de organizar actividades para los padres de los alumnos, estar en contacto con los profesores, organizar los equipos de lectura... En fin, ese tipo de cosas...

Sonaba espantoso. Alice se había convertido en una de esas ciudadanas modelo que participaban en la comunidad. Seguro que se había vuelto orgullosa y altanera. Sabía que tenía cierta tendencia a la altanería. Se imaginó a sí misma pavoneándose con aquella ropa tan cara.

—Colaboras mucho con la escuela —dijo Dominick—. Tenemos mucha suerte de contar contigo. Por cierto, se acerca el «gran día»... Espero que estés recuperada para entonces.

En el gimnasio, el hombre de la cinta de correr también había hablado de un «gran día».

—¿A qué te refieres? —preguntó Alice, con un mal presentimiento.

—Vas a hacernos ganar un Récord Guiness.

Alice sonrió; esperaba otro chiste.

—Hablo en serio. ¿No recuerdas nada? El día de la Madre vas a preparar la tarta de limón y merengue más grande del mundo. Es un gran acontecimiento. La mitad del dinero recaudado será para la escuela, y la otra mitad para la investigación contra el cáncer.

Alice recordó el sueño del rodillo gigantesco.

—¿Y me encargo yo de preparar una tarta tan enorme? —preguntó aterrada.

—No, no. Tendrás a cien madres ayudándote —la tranquilizó Dominick—. Será espectacular. —Hizo un nudo en el siguiente globo. Alice alzó la vista y vio que el techo estaba cubierto de globos azules y plateados.

Aquella noche daba una fiesta en su casa, y a la semana siguiente tenía que ganar un Récord Guinness. ¿En quién se había convertido?

Bajó la vista y notó que Dominick la miraba muy serio.

—Ya sé por qué estás distinta —declaró.

Se sentó a su lado, demasiado cerca. Alice intentó apartarse disimuladamente, pero como era difícil deslizarse sin hacer ruido por el lujoso cuero del asiento, se quedó donde estaba, sentada con las manos sobre el regazo, como una niña; seguramente Dominick no haría nada con su hijo a unos metros.

Estaba tan cerca que Alice le vio los pelillos de la barbilla y notó su olor a pasta de dientes y a jabón de la ropa. Nick olía a café, a loción de afeitado y a ajo de la cena del día anterior.

Un poco más arriba, sus ojos eran del mismo color chocolate oscuro que los de su hijo. Los de Nick eran avellana o verdes, según la luz; sus pupilas tenían un reborde dorado, y sus pestañas eran tan claras que se veían casi blancas a la luz del sol.

Dominick se inclinó hacia ella, acercándose aún más. ¡Cielos! El director del colegio iba a besarla, y no estaría bien darle un bofetón porque quizá se habían besado otras veces.

Pero no. Lo que hizo fue oprimirle el entrecejo con el dedo. ¿Qué estaba haciendo? ¿Era un extraño ritual de la gente madura? ¿Cómo tenía que responder?

—No frunces el ceño —dijo Dominick—. Siempre tenías esta parte un poco arrugada, como si estuvieras concentrada o preocupada por algo, aunque estuvieras contenta. Y ahora...

Apartó el dedo, y Alice suspiró aliviada.

—No sé si está bien decirle a una señora que tiene ceño —protestó. Sonó como si coqueteara.

—En cualquier caso, sigues siendo guapísima —dijo él. Y le rodeó la nuca con la mano y la besó.

No fue desagradable.

—¡Os he visto!

Jasper estaba de pie frente a ellos, sosteniendo el helicóptero por las hélices, y los miraba con unos ojos muy abiertos y resplandecientes de alegría.

Alice se tapó la boca con una mano. ¡Había besado a otro hombre! No solo se había dejado besar por Dominick, sino que le había besado a su vez. Quizá por mera curiosidad, o por cortesía, o tal vez porque se sentía mínimamente atraída por él. Sintió una punzada de culpabilidad en el pecho.

Jasper rió complacido.

—¡Le contaré a Olivia que mi papá ha besado a su mamá! —Empezó a bailar y a dar puñetazos en el aire, con la cara congestionada en un éxtasis de placer y repugnancia—. ¡Mi papá ha besado a su mamá! ¡Mi papá ha besado a su mamá!

¡Uf! ¿Los hijos de Alice también eran así? ¿Así de... locos?

Dominick le tocó la mano con delicadeza y se levantó del sofá. Agarró a Jasper y lo levantó en el aire sujetándolo por los tobillos. Jasper emitió estridentes carcajadas y soltó el helicóptero.

Al mirarlos, Alice experimentó una extraña disociación. ¿De verdad acababa de besar a aquel hombre, a aquel tímido director de colegio, a aquel padre feliz?

Debía de ser culpa del traumatismo craneal. Sí, estaba herida y no estaba del todo en sus cabales.

Al cabo de un momento recordó que no tenía por qué sentirse culpable, dado que Nick tenía una historia con esa tal Gina. Perfecto, pues ya estaban en paz.

Jasper vio que al helicóptero se le había roto una pieza y empezó a chillar y a patalear como si estuviera sufriendo una terrible desgracia.

—¿Qué pasa, chaval? —dijo Dominick, mientras le daba la vuelta otra vez.

A Alice empezó a dolerle otra vez la cabeza.

¿Cuándo volvería Elisabeth? Necesitaba a Elisabeth.

Las notas de Elisabeth para el doctor Hodges

Cuando volvía a casa de Alice, he pensado en Gina. Pienso mucho en ella ahora. De repente está envuelta en un aura de misterio. Hace algún tiempo, me parecía sencillamente cargante.

216

No sé por qué me cayó tan mal desde el principio, quizá porque era evidente que Alice, Nick, Michael y ella formaban un cuarteto muy bien avenido. Siempre estaban entrando en la casa de los otros, sin necesidad de llamar a la puerta. Se reían de chistes privados, preparaban la cena para los niños de todos... A veces Gina se presentaba en bañador; sin camiseta, sin una toalla alrededor del cuerpo, despreocupada como una niña... Tenía un cuerpo suave y redondo, de piel morena, con unos pechos grandes que atraían las miradas de los hombres. Creo que alguien me contó una vez que una noche de verano se emborracharon los cuatro y terminaron nadando desnudos en la piscina. Todo muy de los setenta.

Alice y Gina siempre estaban riendo y bebiendo champán, y yo era la sosa que les aguaba la fiesta. Si me reía, era con una risa forzada. Tenía la impresión de que, de un día para otro, Gina había llegado a conocer a mi hermana mejor que yo.

Sus hijas eran resultado de la fecundación in vitro. Gina se interesaba por mí y me hacía muchas preguntas especializadas. Me acariciaba compasivamente la mano (era una mujer muy dada al contacto físico, que te saludaba con un beso en cada mejilla cada vez que te veía; una vez, Roger le dijo: «¡Me encanta cómo saludáis las europeas!») y me decía que entendía perfectamente cómo me sentía. Y seguramente era cierto, con la diferencia de que en su caso el sufrimiento había terminado, y el final feliz coloreaba de rosa sus recuerdos. Supongo que su historia debería haberme animado, ya que había tenido un resultado positivo: había conseguido atravesar sana y salva el campo de minas de la infertilidad. Sin embargo, la encontraba demasiado condescendiente. Es muy fácil decidir que el esfuerzo no ha sido tan duro, cuando ya estás al otro lado y te limitas a mirar cómo las minas revientan a los demás. Además tenía la impresión de que ya no podía quejarme de mis problemas a mi hermana, porque Gina le diría que no había para tanto y que yo montaba demasiados dramas.

Una noche llamé a Alice para decirle que habíamos perdido a otro bebé.

En aquel embarazo tuve unas náuseas terribles. Vomitaba cada vez que me lavaba los dientes. En una ocasión tuve que salir corriendo del cine porque el perfume de la mujer que estaba sentada a mi lado (Opium) combinado con el olor de las palomitas me había dado arcadas. Lo interpreté como una señal de que esa vez era la definitiva. ¡Ja! No significaba nada.

Cuando llamé, mi hermana cogió el teléfono riendo. Al fondo se oía la voz de Gina, diciendo a gritos algo de una piña. Estaban ideando cócteles de frutas para alguna actividad del colegio. Evidentemente, Alice dejó de reír en cuanto le conté la noticia y puso una voz triste, aunque no logró borrar por completo el eco de la alegría de hacía un momento. Me sentí la hermana pesada que llamaba para hablarle de otro aburrido aborto, estropeándole la diversión con sus tristes y un poco asquerosas penalidades ginecológicas. Imagino que Alice hizo algún gesto, porque Gina también dejó de reír de repente, como si hubieran pulsado la tecla del OFF.

Le dije a Alice que no pasaba nada, que ya hablaríamos en otro momento, y colgué. Después lancé el teléfono a la otra punta de la habitación y rompí un jarrón muy bonito comprado en un viaje que hice a Italia a los veinte años, me dejé caer sobre el sofá y empecé a llorar con la cara hundida en un cojín. Aún echo de menos el jarrón.

Alice no llamó al día siguiente. Y dos días después, Madison se rompió la clavícula. Y de repente estábamos todos en el hospital, pendientes de la niña de Alice. Mi aborto había quedado olvidado entre la preparación de los cócteles con Gina y el accidente de Madison. Alice no volvió a mencionarlo. Quizá no se acordó.

Creo que ahí comenzó la tirantez entre nosotras.

Sí, lo sé. Es una razón mezquina e infantil, pero ahí la tiene.

17

Meditaciones de una bisabuela

Anoche, mi hija Barb me preguntó si quería algo especial para el día de la Madre. ¿Y queréis saber qué fue lo primero que se me ocurrió?

Una **bolsa final**. Es una bolsa de plástico especial que te pones en la cabeza para morir plácidamente mientras duermes, por falta de oxígeno. O si no, me gustarían unas **píldoras de la serenidad**. Son unas pastillas que sirven para suicidarte sin dolor. Por desgracia, Barb tendría que ir a buscarlas a México, y un viaje en coche a Parramatta ya le parece una expedición complicadísima...

En fin, os estoy viendo soltar un bufido delante de la pantalla. Tranquilos... al final le dije que me vendrían bien una toalla y una pastilla de jabón perfumado.

No estoy enferma. Que yo sepa, gozo de excelente salud. Sin embargo, en agosto voy a cumplir setenta y cinco años, la edad que tenía mi querida madre cuando falleció de cáncer, y me aterra la posibilidad de pasar por las mismas indignidades que ella. No tanto el dolor, sino la pérdida de control. Las enfermeras que te preguntan con voz condescendiente «¿Cómo nos encontramos hoy?», el hecho de no poder elegir la hora de comer o de dormir o de ducharte... ¡Me entran escalofríos solo de pensarlo! Me quitaría un peso de encima saber que tengo una bolsa final o unas píldoras de la serenidad guardadas en el cajón de la mesilla; seguro que entonces dejo de pensar en el tema. Serían un regalo muy especial.

Por cierto, se han borrado ocho compañeros más de mi excursión en autobús a la mesa redonda sobre la eutanasia. Al parecer, lo de la ruta por varias tabernas no era verdad. X ha organizado una pequeña travesía en barco absolutamente respetable. Todo el mundo está encantado, y por lo visto se les ha olvidado que yo organicé otro paseo en barco el año pasado. Es como si ese tal X hubiera inventado los recorridos por el puerto.

Tengo que reconocer que este asunto me deprime un poco.

Pasemos a un tema más alegre: mi preciosa bisnieta **Olivia** actuará esta noche en la Velada del Talento Familiar. A ver si me acuerdo de subir algunas fotos. Barbara y su marido Roger harán una pequeña exhibición de salsa. Me han preguntado si los compañeros de la comunidad estarían interesados en aprender bailes latinos. Sería un cursillo perfecto para X, ¿no? Cuanto más obsceno, mejor.

COMENTARIOS

Beryl dijo...
Caray, Frannie, se me ha atragantado el bocadillo cuando he leído tu post. Cariño, ¿no estás un poco obsesiva con este tema? Me preocupas.

AB74 dijo...
Es fácil, cómprate una pistola. Es una muerte rápida y eficaz, solo hace falta un balazo en la sien. Y ahora, ¡apúntate a la excursión por el puerto y olvídate del asunto! (Envíame un email privado si quieres consejos para encontrar una pistola buena y barata.)

DorisdeDallas dijo...
Aún no nos has contado si invitaste a tomar una copa al señor X.

PS: Y tampoco nos has contado por qué te decepcionó el amor.

PPS: Por favor, ¡no escribas a AB74! ¡Habla como un mafioso!

Mami-deportiva dijo...
Llevo leyendo este blog desde el principio y hasta ahora no había hecho comentarios, pero debo decir que este último post es irresponsable e inmoral. Estoy indignada. No pienso volver.

Brisbaniano dijo...
!!!!!!!!!!!!!!!!!!!

Frank Neary dijo...
Lamento saber que algún gilipollas la decepcionó, señorita Jeffrey. Pero ¡nunca es tarde para el amor! Yo estaría encantado de salir con usted el día que quiera. ¿Prefiere ir a bailar o al cine?

Abuela Molona dijo...
Quizá sea bueno que Alice haya olvidado qué pasó con Gina.

—¡Nick!

Alice se incorporó de un salto, con el corazón a mil por hora y la respiración entrecortada. Deslizó la mano por las sábanas para despertar a Nick y contarle la pesadilla, aunque los detalles empezaban a difuminarse y a parecerle absurdos. ¿De qué trataba...? ¿De un árbol?

Había un árbol enorme de ramas negras, que destacaban frente a un cielo tormentoso.

—¿Nick?

Cuando Alice tenía una pesadilla, Nick se despertaba y la tranquilizaba automáticamente, con la voz adormilada y pastosa: «No pasa nada, solo ha sido un sueño...», y ella no podía evitar pensar: «Será un padre genial».

Pasó la mano por las sábanas, frustrada. Nick había debido de bajar a por un vaso de agua. ¿O aún no se había acostado?

«Nick no está, Alice. Vive en otro sitio. Mañana vuelve de Portugal y tú no irás a buscarlo al aeropuerto. A lo mejor va Gina. Ah, y ayer te morreaste con un director de escuela. ¿De eso sí te acuerdas? ¡¿Y no podrías acordarte también de tu maldita vida, imbécil?!»

Encendió bruscamente la lámpara de la mesilla, apartó las sábanas y se levantó de la cama. Ya no podría volver a dormir.

Muy bien...

Acarició la tela del camisón. Era de tirantes, de seda de color nácar. Seguramente le había costado una fortuna. Lástima no poder recordar cuándo lo había comprado... Estaba harta. Quería recuperar todos los recuerdos cuanto antes.

Entró en el cuarto de baño, cogió el frasquito de perfume que había usado en el hospital, se echó una buena cantidad y aspiró la fragancia. Estaba dispuesta a lanzarse otra vez dentro de aquel abismo de recuerdos.

La fragancia le golpeó la nariz y la dejó medio mareada. Esperó a que le vinieran a la mente todas las imágenes de los últimos veinte años, pero solo consiguió ver las caras sonrientes y desconocidas de la fiesta de la noche anterior, los ojos castaños y brillantes de Dominick, la sonrisa coqueta que su madre había lanzado a Roger y las arrugas amargas de la boca de Elisabeth.

Eran recuerdos demasiado recientes y desconcertantes. Ese era el problema: no quedaba espacio para los antiguos.

Se sentó en el frío suelo del baño y se abrazó las rodillas. Vio a las personas que habían irrumpido alegremente en su casa, cogiendo las copas de champán y los canapés que les

presentaban los camareros contratados —que habían aparecido a las cinco de la tarde y se habían apoderado con gran efi-
ciencia de la cocina—, charlando en grupitos en el jardín, clavando sus tacones en el césped. «¡Alice!», la saludaban con
gran familiaridad, dándole besos en las mejillas. En 2008 se
estilaban los besos en las mejillas. «¿Qué tal estás?», decían.
Los peinados eran más lisos y menos voluminosos que en
1998, y las cabezas se veían más pequeñas y cómicas.

Las conversaciones giraban en torno al precio de la gasolina —¿cómo se podía hablar de un tema tan aburrido?—, al
precio de las casas, a las solicitudes de permiso de obras y a
algún escándalo político. Algunos hablaban de sus hijos
—«Emily», «Harry», «Isabel»...—, como si Alice los cono-
ciera perfectamente. Hacían bromas divertidísimas sobre alguna actividad escolar en la que por lo visto ella también había participado y donde todo había salido mal. Bajaban la voz
para referirse a algún profesor que le caía mal a todo el mundo. Le hablaban de clases particulares de baile, de música o de
natación, de la banda del colegio, del festival de fin de curso,
de la cantina, de las clases complementarias para niños «con
altas capacidades». Todo era bastante incomprensible. Daban
multitud de nombres, fechas, horas y abreviaturas —la clase
de EF, el profesor de M-1...—. En dos ocasiones, dos invitadas distintas susurraron una palabra muy extraña, «botox», al
ver pasar a otra. A Alice no le quedó muy claro si era un insulto desdeñoso o un elogio envidioso.

Dominick se mantenía cerca, explicando a todo el mundo
que Alice no se encontraba muy bien después del accidente
y que debería estar acostada. «¡Qué propio de ella, mantener
el tipo así!», decían. ¿Era propio de ella? Qué extraño. Normalmente le habría encantado tener una excusa para irse a
dormir. A nadie parecía importarle demasiado que no supiera
quiénes eran todas esas personas. Solo hacía falta que asintie-
ra y sonriera un poco, mientras pensaba en lo cambiado que
estaba el jardín de atrás. ¿Habían plantado verduras en el rin-

cón del fondo? Unos columpios se balanceaban con un suave crujido, empujados por la brisa... ¿Habría saltado la Pasita desde allí a sus brazos?

Ahora, en el baño, Alice·pasó los dedos por las junturas de las baldosas. (Se había apuntado con Nick a un cursillo de alicatado porque la reforma del cuarto de baño era el punto 46 del Sueño Imposible.) Sin embargo, no recordaba haber puesto las baldosas. Seguro que había perdido miles y miles de recuerdos...

¿Estaría Nick en aquel momento en la cama de Gina?

En la fiesta había salido a relucir el nombre de Gina, y Alice se había sentido un poco incómoda. Estaba charlando con una invitada —mejor dicho, escuchándola— que llevaba unos pendientes de diamantes tan enormes que era imposible dejar de mirarlos y con un hombre que observaba a los camareros con ojo avizor, obsesionado con coger otra samosa. Los dos se estaban quejando del trabajo que tenían los padres con los deberes de los niños.

—Y ahí estaba yo, a las tres de la mañana, pegando palitos de helado para construir la cabaña de Erin, y de repente... ¡plof! —La mujer chasqueó los dedos y sus pendientes centellearon.

—Ya me imagino... —murmuró Alice, aunque no entendía nada.

¿Por qué no hacía el trabajo el propio Erin? ¿O por qué su madre no se limitaba a ayudarlo? Alice se imaginó riendo feliz con una dulce niñita, ayudándola a construir una cabaña frente a dos tazas de leche caliente con cacao. Los trabajos manuales se le daban de maravilla. Las cabañas de sus hijos serían las mejores de la clase.

—Bueno, hay que inculcarles disciplina, ¿no? ¿No es ese el objetivo de los deberes? —opinó el hombre—. ¡Oiga, por favor! ¿Esa bandeja es de samosas? Ah, de kebabs... Además, hoy en día todo se soluciona con Google.

¿Con qué? A Alice empezaba a dolerle la cabeza.

—¡Google no sirve para construir una cabaña con palitos de madera! Además, seguro que no eres tú el que se ocupa de los deberes de vuestros hijos, ¿no? —La mujer lanzó a Alice una mirada que transmitía su exasperación ante el comportamiento masculino y Alice intentó responder con otra mirada similar, aunque estaba convencida de que Nick sí que se ocuparía de los deberes de los niños—. Seguro que, a la hora que llegas del trabajo, Laura ya ha terminado de meterlos en la cama. Recuerdo que una vez Gina Boyle comentó que los deberes...

La mujer se interrumpió en mitad de la frase e hizo una exagerada mueca de preocupación.

—¡Ay, perdona, Alice! ¡Qué poco tacto tengo!

—Sabemos lo mal que lo has pasado... —dijo el hombre, rodeando los hombros de Alice con un abrazo fraternal—. Mira, voy a traerte una samosa para animarte.

Alice estaba horrorizada. ¿Es que en ese extraño círculo de amistades todo el mundo estaba al tanto de que Nick la había engañado con Gina? ¿Era de dominio público?

Dominick surgió de la nada y la rescató con una excusa educada. Alice empezaba a confiar en él. En algunos momentos no había podido evitar buscarlo con la mirada entre la multitud, diciéndose para sí: «¿Dónde está Dominick?», a la vez que se imaginaba contando la historia a Nick: «Ese tío se comportó toda la noche como si fuera mi novio... ¿Qué te parece?».

Elisabeth y su marido también estaban en la fiesta, porque Alice le había dicho a su hermana que si no la veía, le daría un ataque de pánico. Ben era aún más corpulento y peludo de lo que Alice recordaba. Parecía un leñador recién salido de un libro de cuentos para niños, y contrastaba mucho entre todos aquellos hombres perfectamente afeitados, con camisas impecables y cuerpos estupendos tras horas de gimnasio. Por lo visto, Ben le tenía cariño. Le había dicho que había estado «pensando mucho en la conversación del otro día» y luego se había dado una palmada en la sien y había añadido: «Ay, no, que no te acuerdas...». Elisabeth había apretado la boca y desviado la mirada. «¿Qué conversación?», había preguntado Alice. «No es el momento», había contestado secamente Elisabeth.

Elisabeth y Ben no habían alternado demasiado en la fiesta. Solo habían hablado con Dominick, al que por lo visto ya conocían. Resultaba extraño ver a Elisabeth quieta en un rincón, sin separarse de Ben. Normalmente iba hablando con unos y con otros, como si tuviera la obligación de entretener a todo el mundo.

Lo curioso era que Alice podría habérselas arreglado perfectamente bien sin la ayuda de Elisabeth, de Dominick o incluso de Nick. A pesar de que había sido una experiencia completamente surrealista encontrarse por primera vez con todas esas personas que sabían perfectamente cómo se llamaba e incluso conocían detalles íntimos de su salud —una de las invitadas la había acorralado en un rincón para retomar una conversación de semanas atrás sobre su «suelo pélvico»...—, Alice no había sentido el pánico que solía sentir en las fiestas. Era como si supiera instintivamente cómo colocarse, qué hacer con los brazos y qué cara poner. Se sentía enérgica y alegre, y explicaba tranquilamente que se había caído en el gimnasio y que ahora pensaba que tenía diez años menos y que estaba embarazada de su primer hijo. Las palabras fluían con facilidad, establecía contacto visual con todos sus interlocutores y era capaz de contar anécdotas graciosas. Por lo visto, a sus casi cuarenta años, se había convertido en una persona sociable y relajada.

Tal vez se sentía tan cómoda porque estaba especialmente guapa. Tras rebuscar en el armario, había elegido un vestido azul con delicados bordados en el escote y en la falda. «Alice, querida, siempre llevas una ropa fantástica...», la había elogiado Kate Harper. Su acento británico se había ido volviendo más y más afectado a medida que iba tomando copas, hasta el punto de que a medianoche hablaba como la reina de Inglaterra. Alice la encontraba insoportable.

La fiesta duró hasta la una de la mañana. Dominick fue de los últimos en irse, después de darle un casto beso en la mejilla y decirle que la llamaría al día siguiente. No parecía plantearse la duda de si debía o no quedarse a pasar la noche, así que quizá la relación no había llegado a ese punto. Era un hombre muy agradable, alguien que Alice presentaría con gusto a una amiga, pero la idea de desnudarse delante de él era ridícula.

De todos modos, quizá solo estaba comportándose con discreción porque sabía que Elisabeth y Ben se quedaban a dormir en la casa. Tal vez habían disfrutado ya de una vida sexual bastante activa.

Alice se estremeció.

Al cabo de menos de veinticuatro horas vería a Nick y a los niños, y entonces todo se aclararía.

El suelo del baño estaba cada vez más frío. Alice se levantó y observó su rostro delgado y cansado en el espejo. «¿En quién te has convertido, Alice Love?», pensó.

Volvió a la habitación con ganas de dormir, pero sabía que sería imposible. La solución era un vaso de leche con cacao. En realidad no solucionaba nada, claro. El insomnio no se le pasaba, pero el ritual de calentar la leche y la sensación de estar haciendo algo que las revistas femeninas siempre recomiendan para el insomnio resultaba reconfortante y la ayudaba a pasar el tiempo.

En el pasillo, la puerta de la habitación de invitados estaba cerrada. Le había sorprendido agradablemente ver que tenían una habitación de invitados, instalada en lo que antes era uno de los múltiples trasteros, provista de una cama de matrimonio, una cómoda y dos juegos de toallas. «¿Esperaba que se quedase alguien?», le había preguntado a Elisabeth. «Siempre la tienes así —había contestado su hermana—. Eres muy organizada, Alice.»

Su voz volvía a ser dura, aunque Alice ignoraba la razón. Su hermana empezaba a irritarla.

Recorrió silenciosamente el pasillo enmoquetado y al llegar a la escalera tropezó y tuvo que agarrarse a la barandilla. A le mejor estaría bien caerse y darse otro golpe en la cabeza. Quizá así recuperaría los recuerdos.

Bajó la escalera, aferrada al pasamanos. Cuando llegó a la planta baja, vio que había luz en la cocina.

—Hola —dijo.

—Ah, hola. —Elisabeth estaba delante del microondas—. Estaba calentando leche —explicó—. ¿Quieres?

—Sí, por favor.

—No es que me ayude mucho con el insomnio.

—A mí tampoco.

Alice se apoyó en la encimera y observó cómo Elisabeth llenaba una segunda taza de leche. Llevaba una enorme camiseta de hombre que seguramente pertenecía a Ben. Alice se sintió demasiado arreglada con su largo camisón de satén.

—¿Cómo te encuentras? —le preguntó su hermana—. ¿Qué tal va la memoria?

—Sin novedades —dijo Alice—. Continúo sin recordar nada de los niños ni del divorcio, aunque he llegado a la conclusión de que esto último ha tenido que ver con Gina.

Elisabeth la miró con sorpresa.

—¿Qué quieres decir?

—Estoy tranquila, no hace falta que me protejas —dijo Alice—. He llegado a la conclusión de que Nick se lió con Gina.

—¿Que Nick tuvo un lío con Gina?

—¿No es así? Parece que todo el mundo está enterado.

—Para mí es una novedad. —Elisabeth parecía sinceramente sorprendida.

—Seguro que ahora mismo está en la cama con ella —dijo Alice con indiferencia.

Se oyó el pitido del microondas, pero Elisabeth no hizo caso.

—Lo dudo mucho, Alice —dijo.

—¿Por qué?

—Porque Gina está muerta.

18

—¡Ah! —exclamó Alice. Tras un instante de silencio, añadió—: No la he matado yo, ¿verdad? Quiero decir... en un arrebato de celos o algo así... ¿He estado en la cárcel? ¿O no me pillaron?

—¡No, no la mataste! —contestó Elisabeth, riendo escandalizada. Frunció el ceño y añadió—: ¿Has dicho que recuerdas a Nick liado con Gina?

—No exactamente —reconoció Alice.

Solo le había parecido la conclusión más lógica. Se animó un poco. Por eso todos la trataban con compasión cuando surgía el nombre de Gina... ¡porque estaba muerta! ¡No había habido ninguna historia extramatrimonial! De repente se sentía llena de alivio y amor culpable por Nick. «Claro que no lo hiciste, cariño, nunca sospeché de ti, ni por un segundo...»

Además, si no había habido ninguna historia extramatrimonial, quizá Gina era una persona muy agradable y era una pena que hubiera muerto.

Elisabeth sacó las tazas del microondas, las llevó a la mesa del centro y encendió una lámpara. Los globos que había inflado Dominick seguían flotando cerca del techo. En el alféizar de la ventana había dos copas medio vacías de champán, junto a un montón de palitos mordisqueados de los kebabs de pollo.

Alice se sentó en el sofá de cuero con las piernas cruzadas y se tapó las rodillas con el camisón.

—¿Cómo murió Gina? —preguntó.

—Tuvo un accidente. —Elisabeth metió la punta del dedo en la taza y removió un poco la leche sin mirar a su hermana—. Un accidente de coche. Hace un año más o menos.

—¿Lo pasé muy mal?

—Era tu mejor amiga. Creo que estabas desolada... —Elisabeth bebió un trago de leche y apartó rápidamente la taza—. ¡Ay! ¡Quema!

«Desolada.» Qué palabra tan tremenda. Alice tomó un sorbo de leche y se quemó la lengua. Era raro pensar que la muerte de aquella desconocida la había dejado «desolada» y que en cambio había aceptado el divorcio alegremente. No tenía experiencia con la desolación. Nunca le había pasado algo tan terrible. Tenía seis años cuando había muerto su padre, pero solo recordaba la sensación de desconcierto.

Una vez su madre le había contado que, cuando se quedó huérfana, llevó puesto durante semanas un jersey de su padre y que pataleó y lloró a mares cuando por fin Frannie consiguió quitárselo. Alice no se acordaba de nada. Lo que sí recordaba era que en la merienda que ofrecieron a los allegados tras el funeral, una de las compañeras de tenis de su madre la había reñido por meter un dedo en la tarta de queso y que Elisabeth también había estado toqueteando la tarta, incluso más que ella, y en cambio nadie le había dicho nada. En lugar de recordar la desolación y la tristeza, recordaba la terrible injusticia de la tarta.

Y luego estaba lo que le había sucedido en la víspera de la boda, cuando al acostarse se había puesto a llorar porque su padre no podría acompañarla al altar. Primero lo había achacado al nerviosismo de la boda, pero enseguida empezó a pensar que quizá las lágrimas no eran sinceras y que solo lloraba porque debía sentirse triste, cuando en realidad no tenía ni idea de qué era tener un padre. Al mismo tiempo se había alegrado, porque quizá su llanto significaba que en el fondo recordaba a su padre y lo echaba de menos, y entonces aún había llorado más, recordando conmovida cuando su padre, al afeitarse, le ponía en las manos una deliciosa nube de espuma de jabón para que Alice se la extendiera por la cara, y de pronto había deseado que el peluquero le peinara bien el flequillo al día siguiente porque si no parecería un erizo, y entonces había concluido que era una mujer horriblemente superficial, más preocupada por su pelo que por su difunto padre, y finalmente se había dormido sumida en una angustia que no sabía si se debía al recuerdo de su padre o a la preocupación por su pelo.

Y por lo visto, últimamente, la muerte de una mujer llamada Gina la había sumido en una desolación muy adulta.

—Tú estabas —dijo Elisabeth en voz baja.

—¿Cómo dices? ¿Que yo estaba?

—Viste el accidente. Tu coche iba detrás del de Gina. Debió de ser muy duro para ti. Imagino que...

—¿Fue en la esquina de Rawson y King? —la interrumpió Alice.

—Sí. ¿Lo recuerdas?

—En realidad no; creo que solo recuerdo la sensación. La he tenido dos veces. Al acercarme a esa esquina he sentido un pánico repentino, como si estuviera en una pesadilla.

¿Dejaría de tener esa sensación, ahora que ya sabía a qué se debía?

No tenía muy claro si le apetecía recordar un accidente mortal.

Estuvieron unos minutos en silencio, tomándose la leche. Alice agarró el cordel de un globo y le dio un tirón. Lo vio rebotar en el aire y volvió a recordar los ramilletes de globos rosados que se agitaban furiosamente en un cielo tormentoso.

—Globos de color rosa —dijo—. Recuerdo unos globos de color rosa y una pena muy honda. ¿Tiene que ver con Gina?

—Fue en el funeral —le explicó Elisabeth—. Michael, el

marido de Gina, y tú decidisteis soltar globos en el jardín. Fue muy bonito, muy emotivo.

Alice intentó imaginarse hablando de globos con un viudo reciente llamado Michael.

«Michael.» Era el nombre de la tarjeta que había encontrado en el monedero. Michael Boyle, el fisioterapeuta de Melbourne... Ese debía de ser el marido de Gina. Y por eso en la dedicatoria hablaba de «otros tiempos más felices».

—¿La muerte de Gina fue antes de que Nick y yo nos separásemos? —preguntó.

—Sí; creo que unos seis meses antes. Has tenido un año bastante duro.

—Ya veo.

—Lo siento —dijo Elisabeth.

—Tranquila. —Alice alzó la cabeza con expresión culpable; no quería dar la impresión de que se autocompadecía—. Ni siquiera recuerdo a Gina, ni el divorcio.

—Bueno, tendrás que ir a ver al neurólogo —decidió Elisabeth, pero lo dijo sin mucha convicción, como si no quisiera molestarse en insistir.

Estuvieron sentadas un rato más, sin que se oyera nada aparte del gorgoteo intermitente del acuario.

—¿Tengo que dar de comer a los peces? —preguntó Alice de pronto.

—No lo sé —contestó su hermana—. Me parece que se encarga Tom. Creo que nadie más está autorizado para tocar el acuario.

Tom. El niño rubio que le había hablado por el móvil con una vocecita nasal. La idea de conocerlo le dio pavor. Se encargaba de los peces. Tenía responsabilidades y opiniones. Sus tres hijos tendrían opiniones. Opiniones sobre ella misma, incluso... Quizá no les caía bien, quizá era demasiado estricta, o quizá les avergonzaba la ropa que se ponía para ir a buscarlos al colegio. Quizá preferían a Nick; quizá la culpaban por haber alejado a Nick de sus vidas.

—¿Cómo son? —preguntó.

—¿Los peces?

—No, los niños.

—¡Ah! Pues son... geniales.

—Pero explícamelo bien. Descríbeme su personalidad.

Elisabeth abrió la boca y la cerró otra vez.

—Me siento estúpida explicándote cómo son tus hijos —dijo al cabo de un momento—. Tú los conoces mucho mejor que yo.

—¡Pero si ni siquiera recuerdo haberlos parido!

—Ya lo sé, pero es que es tan increíble... Te veo igual que siempre... Tengo la impresión de que en cualquier momento recuperarás la memoria y me dirás: «Por favor, ¿quién eres tú para hablar de mis hijos?».

—¡No fastidies! —protestó Alice.

—Vale, vale... —transigió Elisabeth, alzando las palmas de las manos—. Te haré un resumen. Vamos a ver... Madison... Madison es... —Calló un momento y prosiguió—: Mamá te lo explicaría mucho mejor. Los ve mucho. Tendrías que preguntárselo a ella.

—¿Qué quieres decir? Conoces a mis hijos, ¿no? Pensaba que los conocerías mejor que nadie. Tú me trajiste el primer regalo para el bebé. Unos patucos.

Elisabeth había sido la primera persona a la que Alice había llamado después de extender sobre la mesa todas esas pruebas de embarazo positivas. Su hermana se había emocionado mucho y se había presentado con una botella de champán («¡Para Nick y para mí, no para ti!»), un ejemplar de *Qué esperar cuando se espera* y los patucos.

—¿Ah, sí? No me acuerdo —dijo Elisabeth. Dejó la taza en una mesa auxiliar y cogió una foto enmarcada—. Cuando eran más pequeños los veía mucho. Los adoraba. Sigo adorándolos, claro, pero ahora estáis todos muy ocupados. Los niños tienen un montón de actividades. Los tres van a clase de natación; Olivia tiene ballet y *netball*; Tom juega a fútbol y Madison a hockey. ¡Y los cumpleaños! Siempre están en una fiesta u otra. Tienen una vida social increíble. Recuerdo que cuando eran más pequeños siempre sabía qué comprarles por su cumpleaños. Abrían el regalo emocionados. Ahora tengo que llamarte primero, y tú me dices adónde debo ir y qué tengo que pedir, o se lo compras tú misma y yo te doy el dinero. Y luego les dices a los niños que me manden una tarjeta de agradecimiento. «Querida tía Libby: Muchas gracias por tu blablablá...».

—Una tarjeta de agradecimiento —repitió Alice.

—Sí, ya sé, ya sé... es un modo de inculcarles buenos modales y todo eso, pero odio esas tarjetas. Siempre me imagino a los niños soltando un resoplido y escribiéndolas porque no tienen más remedio, y me siento como una tía solterona.

—Vaya, lo siento.

—¡No! ¡Es increíble que me haya quejado de las tarjetas de agradecimiento! Me estoy volviendo una amargada. ¿No lo has notado?

—Y me parece que yo me he vuelto una... —Alice no sabía cómo describir la persona en la que se había convertido. ¿Una tipa insufrible?

—En fin... —concluyó Elisabeth, quitándole importancia—. Tus niños... Pues.. Madison es muy Madison. —Sonrió con cariño.

«Madison es muy Madison.» Había todo un universo de recuerdos condensado en esa frase. Sería muy triste haberlos olvidado para siempre.

—Mamá siempre dice: «¿De dónde la sacaron?» —explicó Elisabeth.

—Ajá —respondió Alice. No era una descripción muy útil.

—En fin... siempre ha sido muy sensible, desde que era un bebé. Todo se lo toma muy a pecho. En Nochebuena se ponía nerviosísima, y cuando se acababa la Navidad lo pasaba fatal. Te la encontrabas llorando por los rincones porque aún tenía que pasar todo un año para que volvieran las Navidades. ¿Y qué más...? Es propensa a los accidentes. El año pasado se dio de bruces contra la puerta acristalada y tuvieron que ponerle cuarenta y dos puntos. Fue terrible, sangró un montón. Por lo visto, Tom llamó a la ambulancia y Olivia se desmayó. No sabía que las niñas de cinco años pudieran desmayarse, pero por lo visto Olivia tiene hemofobia. En fin, al menos la tenía; no sé si ya se le ha pasado. De hecho, ¿no empezó a decir que de mayor quería ser enfermera cuando mamá le regaló aquel uniforme?

Alice la miró sin decir nada.

—Lo siento —se disculpó Elisabeth, avergonzada—. No me hago a la idea de lo raro que debe de ser todo esto para ti... Se me olvida todo el tiempo.

—Háblame más de la Pasita —dijo Alice—. Quiero decir de Madison.

—Le encanta cocinar —explicó Elisabeth—. En fin, supongo que sigue gustándole. Creo que últimamente está un poco alicaída. Antes inventaba recetas y le salían muy buenas. El problema es que dejaba la cocina como si hubiera habido una explosión nuclear, y lo de limpiar no se le da tan bien. Además era un poco tiquismiquis. Si la receta no quedaba exactamente como quería, se ponía a llorar. Una vez tiró a la basura un pastel de chocolate que había estado decorando durante horas. Te pusiste hecha una furia.

—¿Ah, sí? —Alice intentó asimilar aquella nueva imagen de sí misma. Ella nunca se enfadaba. Como mucho, se enfurruñaba.

—Por lo visto, habías tenido que ir a comprar los ingredientes a un montón de tiendas diferentes, así que no me extraña que te enfadases.

—Madison me hace pensar en las Raritas —opinó Alice. No se le había ocurrido que los genes de sus cuñadas podían terminar infiltrados en sus hijos. Siempre había dado por sentado que si tenía una hija, sería una versión en miniatura de sí misma, una nueva Alice, que podría mejorar, quizá añadiéndole el toque especial de los ojos de Nick.

—No, no se parece a las Raritas —contestó Elisabeth con rotundidad—. Madison es muy Madison.

Alice se puso las manos sobre la tripa y pensó en el profundo amor que sentían Nick y ella por la Pasita. Era un amor limpio y sencillo, casi narcisista. Y ahora, la Pasita se daba de narices contra las puertas y echaba tartas a la basura y hacía que su madre se pusiera hecha una furia. Todo era mucho más complejo y caótico de lo que había imaginado jamás.

—¿Y Tom? ¿Cómo es?

—Es muy inteligente —dijo Elisabeth—. Y muy irónico a veces. Es un niño desconfiado. No puedes engañarlo con nada, porque enseguida se pone a investigar en internet. Se obsesiona con los temas y lo aprende todo sobre ellos. Una temporada fueron los dinosaurios; después, las montañas rusas... No sé qué le interesa en estos momentos. Le va muy bien en el colegio. Saca muy buenas notas y es delegado de clase. Esas cosas...

—Eso es bueno —dijo Alice.

—Seguramente fue un descanso después de Madison.

—¿Qué quieres decir?

—Nada, que Madison siempre tiene problemas en el colegio. «Conducta conflictiva», lo llaman.

—Ajá.

—Pero creo que ya está todo controlado. Hace tiempo que no me cuentas ningún drama.

«Ningún drama.» En la vida de Alice había «dramas».

—Y luego está Olivia —prosiguió Elisabeth—. Es una de esas niñas que todo el mundo adora. Cuando era pequeñita y la sacábamos a pasear, la gente nos paraba por la calle para felicitarte. Hasta los ejecutivos maduros que llegaban tarde a alguna reunión sonreían cuando veían a Olivia sentadita en la silla. Era como ir con un famoso: todo el mundo se volvía a mirarla. Y sigue siendo igual de mona. Pensábamos que con el tiempo se volvería un monstruito, pero no ha sido así. Es muy cariñosa, quizá demasiado. Un día se agachó en medio de la cocina diciendo: «¡Hola, bonita!», y cuando la miramos, vimos que se había puesto a acariciar una cucaracha. ¡Mamá casi se desmaya! —Elisabeth dejó de hablar y soltó un gran bostezo—. Seguramente tú los describirías de otro modo —concluyó en tono defensivo—. Eres su madre.

Alice pensó en la primera vez que se había fijado en Nick. Ella llevaba un gran delantal de rayas y estaba sentada en un taburete alto, delante de un largo banco de madera, dispuesta a aprender los rudimentos de la cocina tailandesa. Tenía que haber ido acompañada de su amiga Sophie, pero Sophie se había torcido un tobillo y había faltado a la primera clase. Nick llegó tarde, acompañado de una chica que Alice pensó que era su novia pero que más tarde resultó ser Dora, la más rarita de las Raritas. Entraron los dos riéndose, y Alice, que estaba triste porque había roto con su novio hacía poco, se molestó. Típico. Otra parejita feliz y risueña. Alice recordó que su mirada se cruzó con la de Nick cuando él buscaba un sitio libre en el aula, mientras Dora, en trance, elevaba al techo una mirada reverente y enloquecida, incomprensiblemente fascinada con el ventilador. Nick había alzado sus pobladas cejas en un gesto interrogativo y Alice había sonreído educadamente, pensando: «Vale, tortolitos, sentaos aquí y aburridme con vuestra conversación».

Había otro sitio libre en la primera fila. Si sus miradas no se hubieran cruzado, si ella hubiera bajado la vista hacia la receta de pastelitos de pescado que tenía delante, o si Sophie hubiera desplazado el pie dos centímetros a la izquierda y no se hubiera torcido el tobillo al pisar un socavón, o si hubieran decidido apuntarse al cursillo de cata de vinos en lugar de al de cocina tailandesa, cosa que habían estado a punto de hacer, entonces aquellos tres niños no habrían llegado a nacer. Madison Love, Thomas Love, Olivia Love: tres seres que ya tenían cada uno su personalidad, su historia y sus singularidades.

En el momento en que Nick la miró alzando sus espesas cejas, aquellos tres niños recibieron la aprobación oficial. Sí, sí, sí: vais a existir.

Alice se sintió eufórica. Era prodigioso. Evidentemente, cada segundo nacían millones de niños en el mundo, así que en realidad no era tan prodigioso, pero aun así... ¿Cómo podía ser que no se llenaran de felicidad cada vez que miraban a esos niños? ¿Por qué demonios se estaban divorciando?

—¿Así que Nick y yo nos estamos peleando por la tutela de los niños? —preguntó. Le parecía un concepto tan adulto y tan ajeno...

—Nick quiere que estén la mitad del tiempo con él. No sabemos cómo se las arreglará, porque trabaja muchas horas. Tú siempre has sido la «cuidadora principal», como se dice en estos casos. Pero en fin, todo se ha puesto muy... desagradable. Así son los divorcios, creo.

—Pero ¿acaso Nick piensa...? —Alice estaba sobrecogida—. ¿Piensa que no soy una buena madre?

¿Lo era?

Elisabeth alzó la barbilla y sus ojos resplandecieron como en los viejos tiempos.

—Pues si piensa eso, se equivoca, y tenemos a un millón de personas dispuestas a testificar ante el juez para decir que no es así. Eres una madre genial. No te preocupes. No puede ganar, no tiene ninguna posibilidad. No sé qué intenta demostrar. Creo que para él no es más que un juego de poder.

Alice estaba desconcertada, porque por un lado le encantaba ver a su hermana exaltada por ella, pero al mismo tiempo sentía una lealtad automática hacia Nick. Elisabeth siempre había adorado a su cuñado. Cuando Alice discutía con Nick, su hermana siempre lo defendía a él. Decía que era «un partidazo».

—Es que es tan absurdo... —continuó Elisabeth, cada vez más indignada—. Nick no tiene ni idea de cómo cuidarlos. No sabe cocinar, dudo que haya puesto la lavadora alguna vez, siempre está de viaje... Es solo que...

Alice la hizo callar con un gesto de mano. No podía soportar que Elisabeth criticara a Nick.

—Supongo que aborrece la idea de tenerlos a tiempo parcial, como su padre —especuló—. Lo pasaba muy mal cuando Roger iba buscarlos para llevarlos de paseo. Decía que Roger se esforzaba demasiado en ser gracioso (no me cuesta imaginarlo), y que era una situación muy forzada, y que sus hermanas se pasaban el tiempo discutiendo y aprovechándose de la tarjeta de crédito. Cada vez que salimos a cenar y vemos a algún tipo sentado a una mesa con sus hijos y nadie más, Nick dice: «Otro padre divorciado», y se encoge de hombros. O eso hacía hace diez años, claro. —Intentó serenar la voz y añadió—: Quería volver pronto a casa por los niños, y controlar lo que hacían en el colegio, y prepararles el desayuno los fines de semana. Hablaba mucho de eso. Era como si quisiera resarcir su propia infancia, y a mí me encantaba oírlo hablar así, porque también nos habría resarcido a nosotras por haber perdido a papá. Nick tenía una visión muy romántica de la familia. Bueno, yo también. Y me parece increíble que...

No pudo seguir hablando. Elisabeth se sentó a su lado y la abrazó con torpeza.

—Quizá... —empezó a decir—. Quizá esta amnesia ha sido una suerte; a lo mejor te ayuda a ver las cosas con mayor objetividad, mentalmente libre de todo lo que ha pasado en los últimos diez años. Y cuando recuperes la memoria tendrás una perspectiva nueva, y Nick y tú podréis resolver vuestros problemas sin pelearos tanto.

—¿Y si no la recupero?

—Claro que la recuperarás. Ya empiezas a recordar algunos detalles —la tranquilizó Elisabeth.

—Quizá he vuelto a mi antiguo yo para frenar este divorcio —dijo Alice, medio en broma medio en serio—. Quizá solo recuperaré la memoria cuando lo haya conseguido.

—¡Podría ser! —contestó Elisabeth, con un entusiasmo

excesivo. Calló un momento y añadió—: Dominick parece muy simpático.

Alice pensó en el beso que se había dado con Dominick en aquel mismo sofá y se sintió muy culpable.

—Es muy simpático, pero no es Nick.

—No. Es muy distinto a él.

¿Qué estaba insinuando su hermana? ¿Tenía que defender a Nick? Alice no quería empezar a discutir los pros y los contras de cada uno, como si fueran dos pretendientes rivales. Nick era su marido. Cambió de tema.

—Hablando de hombres, Ben me cayó muy bien.

—Es curioso oírte hablar de él como si acabaras de conocerlo.

—¿Qué quiso decir con lo de que había estado pensando en nuestra conversación del otro día? —Alice sabía que el tema era delicado, pero quería averiguar si era ese el motivo del distanciamiento con su hermana.

—Mmm... —Elisabeth bostezó y se desperezó—. ¿Quieres un vaso de agua?

—No, gracias.

—Tengo mucha sed.

Elisabeth se levantó y fue a la cocina. Alice la vio alejarse, preguntándose si fingiría que no la había oído.

Elisabeth volvió con un vaso de agua y se sentó en la butaca, frente al sofá.

—Es tarde —dijo.

—Libby...

Elisabeth suspiró.

—El jueves, justo el día antes de tu accidente, Ben vino a ayudarte con el coche. Lo que pasa es que por lo visto tu coche no tenía ningún problema. Era una encerrona.

¡Qué horror! ¿Qué había hecho? Alice se sentó muy erguida y notó que se ponía colorada. No se habría insinuado al marido de su hermana, ¿no? Para empezar, le daba miedo, tan corpulento... ¿Tanto le había alterado la ruptura con Nick?

—Le ofreciste magdalenas de plátano recién hechas. Le encantan tus magdalenas de plátano.

¡Uf…!

—Rebosantes de mantequilla. Yo no le dejo comer mantequilla. Tiene el colesterol alto, ya sabes. En fin, eres tú la que está obsesionada con la alimentación saludable…

¡Había tratado de seducir a su cuñado atiborrándolo de mantequilla! El corazón le dio un vuelco.

—Y luego le soltaste tu discursito.

—¿Discursito? —preguntó Alice, casi sin voz.

—Sí, el discursito sobre que deberíamos olvidarnos de la FIV e intentar adoptar. Tenías folletos, impresos, direcciones de páginas web… Habías hecho una investigación en toda regla.

Alice estuvo unos segundos sin entender nada. Se había imaginado a sí misma subiendo a «ponerse cómoda» y bajando con un picardías rojo.

—Adoptar… —repitió, desconcertada.

—Sí. Piensas que deberíamos irnos a un país del Tercer Mundo, como Brad y Angelina, y buscarnos un precioso huerfanito.

—¡Qué barbaridad! —exclamó Alice, aliviadísima de no haber intentado seducir a Ben—. ¿Cómo me he atrevido a entrometerme así en vuestras vidas?

Pero enseguida le entró la duda. ¿Acaso la adopción no era una buena idea?

—En fin… —continuó Elisabeth—. La cuestión es que me enfadé mucho. Cuando Ben llegó a casa y me lo contó, te llamé y tuvimos una discusión terrible. Me dijiste que ya era hora de que «afrontáramos la realidad».

—¿Eso te dije?

—Sí.

—Lo siento.

—No pasa nada. Lo dijiste con buena intención. Lo que pasa es me hiciste sentir estúpida, como si tú nunca hubieras llegado a los extremos a los que he llegado yo, como si nunca hubieras cometido el error de tener un aborto tras otro, como si... no sé... como si me hubiera tomado todo el asunto demasiado a pecho.

—Lo siento —volvió a decir Alice—. Lo siento mucho.

—Ni siquiera lo recuerdas —dijo Elisabeth—. Cuando recuperes la memoria, pensarás de otra manera. Además, yo también te dije cosas desagradables.

—¿Como qué?

—¡No pienso repetirlas! No hablaba en serio. Lo que pasa es que este tema me altera mucho...

Se quedaron unos momentos en silencio.

—Y esos Brad y Angelina, ¿son amigos vuestros? —dijo Alice al final.

Elisabeth soltó un bufido.

—¡Brad Pitt y Angelina Jolie! ¡También se te han olvidado los cotilleos!

—Pensaba que Brad Pitt salía con Gwyneth Paltrow.

—Es agua pasada. Luego estuvo casado con Jennifer Aniston y se divorció, y Gwyneth ha tenido una niña y la ha llamado Apple. En serio, ¡Apple!

—¡Ah! —Alice sintió una gran pena por Brad y Gwyneth—. En las fotos se veían felices.

—Todo el mundo se ve feliz en las fotos.

—¿Y qué ha sido de Bill y Hillary Clinton? —preguntó Alice—. ¿Siguieron juntos?

—¿Quieres decir después de lo de la Lewinsky? Sí, no se separaron. Ya no se habla mucho del tema.

—Y bien... —dijo Alice con entusiasmo, mirando a su hermana—. ¿Al final te convencí de que adoptaras a un niño?

—Hace años habría estado dispuesta a considerar la posibilidad —respondió Alice con una sonrisa entristecida—, pero Ben no soportaba la idea. Es contrario a la adopción por principio, porque él mismo es adoptado y su madre es... complicada. No tuvo una infancia demasiado buena. Mi simpática suegra le dijo que su madre biológica era demasiado pobre para mantenerlo, así que Ben empezó a ahorrar y decidió que en cuanto tuviera cien dólares le escribiría para explicarle que ya se ganaba la vida solo y que podía aceptarlo de nuevo. Cada vez que era su cumpleaños corría al buzón con la ilusión de que su madre biológica se hubiera animado de repente a mandarle una postal.

»También decidió que sus fotos de bebé eran muy feas (era un niño un poquito especial), y pensó que quizá a su madre no le había gustado su aspecto. Estaba convencido de que sus padres adoptivos habrían preferido un niño menos grandote y más listo. Se pasó la infancia encerrado en su habitación, hablando poquísimo y sintiéndose de visita en su propia casa. Se me parte el corazón cuando lo pienso. Cuando has dicho que Nick quería ser un buen padre para compensar el alejamiento del suyo, en fin... he pensado que Ben tiene una idea parecida. Él quería un hijo biológico, alguien que se pareciera físicamente a él, que tuviera sus mismos ojos, su misma corpulencia. Y yo deseaba muchísimo poder dárselo. Lo deseaba desesperadamente.

—Claro.

—Por eso he respetado siempre sus opiniones sobre la adopción.

—Ya me imagino.

Elisabeth sonrió con amargura.

—¿Qué pasa? —preguntó Alice.

—El jueves le dijiste a Ben que él también tenía que superarlo.

—¿Superar qué?

—Superar su problema con la adopción. Dijiste que había mucha gente que lo había pasado mal con sus padres biológicos, que era como una lotería, pero que cualquier niño que nos tuviera a Ben y a mí como padres se habría sacado el premio gordo. Gracias, por cierto. Fue bonito decirle eso.

—De nada. —Por lo menos había dicho algo bueno—. Pero quizá a Ben no le gustó oírlo.

—Bueno, esa es la cuestión. Ayer, cuando llegué a casa por la tarde, me dijo que había estado pensando en lo que le habías dicho y que había decidido que tenías razón y que deberíamos adoptar un niño. Estaba entusiasmado. Por lo visto, es lo que debería haberle dicho yo misma cinco años atrás: «Supéralo». Qué tonta fui, intentando respetar sus traumas de infancia...

Alice intentó imaginarse diciendo «supéralo» a aquel oso mientras le atiborraba de magdalenas de plátano. (Magdalenas de plátano... ¿Qué receta usaba? Y necesitaría moldes especiales...) Nunca se había metido en la forma en que su hermana debía llevar su vida, aunque a Elisabeth no le importaba opinar sobre la suya. Pero no pasaba nada, porque Elisabeth era la mayor y era ella la que debía ser sensata y entremetida, preocuparse por pagar los impuestos a tiempo, llevar el coche a revisión y desarrollar una carrera profesional, mientras que Alice podía permitirse ser caprichosa y torpe y reírse de los pósteres con puestas de sol y montañas nevadas que Elisabeth colgaba frente al escritorio para inspirarse. De hecho, ahora que lo pensaba, era su hermana la que la había animado a apuntarse con Sophie a aquel cursillo de cocina tailandesa, en lugar de perder el tiempo llorando tras romper con aquel informático tan creído.

Y ahora era Alice la que se entremetía en la vida de su hermana.

—¿Y no es estupendo que Ben esté pensando por fin en la adopción? —preguntó esperanzada.

—Pues no, no lo es —respondió Elisabeth con dureza, irguiendo la espalda. «Ya empezamos», pensó Alice—. Para nada. No sabes lo que dices, Alice.

—Pero...

—Ya es tarde, hemos esperado demasiado. No tienes idea de lo que se tarda en tramitar una adopción, todo lo que hay que hacer... Un niño no se puede comprar por internet. Nosotros no somos Brad y Angelina; no podemos pagar miles de dólares para saltarnos los trámites, aparte de que no tenemos tanto dinero. El proceso es muy duro, se demora años y años, pueden fallar muchas cosas, y a mí ya no me quedan energías. Estoy harta. Seremos casi cincuentones cuando nos den un niño. Estoy demasiado cansada para intentar convencer a esa panda de burócratas de que puedo ser una buena madre, contarles que ganamos lo suficiente, etcétera. No sé por qué te interesas de repente por mi vida, pero llegas tarde.

—¿De repente me intereso por tu vida? —Alice quiso defenderse, pero no sabía qué podía argumentar en su favor. La mera idea le resultaba increíble. Siempre había estado interesada en lo que le pasaba a su hermana—. ¿Quieres decir que en algún momento he dejado de interesarme por tu vida?

Elisabeth soltó un sonoro suspiro, como si se desinflara, y se hundió en la butaca.

—Por supuesto.

—¿Por qué lo dices?

—No lo sé. Es una impresión. Vale, retiro el comentario.

—No estamos ante un tribunal.

—Ni siquiera hablaba en serio. En fin, seguramente tú podrías decir lo mismo de mí. Ya no veo a los niños tan a menudo como antes. Y tendría que haber estado más pendiente de ti cuando lo de Gina, y cuando lo de Nick. Pero siempre estás... No sé... ocupada, con tus cosas... —Bostezó—. Olvídalo.

Alice bajó la mirada.

—¿Qué nos ha pasado? —preguntó en voz baja, contemplando las extrañas arrugas de sus manos.

No hubo respuesta. Cuando volvió a alzar la vista, vio que su hermana había cerrado los ojos y que tenía la cabeza recostada en el respaldo. Parecía triste y exhausta.

—Tendríamos que ir a acostarnos —dijo Elisabeth al final, sin abrir los ojos.

19

Eran las cinco y media del domingo. Faltaban treinta minutos para que Nick llevara a los niños de vuelta a casa.

Alice tenía una extraña sensación de angustia y nerviosismo en el estómago, como si estuviera a punto de asistir a su primera cita.

Se había puesto un precioso vestido de flores, se había maquillado y se había ondulado el pelo para tener un aspecto maternal, pero luego pensó que se estaba pasando; no era necesario disfrazarse de ama de casa de los años cincuenta. Subió otra vez a su cuarto, se desmaquilló y se quitó el vestido; a continuación, se puso unos vaqueros y una camiseta blanca y se alisó el pelo. No llevaba ninguna joya, aparte de la pulserita de colgantes de Nick y el anillo de casada, que había encontrado al fondo de un cajón, junto al anillo de la abuela Love. No entendía por qué no había devuelto a Nick el anillo de compromiso. En pleno proceso de divorcio, ¿no se suponía que debía arrancárselo del dedo y arrojarlo a la cara del marido en mitad de una discusión?

Se miró en el espejo del dormitorio. Estaba mucho mejor así: tenía un aspecto informal y muy natural, aunque se veía un poco pálida y avejentada. Pero no quería recurrir otra vez a aquella rutina de gestos que le transformaban el rostro. Probablemente no se maquillaba para pasar la tarde del domingo en casa.

Por la mañana, cuando Ben y Elisabeth ya se habían marchado, de repente cayó en la cuenta de que seguramente era ella quien se encargaba de alimentar a los tres críos, y había llamado a su madre para preguntarle qué podía darles para cenar, diciendo que quería prepararles su plato preferido. Barb se había pasado veinte minutos describiendo la evolución gastronómica de cada uno de los niños. «¿Recuerdas cuando Madison pasó por esa fase vegetariana? Y claro, tenía que ser justo cuando Tom se negaba en rotundo a comer verdura... ¡Y Olivia no sabía si tenía que comer solo verduras como Madison o negarse a comerlas, como Tom! ¡A la hora de la merienda te desesperabas!» Al final, tras varios cambios de opinión, se decidió por preparar unas hamburguesas caseras. «Creo que encontrarás una buena receta en ese libro de comida saludable de la Fundación para la Salud Cardiovascular. El otro día dijiste que estabas harta de hamburguesas, pero que a tus hijos les encantaban. No habrás olvidado eso también, ¿verdad, cariño? ¡Fue la semana pasada!»

Alice encontró el libro, que se abrió justo por la página de las hamburguesas, manchada de aceite. Todos los ingredientes estaban en la nevera o en la despensa, ambas magníficamente provistas. Al parecer, tenía comida para alimentar a un regimiento de niños. Al picar las cebollas, se dio cuenta de que no necesitaba consultar el libro. Era como si supiera por instinto que después tenía que rallar dos zanahorias, luego un calabacín y al final añadir dos huevos. Cuando terminó, guardó las hamburguesas crudas en la nevera, descongeló unos panecillos listos para tostar y preparó una ensalada de lechuga. ¿Aceptarían los niños una ensalada de lechuga? Vete a saber... Si no, se la comerían Nick y ella. Nick se quedaría a cenar, ¿no? ¿O dejaría a los niños en la puerta y se largaría? Alice tenía el desagradable presentimiento de que era así como se comportaban los padres divorciados. Tendría que invitarlo a quedarse; implorárselo, si era necesario. No podía quedarse sola con los niños, no era prudente. Desconocía el protocolo. Por ejemplo: ¿se bañaban solos?, ¿tenía que leerles un cuento?, ¿cantarles una nana?, ¿a qué hora se iban a dormir?, ¿y cómo los convencía para que se acostaran? Su madre se había ofrecido a ir a ayudarla, pero Alice no tenía por qué decírselo a Nick.

Bajó vestida con los vaqueros y admiró su hermosa e impecable casa. Al mediodía habían aparecido dos profesionales de la limpieza cargados con fregonas y cubos, preguntándole cómo había ido la fiesta mientras enchufaban el aspirador. Lo habían fregado y limpiado todo mientras ella rondaba por la casa con una sensación incómoda, sin saber qué hacer. ¿Tenía que ayudarles? ¿Dejarles tranquilos? ¿Vigilarles? ¿Esconder los objetos de valor? Al final había cogido el monedero con la intención de pagarles, pero no le pidieron nada. Dijeron que volverían el jueves a la hora de siempre y desaparecieron, despidiéndose alegremente con la mano. Alice había cerrado la puerta de la calle, había aspirado el olor de la cera para muebles y había pensado: «Soy una mujer con piscina, aire acondicionado y personal de la limpieza».

Miró la cocina y sus ojos se toparon con un botellero. Abriría un vino para que fuera oxigenándose mientras llegaba Nick. Eligió una botella y cuando fue a por el descorchador se dio cuenta de que no tenía corcho sino que llevaba un tapón de rosca normal. Qué curioso. El aroma del vino le golpeó la nariz y, sin pensarlo, se sirvió una generosa dosis. Hundió la nariz en la copa. Una parte de ella pensó: «¿Qué haces, borrachina?», y otra se dijo: «Mmm... Frutos del bosque...».

Mientras el vino se deslizaba suavemente por su garganta, se preguntó si se habría vuelto una alcohólica. Aún no eran ni las seis. Nunca había sido muy aficionada a beber. Sin embargo, el excelente sabor de aquel vino le resultaba muy familiar, a pesar de que al mismo tiempo se sentía avergonzada. Quizá era ese el motivo de que Nick la hubiera dejado y reclamara la tutela de los niños: se había convertido en una borracha, y los únicos que lo sabían eran Nick y los niños. Era un terrible secreto. En fin, podía buscar ayuda... Tomó otro sorbo. ¿Tenía que apuntarse a Alcohólicos Anónimos y seguir el programa de los Doce Pasos? ¿No podría volver a probar ni una gota nunca más? Tomó otro sorbito y tamborileó con los dedos en la encimera. Cuando llegara Nick se resolvería el misterio. Era irracional, pero tenía la sensación de que, en cuanto viera la cara de su ex marido, todos sus recuerdos regresarían, intactos, a su mente.

Dominick había pasado a verla poco antes. Traía una bandejita de cartón de la cafetería, con dos vasos de leche con cacao y unos pastelitos de maíz. Alice tuvo la impresión de que debían de ser sus favoritos e intentó mostrarse agradecida. Sintió una inexplicable alegría al verlo en el umbral. Quizá era porque al verlo tan nervioso se sentía adorada por él. Nick también la adoraba, pero como ella lo adoraba a él, estaban a la par. Cuando hablaba con Dominick, en cambio, se sentía como si cada palabra que pronunciara ella fuera recibida con gran admiración.

—¿Qué tal va la memoria? —le preguntó educadamente Dominick, mientras se tomaban la leche con cacao y los pastelitos en la veranda.

—Ah, pues un poco mejor... —respondió Alice. Cuando se habla de salud, a la gente le gusta pensar que uno va mejorando.

Por lo visto Jasper estaba con «su madre». Alice se dio cuenta de que Dominick también debía de ser un padre divorciado. Qué raro era todo. ¿No sería mucho más fácil que todo el mundo siguiera con quien se había casado en un principio?

En todo caso, el divorcio era un tema de interés común. En un momento de inspiración, preguntó:

—¿Hemos hablado alguna vez de por qué me separé de Nick?

—Sí —dijo Dominick, lanzándole una mirada suspicaz.

¡Ajá!

—¿Y te importaría resumirme un poco qué te dije? —Alice usó un tono jovial; intentaba ocultar su desesperada ansia de conocer la respuesta.

—¿No recuerdas por qué rompiste con Nick? —contestó recelosamente Dominick.

—¡No! ¡Me parece increíble! ¡Me quedé muy sorprendida cuando me enteré!

Pronunció esas palabras antes de comprender que podían ser molestas para un hombre que deseaba comenzar una relación con ella.

—Bueno... —empezó a decir Dominick, rascándose enérgicamente la nariz—. Evidentemente no conozco todos los detalles, pero en fin, creo que Nick estaba... demasiado volcado en su trabajo. Viajaba mucho, trabajaba hasta muy tarde y todo eso, y decías que os habíais distanciado. Fue eso. Y... bueno... creo que... quizá había también algún problema sexual. Mencionaste que... —Carraspeó sin disimulo y dejó de hablar.

¿Un problema sexual? ¿Había hablado de sexo con ese hombre? Era una traición imperdonable contra Nick. Y además, ¿qué problemas sexuales podían tener? Nick y ella gozaban de una vida sexual magnífica, divertida, tierna y del todo satisfactoria.

Resultaba muy embarazoso oír la palabra «sexual» en boca de Dominick, aquel hombre tan extraordinariamente educado, tan extremadamente serio y adulto... Incluso entonces, cuando él ya se había marchado, Alice se puso colorada al pensarlo.

Dominick también parecía incómodo hablando del tema. Se había aclarado la garganta tantas veces que Alice le había ofrecido un vaso de agua, poco antes de que él se despidiera, diciéndole que se cuidara. En el recibidor, Dominick la envolvió en un abrazo cariñoso y rápido, le susurró al oído: «Te tengo mucho aprecio», y se marchó.

Sus explicaciones no le habían sido de mucha ayuda. Por

lo visto se habían distanciado porque Nick trabajaba muchas horas... Parecía un tópico, una de esas contrariedades que rompen los matrimonios de los demás. Si Nick tenía que trabajar hasta muy tarde, lo compensarían aprovechando al máximo las horas que les quedaban.

Miró la copa de vino y vio que el nivel había bajado considerablemente. ¿Y si tenía los labios manchados de morado y al ir a abrir la puerta a Nick y a los niños parecía una vampira? Salió corriendo al vestíbulo y se miró en el espejo. Tenía los labios limpios. Sus ojos se veían un poco extraviados, y seguía pareciendo muy vieja.

De vuelta a la cocina, se detuvo junto a la habitación verde, que ya no era verde. Era el saloncito que quedaba junto a la entrada, y que al principio tenía las paredes pintadas de verde lima. Ahora eran de un elegante beis claro. Apoyada en el umbral, Alice pensó que echaba de menos el verde. La gente se reía y fruncía el ceño cuando veía las paredes pintadas de ese color. Era obvio que tenían que cambiarlo, pero aun así... Su casa era perfecta, pero en lugar de sentirse emocionada, de pronto la encontraba deprimente.

La habitación verde era ahora un estudio, tal como habían planeado desde un principio. Había una mesa con un ordenador y las paredes estaban forradas de estanterías con libros. Alice entró y se sentó frente al ordenador. Automáticamente, sin necesidad de pensar, se inclinó y pulsó el botón plateado de una caja negra situada en el suelo. El ordenador cobró vida y Alice pulsó otro botón en el monitor. La pantalla se volvió azul. Unas letras blancas le ordenaron: «Haga clic en su nombre para comenzar». Había cuatro nombres: «Alice», «Madison», «Tom» y «Olivia». ¿Acaso los niños usaban ese mismo ordenador? ¿No eran demasiado pequeños? Hizo clic en su nombre y una fotografía a todo color llenó la pantalla. Eran sus tres hijos. Iban forrados con anoraks y bufandas y ocupaban un trineo que se deslizaba por una pendiente nevada. Madison iba sentada detrás, Tom en el medio, y la pequeña, Olivia, delante. Madison manejaba la cuerda. Tenían los tres la boca muy abierta, como si estuvieran gritando o riendo, y sus miradas reflejaban miedo y emoción.

Alice se llevó una mano al corazón. Aquellos niños eran preciosos. Deseó fervientemente recordar el día en que habían tomado esa foto. Durante un segundo le pareció percibir unos gritos infantiles, el tacto frío de una nariz en la mejilla... pero en cuanto intentó precisar el recuerdo, la sensación se desvaneció.

A continuación hizo clic sobre un icono donde ponía «correo», y una pantallita le pidió la contraseña.

No sabía cuál era, pero al dejar las manos sobre el teclado, sus dedos se adelantaron y teclearon inexplicablemente la palabra «orégano».

¿Qué demonios...? Por lo visto, su cuerpo conservaba más recuerdos que su mente, porque la pantalla se desvaneció sin más y dejó paso a la imagen de un sobre y de un texto que decía: «Tienes 7 mensajes nuevos».

¿Por qué había elegido una hierba aromática como contraseña?

Había un email de Jane Turner con el asunto «Qué tal la cabeza?»; otro de un tal Dominick Gordon (¿quién era ese?, ah, sí, claro... él... su novio), con el asunto «Finde», y cinco más de remitentes desconocidos, todos con el encabezamiento «Megamerengue día de la Madre».

«Megamerengue día de la Madre.» Estuvo a punto de soltar un bufido burlón. Parecía algo relacionado con Elisabeth, la antigua y enérgica Elisabeth, pero no con ella.

Y también había un mensaje antiguo de Nick Love, uno que por lo visto ya había leído, sin encabezamiento y fechado el viernes, el día del accidente. Alice lo abrió y leyó:

Bueno, a partir de ahora tendrán que cambiar un montón de tradiciones, ¿no? ¡No fastidies! Las Navidades SERÁN distintas, hagamos lo que hagamos. No puedes pretender que estén contigo por la mañana y por la noche y que yo los vea solo cinco minutos a mediodía. Lo más lógico es que pasen la Nochebuena en casa de Dora. Les encanta estar con sus primos. ¿No podrías pensar en ELLOS por una vez? Solo piensas en TI, como siempre.

PS: Por favor, el fin de semana no te olvides de poner los bañadores en las mochilas. El domingo, al volver de Portugal, quiero llevarlos al parque acuático.

PS2: Anoche tuve a dos de mis hermanas llorando al teléfono por el anillo de la abuela Love. ¿No podrías ser un poquito más razonable? Tampoco te lo ponías tanto... Si estás pensando en venderlo, es que has caído muy bajo. Más bajo todavía.

Alice tuvo que hacer un esfuerzo para recuperar el aliento. Se sentía como si la arrastrara un vendaval. El mismo frío, la misma agresividad, la misma incomodidad.

Le parecía absolutamente increíble que aquel mensaje lo hubiera escrito el mismo hombre al que se le saltaron las lágrimas cuando aceptó casarse con él; el que se tumbaba junto a ella en la cama, le apartaba el pelo y le daba un beso en la nuca; el que le decía cuándo podía volver a ver la tele porque había terminado la escena sangrienta; el que cantaba «Living Next Door to Alice» en la ducha para que ella la oyera.

¿Y por qué demonios no quería devolverle el anillo de la abuela Love? Era una joya de familia. Era obvio que los Love debían recuperarlo.

Deslizó el cursor por la pantalla y vio que el mensaje de Nick formaba parte de una larga conversación que había durado varios días.

Había un mensaje escrito por ella misma y fechado tres días atrás.

Este año, en Navidad los niños se despertarán en su cama de siempre. No pienso ceder. Evidentemente, quiero que se mantengan las tradiciones: las bolsas con regalos al pie de la cama, etc. Ya han vivido bastantes cambios hasta el momento. Para ti no es más que otro juego de poder. Lo único que quieres es ganar. Me importa un pepino cuánta ventaja me lleves, no quiero que ganes a expensas de los niños. Por cierto, te he pedio más de una vez que no les des tanta comida basura los fines de semana, especialmente a Olivia. Supongo que te sientes un padre genial pagándoles todo lo que te piden, pero cada lunes, cuando vuelven de pasar el fin de semana contigo, están cansados y de malhumor y soy yo la que tiene que aguantarlos.

¡Era mayo! ¿Por qué estaban hablando de cómo organizarían la Navidad?

Alguna impostora estaba viviendo su vida. Alice se había quedado atónita ante el tono mandón y despectivo de aquellos emails.

Bajó más el cursor y se encontró con nuevas frases desagradables.

> Te recuerdo que...
> Eres tan mezquino...
> Estás loco si piensas que...
> ¿Qué demonios te pasa?
> ¿No podríamos hablar de esto racionalmente?
> Eres tú el que...

Oyó el crujido de unas ruedas sobre el camino de grava y vio el parpadeo de unos faros. Un coche se detuvo en el jardín. Alice se levantó de la silla con el corazón retumbándole en el pecho como un martillo neumático. Se pasó una mano por el pelo mientras recorría el pasillo en dirección a la entrada. Había sido un error no volver a maquillarse. Estaba a punto de ver a un hombre que la odiaba.

Las puertas del coche se cerraron con un chasquido. Una vocecita infantil protestó:

—¡No es justo, papá!

Alice abrió la puerta de entrada. Las piernas le temblaban con tanta violencia que pensó que caería al suelo desplomada. Quizá sería lo mejor.

—¡Mami!

Una niña subió trotando la escalera del porche, la rodeó con sus brazos y apretó la cabecita contra su vientre. Con la voz ahogada por la tela de la camiseta de Alice, dijo:

—¿Ya no te duele la cabeza? ¿Viste mi tarjeta? ¿Cómo has dormido en el hospital?

Alice la abrazó, incapaz de hablar.

«Ni siquiera recuerdo cuando te tenía en la tripa», pensó.

—¿Olivia? —consiguió articular con una voz entrecortada, y posó una mano sobre su pelo rubio y enmarañado.

La cabeza de la niña era dura y su cabello muy suave, y cuando miró hacia arriba, Alice vio que era de una belleza imposible: tenía la piel muy clara y salpicada de pecas color canela, y unos ojos azules y enormes, enmarcados por unas pestañas oscuras. Eran unos ojos como los suyos, pero mucho más grandes y muchísimo más bonitos. Alice sintió un súbito vértigo.

—Mami... —canturreó Olivia—. ¿Aún te encuentras un poco mal? ¡Pobrecita! ¡Seré tu enfermera y te escucharé el corazón! ¡Sí!

Y se fue trotando por el pasillo, después de cerrar la puerta de golpe.

Alice alzó la vista y vio a Nick inclinado sobre el maletero de un coche suizo de color plateado.

Cuando se incorporó, iba cargado de mochilas y toallas de baño mojadas.

—Hola —dijo.

Era como si su pelo se hubiera esfumado. Cuando se acercó un poco más, Alice vio que lo tenía completamente gris y que lo llevaba muy corto. Su cara era más delgada, pero su cuerpo era más grueso, con los hombros más corpulentos y el vientre más prominente. Alrededor de sus ojos había una maraña de pequeñas arrugas. Llevaba una camiseta verde y unas bermudas que Alice nunca le había visto. No estaba mal, pero era desconcertante.

Nick subió la escalera de la veranda y se detuvo frente a ella. Alice lo miró. Estaba raro y distinto, pero seguía siendo esencialmente él. Alice se olvidó de los mensajes que acababa de leer y de los gritos que le había pegado Nick el otro día por teléfono y disfrutó del sencillo placer de verlo llegar a casa después de un largo viaje por el extranjero.

—¡Hola! —lo saludó, sonriendo jovialmente.

Dio un paso hacia él, pero Nick retrocedió de un modo casi involuntario, como si Alice fuera un insecto asqueroso, y le dirigió una mirada inexpresiva, que parecía clavada en la frente de Alice.

—¿Qué tal? —respondió. Su tono era gélido, como el que empleaba cuando un vendedor incompetente le hacía perder el tiempo.

—¡Mamá! ¡En el parque acuático había una máquina de olas nueva! ¡Tendrías que haber visto qué ola he pillado! ¡Como de diez metros! Tan alta como... ¡como ese tejado! Pero mira el tejado, mamá... Sí, ese. Así de alta era. O quizá unos centímetros menos. Y papá ha hecho una foto genial. Enséñale la cámara a mamá, papá. ¿Puedes enseñarle la foto que has hecho?

Así que ese era Tom. Llevaba un bañador de surf y una gorra que se quitó para rascarse la cabeza. Tenía el pelo del mismo color que Olivia, tan rubio que casi parecía blanco. Nick tenía el mismo pelo de pequeño. Las piernas y los brazos de Tom eran delgados, fuertes y morenos. Era como un surfista en miniatura. ¡Uf, tenía la nariz de Roger...! Era la nariz de Roger, no cabía duda. A Alice le entraron ganas de reír al ver la nariz de Roger en aquella alegre carita infantil. Quiso abrazar al niño, pero no sabía si era adecuado.

—Sí, enséñame la foto, Nick —dijo, en lugar de abrazar a su hijo.

Nick y Tom la miraron muy serios. Seguramente había usado un tono inapropiado. ¿Demasiado frívolo, quizá?

—Estás rara, mamá —dijo Tom—. ¿Te pusieron puntos en el hospital? Le pregunté a tía Libby si tenías un tumor cerebral y dijo que ni hablar. Le hice la prueba del detector de mentiras.

—No, no es un tumor cerebral —respondió Alice—. Solo ha sido una caída.

—¡Me muero de hambre! —Tom suspiró.

—Estoy haciendo hamburguesas para cenar.

—No... quiero decir que me muero de hambre ¡ahora!

Una niña subió a la veranda, dejó caer la toalla mojada sobre el suelo de madera y se puso en jarras.

—¿Dices que estás haciendo hamburguesas para cenar?

—Sí —contestó Alice.

Madison. La Pasita. Las dos rayitas azules de todas aquellas pruebas de embarazo. El corazón que palpitaba en el monitor. La presencia misteriosa que oía la voz de Nick gracias al cartón de un rollo de papel higiénico.

Madison tenía una piel muy blanca, casi translúcida. En el cuello se veía una quemadura rojiza que delimitaba la forma blanca de unos dedos, como si alguien se hubiera cansado demasiado pronto de ponerle la crema protectora. El pelo castaño y lacio le caía sobre los ojos y su dentadura era blanca y fuerte, preciosa. Sus ojos tenían la misma forma que los de Nick, pero el color era más oscuro y poco corriente, y sus cejas eran como las de alguien... ¡Las de Elisabeth de pequeña! Se elevaban sutilmente en las esquinas, como las del capitán Spock. Madison no era adorable como Olivia y Tom. Tenía el cuerpo regordete y el labio inferior le sobresalía un poco, lo que le daba una expresión malhumorada. «Pero algún día... algún día serás una mujer espectacular, mi querida Pasita», pensó Alice.

—¡Me lo prometiste! —protestó la Pasita, mirándola con ojos asesinos. Daba miedo. Alice se encogió, presa de un temeroso respeto.

—¿Qué te prometí?

—Que comprarías los ingredientes para que hoy pudiera hacer lasaña. ¡Sabía que no lo harías! ¿Por qué dices que harás las cosas cuando sabes que no las harás? —Remarcó esta última frase pisoteando rítmicamente el suelo.

—No seas antipática, Madison —la riñó Nick—. Tu madre ha tenido un accidente y ha pasado la noche en el hospital.

A Alice le entraron ganas de reír al oír su voz de padre severo. Madison alzó la barbilla y los ojos le centellearon de rabia. Entró en tromba en la casa y cerró la puerta de un portazo.

—¡No des portazos! —gritó Nick—. ¡Y ven a recoger la toalla!

Silencio. Madison no volvió.

Nick se mordió el labio inferior y le temblaron las aletas de la nariz. Alice nunca le había visto poner esa cara.

—Ve adentro, Tom —dijo Nick—. Quiero hablar con tu madre. Y por favor, ¿puedes llevarte la toalla de Madison?

Tom estaba frente a la puerta de la casa, resiguiendo el dibujo de los ladrillos con los dedos.

—Papá, ¿cuántos ladrillos crees que hay en todo el edificio? —preguntó.

—Tom...

Tom soltó un suspiro teatral, recogió la toalla de Madison y entró en la casa.

Alice respiró hondo. No tenía idea de cómo sería convivir con esos niños veinticuatro horas al día. No había llegado a imaginarlos hablando. Estaban llenos de energía y vitalidad. Sus respectivas personalidades, carentes del escudo protector de la edad adulta, eran muy patentes.

—La Pasita... —empezó a decir, pero se quedó sin palabras. Era imposible definir a Madison con palabras.

—¿Cómo dices? —dijo Nick.

—La Pasita... No me imaginaba que sería así de mayor. Es tan... No sé cómo decirlo.

—¿La Pasita? —Nick no sabía de qué le estaba hablando.

—¿Recuerdas que cuando estaba esperando a Madison la llamábamos «la Pasita»?

—No lo recuerdo —contestó Nick, frunciendo el ceño—. Bueno, a ver si podemos resolver lo de la Navidad.

—Ah, eso... —Alice pensó en aquellos desagradables emails y le vino mal sabor de boca—. ¿Por qué estamos hablando ahora de la Navidad? ¡Aún es mayo!

—¡Pero bueno! —exclamó Nick, mirándola como si estuviera loca—. Eres tú la que está obsesionada con su maravillosa hoja de cálculo. Dijiste que querías dejarlo todo bien clarito: cada cumpleaños, cada concierto... Dijiste que era lo mejor para los niños.

—¿Eso dije? —Se preguntó qué era una «hoja de cálculo».

—¡Sí!

—Vale, muy bien, como quieras. Puedes tenerlos en Navidad.

—Como quiera... —repitió Nick con suspicacia, casi histérico—. ¿Me he perdido algo?

—No. Oye, ¿qué tal te ha ido en Portugal?

—Bien, gracias —contestó Nick en un tono muy formal.

Alice tuvo que clavarse las uñas en las manos para no acercarse y recostar la cabeza en su pecho. Tenía ganas de decirle: «¡Pon una voz normal!».

—Tengo que irme —dijo Nick.

—¿Cómo...? No, no puedes irte. Tienes que quedarte a cenar. —Alice estuvo a punto de agarrarlo del brazo, presa del pánico.

—No me parece apropiado.

—¡Sí, papá, quédate a cenar! —Era Olivia. Se había envuelto los hombros en una capa roja y llevaba un estetoscopio de juguete colgado del cuello. Se aferró al brazo de Nick, y Alice sintió celos de que pudiera tocarlo con tanta libertad.

—Será mejor que me vaya —dio Nick.

—Quédate, por favor —insistió Alice—. Hay hamburguesas.

—¿Ves? Mamá quiere que te quedes. —Olivia empezó a correr por la veranda, bailando de contento—. ¡Tom! —chilló—. ¿Sabes qué...? Papá se queda a cenar.

—Joder, Alice... —masculló Nick, y esta vez la miró a los ojos.

—He abierto un vino muy bueno para los dos —dijo Alice sonriéndole.

No necesitaba pintarse los labios para recuperar a su marido.

20

Nick estaba muy raro cuando entró en la casa. Hundía las manos en los bolsillos de los pantalones, deambulaba por el salón y se detenía a mirar cosas, como si estuviera en una casa ajena.

—¿Tienes la piscina controlada? —preguntó, señalando el jardín trasero con la barbilla.

Alice estaba en la cocina, sirviendo dos copas de vino. No tenía ni idea de a qué se refería. ¿Cómo se controlaba una piscina?

—La piscina ha estado muy tranquila —dijo—. Muy serena. Creo que no se me ha desmadrado.

Nick apartó la vista de la ventana y la miró con dureza.

—Vale —respondió.

Alice salió de la cocina y le tendió una copa de vino. Vio que Nick la cogía con mucho cuidado para evitar que sus manos se rozaran.

—Gracias —dijo él.

Alice permaneció donde estaba y Nick retrocedió un paso, como si fuera contagiosa.

Tom entró en la cocina, abrió varias alacenas, se situó delante de la nevera y abrió la puerta.

—¿Qué puedo comer, mamá? —dijo.

Alice echó una mirada a su alrededor, buscando a su madre.

—¡Mamá! —insistió Tom.

Alice dio un respingo. «Mamá» era ella.

—Vamos a ver —dijo, intentando que su voz sonara alegre y cariñosa—. ¿Qué te apetece? ¿Un bocadillo?

—Puedes esperar a la cena, Tom —dijo Nick.

¡Ajá! Esa era la respuesta apropiada.

—Sí —dijo, con una voz parecida a la de Nick—. Tu padre tiene razón. —Y soltó una risita sin poder evitarlo. Lanzó a Nick una mirada pícara. ¿No le hacía gracia estar jugando a papás y mamás?

Nick la miró con impaciencia, y sus ojos se clavaron sin querer en la copa de vino que Alice sostenía en la mano. ¿Pensaría que estaba borracha?

El niño cerró la puerta con tanta violencia que la nevera se tambaleó.

—Si no como algo pronto, acabaré desnutrido —anunció—. Mirad: tengo la barriga hinchada, como si me estuviera muriendo de hambre. ¡Mirad! —Infló el estómago.

Alice rió.

—Ya vale de tonterías —lo reprendió secamente Nick—. Vete a la habitación y quítate la ropa mojada.

Sí, quizá no era buena idea alentar a los niños a reírse del hambre en el mundo.

En ese momento apareció la más pequeña, Olivia. Se había pintado los labios y tenía los dientes manchados de carmín. ¿Estaba permitido algo así? Alice miró a Nick en busca de orientación, pero él se había acercado a la puerta de atrás y estaba mirando la piscina.

—Yo la veo un poco verde —dijo—. ¿Cuándo vino el chico por última vez?

—Ven, mamá. Yo soy tu enfermera, ¿vale? Siéntate, que te pongo el termómetro.

Olivia la cogió de la mano. Fascinada por la calidez de aquella manita infantil, Alice se dejó llevar dócilmente hasta el sofá.

—Acuéstate aquí, enfermita —le dijo Olivia.

Alice se tumbó en el sofá y Olivia le puso en la boca un termómetro de juguete.

—Y ahora voy a escucharte el corazón —anunció la niña, apartándole el pelo de la frente.

Se puso el estetoscopio en las orejas y colocó el otro extremo sobre el pecho de Alice. Frunció el ceño profesionalmente, y Alice contuvo la risa. Aquella niñita era un encanto.

—Muy bien, enfermita. Tu corazón suena —dijo.

—¡Uf! —dijo Alice.

Oliva le quitó el termómetro de la boca y la miró. De repente se puso seria.

—¡Tienes mucha fiebre, enfermita! ¡Estás ardiendo!

—¡Oh, no! ¿Qué voy a hacer?

—Deberías mirar cómo doy volteretas; así te curarás.

Olivia dio una voltereta lateral perfecta. Alice aplaudió y Olivia hizo una reverencia y se preparó para dar otra.

—¡Dentro de casa no, Olivia! —gritó Nick—. ¡Ya lo sabes!

—Por favor, por favor, papá —insistió Olivia, enfurruñada—. Solo una más...

—¿Y le dejas que te coja el pintalabios? —preguntó Nick.

—Ah, pues... —dijo Alice—. En realidad no lo sé.

—Decidle a vuestra madre que es hora de cenar...

Nick tenía la misma expresión exhausta y derrotada que Alice había visto en Elisabeth el día anterior. Todo el mundo estaba cansado y de malhumor en 2008.

—Lo siento, papi... —Oliva rodeó con sus brazos las rodillas de Nick.

—Anda, sube a quitarte el bañador mojado —dijo Nick.

Olivia desapareció trotando, con la capa roja flotando a su espalda, y los dos se quedaron solos.

—Por cierto, no he conseguido llegar al final con los deberes de Olivia —explicó Nick. Lo dijo en tono defensivo, como si estuviera confesando un delito.

—¿Quieres decir que le haces tú los deberes? —preguntó Alice.

—¡Claro que no! Joder, me tienes por un absoluto incompetente, ¿no?

—¡Qué va! —protestó Alice incorporándose.

—Solo le falta repasar ocho preguntas. Es complicado, con todos en un apartamento pequeño. Ah, tampoco hemos terminado la lectura de Tom. Y hemos estado tres horas con el experimento de ciencias de Madison. Quería hacerlo Tom, en vez de ella.

—Nick...

Nick calló, tomó un sorbo de vino y la miró.

—¿Qué?

—¿Por qué nos estamos divorciando?

—¿Qué clase de pregunta es esa?

—Solo quiero saberlo.

El deseo de levantarse y acariciarlo fue tan fuerte que tuvo que pisarse las manos con los muslos para no abalanzarse sobre él y hundir la cara en su cuello.

—Qué más da por qué nos divorciamos —dijo Nick—. No pienso entrar en este tema. ¿A qué viene eso ahora? No estoy de humor para historias, Alice. Estoy cansadísimo. Si estás intentando hacerme decir algo para usarlo en mi contra, no funcionará.

—Ah... —contestó Alice.

¿Llegaría a agotarse su capacidad de sorpresa? Alice comprendió que, desde el momento en que Elisabeth había pronunciado la palabra «divorcio» en el hospital, había estado esperando ver a Nick para que borrase aquella horrible posibilidad y la convirtiera en algo ajeno a ellos.

—Bueno, tengo que irme ya... —insistió Nick, dejando la copa sobre la mesa de centro.

—Una vez dijiste que si algún día teníamos problemas en nuestra relación, moverías cielo y tierra para solucionarlos —dijo Alice—. Estábamos en aquel restaurante italiano que acababa de abrir, arrancando trocitos de la cera del candelabro. Lo recuerdo clarísimamente.

—Alice...

—Dijiste que envejeceríamos juntos y que cuando fuéramos dos vejetes gruñones nos apuntaríamos a excursiones de autocar y jugaríamos al bingo. El pan de ajo estaba frío, pero teníamos tanta hambre que no protestamos.

Nick la miraba boquiabierto, lo que le daba una expresión de bobo.

—Una vez estábamos esperando un taxi en el jardín de Sarah O'Brien y te pregunté si esa noche habías encontrado a Sarah más guapa de lo normal, y tú dijiste: «Alice, no podría querer a nadie como te quiero a ti», y yo me reí y dije: «Esa no era la pregunta», pero sí que lo era, porque en realidad me sentía insegura y por eso me contestaste así. Hacía mucho frío. Llevabas aquella chaqueta de lana que te dejaste olvidada en Katoomba. ¿No te acuerdas?

Alice notó que se le empezaba a taponar la nariz.

Nick alzó las manos presa del pánico, como si se hubiera declarado un incendio allí mismo y no hubiera nada con que apagarlo.

Alice sorbió audiblemente.

—Lo siento —se disculpó, y clavó la mirada en el suelo porque no podía soportar la visión de aquella cara conocida y desconocida a la vez—. El color de las baldosas es perfecto —dijo al final—. ¿De dónde las sacamos?

—No lo sé —respondió Nick—. Debe de hacer diez años de eso.

Alice alzó la vista y lo miró otra vez. Nick bajó las manos y abrió los ojos como platos; por la expresión de su rostro, ahora lo comprendía todo.

—Alice, has recuperado la memoria, ¿no? Di por supuesto que... En fin, como te dejaron salir del hospital... No seguirás creyendo que estamos en 1998, ¿verdad?

—Sé que estamos en 2008, pero mi sensación es otra.

—Vale, pero no se te han olvidado los últimos diez años, ¿no? No me estarás haciendo todas estas preguntas tan raras por eso, ¿no?

—¿Tuviste una aventura con la mujer que vivía al otro lado de la carretera, la que se mató... esa tal Gina? —quiso saber Alice.

—Una historia... ¿con Gina? ¿Estás de broma?

—Ah, vale...

—¿No te acuerdas de Gina? —preguntó Nick.

—No. Recuerdo los globos del funeral.

—¡Pero Alice...! —Nick se inclinó hacia ella, impaciente. Miró en derredor para asegurarse de que estaban solos y bajó la voz—. Recuerdas a los niños, ¿no?

Alice le sostuvo la mirada y negó silenciosamente con la cabeza.

—¿No recuerdas nada de ellos?

—Lo último que recuerdo bien es el embarazo de la Pasita. Quiero decir... de Madison.

Nick se dio una palmada las rodillas. Por lo visto, había adquirido gestos de señor mayor y antipático.

—¡Por Dios! ¿Por qué no sigues en el hospital?

—¿Has tenido alguna aventura con alguien que no sea Gina? —preguntó Alice.

—¿Qué...? No, por supuesto que no.

—¿Y yo?

—No, que yo sepa. ¿Podemos volver al tema que nos interesa?

—¿Así que no ha sido por culpa de aventuras extramatrimoniales?

—¡No! Joder, no teníamos tiempo para aventuras extramatrimoniales... Ni energía. Bueno, yo no, por lo menos. A lo mejor a ti te quedaban fuerzas, entre tus imprescindibles clases de aerobic y tus visitas a la esteticista. Si es así, buena suerte.

Alice pensó en el beso que había dado a Dominick.

—Y ahora, ¿tienes novia? —preguntó—. No, no me respondas... No soportaría saber que tienes novia. Mejor no di-

266

gas nada... —Se tapó los oídos con las manos, pero volvió a apartarlas y preguntó—: ¿Tienes?

—Parece que te has dado un buen golpe en la cabeza, Alice... —dijo Nick.

Durante un momento fue como si hubiera regresado el antiguo Nick. Movió la cabeza en un cómico gesto de incredulidad, igual que hacía cuando se encontraba a Alice llorando por aquel anuncio de margarina en el que salían unos patitos, o botando y soltando palabrotas porque se había hecho daño en el pie tras dar una patada a la lavadora, o arrodillada frente a la nevera y registrando frenéticamente el interior por si quedaba alguna chocolatina.

Pero la expresión de Nick se desvaneció enseguida, como si acabara de recordar algo muy desagradable.

—En fin —dijo—. Según Olivia, parece que tú sí tienes novio, el padre de Jasper. El director de la escuela, nada menos. ¿A él lo recuerdas?

Alice se puso colorada.

—No lo recordaba, pero lo conocí ayer.

—Perfecto —contestó Nick malhumorado—. Muy bien, parece simpático. Creo que lo recuerdo del colegio. Un tipo alto y desgarbado. En fin, me alegro de que te vayan tan bien las cosas. La pregunta es: ¿estás en condiciones de ocuparte hoy de los niños, o es mejor que vengan a mi casa?

—Si ninguno de los dos ha tenido una aventura, ¿por qué no seguimos juntos? —preguntó Alice—. ¿Qué puede haber tan malo como para separarnos?

Nick exhaló sonoramente. Estupefacto, paseó la mirada por la habitación, como si buscara la orientación de un público tan desconcertado como él.

—Parece que la herida es grave... Es increíble que te hayan dejado salir del hospital.

—Me hicieron una tomografía y no vieron ningún problema físico. Además, creo que les dije que había recuperado la memoria...

Nick alzó los ojos al cielo. Otro de sus nuevos gestos pomposos.

—Vale, genial. Brillante. Mentir a los médicos. Muy bien, Alice.

—¿Por qué eres tan malo conmigo?

—¿Por qué hablas como si fuéramos críos? No estoy siendo malo contigo.

—Sí que lo eres. Y además estás muy raro. Te has vuelto sarcástico y previsible y... vulgar.

—Vaya, muchas gracias. Previsible y vulgar... Sí, es un gran misterio que nuestro matrimonio se haya ido a pique...

Lanzó una mirada burlona y triunfante a su público invisible, como si les dijera: «Ya veis lo que tengo que aguantar».

—Lo siento —se disculpó Alice—. No quería...

No terminó la frase, porque estaba empezando a recordar cómo eran las rupturas. Las conversaciones se enmarañaban irremisiblemente, tenías que hablar de forma educada y precisa, ya no podías criticar al otro libremente...

—¡Ay, Nick! —exclamó, desesperada.

Estaba experimentando los síntomas habituales del final de una relación. La angustia, la sensación de tener una enorme tristeza alojada en medio del pecho, esas ganas contenidas de llorar.

No se esperaba volver a sentir todo eso. Las rupturas formaban parte de su juventud. Eran solo recuerdos dolorosos; o no tan dolorosos en realidad, porque en el fondo era agradable rememorar la juventud y pensar: «Qué tonta fui, mira qué llorar por aquel gilipollas...».

En cambio, se suponía que su relación con Nick era la definitiva, la que iba a durar eternamente.

Dejó la copa sobre la mesa y se volvió hacia él.

—Solo dime por qué nos estamos divorciando. Por favor.

—Es una pregunta imposible de responder. Hay un millón de razones, y probablemente tú darías un millón de razones diferentes de las mías.

—Vale, intenta resumirlo.

—En veinticinco palabras o menos...

—Sí, por favor.

Él esbozó un pequeña sonrisa y por un momento volvió a ser el verdadero Nick. Su antiguo yo aparecía y desaparecía.

—Vale, muy bien —empezó a decir, pero calló un momento, bajó la cabeza y su cara se sumió en una expresión afligida—. Pero Alice...

Alice ya no pudo más. Su reacción instintiva fue consolarlo, y además ella también necesitaba consuelo, y por el amor de Dios... ¡Era Nick!

Cruzó corriendo la habitación, se lanzó a sus brazos y hundió la cara en su pecho, respirando profundamente. Seguía siendo Nick. Seguía teniendo su olor.

—Sea lo que sea lo que ha fallado, lo arreglaremos —balbuceó—. Hablaremos con un orientador familiar, o nos marcharemos de vacaciones a un sitio bonito... —Estaba inspirada—. ¡Con los niños! ¡Nos los llevaremos! ¡Son nuestros hijos! Será divertido, ¿no? O podemos quedarnos aquí tranquilamente y disfrutar de la piscina. ¡La piscina...! Me encanta. ¿Cómo nos las hemos arreglado para pagarla? Supongo que gracias a tu nuevo trabajo. ¿Te gusta tu nuevo trabajo? ¡Es increíble! ¡Tienes una asistente personal! No fue muy simpática conmigo, pero da igual, no pasa nada...

—Alice...

Nick no respondía a su abrazo, pero las palabras seguían saliendo de su boca. Estaba dispuesta a hablar hasta solucionar el problema.

—Estoy flaca, ¿no? Demasiado, creo. ¿Tú qué opinas? ¿Cómo es que he adelgazado tanto? ¿Ya no como chocolate? No he encontrado ni una barrita en toda la casa. Y mi contraseña es «orégano». Es rarísimo. Oye, ¿y por qué no me habla la señora Bergen? ¿He hecho algo que le ha molestado? Elisabeth también parece enfadada conmigo. Pero tú me quieres, ¿no? Tienes que quererme.

—Para... —Nick la agarró por los hombros y la apartó con delicadeza.

—Porque tenemos tres niños, y yo todavía te quiero...

—No, Alice. —Nick movió la cabeza severamente, como si Alice fuera una niña pequeña a punto de meter los dedos en un enchufe.

—¿Por qué os estáis peleando esta vez?

Alice y Nick se volvieron y se encontraron con Madison apoyada en el quicio de la puerta. Se había duchado. Llevaba puesto un albornoz y tenía la cara recién lavada y el pelo mojado y recogido en lo alto de la cabeza.

—¡Qué guapa estás! —exclamó Alice sin poder evitarlo.

Madison le lanzó una mirada de rabia que le afeó la cara.

—¿Por qué dices siempre tonterías?

—¡Madison! —gruñó Nick—. ¡No le hables así a tu madre!

—¡Es que es verdad! Además, te oí decirle a la tía Ella que mamá era una bruja, así que ¿por qué ahora finges que te cae bien? Sé que la odias.

Alice se quedó sin aliento.

—No odio a tu madre —dijo Nick. Alice vio que tensaba la boca con nerviosismo. Estaba muy envejecido.

—¡Sí que la odias! —insistió Madison.

—¡No la odia! —Era Tom—. ¡Yo sí que te odio a ti! —dijo, dándole un puñetazo en el brazo a su hermana.

—¡Tom! —gritó Nick.

—¡Aaay! —Madison se apretó el brazo y se dejó caer de rodillas en el suelo—. ¡Me ha pegado! ¡A las niñas no se les pega! Ha sido violencia doméstica. ¡Ha sido violencia contra la mujer!

—Tú no eres una mujer —masculló Tom—. Solo eres una niña tonta.

Madison le dio una violenta patada en la espinilla. Tom echó la cabeza hacia atrás y soltó un aullido. Luego miró a Alice con la cara enrojecida, lleno de justificada indignación.

—Mamá, ¿has visto qué patada me ha dado? ¡Yo solo le he dado un golpecito!

—¿Un golpecito? —Madison se remangó el albornoz—. ¿Y esto qué es? ¡Me has dejado una marca! ¡Me saldrá un moratón! ¡Un moratón enorme!

—Madre mía... —Alice suspiró. Cogió la copa de vino y miró a su alrededor, buscando a algún adulto que controlara la situación.

—Más vale que me vaya —anunció Nick.

—¿Estás de broma? —protestó Alice—. ¡No puedes dejarme con ellos!

Madison y Tom se habían enzarzado en una pelea y rodaban por el suelo como dos gatos rabiosos, entre patadas, tirones de pelo y aullidos ensordecedores. Era interesante.

—¿Esto es habitual? —preguntó Alice, tapándose los oídos con los dedos—. Quizá será mejor que nos vayamos de vacaciones sin ellos.

Nick soltó una carcajada, pero la cortó en seco.

—¿De verdad le has dicho a Ella que soy una bruja? —preguntó Alice, y tras una pausa, añadió—: ¿Lo soy?

Nick se acercó a los niños, agarró a Tom por la camiseta, lo levantó en el aire, lo llevó hasta el sofá y lo dejó caer. Luego se volvió hacia Madison.

—¡A tu habitación! —le ordenó.

—¿Yo? ¡Ha empezado él! ¡Él me ha pegado primero! ¡No es justo! Mamá... —Madison se sentó muy recta, con la espalda pegada a la pared, y dirigió una mirada implorante a Alice.

En ese momento apareció Olivia, vestida con una camiseta y unas braguitas con un estampado de fresas.

—Mamá, ¿donde están los pantalones cortos? No me digas que mire en el armario porque me he pasado horas mirando, y tenía los ojos abiertos. —Hizo una pirueta, elevando los brazos por encima de la cabeza.

—Qué bien bailas —la alabó Alice, agradeciendo la distracción.

—Sí, bailo bien... —Olivia suspiró, como si fuera una dura responsabilidad. Levantó su piernecita delgada y morena y contempló admirada la punta del pie. De repente se le ocurrió algo y preguntó—: Mamá, ¿quién me llevará a la Velada del Talento Familiar de Frannie? ¿Papá o tú? ¿En qué casa voy a dormir?

—Pues no lo sé, la verdad... —contestó Alice.

—Solo dormimos en casa de papá los fines de semana. —Madison miró secamente a Alice—. Y el concierto de Frannie es un miércoles, ¿no?

—Supongo que sí, Madison —dijo Alice.

—Me muero de hambre... —Tom suspiró desde el sofá—. ¿Cuándo cenamos, mamá? ¿Tardaremos mucho? Me parece que me está bajando el azúcar...

—Vale, Tom...

—¿Por qué repites todo el tiempo nuestros nombres? —la interrumpió Madison.

—Ah, perdona. Es solo que... Perdonad.

—No nos recuerdas, ¿verdad? —preguntó Madison.

Tom se sentó muy erguido en el sofá y Olivia dejó de bailotear.

—Ni siquiera sabe quiénes somos —les anunció Madison.

21

Alice frunció los labios en un gesto de madre severa, intentando ocultar el miedo que sentía.

—Claro que sé quiénes sois —le dijo a Madison—. No digas tonterías.

—¿Cómo quieres que no nos recuerde, Madison? —protestó Olivia, con los brazos en jarras y sacando tripa—. ¿De qué hablas?

Madison le lanzó una mirada de displicente superioridad.

—Se cayó en el gimnasio y se dio un golpe en la cabeza. Oí que tía Libby le decía al tío Ben que mamá había perdido diez años de recuerdos. ¿Qué te parece? ¡Hace diez años, nosotros no habíamos nacido!

—Bueno, ¿y qué? ¡Sabe quiénes somos! ¡Somos sus hijos! —Olivia parecía ilusionada y preocupada a la vez.

—Niños, ¿por qué no os vais un rato a jugar a la Play o a ver la tele? —propuso Nick—. ¡Y a ver si dejas de escuchar a escondidas las conversaciones de los mayores, Madison!

—¡No escuchaba a escondidas! ¡Estaba en la cocina, sacando un refresco de la nevera! ¿Qué quieres qué haga? ¿Ir por el mundo así? —Se tapó los oídos con los dedos.

—Amnesia —promulgó Tom—. Se llama amnesia. ¿Es eso lo que tienes, mamá?

—Tu madre está perfectamente —dijo Nick.

—¿Mamá? —insistió Tom.

—Vamos a hacerle un examen —propuso Madison—. Preguntadle cosas.

—¿Qué cosas? —dijo Olivia.

—¡Yo lo sé! —Tom levantó una mano como si estuviera en el colegio—. ¡Yo lo sé! A ver, mamá, ¿cuál es mi plato favorito?

—Las patatas fritas —dijo Nick—. ¡Y dejadlo ya!

—¡Pues no! —gritó Tom—. ¡Es el pollo empanado! A veces. Otras veces, el sushi.

—Vale, yo también tengo amnesia. ¡Dejadlo ya, os he dicho!

—Mi plato favorito también es el pollo empanado —comentó Olivia.

—No es verdad —protestó Tom—. Piénsate tú tu pregunta. ¡Siempre me estás copiando!

—¿Cómo se llama mi maestra, mamá? —dijo Madison.

—¡Dejadlo ya! —repitió Nick.

—Ah, esa me la sé. —Alice tuvo que contenerse para no levantar la mano. En la puerta de la nevera había visto el anuncio de una excursión de quinto curso con el nombre de una profesora—. ¡La señora Ollaway! Quiero decir Allaway... ¿Ollaway? Algo así.

Se hizo un sobrecogedor silencio.

—La señora Holloway es la subdirectora —dijo Madison con voz pausada, como quien señala un error increíblemente estúpido y potencialmente peligroso.

—Ah, sí, claro... Eso es lo que quería decir —respondió Alice, compungida.

—No es verdad —la rebatió Madison.

—¿Cuándo es mi cumpleaños, mamá? —preguntó Tom. Acto seguido, señaló admonitoriamente a su padre y exclamó—: ¡Tú no contestes!

—¡Vamos ver! —Nick dio una palmada y chasqueó la boca—. Vuestra madre ha tenido un accidente y está un poco confundida respecto a algunas cosas, eso es todo. Necesita que colaboréis y estéis calladitos, no que la interroguéis. Así que ahora mismo quiero veros poniendo la mesa.

Olivia se acercó a Alice y la tomó de la mano.

—Sabes que mi cumpleaños es el 21 de junio, ¿verdad? —susurró.

—Claro que lo sé, cariño —contestó Alice, y de repente se sintió como una madre—. Es el día en que naciste. Nunca podría olvidarlo.

Alzó la cabeza y vio a Madison en la puerta del pasillo, mirándola con severa concentración.

—Mientes —declaró Madison.

Las notas de Elisabeth para el doctor Hodges

¿Sabe una cosa, doctor Hodges? Voy a tirar la toalla y a tratarlo de tú. Hoy mismo pensaba que lo dejaste bien claro ya en la primera sesión: «Puedes llamarme Jeremy; no hace falta que me trates de usted...», me advertías en un tono muy serio cada vez que yo decía «doctor Hodges...». Seguramente detestas tu apellido. Y no me extraña, porque es un poco rústico. «Hodges» me hace pensar en un señor regordete y calvo, y tú no eres así. De hecho eres bastante guapo, lo cual no me ayuda mucho a concentrarme. Tu aspecto siempre me hace pensar que eres una persona real, y yo no quiero que lo seas. Las personas reales no conocen las respuestas a mis dudas, cometen errores, hablan con autoridad pero se equivocan.

En fin, sea como sea, acabo de bajarte oficialmente del pedestal.

Por cierto, ¿cómo te va, Jeremy? ¿Qué harás este domingo? ¿Te tomarás un vino con tu guapa y fértil esposa, mientras se asa la carne y vuestros niñitos rubios hacen los deberes? ¿Vives en una casa acogedora y cálida, que huele a ajo y a romero?

Aquí no hay ningún asado haciéndose en el horno, ni se escucha ninguna conversación. Solo se oye el sonido de la tele. Siempre se oye el sonido de la tele. No soporto que esté apagada. No soporto el silencio. «¿No podríamos poner música?», insinúa Ben. No. Yo quiero la tele. Quiero tiros y risas enlatadas y anuncios de comida para perros. Nada parece demasiado trágico cuando ruge el televisor.

Así que... ¿De qué te estaba hablando? Ah, sí, de Ben... Nos hemos peleado.

Cuando volvíamos de casa de Alice, Ben ha empezado a hablarme de un tipo al que conoció en la fiesta de anoche. Los vi charlar mientras yo hablaba con el nuevo novio de Alice, que, dicho sea de paso, es un hombre tímido y encantador. Me sentí un poco rara, como si estuviera siendo desleal a Nick, pero me cayó simpático. Y al verlos pensé: «Mira qué bien, Ben ha encontrado a alguien con quien hablar de coches...».

Pero no.

Por lo visto, estaban hablando de infertilidades y adopciones. De repente, Ben se ha convertido en uno de esos tíos que revelan detalles de su vida privada a los desconocidos en las fiestas para padres de preescolar. Le había malinterpretado durante todos estos años. Resulta que no es el hombrón silencioso y atormentado que yo pensaba.

Por lo visto, la hermana de ese tipo pasó por once tratamientos fallidos de fecundación in vitro antes de adoptar a una niña tailandesa, y ahora la niña es una virtuosa del violín y todos viven felices y comen perdices.

Ben apuntó el teléfono de la señora y está dispuesto a llamarla. Mi marido tiene un brillo especial en la mirada, como si acabara de descubrir la fe o el golf... Él, que jamás de los jamases pensaba adoptar, ahora se muere de ganas de adoptar...

Le he preguntado cuántos años había tardado esa señora en tramitar la adopción, pero me ha dicho que no lo sabía.

He cambiado de tema.

Esta noche, en las noticias, hablaban del ciclón de Birmania. Salía una mujer que llevaba un vestido rojo parecido al de Alice. Estaba junto a las ruinas de lo que había sido el colegio de su hija y mostraba la fotografía de una niña muy seria, que parecía de la edad de Olivia. Hablaba educadamente y en un inglés muy correcto con el reportero, explicándole que las autoridades locales se estaban esforzando al máximo. Su tono era sereno, casi profesional. Luego la cámara se ha desviado, pero en cierto momento ha vuelto a enfocarla y entonces la hemos visto arrodillada en el suelo, mordiéndose los puños y aullando de dolor. El periodista ha explicado que la mujer acababa de saber que iban a interrumpirse las operaciones de rescate en el colegio porque había demasiado peligro.

Y yo estaba tan tranquila en mi casa, comiendo palomitas y viendo cómo aquella mujer pasaba por el peor momento de su vida.

No tengo derecho a sentirme triste. No tengo derecho a gastar dinero en un psiquiatra tan caro como tú por perder a unos niños que nunca existieron. En el mundo hay gente que lo pasa mal de verdad. Hay de verdad madres, que han perdido a niños de verdad. He sentido asco de mí misma.

Y de pronto, Ben ha comentado: «Seguro que muchos niños se han quedado sin padres». Lo ha dicho con solemnidad, pero también con un visible matiz de alegría. Como si dijera: «¡Qué bien, tantos padres muertos! ¡Habrá un montón de niños a nuestra disposición! ¡Ahora mismo, una pequeña violinista puede estar saliendo a gatas de entre los escombros!». ¡Uf!

«Sí, qué ciclón tan maravilloso», me he burlado.

«No seas así», ha contestado él.

Y entonces, sin poder contenerme, he empezado a chillar: «¡Yo estaba dispuesta a adoptar, pero tú no querías! Decías que ser adoptado te había alterado psicológicamente...».

Y él me ha interrumpido y ha dicho: «Yo nunca he usado las palabras "alterado psicológicamente"».

Y tiene razón, pero estaba implícito en lo que decía.

«Sí que las has usado», he insistido. En realidad, Jeremy, quería decir que podría haberlas usado.

«Porque tú lo digas», ha replicado él.

¡Odio esa frase! ¡Me repugna, y él lo sabe! Me parece una respuesta de lo más prepotente.

Y después, y eso sí que ha sido el colmo, ha dicho: «Pensaba que eras tú la que no quería adoptar».

Cuando mi cabeza ha dejado de bullir, he replicado: «¿Y por qué pensabas eso?».

«Cada vez que alguien nos preguntaba si habíamos pensado adoptar, te ponías muy nerviosa —me dijo—, y decías que queríamos un hijo biológico.»

«Pero lo decía por ti —le he explicado—. Porque en un principio te opusiste rotundamente a la adopción.»

«Al principio me opuse, sí —ha reconocido—. Pero después de que se malograra un embarazo tras otro, pensé que era la solución más lógica. Lo que pasa es que no insistí porque la mera idea te ponía muy nerviosa.»

Ya ves, Jeremy. ¿No dicen que lo principal en una pareja es la comunicación?

Eso me recuerda aquel programa de la tele sobre accidentes aéreos. A veces, la catástrofe más terrible se debe al error más tonto y nimio.

«En fin, ahora ya es tarde», le he dicho.

«No es tarde», ha contestado él.

«No pienso adoptar; estoy muy cansada», he anunciado.

Y así es, Jeremy. Hace poco pensaba que durante los últimos años he vivido en un estado de fatiga permanente. Estoy cansada de estar cansada y de intentarlo una y otra vez. Ya no me quedan fuerzas, estoy exhausta. Querría pasarme un año entero durmiendo.

«No vamos a ser padres. Se acabó», le he dicho.

Y él, después de pasarse varios minutos mascando palomitas (las trituraba enérgicamente con las muelas, como un conejillo de Indias), ha preguntado:

«¿Y vamos a pasarnos el resto de la vida aquí sentados, viendo la tele?».

«Por mí, ningún problema», le he dicho.

Y entonces se ha levantado y ha salido de la habitación.

Ahora no nos hablamos. No he vuelto a verlo, pero sé que cuando regrese a casa no nos hablaremos. Y si nos dirigimos la palabra, lo haremos de forma fría y educada... lo cual es lo mismo que no hablarnos.

Ahora mismo... no siento nada.

Nada de nada.

Solo un vacío enorme que intento llenar con palomitas y con *Los mejores vídeos caseros de Australia*.

22

Los miembros de la familia Love estaban sentados en torno a la mesa del comedor. Había habido un momento incómodo cuando Alice había intentado sentarse en el sitio de Olivia, pero Nick había salvado la situación señalándole el asiento opuesto con la barbilla.

Los niños soltaban risitas y se removían en sus asientos, como si estuvieran borrachos. Era imposible que se estuvieran quietos. Se resbalaban de la silla, se les caían los cubiertos al suelo y hablaban con voces estridentes, quitándose la palabra el uno al otro. Alice no sabía si era su comportamiento normal. Era un poco molesto, la verdad. Nick apretaba la mandíbula, como si la cena fuera una desagradable intervención médica a la que no tuviera más remedio que someterse.

—Sabía que no te acordarías de que quería hacer lasaña —protestó Madison, lanzando una mirada suspicaz a la hamburguesa.

—¡Tiene amnesia, idiota! —exclamó Tom con la voz pastosa y la boca muy llena.

—¡Comportaos! —exclamó automáticamente Alice.

Se quedó muy sorprendida. ¿Había dicho «comportaos»? ¿Qué significaba eso?

—Vale, vale... —contestó Madison, clavando sus ojos oscuros en los de Alice—. Perdona...

—Muy bien —contestó Alice, y bajó la mirada antes que ella. Aquella niña daba miedo.

—¿Qué hay de postre, mami? —preguntó Olivia. No paraba de dar puntapiés a la pata de la mesa—. ¿Helado o *musi* de chocolate?

—¿Qué es *musi* de chocolate? —dijo Alice.

—¡Ya lo sabes, tonta! —dijo Olivia.

—¡Niñas, que tiene amnesia! —les recordó Tom, dándose una palmada en la frente.

—Mami, mami... —dijo Olivia—. ¿Se te está pasando ya la am... am...? ¿Quieres un Panadol? ¡Voy a buscarte uno!

Y apartó la silla de la mesa.

—Cómete la cena, Olivia —le ordenó Nick.

—Solo quería ayudar, papi... —protestó Olivia.

—Como si un Panadol fuera una gran ayuda —se mofó Tom—. Seguro que tendrán que operarla, neurocirugía o algo así. ¡El otro día salió un neurocirujano en la tele! —Se le iluminó la cara—. ¡Me gustaría diseccionar un ratón para verle el cerebro y los intestinos! ¡Con un bisturí! ¡Sería genial!

—¡Uf! —Madison soltó el cuchillo y el tenedor y apoyó la cabeza en la mesa—. Estoy mareada, voy a vomitar.

—¡Callaos! —les regañó Nick.

—Mira, Madison, un cerebro de ratón... —Tom aplastó la hamburguesa con el tenedor—. Plas, plas, plas... ¡Un cerebro chafado!

—Decidle que pare —protestó Madison.

—Tom... —Nick suspiró.

—Bueno —intervino Alice—. ¿Qué tal lo habéis pasado en el parque acuático?

Madison alzó la cabeza y la miró.

—¿Recuerdas que papá y tú os estáis divorciando? ¿Se te ha olvidado con el golpe?

Nick emitió un gruñido de protesta poco convincente.

—No —dijo Alice, después de considerar la pregunta durante un momento—. No lo recuerdo.

Todos callaron. Olivia soltó el cuchillo sobre el plato. Tom se retorció un brazo y se inspeccionó el hombro con el ceño fruncido. Las mejillas de Madison se tiñeron de rojo.

—¿Así que aún quieres a papá? —preguntó con voz temblorosa. De repente parecía mucho más pequeña.

—Alice... —empezó a decir Nick en tono de advertencia, mientras Alice contestaba:

—Sí, claro que lo quiero.

—Entonces ¿papá puede volver a casa y dormir en su cama otra vez? —Olivia levantó la vista, ilusionada.

—Vamos a cambiar de tema —dijo Nick sin mirar a Alice.

—Se pelearían demasiado —vaticinó Tom.

—¿Por qué nos peleamos? —preguntó Alice, deseosa de saber qué había sucedido.

—No sé —contestó hoscamente Tom—. Dijiste que por eso no podíais seguir viviendo juntos, porque os peleabais. ¡Pero yo tengo que vivir con las tontas de mis hermanas y nos peleamos todo el tiempo! Así que ni siquiera es lógico.

—Os peleabais por Gina —dijo Madison.

—¡No habléis de Gina! —exclamó Olivia—. Me da mucha pena. Es una tragedia tan grande...

—RIP —dijo Tom—. Cuando se habla de alguien que se ha muerto hay que decir «RIP». Significa «Descanse en paz». Tenéis que decirlo cuando la mencionen.

—¿Por qué nos peleábamos por Gina? —preguntó Alice.

—¡RIP! —gritó Tom. Sonó como un hipido.

—¡Qué bien lo hemos pasado en el parque acuático! —intervino Nick—. ¿Verdad, niños?

—Pues mira —empezó Madison—. Creo que papá pensaba que querías a Gina más que a él.

—¡RIP! —gritaron al unísono Tom y Olivia.

—¡Callaos! —protestó Madison—. ¡No tiene gracia que se muera la gente!

Alice vio que Nick tenía la cara roja y congestionada, como si tuviera una insolación, pero no supo si era por rabia o por vergüenza. ¡Ay, Dios! ¿Había tenido una tórrida aventura lésbica con Gina?

—Os peleabais mucho por la American Explós —dijo Tom.

—American Express —lo corrigió Madison.

—Me encanta eso de «American Explós». —Nick alzó la copa como si brindara en son de burla, pero siguió evitando la mirada de Alice.

—Una vez os peleasteis mucho por mi culpa —contó Olivia, orgullosa.

—¿Por qué? —preguntó Alice.

—¿Oh, no te acuerdas? —Olivia la miró preocupada—. Fue ese día en la playa.

—Os lo he dicho un millón de veces: ¡no recuerda nada! —dijo Tom.

—Olivia se perdió y tuvo que venir la policía —explicó Madison—. Gritabas mucho. —Miró a Alice con picardía y añadió—: Así: «¡Olivia, Olivia! ¡Mi hija! ¿Dónde está mi hija?». —Se tapó la cara con las manos y fingió sollozar.

—¿Eso hacía? —Alice se sintió absurdamente ofendida por la imitación.

—Por si no lo sabías —continuó Madison—, Olivia es tu favorita.

—Tu madre no tiene favoritos —dijo Nick.

¿Los tenía? Alice confió que no fuera así.

—Madison, ¿sabías que cuando estaba embarazada de ti, tu padre y yo te llamábamos «la Pasita»? —explicó Alice—. Porque eras tan pequeñita como una pasa.

—No me lo habías contado. —Madison la miró con suspicacia.

—Y a mí, ¿cómo me llamabais? —quiso saber Olivia.

—¿Ah, no? ¿No te lo había contado? —preguntó Alice. Madison se volvió hacia Nick.

—¿Es verdad? ¿Me llamabais «la Pasita»?

—Tu padre me ponía un tubo de cartón de papel higiénico sobre la tripa y hablaba contigo —añadió Alice—. Decía: «¿Me oyes, Pasita? ¡Te está hablando tu padre!».

Madison sonrió, y Alice la miró arrobada. Era la sonrisa más exquisita que había visto en la vida. Sintió una oleada de amor tan intensa que le dolió el corazón.

Cuando bajó la vista hacia la mesa, le vino a la mente un recuerdo repentino.

Estaba dentro de un coche inundado de luz dorada y sentía el olor del salitre y de las algas marinas. Le dolía el cuello. Se volvió para ver cómo estaba la niña. Por suerte, se había quedado dormida. Sus mejillas eran redondas y sonrosadas y sus pestañas muy largas, y tenía la cabeza recostada en el borde de la sillita de viaje. Mientras Alice la miraba, un rayo de luz recorrió la cara de la niña, que abrió los ojos de golpe, bostezó y se desperezó soñolienta. De pronto vio a Alice y en su rostro brotó una gran sonrisa de sorpresa, como si dijera: «¡Vaya, qué increíble! ¡Tú también estás ahí!». Y entonces se oyó un ronquido y la niña miró sobresaltada hacia el asiento del conductor. «No pasa nada, es papá», le dijo Alice.

—Si parábamos el coche, la niña se despertaba —dijo, volviéndose hacia Nick.

Nick siguió comiendo, con la mirada clavada en el plato.

Alice miró con atención a Madison y parpadeó. Aquella niña hosca y extraña era el bebé del recuerdo. El bebé risueño que dormía en el coche era la Pasita.

—Estuvimos toda la noche conduciendo —le contó a su hija—, y cada vez que parábamos te echabas a llorar.

—Lo sé —contestó Madison, otra vez malhumorada—. Y llegasteis hasta Manly y parasteis en el aparcamiento y nos quedamos los tres dormidos en el coche, y al día siguiente me llevasteis a la playa y yo gateé por primera vez. Siempre lo cuentas.

—¡Sí! —exclamó Alice, emocionada—. ¡La niña gateó en la manta de picnic! ¡Y fuimos a buscar cafés y bocadillos de queso y jamón a un chiringuito que tenía un toldo azul!

Era como si hubiera sucedido el día anterior y, a la vez, mil años atrás.

—Cuando yo tenía ocho semanas, dormía toda la noche seguida —dijo Olivia—. ¿Verdad, mamá? ¡Era una campeona durmiendo!

—Chist, espera... —la interrumpió Alice.

Alzó una mano e intentó concentrarse. Recordaba con claridad aquella mañana. La camiseta de rayas de la niña, la barba de tres días de Nick y sus ojos de sueño. Una gaviota blanca recortada contra un cielo muy azul. El viaje los había dejado agotados y aturdidos, pero la sensación de la cafeína los reconfortó. Tenían una hija y estaban inmersos en la felicidad, el miedo, la fascinación y la fatiga de la paternidad.

—Mami... —se quejó Olivia.

Si era capaz de recordar aquel día, también debería ser capaz de retroceder en el tiempo, hasta el momento en que había nacido Madison. Y de ir hacia adelante, hasta el día en que Nick había hecho las maletas y se había marchado de casa.

—Mami... —insistió Olivia.

«Cállate, por favor», pensó Alice.

Tanteó en la oscuridad de su memoria, pero no encontró nada más. Lo único que tenía era aquella mañana.

—Pero Nick... —empezó a decir.

—¿Qué pasa? —preguntó él, con voz hosca y malhumorada. Alice ya no le caía bien. No era que hubiera dejado de quererla, sino que ni siquiera le caía bien.

—Éramos tan felices...

Las notas de Elisabeth para Jeremy

Son las tres de la mañana.

Hola, Jeremy. Ben ha cogido el coche y se ha ido. No tengo ni idea de dónde está.

Estoy muy cansada.

En fin. ¿Sabes que cuando repites muchas veces una palabra, empieza a sonarte rara?

Como por ejemplo... No sé... INFERTILIDAD.

Infertilidad, infertilidad, infertilidad, infertilidad...

Es una palabra fea, liosa, con demasiadas sílabas.

En fin, Jeremy, psiquiatrita mío (como diría Olivia), lo que quiero decir es que cualquier cosa puede volverse extraña y absurda si la observas durante demasiado tiempo. Llevo tantos años deseando ser madre que la propia noción de la maternidad ha empezado a resultarme extraña. Quería ser madre, lo deseaba intensamente, pero ahora ya no tengo tan claro si en realidad lo deseaba o no.

Fíjate en Alice y Nick, por ejemplo. Eran tan felices antes de tener a los niños... Y sí, los quieren, pero seamos sinceros, dan mucho trabajo. Y además, uno tampoco puede disfrutar mucho tiempo de esos adorables bebés, porque enseguida crecen y dejan de serlo. Se convierten en niños, y no siempre son tan monos.

Madison era una niñita preciosa, a la que todo el mundo adoraba. La Madison actual, en cambio, no tiene nada que ver con el bebé de entonces. Siempre está enfadada y de malhumor, y consigue que una se sienta tonta. Sí, Jeremy, una niña de nueve años puede hacerme sentir inferior. Es una muestra de mi inmadurez psicológica, ¿no?

Antes Tom me abrazaba y hundía la cara en mi cuello, y ahora se aparta con un respingo si intento tocarlo. Y te cuenta los programas de la tele con un montón de detalles innecesarios. Es un poco pesado. En ocasiones no puedo evitar ponerme a pensar en mis cosas mientras él habla.

Y Olivia sigue siendo un encanto de criatura, pero a veces es muy manipuladora. Hay momentos en que me da la impresión de que es perfectamente consciente de que es monísima.

¡Y las peleas! Tendrías que verlos cuando se pelean. Dan miedo.

En fin, soy un desastre como tía. Estoy haciendo comentarios desagradables sobre mis tres sobrinos, a los que apenas veo últimamente. ¿Qué clase de madre sería? Una madre terrible, quizá maltratadora. Seguro que me quitarían a los niños para darlos a otras personas. Podría adoptarlos alguna Estéril.

¿Sabes una cosa, Jeremy? Una vez, cuando Olivia era pequeña, estuve cuidándola durante todo el día porque Alice y Gina habían ido a un festival escolar. Olivia se portó de maravilla, y estaba monísima; podría haber ganado el premio al bebé más lindo del mundo. Pero ¿sabes?, por la tarde estaba más que harta de ir de acá para allá diciendo «No, no toques eso», «¡Oooh, mira la lucecita!» y cosas así.

Harta, cansada y un poco irritable. Me alegré de dejarla en brazos de mi hermana cuando volvió a casa. Me sentí ligera como una pluma.

¿Cómo se entiende? Tanta obsesión con ser madre, tanta autocompasión, y un solo día cuidando a una cría me dejó exhausta.

Siempre he pensado, en secreto, que Anna-Marie, mi compañera del grupo de las Estériles, sería una pésima madre, porque siempre se muestra crispada e impaciente. Claro que a lo mejor las demás piensan lo mismo de mí. A lo mejor todas seríamos unas madres horribles. Seguramente la madre de Ben tenía razón cuando decía que la Naturaleza sabe lo que se hace. La Naturaleza sabe que yo sería una madre pésima. Cada vez que me he quedado embarazada, la Naturaleza ha dicho: «Esta criatura estaría mucho mejor muerta que con una madre como esa».

Después de todo, la madre de Ben tampoco podía tener hijos, y ya ves, fue una madre pésima.

Conclusión: no deberíamos adoptar.

Ya no deseo ser madre, Jeremy.

Madre, madre, madre, madre...

Suena como «cafre».

Ni siquiera sé por qué estoy llorando.

Meditaciones de una bisabuela

Bueno, no sé por qué me he decidido a seguir tu consejo, DorisdeDallas, pero ¡lo he hecho! He invitado a X a cenar y estoy preparando mi famosa quiche de queso y cebolla.

No sé muy bien qué pretendo, pero me he hartado de que todos esos carcamales me compadezcan y me digan que «necesito animarme».

Me preguntabais por qué me desengañó el amor. Pues bien, es una historia de lo más vulgar. Al principio de la guerra, estaba enamorada de un chico que se llamaba Paul, y estaba convencida de que terminaríamos casándonos. Cuando se alistó en el ejército fui a visitarlo al cuartel, pero resulta que también fue su otra novia. Me parece estar viéndola ahora mismo: era una chica morena, muy guapetona. Paul tenía a una rubia y a una morena a su disposición. Era un juerguista. Se rió cuando nos vio aparecer al mismo tiempo; le pareció muy divertido. Debió de ser entonces cuando perdí el sentido del humor.

Paul murió en un campo de prisioneros de guerra japonés. Pobre chico, tan guapo y tan egoísta. Qué pena que muriese tan joven, cuando aún le quedaban tantos corazones por romper...

La otra chica lo superó bastante bien. Se casó con otro hombre y tuvieron seis hijos. Yo no fui tan fuerte. Cada vez que un joven demostraba interés por mí, le decía «No, gracias». No sé si fue un error, pero, por lo que tengo visto, el matrimonio tampoco es un lecho de rosas. Me he ahorrado preparar cenas, lavar camisas y tener a un señor diciéndome qué debo hacer. He tenido un trabajo maravilloso y apasionante y he viajado mucho. No ha sido una vida tan mala.

COMENTARIOS

Abuela Molona dijo...
El matrimonio es una bendición, Frannie... ¡siempre que seas hombre! Es una broma, pero tu post me ha dado que pensar.

En agosto, Ed y yo celebraremos nuestras bodas de oro. Cincuenta años de momentos felices y de momentos tristes. No es fácil imaginar cómo habría sido mi vida si hubiera elegido un camino distinto. No cambiaría nada, por supuesto. Aunque me gustaría que Ed no fuera tan agarrado...

AB74 dijo...
El matrimonio es amor y el amor es ciego. Por lo tanto, el matrimonio es una institución para invidentes. ¡Ja, ja! Es uno de mis chistes favoritos. Me encanta contarlo en las bodas. Siempre cae alguna carcajada. Yo también soy un soltero empedernido.

Frank Neary dijo...
¡Si hubiera conocido al hombre adecuado...! Alguien más joven, dispuesto a tratarla como a una reina... Reconozco sin rubor que he llorado al imaginarla en aquella estación de tren.

DorisdeDallas dijo...
Me alegro de saber que te has decidido a romper el hielo con X. ¡Bien por ti! ¡Mantennos informados! Por cierto, hablas de tu vida como si hubiera llegado a su fin. Te quedan muchos años por delante, Frannie. Lo sé.

23

—Allá vamos. ¿Ya os habéis puesto el cinturón? —preguntó Alice.

Al ir a meter la llave en el contacto, le tembló un poco la mano. ¿Realmente conducía todos los días de su vida aquel coche tan gigantesco? Parecía un camión. Por lo visto, era algo a lo que llamaban «todoterreno».

—¿Te parece prudente que mañana los lleves tú al colegio? Si crees que pueden correr algún riesgo, no tengo inconveniente en llevarlos yo —había dicho Nick la noche anterior, antes de irse.

Alice había querido contestar: «¡Por supuesto que es una imprudencia que los lleve yo, idiota! ¡Ni siquiera sé dónde está el colegio!», pero en el tono de Nick había algo que le erizó el vello de la nuca y le inspiró una reacción intensa y curiosamente familiar, muy parecida a... ¿la ira? Por lo visto, Nick había adquirido la costumbre de dirigirse a ella en un tonillo desdeñoso. Y aquella vocecita no dejaba de repetir dentro de su cabeza: «Este cabrón quiere hacerme sentir una mala madre...».

—No hay problema —contestó, ante lo cual Nick soltó otro de sus suspiros malhumorados.

Y al verlo subir a su flamante coche nuevo, Alice sintió algo parecido al alivio, a la vez que pensaba: «¿Por qué no sube a dormir conmigo?».

Ahora, los tres niños ocupaban el asiento trasero y estaban de muy mal humor. Si la noche anterior parecían borrachos, en ese momento se comportaban como si tuvieran resaca. Estaban protestones, pálidos y ojerosos. ¿Habían dormido mal por culpa de ella? Alice sospechó que les había dejado quedarse levantados demasiado tiempo. Al preguntarles a qué hora se iban a dormir normalmente, habían respondido de una forma muy vaga.

Alice ajustó el retrovisor.

—¿Te acuerdas de cómo se conduce? —preguntó Tom.

—Sí, claro. —La mano de Alice se mantuvo suspendida en el aire durante un instante, nerviosa, por encima del freno de mano.

—Llegamos tarde —le advirtió Tom—. Tendrás que pasarte un poco del límite de velocidad.

La mañana había sido rara y estresante. Tom había aparecido en la puerta de la habitación de Alice a las siete en punto, preguntando: «¿Ya has recuperado la memoria?». «No del todo», había contestado Alice, aturdida después de pasarse toda la noche soñando que Nick le chillaba. «¡Aún no recuerda nada!», había oído gritar a Tom, y luego el sonido de la tele. Al levantarse se había encontrado con Madison y Tom en pijama, tomando leche con cereales frente al televisor. «¿Veis la tele antes de ir al colegio?», les había preguntado. «A veces», había respondido recelosamente Tom, sin apartar los ojos de la pantalla. Veinte minutos después estaba nerviosísimo, diciendo a voces que tenían que salir en cinco minutos, pero había sido entonces cuando se habían dado cuenta de que Olivia seguía durmiendo tan tranquila. Por lo visto, era Alice la encargada de despertarla.

«Me parece que Olivia no se encuentra bien», había dicho Alice, viendo que la cabeza de la niña se desplomaba todo el rato sobre la almohada, mientras su vocecita soñolienta murmuraba: «No, gracias, no te vayas, gracias, adiós...».

«Todas las mañanas está así, mamá», había explicado Tom con displicencia.

Al final, después de que Alice lograra enfundar a una semicomatosa Olivia en el uniforme del colegio y meterle unas cuantas cucharadas de leche con cereales en la boca mientras Madison se pasaba media hora en el baño haciendo rugir el secador del pelo, habían logrado salir todos de la casa, escandalosamente tarde según Tom.

Alice empuñó por fin el freno de mano.

—¿Te has peinado, mamá? —preguntó Madison—. Estás un poco... asquerosa. Sin ofender...

Alice se llevó una mano a la cabeza e intentó alisarse el pelo. Había dado por supuesto que no hacía falta arreglarse para llevar a los críos al colegio; no se había molestado en peinarse o maquillarse, y se había puesto unos vaqueros, una camiseta y una sudadera roja que había encontrado al fondo de un cajón. Era una sudadera vieja y raída, y Alice se había dado cuenta, sobresaltada, de que recordaba el momento de ir a comprarla con Elisabeth como si hubiera sucedido la semana anterior.

La semana anterior de diez años atrás.

—No seas mala con mami... —protestó Olivia, dirigiéndose a Madison.

—«No seas mala con mami...» —la imitó Madison con voz melosa.

—¡No me imites! —Alice notó en los riñones el puntapié de Olivia.

—Vamos muy retrasados —se quejó Tom.

—¿Podríais callaros los tres, por una vez? —masculló Alice con una voz que no era la suya, y al mismo tiempo accionó el freno de mano y, manejando el volante forrado de cuero con manos expertas, salió del jardín en marcha atrás y giró a la izquierda, como si supiera exactamente qué palabras debía decir y hubiera practicado aquella maniobra millones de veces.

Se acercó al primer semáforo con la mano sobre el mando del intermitente, a punto de señalar el giro a la derecha.

En el asiento posterior reinaba un desagradable silencio.

—Bueno, ¿qué vais a dar hoy en el colegio? —preguntó Alice.

Madison soltó un suspiro exagerado, como si nunca hubiera oído un comentario tan estúpido.

—Los volcanes —dijo Tom—. Nos enseñarán cómo funcionan las erupciones volcánicas. He preparado una lista de preguntas para la señorita Buckley. Son preguntas muy difíciles.

Pobre señorita Buckley...

—Nosotros vamos a hacer un regalo sorpresa para el día de la Madre —anunció Olivia.

—Ahora ya no es sorpresa —dijo Madison.

—¡Sí que lo es! —protestó Olivia—. Es una sorpresa, ¿verdad, mamá?

—Sí, claro que es una sorpresa. No sé qué estáis haciendo —dijo Alice.

—Estamos haciendo unas velas —explicó Olivia.

—¡Ajá! —se burló Madison.

—Bueno, sigo sin saber de qué color son —observó Alice.

—¡Rosa! —anunció Olivia.

Alice rió.

—¡Qué idiota eres! —exclamó Madison.

—No le digas eso —la riñó Alice. ¿Elisabeth y ella también se hablaban así? Bueno, estaba ese día en que Elisabeth le había arrojado las tijeritas de manicura. Por primera vez, Alice sintió pena por su madre. No recordaba que les hubiera gritado nunca cuando se peleaban; se limitaba a suspirar y a decir en tono quejoso: «Portaos bien, niñas...».

Pararon en un semáforo rojo. Cuando se puso verde, Alice no tenía ni idea de hacia dónde debía dirigirse.

—Mmm —murmuró.

—Todo recto y la segunda a la izquierda —indicó lacónicamente Tom desde el asiento trasero, en un tono tan parecido al de su padre que a Alice le entraron ganas de reír.

Siguió conduciendo, otra vez con la sensación de que el coche era enorme y extraño.

Vio que delante de ellos iba otro coche tan grande como el suyo, con una mujer al volante y dos cabecitas asomando por la luna trasera.

Alice era una madre que llevaba a sus tres niños al colegio. Lo hacía todos los días. Era absurdo e increíble.

—A ver, contadme. ¿Soy muy dura, comparada con las demás mamás del colegio? —preguntó.

—Eres como una nazi, como la Gestapo —opinó Madison.

—Estás en la media —dictaminó Tom—. La mamá de Bruno, por ejemplo, nunca le deja apuntarse a las excursiones del colegio, ya ves qué mala es. Pero también está la madre de Alistair, que la deja quedarse levantada hasta las nueve e ir al Kentucky Fried Chicken siempre que quiere y ver la tele mientras desayuna.

—¡Ajá! —dijo Alice.

—Ah, sí... —Tom soltó una risita—. Perdona, mamá.

—¿Y cuándo soy como una nazi? —dijo Alice.

—No te preocupes —dijo Madison tras un suspiro—. No puedes evitarlo.

—Yo no creo que seas dura —dijo Olivia—. Solo que... a veces te enfadas un poco.

—¿Qué me hace enfadar? —preguntó Alice.

—Yo —dijo Madison—. Solo de verme, ya te enfadas.

—Normalmente te enfadas mucho si llegamos tarde a la escuela —dijo Tom—. Y... vamos a ver... ¿qué más...? Los portazos. No soportas que demos portazos. Tienes unos oídos muy delicados.

—Y te enfadas con papi —dijo Olivia.

—Ah, sí —corroboró Tom—. Con quien más te enfadas es con papá.

—¿Por qué? —Alice procuró no parecer demasiado interesada—. ¿Qué hace papá que me da tanta rabia?

—Lo odias —dijo Tom.

—Estoy segura de que eso no es verdad —manifestó Alice.

—Sí, lo odias —dijo tristemente Madison—, pero se te ha olvidado.

Alice miró el reflejo de sus tres preciosos hijos en el retrovisor. Tom fruncía el ceño, mirando su voluminoso reloj de plástico; Oliva contemplaba la carretera con expresión soñadora, y Madison había cerrado los ojos y tenía la frente apoyada en la ventanilla. ¿Qué les habían hecho, Nick y ella? Hablaban de odio con tanta indiferencia... Se sintió muy avergonzada.

—Lo siento —dijo.

—¿Qué sientes? —preguntó Olivia, que por lo visto era la única que la estaba escuchando.

—Lo de papá y yo.

—Ah, tranquila —dijo Olivia—. ¿Podremos tomar leche con cacao al volver del colegio?

—Flechita verde —indicó lacónicamente Tom.

Alice entró en una calle flanqueada de coches grandes como camiones, muy parecidos al que ella misma conducía. Parecía un festival de mujeres y niños. La mujeres estaban en grupitos de dos o tres, con las gafas de sol encaramadas a la frente y el fular alrededor del cuello. Llevaban vaqueros, botas altas y chaquetas de ante de diseño caro. ¿Acaso todas las madres de ahora eran delgadas y atractivas? Alice intentó recordar a las madres de sus tiempos escolares. ¿No eran más bien regordetas y feas? ¿No eran discretas y anodinas? Algunas de las madres la saludaron con un gesto. Reconoció a un par de invitadas que habían pillado una buena cogorza en el cóctel para los padres de preescolar. ¡Uf! Tendría que haberse arreglado el pelo...

Por todas partes pululaban niños vestidos de uniforme azul, como bandadas de pajarillos. Todos con sus caritas inocentes y su piel tersa...

—No es tarde —dijo Alice.

—Para nosotros, sí —masculló Tom—. Tengo reunión del club de espías. No saben qué hacer sin mí.

Encontraron un hueco para aparcar.

—Cuidado —le advirtió Tom cuando el coche topó con el bordillo.

Alice respiró aliviada al sacar las llaves del contacto. Los niños se quitaron rápidamente el cinturón de seguridad, abrieron la puerta de golpe y bajaron del coche con la mochila al hombro.

—¡Eh, no tan deprisa! —exclamó Alice, preocupada por el protocolo de la despedida.

Al bajar del coche vio a Dominick. Llevaba corbata y una camisa cuidadosamente remangada, y se había agachado para hablar con tres niños que le estaban contando algo de un balón de fútbol. Dominick asentía con seriedad, como si estuviera en una reunión de altos ejecutivos. Cerca había dos madres, esperando para hablar con él. Cuando la vio, Dominick le guiñó un ojo, y Alice sonrió avergonzada. Era simpático, no se podía negar. Era muy, muy, muy... simpático.

—¿Ya os habéis acostado? —murmuró junto a su oído una voz afectada, y la nariz de Alice se impregnó de un olor dulzón y denso a salón de belleza.

Otra vez la pesada de Kate Harper.

—Ah, hola —la saludó Alice, y retrocedió un paso.

Kate llevaba una gabardina muy elegante, la tez maquillada y los labios embadurnados de brillo. Demasiado arreglada para esa hora de la mañana.

—Estoy muerta de envidia... —dijo Kate sin esperar respuesta—. Nosotros llevamos un año...

—¿Un año?

—Un año sin hacerlo. Seguro que me han salido telarañas...

Qué cosas te cuentan los desconocidos...

—Por cierto, cuidado con las lobas —dijo Kate, mirando a Dominick—. Miriam Dane lleva años detrás de él. Por lo visto, le comentó a Felicity que era muy feo que empezaras a perseguirlo justo después de separarte de Nick. Te juro que quería pararle los pies, pero pensé que te gustaría saber más detalles. —Bajó la voz y su bonita cara adoptó una expresión desagradable—: Te morirás de risa. Por lo visto, en la fiesta del otro día, después de unas copas, Miriam te llamó... eso.

Alice la miró con desconcierto.

—Te llamó pendón —especificó, bajando la voz. La alzó de nuevo y añadió en tono estridente—: ¿No es gracioso? ¡Suena tan antiguo! Pensé: «Tengo que contárselo a Alice, le encantará...». ¡La envidia la reconcome! Y claro, no soportó que Tom metiera un gol el otro día, porque claro, ya sabes que ha apuntado a su Harry a clases particulares de fútbol porque según ella tiene mucho talento. ¡Ja, ja! ¡Talento, ese cochinillo!

Alice empezó a angustiarse. Miró en derredor por si veía a sus hijos, en busca de una excusa para escapar de Kate. Tom estaba sentado en un banco, hablando con dos niños que lo escuchaban con gran atención; uno de ellos estaba tomando notas. Olivia estaba dando una voltereta lateral mientras un corro de niñas la aplaudían. No vio a Madison.

—Bueno —dijo al final—. Dile a Miriam que no se preocupe. Voy a volver con Nick.

—No hablarás en serio —dijo Kate, agarrándola del brazo con tanta fuerza que le hizo daño.

—Pues sí. —Alice pensó en la frialdad con que Nick se había despedido la noche anterior—. En fin, lo estamos intentado.

—Pero ¿qué ha ocurrido? Si justo la semana pasada decías que... En fin, es que... ¡Jolín! ¡Parecía que la cosa no tenía arreglo! Dijiste que no soportabas verlo, que te ponía enferma, que nunca lo perdonarías, que...

—¿Perdonarlo por qué? —la interrumpió Alice.

—¡Es tan sorprendente...! —Kate se apartó un mechón de pelo rubio que se le había pegado al brillo de labios. Estaba tan nerviosa que ya no usaba un acento tan afectado.

—¿Qué tengo que perdonarle? —insistió Alice, reprimiendo el deseo de rodear con sus manos el perfecto cuello de Kate Harper y estrujarlo.

—¡Eh, chicas!

Una mano se posó suavemente en su hombro. Alice alzó la vista y vio a Dominick.

—¿Cómo estás, Kate? —dijo Dominick, sin apartar la mano del hombro de Alice, acariciándolo disimuladamente. Era agradable, pero Nick podía hacer lo mismo sin necesidad de disimular—. Felicidades a las dos. Estuvo genial la fiesta del sábado.

Era una extraña mezcla de autoridad y timidez.

—¿Cómo estás, Dominick? —lo saludó Kate. Su rostro resplandecía ante la expectativa de enterarse de más cotilleos.

—Ya ves, enfrentándome a otro lunes. —Dominick retiró la mano y Alice echó de menos el contacto. El director dio un par de saltitos arrastrando los pies y alzando los puños, en una burda imitación de un boxeador.

Sonrió a Alice y le tocó un momento el brazo.

—Luego hablamos.

Ella le sonrió también. Dominick la miraba como Nick cuando empezaban a salir. Era una mirada que la hacía sentirse tremendamente deseable e interesante. Pensó en cómo la había mirado Nick el día anterior.

—Vale —dijo.

—Ven aquí, Dominick. ¡Te necesitamos! —gritó una mujer.

Dominick acudió obedientemente a donde lo reclamaban.

—Deduzco que aún no le has contado lo de Nick y tú... —comentó Kate, ansiosa.

—Ah, pues no. Todavía no.

—Pero ¿es definitivo?

—Eso creo. Eso espero. Es un secreto, más o menos.

—¡Lo entiendo! ¡Mis labios están sellados! —Kate hizo como si se cerrara la boca con cremallera.

—¿Por qué tengo que perdonar a Nick?

—¿Cómo dices...? —Kate la miró desconcertada—. Ah, bueno, ya sabes... Me refería a lo de Gina.

—¿Qué pasó con Gina? —Mentalmente, Alice tenía a Kate agarrada por los hombros y la estaba zarandeando con violencia.

—Ya sabes, lo de que Nick no se molestó en ir al funeral... Estabas tan... En fin, por eso me extraña tanto lo que acabas de decirme.

¿De modo que Nick no había asistido al funeral de la mejor amiga de Alice? ¿Por qué? Seguro que tenía un buen motivo. No debían de estar divorciándose por eso.

—¿Puedo decirte una cosa? —dijo Kate. Jugueteó con un botón de la gabardina y alzó la vista; por la expresión de su rostro, se sentía incómoda—. Mira, no volváis si es solo por los niños. Mis padres siguieron juntos por los hijos... —Remarcó las palabras «por los hijos» con el gesto de las comillas—. Y créeme, los niños saben perfectamente cuándo sus padres se odian. No es agradable. No es un ambiente adecuado para crecer. Y además, Dominick es un buen partido, de verdad. Así que este ha sido el consejo de Kate de hoy, querida. Me marcho... ¡Tengo muchísimas cosas que hacer!

Kate se alejó taconeando con sus lujosos zapatos, balanceando el bolso que llevaba colgado al hombro y ciñéndose el cinturón de la gabardina.

Quizá no era tan temible, después de todo.

Las notas de Elisabeth para Jeremy

No me apetecía ir al análisis de sangre de esta mañana. Quería saltármelo, hacer novillos.

Pero claro, allí estaba, a las ocho en punto, escribiendo mi nombre en el impreso de recepción, tendiendo el brazo a la enfermera, comprobando que había apuntado bien mi apellido y mi fecha de nacimiento en el tubo de ensayo, apretando el algodón contra el brazo para detener la sangre.

«Buena suerte», me ha dicho la enfermera cuando me he ido.

Es esa que siempre dice «buena suerte» en un tono un poco condescendiente. «A la mierda tus buenos deseos», le he dicho, y le he dado un puñetazo en la nariz.

¡Es broma, J! No le he dicho eso, por supuesto. He dicho «gracias», y luego me he ido a la oficina y me he encontrado a Layla más contenta que unas pascuas, anunciándome que el seminario había ido muy bien después de marcharme el viernes, que las valoraciones habían sido muy positivas y que teníamos doce reservas para la jornada de nivel avanzado.

«¿No vas a preguntarme por qué me marché? —le he dicho—. ¿Recuerdas que me dijeron que mi hermana estaba en el hospital?»

Y ya ves, Jeremy, toda su carita de ilusión se ha venido abajo. La he visto tan avergonzada que me he sentido como si le hubiera dado una patada a un gatito. Layla se ha deshecho en disculpas, diciéndome que creía que no me gustaba hablar de temas personales.

Y es verdad, no me gusta. ¡Nunca me ha gustado! Pobrecita...

Ha sido la prueba definitiva de que soy una mala persona.

Alice estaba sentada en la veranda, disfrutando del sol otoñal, comiendo las tortitas con Nutella que le había dejado su madre y preguntándose dónde tenía que estar al cabo de un rato. En su agenda ponía: «L - 10 horas». ¿Qué era L? ¿Alguien que la esperaba en algún sitio? ¿Era una cita importante? Pensó que debería llamar a Elisabeth o a su madre para averiguarlo, pero no le apetecía. Sería mejor echar un sueñecito.

«¡Un sueñecito! ¿Estás de broma? Tienes un millón de cosas que hacer.»

Otra vez la vocecita impertinente.

—¡Cállate! —dijo Alice en voz alta—. ¡No me acuerdo de ese millón de cosas que tengo que hacer!

Cerró los ojos y sintió el calor del sol en la cara. Lo único que se oía era el rugido distante de una moto. Reinaba el impresionante silencio de los barrios residenciales a media mañana. Normalmente solo podía disfrutar de aquella paz cuando estaba enferma y no iba al trabajo.

Abrió otra vez los ojos y bostezó. Le apetecía otra tortita. Solo quedaba una. Alzó la vista y vio el cartel de «en venta» de la casa de enfrente. Así que allí era donde vivía Gina. Seguro que había entrado muchas veces en esa «elegante vivienda recién reformada», a pedir una tacita de azúcar o a lo que fuera. Si se lo hubiera planteado, habría dado por sentado que a partir de los treinta años ya no haría más amistades nuevas; le bastaba con las que tenía. Además, solo le apetecía salir por ahí con Nick y con Elisabeth, y estaba a punto de ser madre. Ya era suficiente distracción.

Por lo visto, sin embargo, la amistad con Gina había sido un elemento importante en su vida. Y de pronto Gina había muerto, y ella se había quedado desolada. Se sintió un poco tonta, como si se tomara las cosas demasiado en serio.

El rugido de la moto se fue acercando.

¡Vaya! Estaba entrando en su jardín. ¿Sería «L»?

Alice se limpió la boca con una mano y dejó el plato sobre el escalón de la veranda.

Un chico con cazadora negra de cuero y la cara oculta tras la visera opaca del casco detuvo la moto delante de ella y levantó una mano enguantada a modo de saludo. Paró el motor, desplegó el caballete en un movimiento y bajó de la moto.

—¿Qué pasa, colega? —la saludó, mientras se quitaba el casco y se desabrochaba la cazadora.

—Hola, ¿qué tal? —respondió Alice, impresionada porque nunca la habían llamado «colega».

Era tan guapo que parecía de broma. Era todo hombros, bíceps, mirada penetrante y barba de tres días. Sin poder evitarlo, Alice miró a su alrededor, buscando a otra mujer. Era muy triste estar junto a un hombre tan guapo sin poder intercambiar una mirada con una amiga o con una hermana.

No estaría saliendo también con ese, ¿no? Era imposible; no podía aspirar a un hombre así. Parecía un personaje de cómic. Alice notó el cosquilleo de la risa en el estómago.

—¿Qué haces comiendo justo antes de una sesión? —preguntó aquel dios del sexo.

—¿Una sesión? —repitió Alice. La cabeza empezó a darle vueltas. Dios mío... quizá era un gigoló y estaba allí para atenderla... Después de todo, era una señora madura con piscina.

—No es propio de ti —concluyó el chico. Cuando se quitó la cazadora de cuero, la camiseta blanca se le subió un poco y dejó a la vista su abdomen.

En fin, tampoco sería el fin del mundo. Total, si ya estaba pagado...

Alice empezó a reír sin poder contenerse.

—¿Qué me he perdido? —preguntó el chico, sonriendo con recelo.

Dejó el casco sobre la moto y caminó hacia ella. ¿Qué podía contestar Alice? ¿Quizá: «Eres tan guapo que me ha entrado la risa»?

Se reía tan fuerte que le temblaban las piernas. El chico le lanzó una mirada, ofendido. ¡Vaya por Dios! Los guapos también eran personas, tenían sentimientos... Alice intentó serenarse.

—He tenido un accidente —explicó mirándolo—. La semana pasada, en el gimnasio. Me di un golpe en la cabeza y he perdido un poco la memoria. Lo siento, no sé quién eres ni... Bueno, no sé por qué estás aquí.

—¡Estás de broma! —El chico la miró—. Hoy no es el día de los Inocentes, ¿verdad?

—No... —Alice suspiró. Había dejado de reír y le dolía un poco la cabeza—. No sé quién eres.

—Soy yo —dijo él—. Luke.

—Lo siento, Luke. Necesito más datos.

El chico soltó una risita y miró en derredor, como si comprobara que no había nadie que pudiera verle hacer el ridículo.

—Soy tu entrenador personal y vengo todos los lunes para nuestra sesión de ejercicio.

Con razón estaba tan fibrado.

—Así que me entrenas... ¿Y qué hacemos exactamente?

—Bueno, vamos variando. Un poco de cardio, mancuernas... Últimamente estábamos probando el entrenamiento por intervalos.

Alice no tenía ni idea de qué le estaba contando.

—Acabo de comerme tres tortitas con Nutella —dijo, enseñándole el plato.

Luke se sentó a su lado y cogió la que quedaba.

—No hace falta que te diga cuántas calorías acabas de engullir.

—Ah, pues miles... —concluyó Alice—. Miles de deliciosas calorías.

El chico la miró con recelo.

—Bueno, si tienes un traumatismo craneal, imagino que hoy es mejor no entrenar.

—Muy bien —aceptó Alice. No quería entrenar delante de ese hombre. Se ruborizaba solo de pensarlo—. Te pagaré igualmente, claro.

—Tranquila.

—No, no. Insisto.

—Bueno, lo dejaremos en cien.

¡Caray! ¿Cuánto le pagaba normalmente?

—Supongo que eso de la memoria es pasajero, ¿no? —preguntó el chico—. ¿Qué te han dicho los médicos?

Alice hizo un gesto displicente con la mano. No quería hablar de eso con él. ¡Cien dólares!

—¿Cuánto hace que eres mi entrenador personal? —preguntó.

Luke extendió sus largas piernas y se apoyó en los codos.

—Ah, pues hará unos tres años. Gina y tú erais mis segundas mejores clientas. Al principio me reía mucho con ella. ¿Recuerdas qué números montaba cuando os hacía subir corriendo las escaleras del parque? «Las escaleras no, Luke, lo que sea menos las escaleras...», decía. Pero enseguida mejoró mucho. Las dos os pusisteis en forma. —Calló de repente, y Alice vio sobresaltada que estaba intentando contener las lágrimas—. Lo siento —añadió Luke con voz ahogada—. Es la primera vez que se muere una persona que conozco, y me impresiona mucho. Cada vez que vengo a entrenar contigo me acuerdo de ella. Quiero decir... Bueno, ya sé que tú debes de echarla de menos mucho más que yo, claro. Pensarás que soy tonto.

—No la recuerdo —dijo Alice.

Luke la miró desconcertado.

—¿No recuerdas a Gina?

—No. Bueno, sé que éramos amigas, y sé que ha muerto.

—¡Guau! —exclamó Luke. La miró sin saber qué decir, y al cabo de un momento exclamó—: ¡Qué fuerte!

Alice inclinó el cuello a un lado y a otro. Sentía un intenso deseo de beber o de comer algo muy concreto, aunque no sabía qué. Se notaba bastante irritable.

—Luke —dijo de improviso—, ¿te hablé alguna vez de Nick?

Ya que le estaba pagando cien dólares por charlar, más valía que le aportara información útil.

Luke sonrió, luciendo una sólida dentadura blanca. Era un anuncio de dentífrico con patas.

—Gina y tú siempre me estabais sonsacando mi opinión masculina sobre vuestros problemas matrimoniales. Y yo os decía: «Calma, chicas. ¡Que estoy en minoría!»

—Vale, vale —contestó Alice. Le extrañaba sentirse tan

irritable—. Es solo que no recuerdo por qué me estoy divorciando de Nick.

—Ah —dijo Luke. Se tumbó boca abajo y empezó a hacer abdominales apoyado en el escalón de la veranda—. Recuerdo que una vez me dijiste que, al final, el divorcio se reducía a una sola cosa. Cuando volví a casa se lo conté a mi novia. Sabía que le interesaría.

Dobló un brazo tras la espalda y se puso a hacer abdominales con una sola mano. ¿Realmente era necesario?

—¿Y...? —lo apremió Alice, mientras él soltaba un gruñido y cambiaba de brazo—. ¿Qué cosa era?

—No me acuerdo. —Se incorporó y sonrió al ver la cara de Alice—. ¿Quieres que la llame?

—¿Te importaría...?

Luke sacó el móvil y pulsó un botón.

—¿Qué pasa, nena? Sí, no... tranquila. Estoy con una clienta. ¿Te acuerdas de que te conté lo que me había dicho esa señora, que su divorcio se reducía a una sola cosa...? Sí... no... Solo quiero saber... ¿Qué era? —Escuchó un momento—. ¿Ah, sí? ¿Estás segura? Vale. Un beso. Chao.

Colgó y miró a Alice.

—La falta de sueño —explicó.

—¿La falta de sueño? —repitió Alice—. No parece muy lógico.

—Sí, eso dice mi novia también, pero me acuerdo de que Gina parecía entenderte.

Alice suspiró y se rascó la mejilla. Estaba harta de oír hablar de Gina.

—Estoy de mal humor. Creo que necesito comer chocolate o... algo.

—Te hace falta tu dosis —dijo Luke.

¿Su dosis? ¡Solo faltaba eso! ¿Se había vuelto una drogadicta? ¿Dejaba a los críos en el cole y se iba a casa a esnifar unas rayas de coca? ¡Seguro que sí! ¿Cómo si no iba a conocer expresiones como «esnifar unas rayas»?

—Tu dosis de cafeína. Necesitas desesperadamente tu capuchino.

—Pero yo no tomo café —dijo Alice.

—Eres una cafeinómana —dictaminó Luke—. No te he visto nunca sin un vaso de cartón lleno de café en la mano.

—No he bebido ni un solo café desde el accidente.

—¿Y has tenido dolor de cabeza?

—Pues sí, pero pensaba que era por el golpe.

—También puede ser el mono de cafeína. A lo mejor es la ocasión de dejarlo. Llevo siglos intentando convencerte de que lo dejes.

—No —dijo Alice. Por lo menos, ahora el deseo que sentía tenía nombre. Le parecía percibir el olor de los granos de café, su sabor... Lo necesitaba urgentemente—. ¿Y sabes dónde me tomo el café?

—Claro. En Dino's. Según tú, hacen el mejor café de Sidney.

Alice lo miró sin comprender.

—La cafetería de la carretera, al lado de los multicines.

—Ajá. —Alice se levantó—. Perfecto, gracias.

—Ah, ¿ya hemos terminado? Muy bien. —Luke se puso en pie, intimidándola con su estatura. Parecía a la espera de algo.

Alice comprendió, sobresaltada, que Luke estaba a la espera de cobrar. Entró en la casa y cogió el monedero. Le dolió físicamente tenderle dos billetes de cincuenta dólares. Ya no le parecía tan guapo.

Luke extendió su manaza y cogió jovialmente el dinero.

—Espero que estés mejor la semana que viene, ¿vale? ¡Haremos una sesión intensiva para compensar!

—Genial —contestó Alice, exultante. ¿Le pagaba más de cien dólares a aquel tío para que le dijera qué ejercicios hacer cada semana?

Contempló cómo la moto salía rugiendo del jardín y movió la cabeza pensativamente. Muy bien: café... Miró el escalón donde Luke había estado haciendo abdominales y de repente se agachó y apoyó las manos en el suelo, puso el cuerpo horizontal, tensó los músculos del estómago, dobló los codos y bajó lentamente el pecho hacia el suelo.

«Uno, dos, tres, cuatro...»

¡Cielos! ¡Estaba haciendo abdominales!

Contó hasta treinta antes de desplomarse exhausta, con el pecho ardiendo y los brazos doloridos, y exclamó: «¿Qué te parece?», mirando alrededor con expresión triunfante, buscando a alguien que no estaba allí.

Solo había silencio.

Alice se sentó con las rodillas abrazadas y contempló el cartel de «en venta» del jardín de enfrente.

Tuvo la sensación de que la persona a la que esperaba encontrar era Gina.

Gina.

Era muy raro echar de menos a alguien a quien ni siquiera conocía.

24

Las notas de Elisabeth para Jeremy

Bueno, no sé... esta mañana parecías un poco de mal humor. ¿Eso está permitido? ¿Puede tener sentimientos un psicoterapeuta? Yo creo que no, J. Guárdatelos para las sesiones que recibes tú. No cuando es mi hora, colega.

Esperaba recibir más elogios cuando te he enseñado cuántas páginas llevo escritas hasta el momento. ¿No podrías haberme aportado un poco de refuerzo como terapeuta? En fin, ya sé que no tienes que leerlas, pero si he traído el cuaderno ha sido para que pudieras decir algo así como: «¡Caramba! ¡Ojalá todos mis pacientes se tomaran la tarea tan en serio!». O podrías haber dicho que tengo una letra bonita. Son solo sugerencias. Eres tú quien tiene que ser amable con la gente.

En cambio, me has mirado desconcertado, como si no recordaras haberme pedido que escribiera estas notas. Siempre me molestó que los profesores se olvidaran de pedirnos los deberes que ellos mismos nos habían puesto. Hacían que el mundo pareciera indigno de confianza.

En fin, tú querías hablar del incidente de la cafetería.

Personalmente, creo que solo ha sido curiosidad por tu parte. Es lunes, estabas un poco aburrido y has pensado que así animarías un poco la jornada.

Has torcido el gesto cuando te he dicho que preferiría hablar de Ben y del tema de la adopción. Pero el cliente siempre tiene razón, Jeremy.

Pues bien, ya que insistes en saberlo, voy a contarte lo que pasó en la cafetería.

Era un viernes por la mañana, y entré un momento en Dino's de camino al trabajo. Me pedí un capuchino con leche desnatada porque no estaba embarazada ni en mitad de un tratamiento. En la mesa contigua había una mujer con un niño pequeño y una niñita de unos dos años.

La niña tenía el pelo castaño y rizado. Ben también tiene el pelo castaño y rizado. En fin, los rizos no se le ven porque lo lleva muy corto, pues va rapado como un ladrón de coches, pero lo sé por las fotos de antes de conocernos. Cuando me imaginaba a nuestros hijos, siempre los veía con el pelo castaño y rizado, como el de Ben.

Y allí estaba esa niña, aunque no era particularmente mona ni nada por el estilo. Tenía la cara sucia y lloriqueaba.

Entretanto, la madre hablaba por teléfono y fumaba un cigarrillo.

Bueno, en realidad no estaba fumando, pero tenía pinta de fumadora, con esa cara demacrada y angulosa. Estaba contando que le había pegado una bronca a alguien y todo el rato decía: «¡Ha sido muy divertido!». ¿Cómo puede ser divertido pegar una bronca, Jeremy?

La cuestión es que no estaba pendiente de la niña; era como si se hubiera olvidado de su existencia.

Dino's está en la carretera del Pacífico. Siempre hay gente entrando y saliendo, y la puerta se abre y se cierra continuamente.

Así que me puse a vigilar a la niña. No de un forma rara ni obsesiva, de estéril. Solo la vigilaba, por si acaso.

En cierto momento se abrió la puerta y entró un grupo de madres. Madres con cochecitos.

«Hora de irme», pensé.

Me incorporé mientras se acercaba el grupo de madres, empujando mesas y sillas con sus enormes cochecitos de bebé, y vi cómo la niñita cruzaba la puerta y salía a la calle.

La mujer del teléfono seguía hablando. Le dije: «¡Oiga!», pero nadie me oyó. Dos de las madres ya se habían sentado y pedían a gritos la consumición mientras se desabrochaban la blusa y se sacaban un pecho para dar de mamar a sus hijos. Para serle sincera, creo que la actitud hacia el amamantamiento se ha vuelto demasiado relajada en los últimos tiempos.

Salí de la cafetería y vi que la niñita gateaba hacia el bordillo. Por la carretera pasaba un montón de camiones y todoterrenos. Tuve que correr para cogerla. La levanté en volandas justo cuando estaba a punto de caer al arroyo.

Le salvé la vida.

Y cuando me volví hacia la cafetería, vi que la mujer demacrada seguía hablando tranquilamente por teléfono y que el grupo de madres continuaba enfrascado en su conversación. Yo tenía a aquella criatura en brazos, y notaba su olor dulzón, con un toque a humo de tabaco. Su manita regordeta se apoyaba con confianza en mi hombro.

Y eché a andar. Simplemente, me alejé de allí con la niña en brazos.

No estaba pensando en nada. No es que planease teñirla de rubio y trasladarme a una playa del Territorio del Norte para instalarme con ella en una caravana, tostarnos las dos al sol, vivir a base de fruta y pescado, educarla en casa y...

¡Es broma! No estaba pensando en nada de eso.

Simplemente, eché a andar.

La niñita reía, como si jugáramos. Si se hubiera puesto a llorar la habría devuelto enseguida, pero se estaba riendo. Le caí bien. Quizá estaba agradecida porque le había salvado la vida.

Y de repente oí que alguien corría detrás de mí, y la mujer demacrada me agarró por un hombro y gritó: «¡Oiga!», y luego me miró con pavor, me clavó las uñas en la carne y me arrebató a la niña, y la criatura se asustó y empezó a llorar, y la madre le dijo: «Tranquila, cariño, no pasa nada», lanzándome una mirada de infinita repugnancia.

¡Ay, Señor! ¡Qué horror y qué vergüenza!

Algunas de las madres habían salido a la calle y nos rodeaban en silencio, protegiendo con una mano las cabecitas de los bebés que llevaban en brazos, como si estuvieran contemplando un accidente de tráfico. El propietario de la cafetería, el tal Dino, supongo, salió también. Hasta entonces solo lo había visto detrás de la barra, y me di cuenta de que era más bajito de lo que me imaginaba. Fue una sorpresa, como ver de cuerpo entero a un presentador del telediario. Es la única vez que le he visto serio. Siempre está soltando risitas, o casi siempre.

Y toda esa gente me miraba, juzgándome. Me sentí como si me desangrara en público. Tuve la impresión de que se soltaba una piececita dentro de mi cerebro.

Fue como notar físicamente que me estaba volviendo loca. ¿Hay una palabra para eso, Jeremy?

Me dejé caer de rodillas en la acera, un gesto totalmente innecesario y que además me dolió un montón. Los rasguños me duraron semanas.

Fue entonces cuando apareció Alice. Llevaba una chaqueta que nunca le había visto y estaba a punto de entrar en Dino's, con el bolso al hombro y el ceño fruncido. Vi la expresión de su cara cuando me reconoció. Dio un paso atrás, como si hubiera visto una rata. Seguramente sintió mucha vergüenza. Tenía que elegir su cafetería preferida para montar mi numerito...

Pero tengo que reconocer que se portó muy bien conmigo. Se acercó enseguida y se arrodilló a mi lado, y cuando su mirada se topó con la mía, pensé en cuando nos encontrábamos en el patio del colegio y yo tenía la sensación de que había estado interpretando un papel durante todo el día y que mi hermana era la única que conocía mi verdadera personalidad.

«¿Qué ha pasado?», me preguntó en un susurro.

Yo estaba llorando a mares y no pude contestar.

Alice lo arregló todo. Resultó que conocía a la madre de

la niña y a varias de las mujeres de los cochecitos. Hubo un intenso coloquio entre madres mientras yo seguía arrodillada en la acera. Alice consiguió que sus expresiones se suavizaran, y al final el corro de mironas se dispersó.

Entonces me ayudó a levantarme, me llevó hasta su coche y me puso el cinturón de seguridad.

«¿Quieres que hablemos?», me dijo.

Respondí que no.

«¿Adónde quieres ir?», preguntó.

Le dije que no lo sabía.

Y entonces tomó la decisión más adecuada y me llevó a casa de Frannie. Estuvimos sentadas en su terracita tomando té, comiendo galletas de arrurruz y charlando de los problemas del transporte público en Nueva Gales del Sur y de por qué demonios hay personas que cuando van al supermercado eligen las bolsas de plástico en lugar de las de papel. (Yo soy una de esas personas, pero no se lo dije a Frannie.) Fue todo muy sencillo y normal, y reconfortante.

Sé que Frannie opina que debería dejar de intentar quedarme embarazada. Me lo confesó hace por lo menos dos años. Dijo que a veces hay que tener la valentía de «encaminar tu vida en otra dirección». En su momento me molestó un poco. Le dije que un bebé no era una «dirección». Aparte de eso, que yo sepa, ella nunca se encaminó en ninguna dirección; simplemente, entramos en su vida cuando murió papá.

Y menos mal que fue así, claro. Quién sabe, ¡puede que haya una muerte oportuna en el vecindario! ¡Hay que ser optimistas! Ese padre de familia que vive dos casas más allá parece que se va a caer reventado cada vez que siega el césped.

La cuestión es que al día siguiente de este episodio psicótico fui a ver a mi médico de cabecera y le pedí que me recomendase un buen psiquiatra. Me pregunto si le pagas comisión...

Y así es como entré yo en tu vida, Jeremy.

Cuando Alice entró en Dino's, la envolvieron multitud de sensaciones familiares. El aroma del café y de los pasteles, el silbido rítmico de la cafetera...

—¡Alice, corazón! —la saludó el señor bajito y moreno que atendía la barra. Manejaba la cafetera con las dos manos, con gestos expertos y elegantes, como si fuera un instrumento musical—. Me ha dicho un pajarito que has tenido un accidente y que has perdido la memoria... Pero nunca te olvidarás de Dino, ¿verdad?

—Bueno... —respondió Alice vacilante—. Creo que no me he olvidado de tu café.

Dino rió como si Alice acabara de contar un chiste graciosísimo.

—¡Claro que no, corazón! ¡Claro que no lo has olvidado! Ya sé que tienes prisa, señora ocupada.... Ahora mismo te lo preparo.

Y sin esperar más indicaciones, le pasó un vasito de cartón listo para llevar.

—¿Cómo te encuentras? ¿Ya estás mejor? ¿Lo recuerdas todo? ¡Se acerca el «gran día»! ¿Estás lista para el Megamerengue del domingo? Mi hija está nerviosísima. No hace más que repetir: «Papá, papá, van a hacer la tarta más grande del mundo...».

—Ajá —dijo Alice.

Confiaba en que el domingo habría recuperado la memoria, porque no tenía ni idea de cómo preparar la tarta de limón y merengue más grande del mundo. De repente recordó el sueño del rodillo gigantesco. ¡Claro! El rodillo no era un símbolo... solo era un rodillo inmenso. Sus sueños eran de una obviedad decepcionante.

Levantó la tapa del vasito y tomó un sorbo de café. ¡Puaj! ¡Sin azúcar y fortísimo! Tomó otro sorbo. De hecho estaba bastante bueno, no hacía falta endulzarlo. Tomó otro sorbo, y otro, y otro. Le entraron ganas de echar la cabeza hacia atrás y engullir directamente todo el contenido. La cafeína había empezado a galopar por sus venas, despejándole la cabeza, haciendo que su corazón latiera más deprisa y agudizándole la visión.

—¿Quieres que te ponga otro? —Dino rió.

—Quizá sí —aceptó Alice.

—¿Cómo está tu hermana, por cierto? —preguntó Dino, sin dejar de reír. Parecía un hombre muy alegre. De repente se detuvo y chasqueó los dedos—. ¡Ay, qué cabeza la mía! Se me olvidaba... Mi mujer me ha dado una cosa para ella.

—¿Para mi hermana? —Alice se lamió un dedo que había pasado por el borde del vasito para recoger la espuma y se preguntó hasta qué punto se conocían Dino y Elisabeth—. Está bien, creo —aseguró, mientras se decía: «Está completamente cambiada. Parece desesperadamente infeliz. No sé muy bien en qué le he fallado».

—Cuando volví a casa le conté a mi mujer la historia de la clienta que se había largado con un bebé y que luego se puso a llorar arrodillada en la acera, mientras todos la mirábamos sin saber qué hacer... ¡Justo le estaba preparando un capuchino! Pero el café no ayuda, ¿verdad? Ni siquiera el café de Dino. Y esas estúpidas que insistían en llamar a la policía...

¡Madre de Dios! ¿Elisabeth había intentado secuestrar a un bebé? Alice sintió mucha pena por ella (su pobre y querida hermana debía de estar pasándolo muy mal para quebrantar las normas de una forma tan pública), además de vergüenza (¡qué horror! ¡había cometido una ilegalidad!) y sentimiento de culpa (¿cómo podía preocuparse por lo que pensaban los demás cuando su hermana estaba sufriendo tanto?)

—Tuve que decirles: «Tranquilas, no ha pasado nada» —continuó Dino—. Menos mal que apareciste tú y las calmaste, y cuando me contaste la historia de tu hermana me dio tanta pena... Bueno, la cuestión es que mi mujer me ha dado esto para ella. Es un amuleto africano de la fertilidad. Si tienes un cacharro de estos, das a luz un niño guapo y sano. Eso dicen.

Le pasó una figurita de madera oscura, con un *post-it* pegado que decía «Alice». Era una muñeca de cabeza desmesurada, que representaba a una mujer con un vestido tribal.

—Qué amable, muchas gracias. —Alice cogió la figurita con reverencia. A lo mejor Dino estaba casado con una africana y la muñeca era parte del legado místico de la tribu...

—Lo compró por internet —confesó Dino—. Para su prima, que no conseguía quedarse embarazada. Y nueve meses después, ¡zas, un bebé! Aunque para serte sincero, no era muy guapo. —Dino se dio una palmada en la rodilla, con la cara congestionada por la risa—. Se lo dije a mi mujer: «Es un niño horroroso. Ha salido cabezón, como la muñeca». —Se reía tanto que apenas podía hablar—. ¡Cabezón como la muñeca! —repitió.

Alice sonrió. Dino le pasó otro vaso de café y se puso serio.

—El otro día vino Nick —explicó—. No tenía buena cara. Le dije: «Tendrías que volver con tu mujer; es una pena que os estéis divorciando». Aún me acuerdo de cuando abrí la cafetería; veníais todos los fines de semana con Madison, los tres vestidos con pantalones de peto. La niña os ayudaba con la pintura. Estabais muy orgullosos de ella. ¡Nunca he visto unos padres más orgulloso! ¿Te acuerdas?

—Mmm —respondió Alice.

—Le dije a Nick que teníais que volver a estar juntos, ser otra vez una familia —explicó Dino—. Le dije: «¿Qué puede haber que no tenga arreglo?». Vale, no es asunto mío, ¿verdad? Mi mujer me dice: «Dino, no te metas», y yo le digo: «Me da igual, yo digo lo que pienso, es solo mi opinión».

—¿Y qué dijo Nick? —preguntó Alice. Ya se había bebido la mitad de la segunda taza.

—Dijo: «Lo arreglaría si pudiera, tío».

Alice volvió a casa entonando mentalmente las palabras de Nick. «Lo arreglaría si pudiera.» Por lo tanto... ¿por qué no?

Había dejado el vaso de cartón en un soporte especial que había al lado del volante. Descubrió que era capaz de conducir aquel coche tan enorme con una mano e ir dando sorbitos al café con la otra. ¡Cuántas habilidades nuevas! La cafeína la hacía temblar de energía. Tenía la impresión de que se le saldrían los ojos de las órbitas. Cuando el semáforo se puso verde y el coche de delante siguió parado, lo obligó a avanzar con un brusco bocinazo.

La vocecita impertinente volvía a sonar en su cabeza, recordándole todo lo que tenía que hacer antes de ir a buscar a los niños a las tres y media.

«Tienes que llegar puntual, mamá —le había advertido Tom—. Los lunes por la tarde tenemos una agenda muy apretada.»

«Vamos a ver, no puedes pasarte el día entero paseando y comiendo tortitas con Nutella. Al final no entrarás en esos vestidos tan bonitos. Por cierto, ¿qué hay de la colada? Tendrías que poner una lavadora al volver a casa. Las madres siempre se están quejando de que hay que poner la lavadora.»

«¿De qué más se quejan? ¡De la compra! ¿Cuándo irás a comprar? Mira qué hay en la despensa, haz una lista. Seguramente tienes alguna lista por ahí. Pareces el tipo de mujer que hace listas. ¿Y qué cenarán hoy? ¿Abren una bolsa de patatas fritas cuando llegan del colegio, o meriendan pastelitos recién sacados del horno?»

«Llama a Sophie. Ella sabrá qué ha pasado.»

«En tu agenda pone que a la una tienes una reunión del comité organizador del Megamerengue. Seguramente te toca presidirla. ¡Genial, vaya rollo! Averigua dónde se hace. ¿Cómo? Llama a alguien. Telefonea a esa tal Kate Harper, si es necesario. O a tu "novio".»

«"Lo arreglaría si pudiera, tío." Nick lo arreglaría si pudiera.»

«La lavadora.»

«Sí, ya me lo has dicho.»

«¡La lavadora!»

«Sí... Tranquilízate.»

No tendría que haberse tomado dos cafés. El corazón le latía demasiado deprisa. Inspiró hondo un par de veces para tranquilizarse. Le costaba seguir el ritmo de su cuerpo. Se sentía como si necesitara atravesar una gran extensión de césped a toda velocidad y sacudir los brazos y las piernas como un títere desmadejado.

Cuando llegó a casa fue de una habitación a otra como si participara en un extraño concurso, cogiendo prendas de los cestos y del suelo del baño y de las habitaciones de los niños. Había un montón de ropa sucia. Fue rápidamente a la planta baja y entró en el cuarto de lavar. No le sorprendió encontrar una enorme y reluciente lavadora que ocupaba media estancia. Cuando levantó la tapa, dispuesta a lanzar la ropa al interior, sintió una extraña oleada de sentimientos: vergüenza, traición, sorpresa...

¿Qué pasaba? El recuerdo accedió de pronto a la parte frontal de su cerebro, como una ficha de un archivador perfectamente ordenado. ¡Claro! Había sucedido justo allí. Allí mismo, en aquel cuarto de lavar tan limpio y arreglado. Algo horrible.

Eso es. Había una fiesta.

Era verano, y las noches todavía eran cálidas. En el suelo del cuarto de lavar había varias palanganas con cubitos de hielo a medio derretir, entre los que asomaban botellas de cerveza, de vino y de champán. Alice fue a por otra botella de champán, y cuando abrió la puerta y los vio, dijo automáticamente «hola», como una tonta, antes de que su cerebro procesara lo que estaba viendo. Una mujer menuda y bonita, con el pelo corto y rojizo, estaba sentada sobre la lavadora, con las piernas abiertas, y Nick estaba de pie delante de ella, con las manos apoyadas a uno y otro lado de las piernas de ella y la cabeza inclinada sobre su cara. Su marido estaba besando a otra mujer en el cuarto de lavar.

Alice clavó los ojos en la pila de prendas que había metido en la máquina. Veía a aquella mujer con toda claridad. Veía sus pómulos delicados. Incluso podía oír su voz. Era una vocecita dulce e infantil, como correspondía a su cuerpo menudo. Sintió un asco repentino.

Vertió un cubilete de jabón en polvo en el interior de la lavadora y cerró la tapa de golpe. ¿Cómo se había atrevido Nick a reír cuando le había preguntado si había tenido alguna aventura? Besarse así era peor que pillarlos juntos en la cama. Era peor, porque no había duda de que era un primer beso, y los primeros besos eran siempre mucho más eróticos que las primeras veces. Al principio de una relación el sexo es torpe y ridículo, y vagamente ginecológico, como una visita al médico, mientras que los besos que das con la ropa puesta, cuando aún no te has acostado con la otra persona, son deliciosos y fascinantes.

Nick la había besado por primera vez apoyándola contra el coche, después de ver *Arma Letal 4* en el cine. Su boca sabía a palomitas, con un toque de chocolate. Iba vestido con una cazadora negra, una camiseta blanca y unos vaqueros, y tenía un poco de barba bajo el labio inferior. Mientras la besaba, ella ya estaba archivando la escena en su memoria, sabedora de que al día siguiente estaría sentada frente al ordenador y se deleitaría con el recuerdo. Después se la había repetido muchas veces mentalmente, como si fuera una película antigua, y también se la había descrito con grandes detalles a Sophie, que llevaba cinco años con su novio y por lo tanto se había puesto muy envidiosa, aunque Jack era el amor de su vida.

Sophie, su amiga de hacía más tiempo. Había sido dama de honor en su boda.

Telefonearía ahora mismo a Sophie. Era imposible que no la hubiera llamado para hablarle de aquel horrible beso en el cuarto de lavar. Seguro que había llamado primero a Elisabeth y luego a Sophie y había descrito la escena a las dos. Para contársela a Elisabeth se habría centrado en sus sentimientos: «¿Cómo ha podido hacerme eso?», habría exclamado con voz temblorosa. A Sophie, en cambio, le habría descrito rápidamente los hechos, creando la máxima expectación: «Y entré en el cuarto de lavar a coger una botella de champán y no te vas a creer lo que vi. ¡Ni te lo imaginas!». De Elisabeth habría obtenido compasión y rotundos consejos sobre qué hacer a continuación. Sophie habría reaccionado con indignación y sorpresa, y la habría invitado a salir en ese mismo momento y a emborracharse para olvidar.

Cogió la agenda y buscó el número de Sophie. Por lo visto estaba viviendo en Dee Why, en la costa Norte. Bien por ella. Siempre había querido vivir en la playa, pero Jack prefería quedarse cerca de la capital. Al parecer, había terminado ganando ella. Seguramente estaban casados y tenían niños, aunque Alice recordó que no debía darlo por supuesto. Deseó que Sophie no tuviera problemas de fertilidad como Elisabeth. ¿O quizá habría roto con Jack? No. Era imposible.

—Al habla Sophie Drew.

¡Madre mía! Todo el mundo se había vuelto tan adulto y profesional...

—Hola, Sophie. Soy yo, Alice.

Hubo un silencio.

—Ah, hola, Alice. ¿Cómo estás? —respondió Sophie al cabo de un momento.

—Bien, pero no te vas a creer lo que me ha pasado —dijo Alice, comprobando que se sentía extrañamente torpe, casi nerviosa. ¿Por qué? Solo era Sophie.

Hubo otro silencio.

—¿Qué te ha pasado?

Algo no encajaba. Sophie estaba usando un tono demasiado formal. A Alice le entraron ganas de llorar. «Ay, señor... No te habré perdido también a ti, ¿no? ¿Con quién hablo, últimamente?», pensó.

Renunció a contarle la historia del beso.

—He tenido un accidente, me he dado un golpe en la cabeza y he perdido la memoria.

Esta vez hubo un silencio aún más largo. Alice oyó que Sophie se dirigía a alguien que estaba con ella:

—Un momento, diles que esperen.

Luego volvió a ponerse al teléfono y habló con una voz más fuerte, quizá un poco impaciente.

—Perdona, Alice. Me decías que... ¿Has tenido un accidente?

—¿Aún somos amigas? —preguntó Alice desesperada—. Aún somos amigas, ¿no, Soph?

—Claro que sí —respondió rápidamente Sophie, con afecto pero también en un tono que sugería: «Aquí está pasando algo raro, no nos precipitemos...».

—Es que mi último recuerdo es de cuando estaba esperando a Madison. Y ahora me entero de que tengo tres niños y de que Nick y yo ya no estamos juntos, y no entiendo nada, y además Elisabeth...

—¡No, no! ¡Ese no, el verde! —exclamó secamente Sophie—. Lo siento, estamos grabando el anuncio de la nueva línea y esto es un caos.

—Ah. ¿A qué te dedicas?

Hubo otro silencio.

—¿A ti te parece que eso es verde? Porque yo no lo veo verde... Perdona, Alice. ¿Puedo llamarte yo más tarde?

—Sí, claro.

—Vale. Siempre decimos lo mismo, pero tenemos que ponernos al día.

—Sí. —De manera que ya no eran amigas, no de las de verdad. Eran amigas de las que necesitan ponerse al día.

—Quiero decir... Me parece que la última vez que nos vimos fue en el cóctel de esa amiga tuya, tu vecina.. ¿Gina, se llama? ¿Qué tal está?

Gina, Gina, Gina. De pronto, Alice comprendió que no debía de haber llamado a Elisabeth ni a Sophie para contarles lo del beso en el cuarto de lavar. Probablemente había llamado a Gina.

—Está muerta.

—¿Qué? ¿Dónde dices que está? ¡El verde, el verde! ¿Eres daltónico o qué? Oye, Alice, tengo que dejarte. Te llamo luego, ¿vale?

—Dime tan solo una cosa —insistió Alice, pero ya estaba sonando el tono de línea. Sophie se había esfumado.

Como todo el mundo, al parecer.

El móvil le vibró en la mano y Alice se levantó sobresaltada, como si el teléfono hubiera cobrado vida.

—¿Diga?

—¡Ah, suenas mucho mejor! —Era su madre. Alice se tranquilizó. Barb podía haberse convertido en una bailarina de salsa y en la descocada mujer de Roger, pero seguía siendo su madre.

—Acabo de hablar con Sophie —le contó Alice.

—Ah, qué bien. Está hecha una famosa, ¿verdad? Después de ese artículo... El otro día alguien me hablaba de ella. ¿Quién era? Ah, sí, la mujer que arregla los pies a Roger, la quiropráctica. Ay, no, la podóloga. Dijo que su hija quería un bolso de Sophie Drew por su cumpleaños. Le dije: «Ah, pues yo conozco a Sophie desde que era una niña», y estuve a punto de decirle que podía pedirle un descuento, porque la verdad es que Roger tiene los dedos de los pies muy peludos y esa chica me da un poco de pena, pero luego pensé que Sophie y tú ya no os veis mucho, ¿verdad? Ya solo os mandáis postales por Navidad, ¿no? Así que cambié de tema enseguida para que no me preguntase, porque es de esa gente que utiliza a sus contactos para conseguir gangas. Gina también era un poco así, ¿no? No es que sea algo malo, claro. En realidad es una forma inteligente de ir por la vida. Ay, cariño, qué tragedia, ¿no? ¿Por qué te estaba hablando de Gina? Ah, sí, por los contactos. En fin, te llamo por tres cosas. Las he apuntado y todo, porque últimamente estoy fatal de la memoria. Ah, por cierto, ¿tú cómo te encuentras, cariño?

—Bien —empezó a decir Alice.

—Qué maravilla, me alegro mucho. Frannie estaba muy preocupada con todo esto. Le dije: «Ya verás como el lunes ha recuperado la memoria».

—Recuerdo algunos detalles —dijo Alice. ¿Debería preguntar a su madre por el beso de Nick en el cuarto de lavar?

—¡Magnífico! —Su madre titubeó un momento, pero enseguida adoptó un tono optimista y repitió—: ¡Magnífico! Y ahora otra cosa, cariño: he estado pensando en eso que dijiste en el hospital, lo de que a lo mejor vuelves con Nick... ¿Es algo que no debería haber comentado? Porque hoy en la tienda me he encontrado con Jennifer Turner y...

—¿Jennifer Turner? —Aquel nombre no le sonaba de nada.

—Sí, ya sabes, esa mujer tan orgullosa, la abogada...

—Ah, quieres decir Jane Turner. —Ajá. La primera persona a la que había visto al levantarse y empezar su nueva vida. Jane, la que la estaba ayudando con el divorcio de Nick.

—Sí, Jane. Me ha preguntado cómo estabas. Dice que no has contestado sus SMS.

«SMS.» ¿Qué era eso?

—No importa. Le he dicho que estabas bien y le he comentado que pensabas volver con Nick. Se ha quedado muy extrañada. Ha dicho que te diga que no firmes nada, en ninguna circunstancia. Ha insistido mucho. Tal vez no debería haber dicho nada. ¿He metido la pata?

—Claro que no, mamá —contestó automáticamente Alice.

—Menos mal, porque Roger y yo estamos muy emocionados. ¡Emocionadísimos! Hemos pensando que nos quedaremos con los niños un fin de semana para que Nick y tú podáis hacer una escapadita a algún sitio romántico. Bueno, esta es la segunda cosa que quería decirte. Acabo de tacharla en la lista. En fin, ya me dirás. Estaremos encantados de tenerlos. Roger dice que les pagará una comilona donde quieran. Es muy generoso.

—Me parece genial.

—¿Ah, sí? Me alegro mucho, porque se lo he comentado a

Elisabeth y ha dicho que cuando recuperes la memoria dirás otra cosa. Pero, ya sabes, está muy pesimista últimamente, la pobre, y esa es la tercera cosa que quería decirte: ¿sabes algo de ella, por casualidad? Estoy impaciente por saber si ya tiene los resultados. La he llamado un montón de veces y no contesta.

—¿Qué resultados?

—Hoy le hacían un análisis de sangre. Ya sabes, por lo del último óvulo. Ah, espera un momento, siempre lo digo mal: embrión. —Le tembló la voz y continuó—: Ay, Alice, no paro de rezar por que todo salga bien, pero tengo que reconocer que estoy un poco enfadada con Dios. ¡Elisabeth y Ben lo han pasado tan mal...! Un niño tampoco es pedir tanto, ¿verdad?

—No —dijo Alice. Miró la figurita de la fertilidad que le había dado Dino, sentada sobre la encimera. ¿Por qué no le había dicho Elisabeth que ese día le hacían un análisis de sangre?

Su madre suspiró.

—Se lo he dicho a Roger: «Con lo feliz que estoy yo, ¿por qué no pueden ser felices mis niñas?».

Las notas de Elisabeth para Jeremy

Hoy tenía un montón de mensajes.

Mi madre ha llamado cinco veces.

Acabo de ver una llamada perdida de Alice.

Ah, y la enfermera me ha telefoneado dos veces, porque quería darme los resultados del análisis.

También ha llamado Layla, seguramente para preguntarme dónde estaba, porque me he largado a la hora de comer y, no sé por qué, no he tenido energías para volver a la oficina. Seguro que cree que estoy enfadada con ella.

Ben ha llamado tres veces.

No tengo ganas de devolver ninguna llamada. Estoy sentada en el coche, delante de tu consulta, escribiéndote.

Y ahora vuelve a sonar el teléfono. ¡Ring, ring, ring, ring!

¡El mundo te persigue, Elisabeth! ¿Por qué no me dejáis todos en paz?

Alice oyó sonar el teléfono mientras tendía la ropa —estaba tardando años...—, y tuvo que correr para atender la llamada.

—¿Diga? —contestó, con el aliento entrecortado.

—Ah, hola, soy yo —dijo Nick. Calló un momento y repitió—: Nick.

—Sí, ya he reconocido tu voz.

«¡Besaste a otra en el cuarto de lavar! ¿Cómo pudiste?» ¿Debería mencionar el beso? No. Antes tenía que pensar el mejor modo de abordar el asunto.

—Llamo para ver cómo estás, cómo va el... el traumatismo craneal. ¿Has tenido algún problema para llevar a los chicos al colegio?

—De haberlo tenido, llegarías un poco tarde —contestó Alice en un tono cortante. La noche anterior había estado planchando todos los uniformes de los niños, arreglando la casa y preparando almuerzos muy específicos para cada uno, después de que Tom señalara con mucha educación que era eso lo que hacía normalmente los domingos.

—Ah, vale —dijo Nick—. Parece que ya se ha resuelto lo de la amnesia, ¿no?

—Bueno, he recuperado un recuerdo —soltó Alice. Por lo visto, sí que iba a hablarle del beso. Le resultaba físicamente imposible no mencionarlo—. He recordado que besaste a esa mujer en el cuarto de lavar.

—¿Que yo besé a una mujer en el cuarto de lavar?

—Sí, en la fiesta. Yo había entrado a por una botella.

Se hizo un silencio, y de pronto Nick soltó una risa áspera.

—Y ella estaba sentada sobre la lavadora, ¿no?

—Sí —contestó Alice, sin entender que Nick le hablara en un tono tan petulante, como si el reproche fuera contra ella, cuando el culpable era claramente él.

—¿Has dicho que me has recordado a mí, besando a una mujer que estaba sentada sobre la lavadora?

—¡Sí!

—¿Pues sabes una cosa?, mientras estuvimos juntos, jamás miré a otra mujer, ni besé a ninguna otra, ni me acosté con ninguna otra.

—Pero yo he recordado...

—Sí. Sé muy bien qué has recordado, y me parece muy interesante.

—Pero... —balbuceó Alice, perpleja.

—Tremendamente interesante. Oye, ahora no tengo tiempo para hablar, pero es obvio que no has recuperado bien la memoria y que deberías ir al médico. Si no te ves capaz de cuidar de los niños, dímelo ahora. Tienes responsabilidades.

¡Ah!, pero la noche anterior, cuando la había dejado con ellos sabiendo perfectamente que ni siquiera los reconocía y aún menos sabía cómo cuidarlos, no pasaba nada... Era absurdo, y sin embargo Nick seguía hablándole en aquel tono petulante, corrigiéndole cada palabra, como si fuera tonta. Alice recordó algunas discusiones del pasado, como la mañana en que se habían quedado sin leche para el desayuno, o esa noche en que habían llegado tarde al bautizo del primer sobrino de él, o aquella vez en que ninguno de los dos llevaba suelto para pagar el transbordador, y en todas esas ocasiones Nick le había hablado de ese mismo modo, con aquella voz petulante, vanidosa y fría, en la que aleteaba un pequeño suspiro de impaciencia. La ponía frenética.

Siempre que Nick le hablaba de ese modo, Alice no podía evitar recordar todas las demás veces en que había hecho lo mismo, y pensaba: «¡No soporto que me hables así!».

—¿Sabes una cosa? —exclamó—. ¡Me alegro de que nos estemos divorciando!

Mientras colgaba el teléfono con un golpe brusco, oyó la carcajada de Nick.

25

A la una en punto, las componentes del comité organizador del Megamerengue estaban en la puerta de entrada.

Alice se había olvidado por completo de la cita.

Cuando sonó el timbre estaba sentada en el suelo del salón, rodeada de álbumes de fotos. Llevaba horas así, pasando páginas y despegando fotos para examinarlas más de cerca, en busca de pistas.

Había fotografías de comidas campestres, excursiones por el campo y días en la playa, de fiestas de cumpleaños y de celebraciones de Pascua y Navidad. ¡Se había perdido tantas Navidades...! Le entristecía ver las fotos de los niños despeinados y en pijama, desenvolviendo los regalos con expresión seria y concentrada, al pie de un abeto enorme y profusamente decorado.

Quizá debería ir a ver a la médica y pedirle que le devolviera todos sus recuerdos, excepto los dolorosos.

En casi todas las fotografías salían los niños y Nick. Seguramente era ella la que tomaba las fotos. Nick parecía muy eficiente cuando cogía una cámara y adoptaba una expresión grave y profesional, pero en realidad se le daba fatal y le cortaba la cabeza a todo el mundo.

Alice había descubierto de pequeña que era buena fotógrafa. Después de que muriera su padre, ya nadie tomaba fotos de las dos niñas, y ella había terminado erigiéndose en reportera de la familia para que su madre no tuviera que aprender a manejar la cámara de él, del mismo modo que no tenía que ocuparse de cambiar las bombillas. En aquellos años en que su madre se había refugiado dentro de sí misma y en que su anciana vecina, la señora Jeffrey, había pasado a ser Frannie, su abuela honoraria, Alice aprendió por su cuenta a cambiar las bombillas, a arreglar el depósito del váter o a preparar chuletas con guisantes, mientras Elisabeth aprendía a solicitar reembolsos de impuestos, a pagar facturas, a rellenar impresos y a hablar con desconocidos.

Cada vez que se topaba con otra foto de Nick, Alice se esforzaba en interpretar la expresión de sus ojos. ¿Sería capaz de rastrear la progresiva decadencia de su matrimonio? No, en las fotos se podía rastrear la decadencia del pelo de Nick a lo largo de los años, pero la sonrisa que lanzaba a la persona que manejaba la cámara parecía siempre sincera y feliz.

En las fotografías en las que salían los dos juntos siempre estaban enlazados, con los cuerpos muy juntos. Si un especialista en lenguaje no verbal hubiera tenido que dictaminar el estado de su matrimonio a partir de aquellos álbumes, seguramente habría dicho: «Estas fotografías reflejan a una familia feliz, cariñosa y alegre, y a una pareja con una probabilidad nula de separarse».

No se fijaba demasiado en las personas a las que no reconocía, pero había una cara que se repetía, y al final llegó a la conclusión de que debía de ser Gina. Era una mujer pechugona y dentuda, con una abundante melena oscura y rizada. Por lo visto, Alice y ella siempre salían alzando una copa de champán o un cóctel como si fueran trofeos hacia la cámara. Parecían tener una relación físicamente muy estrecha con la mutua cercanía, lo cual le resultó un poco extraño, ya que Alice nunca había sido propensa a abrazar a las amigas; en esas fotos, en cambio, las dos aparecían con las caras muy juntas, sonriendo a la cámara con sus boquitas pintadas. Se sintió un poco incómoda. «Pero ¿qué haces...? ¡Si ni siquiera la conoces!», exclamó en voz alta al encontrarse una imagen de sí misma besuqueando la mejilla de Gina.

Estuvo mucho rato mirando las fotografías de Gina, esperando reconocerla... y sentir de nuevo aquella pesadumbre tan honda. Pero no notó nada. Parecía una persona muy simpática, aunque no era el tipo de mujer que Alice habría elegido como amiga. Tenía la impresión de que al final podía resultar insoportable, como si fuera de ese tipo de mujeres demasiado parlanchinas, chillonas y alocadas.

Pero quizá no era así. De hecho, Alice también parecía un poco chillona y alocada en algunas de las fotos. Quizá ahora que estaba tan delgada y bebía tanto café, se había vuelto una mujer parlanchina e insoportable.

También había fotos de Nick y ella acompañados de Gina y de un hombre que debía de ser su marido, Mike Boyle, el fisioterapeuta que se había trasladado a Melbourne. Debían de ser los «tiempos más felices» a los que aludía en su tarjeta. Eran imágenes de restaurantes, barbacoas y cenas entre amigos, con muchas botellas de vino vacías en la mesa de algún comedor desconocido, que probablemente era el de la casa de Gina y Mike.

Por las fotos, Alice dedujo que Gina y Mike tenían dos hijas morenas y muy monas, tal vez gemelas, de la misma edad que Tom. Había instantáneas de los niños jugando juntos, mordiendo enormes tajadas de sandía, salpicándose en la piscina, dormitando acurrucados en el sofá... Por lo visto, las dos familias habían ido de acampada juntas y habían alquilado de vez en cuando un chalet con espectaculares vistas al mar.

Amistad y vacaciones; una piscina; copas de champán, puestas de sol y risas... Una vida de ensueño.

Pero quizá toda vida parece maravillosa cuando lo que ves son los álbumes de fotos. Con una cámara delante, la gente tiende a sonreír y a ladear dócilmente la cabeza. Quizá, segundos después del chasquido del obturador, Nick y ella habían deshecho el abrazo, habían dejado de mirarse y habían sustituido la sonrisa por una mueca amarga.

Cuando sonó el timbre, Alice estaba mirando las fotos de la boda de Elisabeth y Ben —ambos muy jóvenes e inocentes, los dos con la cara arrebolada; Elisabeth mucho más delgada y luminosa—. Se levantó de un salto y dejó los álbumes esparcidos por el suelo, con todos aquellos recuerdos olvidados.

Había un par de mujeres frente a la puerta de entrada, y otras tres esperando en el jardín. Dos de ellas le eran totalmente desconocidas, pero a las demás las recordaba de la fiesta y de cuando había dejado a los niños en el colegio por la mañana.

—¿El comité del Megamerengue? —preguntó Alice, sosteniendo la puerta para dejarlas pasar. Llevaban carpetas y cuadernos y parecían pavorosamente eficientes.

—¡Solo faltan seis días! —anunció una mujer alta, elegante y de pelo gris, subiendo y bajando las cejas tras sus gafas de montura rectangular.

—¿Cómo estás? —dijo otra de cara con hoyuelos, tras besarla cariñosamente en la mejilla—. Quería llamarte el fin de semana. Bill me dijo que se quedó pasmado cuando te vio pasar en camilla por delante de la cinta de correr. Dijo que nunca se habría imaginado que vería a Alice Love tumbada. ¡Ay, eso no ha sonado muy bien...!

Alice recordó al hombre con el rostro congestionado que volvió a subir a una cinta de correr diciendo que pediría a Maggie que la llamase.

—¿Maggie? —tanteó.

—¡Perdona! —contestó la mujer, oprimiéndole el brazo—. Hoy estoy un poco tonta...

Sin esperar a que les diera permiso, las mujeres irrumpieron en el comedor, se sentaron en torno a la mesa y prepararon los cuadernos de notas.

—¿Té, café...? —preguntó casi inaudiblemente Alice, sin saber si tenía que alimentarlas.

—¡Llevo toda la mañana pensando en tus magdalenas! —dijo la que movía las cejas.

—Te ayudaré a traer las cosas —se ofreció Maggie.

¡Uf! Por lo visto, estaban acostumbradas a darse un festín. Alice observó la expresión de asombro de Maggie al ver el estado de la cocina. Los platos de la cena y del desayuno estaban sin recoger. Alice tenía previsto lavarlos cuando terminara de tender la ropa, pero se había entretenido con los álbumes de fotos. En la encimera había salpicaduras de leche y restos del picadillo de las hamburguesas.

Mientras Alice abría el congelador y buscaba rápidamente unas magdalenas, Maggie encendió el hervidor de agua.

—Esta mañana he visto a Kate Harper —explicó—. ¿Dice que Nick y tú vais a volver...?

«¡Sí!», exclamó mentalmente Alice, sacando una fiambrera con la indicación «magdalenas de plátano» y una fecha de dos semanas atrás. Se sintió muy orgullosa de sí misma. «Eres una máquina», se dijo.

—Me ha sorprendido, la verdad —prosiguió Maggie.

Alice alzó la vista al notar su tono. Maggie parecía ofendida.

—Porque me consta que Dominick... —continuó Maggie, conteniendo el mal humor de su voz, como si intentara mostrarse diplomática.

—¿Sois amigos, Dominick y tú? —preguntó Alice.

Maggie alzó bruscamente la cara, sorprendida.

—Mira, lo único que digo es que Dominick es mi hermano, y es una persona muy sensible... Si no vais a llegar a nada, ¿no podrías decírselo, por lo menos?

¡Ostras, eran hermanos! Fijándose bien, Alice observó cierto parecido en los ojos. Menuda pieza, la tal Kate Harper...

—Además, Alice, no sé... —continuó Maggie—. Justo el otro día me decías que Nick no respetaba tus opiniones y que te hacía sentirte tonta, y que en cambio con Dominick tenías una relación más de igual a igual, y que te encantaba que te habla-

se de la escuela porque Nick nunca te hablaba de su trabajo...
¿A qué viene este cambio, entonces? No quiero ofenderte,
pero la verdad es que se me ha ocurrido que podría tener que
ver con el golpe que te diste... En fin, ya sé que parece que te
esté diciendo que es una locura no querer a mi hermano, pero
es que creo que... no sé... que no deberías precipitarte...

Maggie fue bajando la voz y no llegó a terminar la frase,
igual que hacía Dominick.

¿Que Nick no respetaba sus opiniones? ¡Claro que las
respetaba! A veces le decía que su visión de la actualidad era
un poco ingenua, pero se lo decía de una forma adorable.

Alice abrió la boca para rechistar, aunque no sabía qué
contestar, y en ese momento volvió a sonar el timbre.

—Un segundo —dijo, alzando una mano.

Corrió hacia el recibidor, dejando atrás el coro de voces
femeninas del salón, y abrió la puerta de entrada.

—Siento llegar tarde —se disculpó una mujer menuda y
de pelo rojizo, que tenía una voz dulce e infantil.

Era la mujer que había besado a Nick sentada sobre la
lavadora.

Las notas de Elisabeth para Jeremy

Así que he llamado y me han dado los resultados del análisis.

—¡Adelante! —dijo Alice.

No había duda de que su cuerpo recordaba a esa mujer.
De hecho, su voz dulce le causaba una leve repugnancia,
como la que le provocaba la visión de los aguacates, porque
una vez le había sentado mal un guacamole.

—Me he enterado de que sufriste una caída en el gimnasio —dijo la mujer—. ¡Ya te avisé de que tanto ejercicio no
era bueno!

¡Iba a darle un beso en la mejilla! Esa obsesión con los besos empezaba a ser un poco excesiva... ¡Era una reunión del comité organizador del Megamerengue! ¿No deberían comportarse de una manera un poco más profesional?

La mujer se quitó la bufanda, la colgó ágilmente del perchero y lanzó a Alice una mirada franca, sin sombra de culpabilidad. ¿Habría hecho lo mismo si hubiera besado a su marido en el cuarto de lavar de aquella misma casa? «Jamás miré a ninguna otra mujer ni besé a ninguna otra...», había asegurado Nick. Entonces ¿por qué Alice tenía un recuerdo tan nítido? ¿Y cómo sabía Nick que ella estaba sentada sobre la lavadora?

—¡Llega tarde, señora Holloway! —gritó alguien desde el comedor.

Holloway, Holloway... Alice chasqueó los dedos mentalmente. ¡Sí, era la subdirectora de la escuela! Parecía demasiado menuda, guapa y melosa para ser subdirectora.

La señora Holloway se dirigió al comedor con paso airoso, como si fuera la reina del lugar, mientras Alice volvía a la cocina. La hermana de Dominick ya había metido las magdalenas en el microondas y el aroma a plátano flotaba en el aire.

—La señora Holloway... —explicó Alice.

—¡Buf! —Maggie suspiró, e hizo una mueca sin apartar la mirada del agua que estaba vertiendo en una fila de tazas. Acto seguido soltó la jarra y le guiñó un ojo—. Como la Holloway se ponga otra vez mandona, tendrás que pararle los pies. Es tu reunión, la presides tú.

—Por cierto —dijo Alice—. No puedo presidir la reunión.

—¿Por qué no?

—Veo que Dominick no te ha informado...

—¡Dominick no me lo cuenta todo! Ya sabes cómo son los hermanos... Ah, no, que tú solo tienes una hermana... Pues mira, con los chicos la cosa es distinta.

Alice volvió a contar que había perdido la memoria, y que sí, iría a ver al médico, y que no, no creía que hiciera falta guardar cama, y que no, no era broma, y que sí, por lo visto se había dado un buen golpe.

—¿Por qué tardáis tanto? —gritó alguien desde el comedor—. ¡Ya huele a magdalenas!

—¡Tranquilas, que vamos! —contestó Maggie. Se volvió hacia Alice y exclamó esperanzada—: ¡Claro, por eso decías que querías volver con Nick! ¡Se te han olvidado los últimos diez años! ¡Caray! Tiene que ser una sensación rarísima. Me cuesta imaginarlo... ¿Qué andaba haciendo yo a los veintiséis años?

Alice se dio cuenta de un sobresalto de que Maggie era cuatro años más joven que ella. De hecho, todas las señoras maduras que había en ese momento en su casa debían de pertenecer a su mismo grupo de edad.

Maggie soltó una risita.

—Diría: «¡Madre mía, te casaste con el gordito de la gasolinera!». Y luego me miraría las caderas y pensaría: «¿Qué ha pasado aquí?».

Se dio una palmada en lo que a Alice le parecieron unas caderas perfectamente esbeltas.

—¡Eso empieza a ponerse aburrido! —La mujer del pelo canoso y las gafas entró en la cocina y se sentó en la encimera de un ágil salto, balanceando sus largas y delgadas piernas enfundadas en unos vaqueros. Bajó la voz y añadió—: Alice, tendrías que ir para allá antes de que la Holloway de un golpe de Estado. No te preocupes, de momento me he encargado de sabotear sutilmente todas sus propuestas. —Bajó la voz todavía más y dijo—: Si piensa que vamos a olvidarnos de aquel penoso episodio en el cuarto de lavar, se equivoca. ¡La muy bruja!

—¿Sabías lo del incidente en el cuarto de lavar? —Alice aferró con fuerza el cuchillo con el que estaba cortando las magdalenas.

—Alice ha perdido la memoria —explicó Maggie—. Seguramente no sabe quién eres. Alice, te presento a Nora.

—Calló un momento y exclamó—: ¡Anda, tampoco debes de saber quién soy yo! Me llamo Maggie. ¿Lo sabías? —Tenía aquella expresión incrédula y cohibida que Alice había visto a menudo en los últimos días. A la gente le costaba creer que los hubiera olvidado.

—Había oído rumores de que habías perdido la memoria —dijo Nora—, pero no me lo creía. Se lo oí comentar a alguien en Dino's, pero pensé que eran exageraciones. ¡Uf! ¿Y qué dicen los médicos?

—¿Nick y la Holloway se besaron en el cuarto de lavar? —preguntó Alice, sintiéndose muy infantil hablando de besos con aquella señora canosa tan elegante.

—¿Nick? —repitió Nora—. No, cariño. Fue Michael, el marido de Gina. Gina entró en el cuarto y los pilló. —Miró a Maggie y exclamó—. ¡Realmente ha perdido la memoria!

—No recuerda nada —dijo Maggie, emocionada, mientras daba un gran mordisco a una magdalena—. ¡Es como el personaje de Rapunzel!

—Creo que te refieres a Rip van Winkle.

—¿Ah, sí?

—Pero yo tengo un recuerdo muy nítido... —aseguró Alice, pensativa—. ¡Como si lo hubiera vivido directamente!

—Bueno, lo de Gina te afectó mucho —dijo Maggie—. ¡Madre mía! Me parece imposible que no vaya a aparecer en este mismo momento en la puerta, cargada con otra botella de champán. Cada vez que oigo saltar un tapón de corcho, pienso en ella. Creo que aún no he asimilado su muerte.

—A no ser, claro, que esa bruja besara también a Nick... —murmuró Nora, pensativa.

—¿Puedo ir llevando algo? —entonó una voz aniñada desde el pasillo.

—¡Holloway! —exclamó Nora, impasible—. Precisamente estábamos hablando de ti...

—Bien, espero... —La subdirectora miró a Nora con sus ojos azules e inocentes.

—¡Por supuesto! ¡Tú no tienes trapos sucios por lavar! —dijo Nora.

A Maggie se le atragantó la magdalena al oírla.

—Toma —dijo Nora—. Puedes llevar estas tazas.

—Vale —respondió la señora Holloway sin inmutarse—. ¿Tardaremos mucho en empezar, Alice? —Miró el reloj—. Es que tengo que estar dentro de un rato en la escuela.

—Enseguida vamos —anunció resueltamente Nora, mirándola muy seria.

La señora Holloway cogió las tazas y se fue.

Tan pronto como salió de la cocina, Maggie le dio una colleja a Nora.

—¡Cómo te pasas!

Era como estar con las amigas del instituto, solo que con canas, arrugas y conversaciones sobre los hijos. Alice se sintió reconfortada. Por lo visto, se podían seguir haciendo tonterías en la edad madura.

—Pero no lo entiendo —se preguntó—. ¿Cómo puede la señora Holloway ser la subdirectora del colegio si...?

—¿Si besa a los padres de los alumnos en los cuartos de lavar? —terminó Nora—. Somos las únicas que lo sabemos. Gina nos hizo prometer que no lo diríamos a nadie. Los hijos de la señora Holloway van a la misma escuela que los nuestros, y Gina dijo que no quería ser responsable de romper otro matrimonio.

—No sabes la de veces que me muerdo la lengua cuando Dominick la nombra —dijo Maggie—. La considera tan profesional... En fin, supongo que esa noche llevaba una copa de más. Todos cometemos errores.

—No seas tan indulgente con ella, Maggie —protestó Nora—. No se lo merece. La muy zorra ni ha pestañeado cuando has dicho lo de lavar los trapos sucios.

—A lo mejor ni se acuerda —observó Maggie—. Han pasado tres años.

—¿Tuvieron una aventura la señora Holloway y Mike?

—preguntó Alice, y se dio cuenta de que estaba armándose de valor por si la respuesta no le gustaba. Sabía que lo que había recordado no se refería a Nick, pero seguía teniendo una amarga sensación de traición.

—Que nosotras sepamos, no hubo más que un beso alentado por unas copas de más —dijo Maggie—, pero por lo visto fue el detonante de los conflictos que ya tenían Gina y Mike. Fue bastante injusto, porque Gina y Mike se separaron, y en cambio los Holloway siguen aparentando ser el matrimonio ideal. La otra noche, en el bar, los vi haciendo manitas y pensé: «¡Que me aspen!». —Maggie se encogió de hombros—. En fin, más vale que iniciemos la reunión.

—Será mejor que me quede en la cocina —propuso Alice—. Decidles que me encuentro mal. —No tenía ni idea de cómo se iniciaba una reunión.

—Ya repasaré yo el orden del día —dijo Nora—. Tú limítate a asentir. En fin, lo tienes todo tan bien organizado que cada cual sabe perfectamente qué debe hacer. Eres la persona más eficiente que conozco, Alice.

—No tengo ni idea de cómo he llegado a serlo... —Alice suspiró.

Se relamió un dedo y lo usó para recoger las miguitas que quedaban en el plato de magdalenas. Vio que sus dos compañeras la observaban muy serias, como si estuviera haciendo algo raro.

En vez de chuparse el dedo con las miguitas, dejó la mano quieta sobre la mesa.

—A ver, decidme, ¿por qué queremos hacer la tarta de limón y merengue más grande del mundo? ¿Por qué no un pastel de queso o algo así?

—Era la especialidad de Gina —explicó Maggie—. ¿No te acuerdas? El acto estará dedicado a ella.

Claro. Al final todo giraba alrededor de Gina.

Cuando recordase a Gina, recordaría todo lo demás.

Las notas de Elisabeth para Jeremy

Tengo la impresión de que puedo elegir entre dos cosas.

Podría poner en marcha el coche y alejarme de Sidney. Tomaría la carretera de la costa Sur, esa que transcurre entre colinas verdes y en la que de vez en cuando se ve el azul del mar. Me animaría.

Buscaría un tramo de carretera recto y desierto, con un buen poste de telégrafos a un lado, uno de esos postes que están esperando una cruz fúnebre.

Y apretaría el acelerador.

Hay una segunda opción.

Podría volver a la oficina, pedir a Layla que baje a comprarme una ensalada César (sí, de esas con anchoas) y una Coca-Cola Diet, o mejor un batido de plátano, y almorzar mientras preparo el borrador de la intervención que presentaré el próximo mes en la convención de la Asociación Australiana de Publicidad Directa.

Puedo escoger: la primera opción o la segunda.

El poste de teléfonos o la oficina.

No me parece una decisión más importante que escoger entre una Coca-Cola Diet y un batido de plátano.

—Ah, Alice, me alegro de encontrarte. Me estaba preguntando... el próximo fin de semana tengo esa función de la que te hablé, y me decía... ¿qué te parece si voy yo a recoger a Tom después de la fiesta de Harry, porque tú dijiste que tenías una comida, y así puedo llevar yo a los dos niños al fútbol, y luego vas a buscarlos tú al terminar el partido?

—Por favor, mami... Por favor, mami... ¡Por favor, mami!

—¡Alice! ¿Olivia ya sabe qué disfraz se pondrá para la fiesta de Amelia? Ah, ¿no te has enterado? ¡Menudo drama! Hay siete niñas que querían ir de Hannah Montana, pero por lo visto Amelia también pensaba llevar ese disfraz, y como es ella la que cumple años, nadie más podrá vestirse de lo mismo.

—¡Se acerca el «gran día», Alice!

—Mamá, por favor... ¡Te estoy llamando todo el rato y no me haces caso!

—Mamá, ¿puede venir Clara a merendar? Por favor, por favor, por favor. ¡Su madre le ha dado permiso!

—¿Mami?

—¿Mamá?

—¡Es dentro de nada, Alice!

—¿Señora Love?

—¿Puedo hablar contigo, Alice?

Alice estaba en el patio del colegio, y el mundo de los cumpleaños infantiles y de los partidos de fútbol y de los horarios de comedor giraba a su alrededor como un tiovivo.

No recordaba nada.

Sin embargo, todo le resultaba extrañamente familiar.

Las notas de Elisabeth para Jeremy

Por si tienes curiosidad, te diré que al final he decidido ir a la oficina.

No decía en serio lo del poste.

Nunca haría algo así. Soy demasiado aburrida y sensata.

Por cierto, he anulado nuestra próxima sesión. Disculpa las molestias.

Meditaciones de una bisabuela

Ha sido una velada extraña y desagradable... X ha llegado puntualísimo, vestido muy elegante y con el pelo pulcramente peinado hacia un lado, y ha traído una botella de vino y un ramo de flores, nada menos.

No me he arredrado. Le he dicho que se sentara y mientras servía la quiche le he preguntado a bocajarro por qué había saboteado mi excursión a la mesa redonda sobre la eutanasia. Le he dicho que me parecía una venganza y que era inadmisible que hubiera organizado el paseo por el puerto para el mismo día.

Él se ha justificado diciendo que el tema de la eutanasia le afectaba mucho porque a los ocho años había sido testigo del suicidio de su madre.

En fin, ya podéis imaginaros lo mal que me he sentido. Me han dado arcadas. No sabía qué decirle. Se me han llenado los ojos de lágrimas.

Y él, que ya estaba atacando la quiche, ha alzado la cara con expresión pícara y ha dicho que su madre murió plácidamente en la cama a los noventa años pero que bien podría haberse suicidado, porque a temporadas tenía unas depresiones bastante fuertes.

He estado a punto de tirarle la ensalada a la cabeza, para que supiera lo que es una depresión fuerte.

Y a partir de aquí se ha iniciado un encarnizado debate, o quizá sería mejor decir discusión, sobre el tema. Hemos estado horas hablando y ninguno de los dos ha cedido un ápice en su postura. En realidad él no ha aportado ningún argumento nuevo. Solo dice que, para él, cada momento de la vida es un valioso regalo y que desperdiciar un solo segundo es una muestra de mala educación.

Al final le he dicho que, aunque esté en contra de la eutanasia, podría haber elegido otro día para la excursión por el puerto.

Y él ha replicado: «¿No sabes que cuando a un niño le gusta una niña, va y le tira de la coleta?».

Y yo le he dicho: «Sí, lo sé».

Y él ha dicho: «Pues mira, yo aún no he terminado de crecer».

Decidme, internautas, ¿qué demonios ha querido decir con eso?

COMENTARIOS

DorisdeDallas dijo...
¿Es que no quieres entender, Frannie? ¡Está intentando decirte que LE GUSTAS!

¿Qué opináis los demás? A mí me parece un hombre simpático. Uno de esos diamantes en bruto...

Brisbaniano dijo...
Estoy de acuerdo con Doris, pero ¿no estáis un poco viejos para estas cosas? ¡Puaj!

Frank Neary dijo...
¡Eh, veo que me ha salido competencia! ¡Soy mucho más joven que ese tal X! ¡Dame una oportunidad!

Abuela Molona dijo...
Siento ser tan sincera, pero X no me parece de fiar. Yo no le haría mucho caso. Cuéntanos, ¿ha recuperado Alice la memoria?

Alguien chillaba:
—¡Páralo, mamá! ¡Páralo! ¡Mami!
Alice saltó como un cohete de la cama y recorrió a tientas el pasillo, medio dormida, con la boca seca y la cabeza aturdida por el sueño interrumpido.
¿Quién era? ¿Olivia?
Los chillidos histéricos venían de la habitación de Madison. Alice abrió la puerta de un empujón. En la oscuridad solo pudo ver un bulto que se removía en la cama.
—¡Apártalo, apártalo! —chillaba.
Cuando sus ojos se acostumbraron a la penumbra, Alice vio la estantería del lado de la cama y encendió la lamparita.
Los ojos de Madison estaban cerrados y la cara, crispada.

Tenía las sábanas revueltas y la almohada sobre el pecho, y le estaba dando manotazos.

—¡Apártalo!

Alice le quitó la almohada de las manos y se sentó al borde de la cama.

—Solo es un sueño, cariño —dijo, intentando calmarla. Sabía por experiencia que la niña debía de tener el corazón en vilo, pero que poco a poco la voz procedente del mundo real se infiltraría en el mundo onírico y terminaría borrando la pesadilla.

Madison abrió los ojos de repente y se lanzó a los brazos de Alice, hundiendo la cara en sus costillas y estrechándole con fuerza la cintura.

—¡Mamá, apártalo! ¡Quítaselo de encima a Gina! ¡Quítaselo! —sollozaba.

—Solo es un sueño —repitió Alice, retirándole el pelo sudado de la frente—. No pasa nada... No es más que una pesadilla.

—Pero mamá... ¡tienes que quitárselo de encima! ¡Apártalo!

—¿Qué tengo que apartar?

Madison no respondió. Sus manos se aflojaron y su respiración empezó a serenarse. Recostó la cabeza en el regazo de Alice.

¿Se estaba quedando dormida?

—¿Qué tengo que apartar? —susurró Alice.

—Solo es un sueño —dijo Madison con la voz pastosa.

26

—¡Tía Alice, tía Alice!

Un niño de unos tres años se abalanzó sobre Alice, que instintivamente lo cogió en brazos y empezó a dar vueltas sobre sí misma, mientras el niño se le aferraba con las piernas a la cintura, como un koala. Alice acercó la cara a su pelo oscuro, y su acre aroma le resultó intensa y deliciosamente familiar. Aspiró otra vez. ¿Lo estaba recordando a él, o a otro niño? A veces pensaba que sería mejor ir por el mundo con la nariz tapada para evitar aquellos frustrantes accesos de memoria que se desvanecían sin que le diera tiempo a precisarlos.

El niño le tocó las mejillas con sus manos regordetas y balbuceó unas palabras incomprensibles, mirándola muy serio.

—Te está preguntando si le has traído Smarties —dijo Olivia—. Siempre le traes Smarties.

—¡Ah, vaya! —exclamó Alice.

—No sabes quién es, ¿verdad? —dijo Madison con complacido desdén.

—Sí que lo sabe —respondió Olivia.

—Es el primo Billy —explicó Tom—. Su mamá es la tía Ella.

¡La hermana pequeña de Nick se había quedado embarazada! ¡Qué escándalo! ¡Tenía quince años, aún iba al instituto...!

«No eres muy lista, ¿verdad, Alice? ¡Estamos en 2008! ¡La hermana de Nick ya tiene veinticinco años! Seguro que es una persona completamente distinta a la que tú conocías.»

Pero por lo visto no había cambiado tanto, pensó Alice al verla acercarse muy seria, abriéndose paso a codazos entre la gente. Seguía teniendo un aspecto un poco gótico: la piel muy blanca, los ojos oscuros resaltados con un delineador y el pelo moreno y liso, peinado con raya en medio; llevaba una falda negra y larga, medias negras, bailarinas negras y un jersey de cuello cisne también negro, adornado con lo que parecía un collar de perlas de cuatro o cinco vueltas. Era un look muy suyo.

—¡Ven aquí, Billy! —dijo secamente Ella, intentando sin éxito arrancar al niño de los brazos de su cuñada.

—Hola, Ella —la saludó Alice, mientras Billy se aferraba a su cintura con más fuerza todavía y le hundía la cara en el cuello—. No esperaba verte por aquí.

Si le hubieran preguntado cuál de las Raritas le caía mejor, habría elegido a Ella. Era una adolescente seria y llorona, aunque de pronto estallaba en risitas histéricas, y le encantaba hablar de ropa con Alice y enseñarle los vestidos que se compraba en tiendas de segunda mano y que le costaban más en tintorería de lo que había pagado por ellos.

—¿Te molesta mi presencia? —dijo Ella.

—¿Cómo dices? ¡No! ¡Claro que no!

Era la Velada del Talento Familiar en la comunidad residencial para jubilados de Frannie. Estaban en una gran sala con suelo de madera y estufas de resistencia suspendidas en lo alto de las paredes, y el calor que irradiaban era tan intenso que varios de los asistentes ya se estaban desprendiendo de las chaquetas y los abrigos. Había varias filas de sillas de plástico dispuestas en semicírculo frente a una pequeña tarima, con un micrófono que parecía un poco patético frente al raído telón de terciopelo rojo. A un lado del escenario había una hilera de andadores de diferentes tamaños, algunos con un lazo para diferenciarlos, como las maletas en el aeropuerto. A lo largo de una pared había varias mesas desmontables cubiertas de manteles blancos, con grandes teteras, montones de vasitos desechables y bandejas de papel con sándwiches de atún y huevo duro, pastelitos de chocolate y coco y tortitas cubiertas de montoncitos de nata que empezaban a desmoronarse con el calor.

Las primeras filas ya estaban ocupadas por los habitantes del complejo residencial. Ancianas diminutas que se habían vestido con sus mejores galas y que se habían puesto elegantes broches, señores encorvados que se habían peinado cuidadosamente para disimular la calva y que llevaban vistosas corbatas que asomaban bajo el cuello de pico de sus jerséis de lana... Por lo visto, no les molestaba el calor.

Alice vio a Frannie sentada en la fila central, inmersa en lo que parecía una acalorada conversación con un señor canoso y sonriente que llevaba una camisa blanca y un brillante chaleco de lunares.

—De hecho —dijo Ella, quien por fin había conseguido arrancar a Billy de los brazos de Alice—, ha sido tu madre la que ha llamado para pedirnos que viniéramos. Aunque te cueste creerlo, ha dicho que papá tenía pánico escénico. Las demás no han querido venir.

A Alice le pareció muy raro que Barb llamara a las hermanas de Nick para pedirles algo, como si fueran iguales.

Ella misma se sorprendió de lo que acababa de pensar.

Por supuesto que eran iguales. Qué idea tan absurda había tenido.

Pero entonces, en el fondo —o no tan en el fondo—, siempre había pensado que su familia no estaba a la altura de la de Nick... La familia Love vivía en la acomodada zona del este de Sidney. «Pocas veces cruzo el puente», había dicho una vez la madre de Nick. Algunos viernes la señora Love iba a la ópera, del mismo modo que la madre de Alice iba a las rifas de la parroquia y con un poco de suerte volvía con un surtido de embutidos o con una caja de fruta. Los señores Love conocían a personas importantes: diputados, actores, médicos, abogados y gente con apellidos célebres. Eran anglicanos pero solo pisaban la iglesia en Navidad, con displicencia, como si asistieran a un acto social. Nick y sus hermanas habían estudiado en colegios privados y en la prestigiosa Universidad de Sidney. Conocían los bares de moda y los restaurantes a los que había que ir. Parecían los amos de Sidney.

La familia de Alice, en cambio, vivía al noroeste de la ciudad, en una zona menos selecta, habitada por oficinistas y propietarios de pequeños negocios; la mayoría de ellos, evangélicos fervorosos y cantarines. La madre de Alice también cruzaba poco el puente, pero era porque fuera de su barrio se perdía. Coger el tren para ir al centro era todo un acontecimiento. Alice y Elisabeth se habían educado en el colegio de monjas católicas del barrio, de cuyas alumnas se esperaba que acabaran siendo enfermeras o maestras, pero no abogadas o médicas. Iban a misa todos los domingos y los niños del barrio tocaban la guitarra mientras los feligreses cantaban los himnos con voces estridentes, siguiendo la letra proyectada en la pared del fondo, por encima de la calva del cura, mientras la luz que atravesaba las vidrieras se reflejaba en sus gafas. A veces Alice pensaba que habría preferido nacer en los barrios bajos del oeste de la ciudad; entonces habría sido una gamberrilla malhablada, quizá con un tatuaje en el tobillo. También le habría gustado que sus padres fueran inmigrantes y hablaran inglés con acento extranjero; así sería bilingüe, y su madre cocinaría pasta casera. Pero no, eran una familia vulgar y corriente de un modesto barrio residencial. Una familia aburrida y previsible.

Hasta que apareció Nick, y consiguió que Alice se sintiera por fin exótica e interesante.

«Dime, ¿qué cosas cuentas en la confesión? ¿Estás autorizada a revelarlo?», le había preguntado Nick una vez. Otra vez miraba unas fotos en las que Alice llevaba la falda plisada típica del colegio de monjas, que le llegaba por debajo de la rodilla, y le había dicho al oído: «Me he puesto cachondo...». O había estado sentado en el salón de casa de Alice, junto a su madre, en una butaca de flores, al lado de una mesa auxiliar cuadrada —la mayor del juego de mesas de café encajables— con un tapete bordado encima, y mientras merendaba una gruesa porción de bizcocho cubierta de un glaseado rosa junto a una taza de té, había preguntado: «¿Cuándo se construyó esta casa?», como si aquella sencilla casa de ladrillo fuera merecedora de una pregunta tan respetable. «En 1965 —había respondido Barb—. Nos costó quinientas libras.» ¡Alice no lo sabía! Gracias a Nick, su casa tenía una historia. Y él había asentido y había hecho algún comentario sobre la instalación eléctrica, y se había comportado exactamente como cuando estaba sentado a la mesa de comedor de casa de su madre, comprada en un anticuario, degustando unos higos frescos con queso de cabra y bebiendo champán. En aquel momento Alice había sentido una intensa adoración por él.

—¿Nos sentaremos con papi, cuando venga? —dijo Olivia, tirándole de la manga—. ¿Os pondréis uno al lado del otro? Así, cuando baile, podréis decir: «¡Oh, es nuestra hijita! ¡Qué orgullosos estamos!».

Olivia iba vestida con un tutú de tul, medias y zapatillas de ballet, lista para la actuación. Alice la había maquillado, aunque según Olivia no le había aplicado suficiente carmín.

—Claro que nos sentaremos juntos —dijo Alice.

—Eres la persona más pesada del mundo, Olivia —opinó Madison.

—No es verdad —dijo Ella, abrazando a Olivia. Dio un tirón al borde de la camiseta granate de Madison y añadió—: ¡Te queda genial! Sabía que te iría perfecta.

—Es mi preferida —comentó orgullosamente Madison—. Pero mamá tarda siglos en meterla en la lavadora...

Alice se volvió hacia Ella y vio que su expresión se había dulcificado. Por lo visto, la hermana de Nick quería mucho a sus sobrinos, y a juzgar por el interés con el que Billy seguía hurgando en su bolso en busca de Smarties, Alice también quería mucho a aquel niño. Eran las tías de sus respectivos hijos. Alice sintió una repentina oleada de cariño hacia Ella.

—Te has vuelto muy guapa y elegante con la edad —le dijo.

—¿Es un chiste? —Ella tensó la espalda y apretó la mandíbula.

—A lo mejor encuentras un poco rara a mamá esta noche, tía Ella —dijo Tom—. Tiene un traumatismo craneal. Por si te interesa, he impreso unos datos científicos que he encontrado en internet.

—¡¡¡Papi...!!! —exclamó Olivia.

Nick acababa de cruzar la puerta del salón y estaba paseando la mirada por el público. Llevaba un traje caro —se notaba— y una camisa con el cuello desabotonado, sin corbata. Tenía el aspecto de un hombre maduro, atractivo y triunfador. De un hombre que tomaba decisiones importantes, que sabía cuál era su lugar en el mundo y que ya no se manchaba la camisa con mermelada antes de hacer una presentación.

Al ver a los niños, el rostro de Nick se iluminó; un segundo después vio a Alice, y su expresión se endureció. Se les acercó y Olivia se lanzó a sus brazos.

—¡Os echaba de menos, bichos! —dijo Nick, con la voz ahogada porque tenía a Olivia abrazada a su cuello, mientras le alborotaba el pelo a Tom con una mano y con la otra daba una palmadita en el hombro de Madison.

—¡Eh, papá! ¿Sabes cuántos kilómetros hay desde casa hasta aquí? —preguntó Tom—. ¡A ver si lo adivinas!

—Pues... ¡Quince!

—¡Casi! Trece kilómetros. ¡Es un dato científico!

—¡Hola, nena! —saludó Nick, dirigiéndose a su hermana con el apelativo cariñoso de siempre. Ella lo miró embelesada. Nada había cambiado en ese aspecto—. ¡Y hola, nene de la nena!

Nick cogió a Billy en brazos, sin soltar a Olivia.

—¡Nene de la nena, nene de la nena...! —repetía el pequeño sin dejar de reír.

—¿Qué tal, Alice? —preguntó Nick, sin apartar la mirada de los niños. Ni siquiera se había vuelto hacia ella. Alice le caía fatal, no era bien recibida. Con ella, Nick usaba su tono de voz profesional.

—Muy bien, gracias.

«No llores, por lo que más quieras», pensó Alice. Para su sorpresa, inexplicablemente, echó de menos a Dominick; necesitaba estar con alguien a quien sabía que le caía bien. Era horrible sentirse despreciada por otra persona, sentirse una misma despreciable.

Una voz temblorosa y querida habló por el micrófono.

—Señoras y señores, niños y niñas, me complace darles la bienvenida a la Velada del Talento Familiar del Bosque de la Tranquilidad, nuestra comunidad residencial para jubilados. Les invito a tomar asiento.

—¡Frannie! —gritó Olivia.

La persona que había subido a la tarima era Frannie, que estaba guapísima con su vestido azul marino y hablaba por el micrófono con mucho aplomo, aunque su tono era un poco afectado.

—No parece nerviosa —observó Madison—. Si yo tuviera que hablar delante de tanta gente, me desmayaría, seguro.

—Y yo también —aseguró Alice.

—¡No, tú no! —objetó Madison, haciendo un mohín.

—¡Sí, yo también! —protestó Alice.

Hubo unos momentos de confusión cuando se disponían a sentarse. Madison, Tom y Olivia querían estar al lado de su padre; Olivia tenía que ponerse al final de la fila para levantarse cuando la nombraran, y además quería que sus padres se sentaran juntos, mientras que Billy quería estar en el regazo de Alice, cosa a la que su madre se oponía visiblemente. Al final Ella cedió y Alice se encontró sentada entre Madison y

Nick, con el pequeño Billy acurrucado en su regazo. Por lo menos, al niño le caía bien.

¿Dónde estaba Elisabeth? Alice se volvió en el asiento para buscarla. Su hermana tenía previsto asistir al espectáculo, pero quizá había cambiado de idea. Barb había llamado a Alice por la tarde y le había contado que los análisis eran negativos y que Elisabeth parecía tranquila, aunque estaba algo rara. «Por un momento he pensado que estaba borracha», había dicho su madre. Alice aún tenía la figurita de la fertilidad en el bolso, pendiente de dársela, aunque quizá Elisabeth se lo tomaría mal en esos momentos. Ahora bien, ¿y si estaba privando a su hermana de los poderes mágicos del amuleto? Preguntaría a Nick qué opinaba.

Alice lanzó una mirada fugaz al serio perfil de Nick. ¿Aún podía pedirle su opinión sobre esas cosas? Quizá no. Quizá Nick se había desentendido totalmente de esos temas.

Cuando todo el mundo había tomado asiento, Frannie dio unos golpecitos en el micrófono y anunció:

—Nuestra primera actuación estará a cargo de la bisnieta de Mary Barber, que interpretará «My Heart Will Go On».

Una niña enfundada en un vestido de lamé y embadurnada de maquillaje («¿Lo ves, mami?», susurró Olivia, inclinándose por encima de Nick para mirar reprobatoriamente a Alice) subió muy decidida al escenario, agitando el pecho como una cabaretera madura. «¡Madre mía!», exclamó Nick en voz baja. La niña aferró el micrófono con las dos manos y empezó a cantar con una voz temblorosa por la exagerada emoción, haciendo que el público diera un unánime respingo cada vez que alcanzaba una nota alta.

Después vino el número de claqué de un grupito de nietos con sombrero de copa y bastones, el número de magia de un sobrino nieto («Me sé el truco; es un dato científico...», susurró audiblemente Tom) y el número de gimnasia de una sobrina. El niño de Ella empezó a aburrirse y se inventó un juego: pasaba de regazo en regazo, tocando la nariz de la persona que lo sostenía y diciendo «barbilla» o tocándole la barbilla y diciendo «nariz», soltando una gran carcajada cada vez.

—La siguiente artista es Olivia Love —anunció por fin Frannie—, mi bisnieta honoraria, que ejecutará un número de danza coreografiado por ella misma y titulado «La mariposa».

Alice se asustó. ¿Un número coreografiado por ella misma? Había dado por supuesto que Olivia bailaría algo de lo que aprendía en clase de ballet. ¡Ostras! Seguramente sería espantoso... Empezaron a sudarle las manos. Se sintió como si fuera ella misma la que debía subir al escenario.

—Mmm... —murmuró Olivia, sin moverse.

—Olivia —dijo Tom—. Te toca.

—Me duele la barriga —dijo Olivia.

—A todos los grandes artistas les pasa lo mismo, cariño —la tranquilizó Nick—. Es una buena señal. Quiere decir que estarás genial.

—No hace falta que... —empezó a decir Alice.

Nick le tocó el brazo con la mano y Alice calló.

—En cuanto empieces, se te pasará —aseguró Nick.

—¿De verdad? —Olivia alzó la cabeza y lo miró esperanzada.

—¡Que me mate un perro rabioso si miento!

—¡Qué tonto eres, papá! —dijo Olivia, poniendo los ojos en blanco.

Se levantó y recorrió solemnemente el pasillo en dirección al escenario, balanceando el tutú. Alice tenía el corazón en un puño. Se la veía tan pequeña... y tan sola...

—¿Has visto el número? —susurró Nick, ajustando el enfoque de una pequeña cámara plateada.

—No. No creo, por lo menos. ¿Tú lo has visto?

—No. —Observaron cómo Olivia subía los escalones del escenario—. A mí también me duele la barriga —dijo Nick.

—Y a mí —se sumó Alice.

Olivia se quedó quieta en el centro de la tarima, con la

cabeza inclinada, los ojos cerrados y los brazos envolviéndole el torso. Cuando la música empezó a sonar, Olivia abrió lentamente un ojo y luego el otro. Dio un gran bostezo y se desperezó. Era una oruga que emergía soñolienta del capullo. Miró por encima de su hombro, hizo como si acabara de verse un ala en la espalda y abrió la boca cómicamente.

El publico rió.

¡Se habían reído!

¡La hija de Alice era graciosa! ¡El público reconocía que era graciosa!

Olivia se miró la espalda por encima del otro hombro y se estremeció de placer. ¡Era una mariposa! Recorrió el escenario dando saltitos, como si probara sus alas nuevas, primero tropezándose y al final con gracilidad.

Era cierto que quizá no seguía del todo bien la música, y que algunos de sus movimientos resultaban... en fin... poco ortodoxos... pero sus expresiones eran impagables. Alice decidió, y creía que estaba siendo bastante objetiva, que jamás había visto una imitación de una mariposa tan tierna y divertida como aquella.

Cuando la música dejó de sonar, se sentía llena de orgullo y le dolía la cara de tanto sonreír. Miró al público y vio que todos aplaudían y sonreían visiblemente complacidos, aunque quizá se estaban conteniendo para no ofender a los demás intérpretes. ¿Por qué no había una ovación en pie, si no? Le chocó ver que una mujer de la fila central estaba escribiendo un mensaje de texto en el móvil. ¿Cómo podía apartar los ojos del escenario?

—¡Es una gran cómica! —le susurró a Nick.

Nick bajó un momento la cámara y volvió a mirar a su hija; la expresión de su rostro reflejaba la misma complacida sorpresa que estaba sintiendo Alice.

—Mamá, yo la ayudé un poquito —dijo Madison, vacilante.

—¿Ah, sí? —Alice le pasó un brazo por el hombro y la

atrajo hacia ella. Bajó la voz y añadió—: Estoy segura de que la ayudaste un montón. Eres una hermana mayor estupenda, como fue tu tía Libby conmigo.

Madison la miró perpleja durante un segundo, pero enseguida esbozó aquella sonrisa deliciosa que le iluminaba la cara.

—¿De dónde he sacado unos hijos con tanto talento? —dijo Alice, y le tembló la voz. ¿Por qué Madison la había mirado sorprendida?

—Lo han sacado de su padre —dijo Nick.

Olivia llegó brincando por el pasillo y se sentó otra vez al lado de Nick, con una sonrisita cohibida.

—¿He estado bien? ¿He estado excelente?

—¡Eres la mejor! —la elogió Nick—. Todo el mundo dice que ahora que ha actuado Olivia Love, pueden coger las chaquetas y marcharse.

—¡Bobo! —exclamó Olivia riendo.

Aún vieron cuatro interpretaciones más, entre ellas un monólogo humorístico a cargo de una señora de mediana edad, hija de algún residente, que de tan increíblemente aburrido fue casi divertido, y el número de un niño que empezó a recitar un poema de Banjo Paterson y que se quedó en blanco, hasta que su abuelo subió con paso tembloroso a la tarima, le dio la mano y terminó de recitarlo con él, lo cual hizo llorar a Alice.

Frannie volvió a acercarse al micrófono.

—Señoras y señores, niñas y niños, estamos asistiendo a una velada muy especial y dentro de nada podrán degustar tranquilamente la cena, pero aún nos queda por ofrecerles un último número, y tendrán que perdonarme, porque este también lo realizarán unos familiares míos. ¡Les pido un aplauso para recibir a Barb y Roger, que nos harán una demostración de salsa!

El escenario quedó a oscuras. De pronto, un foco iluminó a la madre de Alice y al padre de Nick, vestidos con indumentaria de bailes de salón, inmóviles en el centro del escenario. Roger tenía la rodilla doblada entre las piernas de Barb y le rodeaba la cintura con un brazo. Barb inclinaba la espalda hacia atrás, luciendo el cuello. Roger tenía la cara pegada a la de su compañera y fruncía el ceño, fingiendo una expresión severa.

Nick emitió un gruñido ahogado, como si tuviera algo atascado en la garganta. Su hermana emitió un sonido parecido.

—¡Los abuelitos parecen bailarines de la tele! —exclamó alegremente Tom—. ¡Parecen famosos!

—No es verdad —dijo Madison.

—Sí que es verdad.

—¡Chist! —protestaron al unísono Alice y Nick.

Cuando la música volvió a sonar, el padre de Nick y la madre de Alice empezaron a moverse. No bailaban mal, dentro de su estilo. Balanceaban las caderas con habilidad. Se acercaban y se alejaban el uno del otro. Era un baile tan desagradablemente sexual... ¡y delante de todos aquellos ancianitos!

Al cabo de cinco angustiosos minutos, Roger se detuvo al lado del micrófono mientras Barb seguía bailando a su alrededor, levantándose los lados de la falda y taconeando provocativamente. Alice pensó que no podría contener un ataque de risa histérica.

—¡Amigos! —entonó Roger con su mejor voz de locutor de radio. El foco iluminó las gotas de sudor que perlaban su frente bronceada—. Como seguramente sabrán, mi preciosa mujercita y yo vamos a dar clases de salsa los segundos martes de mes. ¡Es un ejercicio excelente, además de muy divertido! Todo el mundo puede bailar, y para demostrarlo voy a hacer subir al escenario a dos personas del público que hasta ahora nunca habían bailado salsa. ¡Veamos qué tal se les da!

El foco se desplazó sobre el público. Alice observó cómo la luz barría la sala, desando que Roger fuera prudente y eligiera a dos personas capaces de andar sin bastón.

El foco se detuvo sobre Nick y ella, y los dos se llevaron la mano a la frente para protegerse los ojos.

—¡Sí! Creo que ese par de conejitos deslumbrados serían las víctimas perfectas, ¿no te parece, Barb? —dijo Roger.

Olivia, Tom y Madison saltaron de sus respectivos asientos como si hubieran ganado la lotería y empezaron a tirarles del brazo.

—¡Sí, sí! Mamá, papá... ¡subid a bailar! ¡Corred!

—No, no. Elegid a otros... —Alice alzó las manos, presa del pánico. Jamás se ofrecía voluntaria para ese tipo de cosas.

—Me parecen perfectos, Roger —proclamó Barb desde el escenario, con una gran sonrisa de azafata de bingo.

—¡Yo los mato! —dijo Nick en voz baja. Y enseguida, gritando, añadió —: ¡Lo siento! ¡Tengo fatal la espalda!

Los viejecitos no se dejaron engañar. Eran ellos quienes tenían artritis.

—¡La espalda, y un cuerno! —vociferó una anciana.

—¡Subid ya, pesados!

—¡No seáis aguafiestas!

—No te preocupes, papi, cuando empieces te encontrarás bien —los tranquilizó Olivia con voz dulce.

—¡Que bailen, que bailen! —gritaron los más mayores, dando patadas en el suelo con sorprendente energía.

Nick suspiró, se levantó del asiento y miró a Alice.

—Vamos y acabemos cuanto antes.

Subieron al escenario. Alice se iba dando tirones de la falda, preocupada por si se le había subido por detrás. Frannie se encogió de hombros en su asiento de la primera fila y alzó las manos como diciendo: «¡A mí no me preguntéis!».

—Muy bien, ahora poneos cara a cara —les indicó Roger.

Roger se plantó detrás de Nick, mientras Barb se colocaba detrás de Alice. Sus padres ajustaron la posición, dejando la mano de Alice sobre el hombro de Nick y el brazo de él alrededor de la cintura de ella.

—¡Acercaos más! —rugió Roger—. No seáis tímidos. Y ahora, miraos a los ojos.

Alice miró a Nick, implorante. La expresión de él era fría, de tan educada, como si fueran dos completos desconocidos. Fue muy desagradable.

—Pero bueno, ¿eres un hombre o un ratón? —dijo Roger, dando una palmadita en el hombro de su hijo—. ¡El hombre es el que lleva! Empieza tú y ella te seguirá.

A Nick empezaron a temblarle las aletas de la nariz, lo que quería decir que estaba muy enfadado.

Mediante un solo gesto, bajó la mano hasta la parte baja de la espalda de Alice y la atrajo hacia él, frunciendo el ceño en una perfecta imitación de su padre.

El público estalló en aplausos.

—¡Tenemos aquí a alguien con un talento innato, amigos! —dijo Roger. Su mirada se clavó en los ojos de Alice, como si le enviara un mensaje tranquilizador. Era un viejo creído y gritón, pero su intención era buena.

—Muy bien, ahora muévete así —señaló Barb, haciendo una demostración para Nick—. Adelantas el pie derecho, retrasas el izquierdo, atrasas el derecho, das un paso atrás con el izquierdo, llevas el peso del cuerpo al pie izquierdo y atrasas el derecho otra vez. ¡Eso es, muy bien!

—¡Sin dejar de mover las caderas! —precisó Roger.

Alice y Nick no estaban acostumbrados a bailar en público. Alice se sentía siempre demasiado cohibida, y a Nick tampoco se le daba muy bien, pero a veces bailaban en el comedor, cuando habían tomado vino en la cena y tenían puesto un compacto adecuado, o en la cocina, mientras vaciaban el lavavajillas. Eran bailes espontáneos y desmañados. Siempre era Alice la que comenzaba, porque, de hecho, bailar le encantaba y no lo hacía mal.

Empezó a mover las caderas al estilo de su madre, mientras intentaba mantener el torso recto. El público empezó a vitorearles, y una voz infantil, seguramente la de Olivia, exclamó: «¡Muy bien, mami!». Nick rió, sin dejar de deslizarse ágilmente por el escenario. Barb y Roger sonreían de oreja a oreja. Oyeron a los tres niños gritando «bravo».

Aún había química. Alice lo notaba en el roce de sus manos y en la mirada de Nick. Aunque fuera solo una mínima porción de la química que los unía antiguamente, aún había algo. Se sintió embriagada de felicidad.

La música se interrumpió de repente.

—¿Lo ven? ¡Cualquiera puede aprender a bailar salsa! —exclamó Roger, mientras Nick soltaba la cintura de Alice y se alejaba.

Las notas de Elisabeth para Jeremy

Cuando ya estábamos en el coche, de camino a la Velada del Talento Familiar, me han entrado ganas de ver la tele.

Estaban dando *House*, y de repente he sentido la necesidad de ver cómo el sarcástico y antipático doctor diagnosticaba enfermedades inverosímiles. ¿Qué me diría House a mí? Ojalá te parecieras más a él, Jeremy. Es una pena; eres demasiado amable y educado, y la amabilidad no cura. ¿Por qué no me cantas las verdades de una vez?

«No eres fértil, asúmelo», mascullaría House blandiendo su bastón, y yo al principio me escandalizaría, pero después me fortalecería.

«¿Podríamos volver a casa?», le he dicho a Ben.

No ha intentado convencerme. Últimamente es muy amable y cauteloso conmigo. Los impresos de la adopción han desaparecido de la encimera de la cocina. Los ha escondido; de forma provisional por lo menos, porque aún le brilla la esperanza en los ojos. Y, de hecho, ese es el problema. Yo ya no puedo permitirme tener esperanzas.

Lo he llamado en cuanto he sabido los resultados del análisis, pero al ir a decírselo me he quedado muda; y como él no decía nada, me he dado cuenta de que estaba haciendo esfuerzos para no llorar. A Ben se le nota mucho cuando intenta contener las lágrimas. Es como si luchara contra algo invisible que pretende apoderarse de su mente.

«Lo superaremos», ha dicho al final.

«Nunca lo superaremos», he pensado.

«Sí», he contestado.

He estado a punto de decirle la verdad.

Después de *House* he estado viendo *Medium* y después *Boston Legal*, y después *Cheaters*. Es ese programa en el que graban con cámara oculta a tipos que engañan a la mujer y luego los llevan a un plató. Es sórdido, triste y cutre. Pero vivimos en un mundo sórdido, triste y cutre, Jeremy.

Seguramente mi estado mental no es muy bueno en estos momentos.

El espectáculo había terminado, y los adultos deambulaban por la sala, bebiendo té y café en vasitos de cartón y sosteniendo en la palma de la mano servilletas de papel con tortitas con nata.

Un nutrido grupo de nietos y bisnietos chillaban de alegría mientras disputaban una carrera de sillas de ruedas en un lado de la sala.

—¿Pueden jugar con eso? —le preguntó Alice a Frannie, intentando comportarse como una mujer madura y responsable, mientras veía cómo Madison empujaba alegremente una silla en la que Olivia y Tom se habían sentado con las piernas extendidas.

—¡Claro que no! —Frannie suspiró—. Pero me temo que ha organizado la carrera uno de los residentes.

Señaló al señor de pelo blanco con el que charlaba hacía un rato, el del vistoso chaleco de lunares. El señor se había subido a otra silla y estaba impulsando las ruedas con las manos, chillando: «¡A que no me ganáis!».

—Tiene ochenta años y parece que tenga cinco —dijo Frannie, frunciendo nerviosamente los labios. Calló un momento y añadió—: Bueno, voy a ver si saco unas fotos para el boletín. —Y desapareció, dejando a Alice con Nick y con su hermana.

—Habéis estado geniales —dijo Ella. Llevaba en brazos a Billy, que se chupaba el pulgar y recostaba la cabecita en el hombro de su madre. La hermana de Nick entornó los ojos para mirarlos por encima de la cabeza del niño, como si fueran dos ejemplares de laboratorio—. No me lo esperaba.

—Quería dar una lección a papá —dijo Nick. Cogió una tortita con los dedos y se la metió entera en la boca.

—¿Tienes hambre? —preguntó Alice. Recorrió las mesas con la mirada—. ¿Quieres un sándwich? Hay de huevo con curry. —A Nick le encantaban los sándwiches de huevo duro con salsa de curry.

Nick carraspeó incómodo y lanzó una mirada a Ella.

—No, gracias. Estoy bien.

Ella miró a Alice con expresión hostil.

—¿Y cómo es que no han venido tus hermanas, Ella? —le preguntó Alice. Las Raritas solían ir juntas a todas partes.

—Para serte sincera, Alice —empezó Ella—, prefieren no estar en la misma habitación que tú.

—¡Vaya! —exclamó Alice estremeciéndose. No estaba acostumbrada a suscitar aquellas reacciones en la gente, y además ignoraba por completo que tuviera ese poder sobre las Raritas. ¡No estaba tan mal!

—Ella... —reprendió Nick a su hermana.

—Solo constato un hecho —se justificó Ella—. Procuro ser neutral. Evidentemente, las cosas mejorarían si nos devolvieras el anillo de la abuela Love, Alice.

—Ah, eso me recuerda que... —Alice abrió el bolso y sacó un estuche—. Lo he traído por si os veía. Toma.

Nick cogió el anillo con gesto receloso.

—Gracias —dijo, manteniendo el estuche en la palma de la mano, como si no supiera qué hacer con él, hasta que terminó embutiéndoselo en el bolsillo de los pantalones.

—Ah, pues si todo es tan fácil —comenzó Ella—, podríamos aprovechar para tratar otras cuestiones familiares, como... no sé... la situación financiera.

—No te metas, Ella —protestó Nick.

—¿Y por qué estás siendo terca como una mula con lo de la tutela?

—No sigas, Ella —insistió Nick.

—Muuu, muuu... —dijo Alice.

Ella y Nick la miraron muy serios.

—«"Muuu, muuu...", decía la mula» —canturreó Alice, y sonrió—. Lo siento, me ha venido a la cabeza al oír la palabra «mula».

Billy apartó un momento la cara del hombro de Ella, se quitó el pulgar de la boca y dijo: «Muuu, muuu...». Lanzó una sonrisa cómplice a Alice, antes de volver a meterse el dedo en la boca y apoyar la cabecita en el hombro de Ella. Nick y su hermana se habían quedado sin palabras.

—Supongo que es de alguno de los cuentos que les leía a los críos —explicó Alice.

Era algo que le estaba sucediendo a menudo. De repente le venían a la cabeza palabras, frases o versos extraños. Era como si tuviera amontonados diez años de recuerdos en un cajoncito del cerebro y de vez en cuando se escaparan fragmentos incomprensibles.

De un momento a otro, el cajón se abriría y su cabeza se inundaría con recuerdos de tristezas, alegrías y mil cosas más. Alice no tenía muy claro si deseaba que llegase ese momento.

—El otro día se me cayó una cosa al suelo —explicó—, y sin darme cuenta solté: «¡Cachis!». Y me sonó muy familiar: «¡Cachis!».

—Olivia lo decía cuando era pequeña —explicó Nick, y sonrió—. Y durante una temporada lo decíamos todos: «¡Cachis!». Ya no me acordaba...

—¿Me estoy perdiendo algo? —dijo Ella.

—Tendrías que irte ya. Billy está cansado —propuso Nick.

—Vale, me voy —respondió Ella—. Hasta el domingo —se despidió, besando a su hermano en la mejilla.

—¿El domingo?

—Es el día de la Madre. ¿No vienes a comer a casa de mamá? Me dijo que estarías.

—Ah, sí... Sí, claro...

¿Cómo se organizaba Nick ahora? Era Alice la que se encargaba de recordarle qué tenía que hacer los fines de semana. Seguro que se estaba olvidando de un montón de cosas.

—Chao, Alice —se despidió Ella, sin hacer ademán de darle un beso. ¡La única persona en 2008 que no parecía obsesionada con besuquearla...! Y tras una pausa añadió—: Gracias por devolvernos el anillo. Es muy importante para la familia.

Dicho de otro modo: Ya no formas parte de nuestra familia.

—De nada —respondió Alice.

«Puedes quedarte con ese anillo tan horroroso», pensó.

Cuando su hermana desapareció, Nick miró a Alice.

—¿Así que aún no has recuperado la memoria?

—Eso parece. Pero la recuperaré de un momento a otro.

—¿Cómo te las arreglas con los niños?

—Bien —contestó Alice. No valía la pena mencionar los problemas con las autorizaciones perdidas, los uniformes sin lavar y los deberes olvidados, o su desconcierto cuando los críos se peleaban por el ordenador o por la PlayStation—. Son encantadores. Nos han salido unos niños encantadores.

—Lo sé. Nos salieron encantadores —dijo Nick, y su expresión se entristeció. Calló un momento, sin saber si seguir hablando o no, y al final dijo—: Por eso es terrible pensar que solo puedo verlos los fines de semana.

—Ah, ya... —dijo Alice—. Bueno, si no volvemos a vivir juntos, podríamos acordar un término medio. Podrían estar una semana contigo y una conmigo... ¿Por qué no?

—No hablarás en serio —se extrañó Nick.

—Por supuesto que sí —le aseguró Alice—. Firmaré lo que haga falta.

—Perfecto —dijo Nick—. Le pediré a mi abogado que

redacte un documento y mañana mismo te lo enviaré por mensajero.

—Muy bien.

—Cuando recuperes la memoria cambiarás de idea —vaticinó Nick, soltando una áspera carcajada—. Me juego lo que quieras a que ya no querrás que volvamos.

—Veinte dólares —dijo Alice, tendiéndole la mano.

Nick le estrechó la mano.

—¡Hecho!

A Alice le gustó sentir el roce de su piel. ¿Acaso su cuerpo no se lo diría, si hubiera llegado a odiar a Nick?

—He descubierto que quien se besó con otra en el cuarto de la lavadora fue el marido de Gina, no tú —dijo Alice.

—Ah, sí... El penoso incidente del cuarto de la lavadora... —Nick sonrió a una ancianita con bastón que les tendía una balanceante bandeja de sándwiches—. ¡Ya que insiste! —exclamó, cogiendo uno. Alice observó que era de huevo duro con curry.

—¿Por qué dijiste que era interesante que creyera que eras tú? —preguntó Alice, cogiendo otro sándwich de la bandeja para que no se cayera al suelo.

—Porque siempre tenía que recordarte que yo no era Mike Boyle —le explicó Nick. Había hablado con la boca llena, pero la rabia de su voz era patente—. Estabas tan identificada con Gina que fue como si te hubiera pasado a ti. Yo te decía todo el tiempo: «¡No era yo!», pero se te metió en la cabeza que todos los tíos eran unos desgraciados y no había quien te sacara de ahí.

—Lo siento —se disculpó Alice.

El sándwich que había cogido era de jamón y mostaza, y el sabor de la salsa le estaba recordando algo. La constante sensación de tener recuerdos acercándose y alejándose era similar al zumbido de un mosquito por la noche: sabes que en cuanto enciendas la luz se callará, y que cuando vuelvas a cerrar los ojos, aparecerá otra vez... ¡bzzz!

—No hace falta que te disculpes —le dijo Nick, limpiándose la boca con la servilleta—. Es agua pasada. —Se quedó un momento callado y su mirada se volvió inescrutable, inmersa en un pasado compartido al que Alice no podía acceder—. A veces pienso que estábamos demasiado unidos los cuatro y terminamos involucrándonos demasiado en los problemas matrimoniales de Gina y Mike. Nos contagiaron su divorcio como si fuera un virus.

—Bueno, pues curémonos —propuso Alice. ¿Cómo se atrevía ese par de imbéciles a meterse en sus vidas y a contagiarles sus problemas matrimoniales?

Nick sonrió y negó con la cabeza.

—Se te ve tan... —Buscó la palabra adecuada—. ¡Tan joven! —Tras un instante de silencio prosiguió—: En fin, el problema no eran solo Mike y Gina. Sería demasiado simple. Quizá éramos demasiado jóvenes cuando empezamos a salir... Mmm... ¿Crees que a Olivia se le está subiendo la fama a la cabeza?

Alice siguió su mirada y vio a Olivia sobre el escenario, con el micrófono pegado a la boca e interpretando con gran dramatismo una canción que nadie oía porque el sonido estaba apagado. Tom se había puesto a cuatro patas y estaba siguiendo el cable del micrófono en dirección a los controles. Madison estaba sentada en primera fila, enfrascada en una amena conversación con el señor canoso que había organizado la carrera de sillas de ruedas.

—Cuéntame algún recuerdo feliz de los últimos diez años —dijo Alice.

—Alice...

—Vamos... ¿Qué es lo primero que te viene a la cabeza?

—Mmm... ¡No sé! Supongo que cuando nacieron los niños. ¿Es una respuesta demasiado previsible? No me refiero a los partos; eso no me gustó nada.

—¿Ah, no? —dijo Alice, decepcionada. Se había imaginado a los dos sollozando y abrazándose, con música de película de fondo—. ¿Por qué no?

—Supongo que porque estuve todo el tiempo muerto de miedo, sin poder controlar nada ni ayudarte. Todo lo hacía mal...

—Seguro que no.

Nick la miró un momento y enseguida desvió la mirada.

—Y tanta sangre... y tú chillando... y el incompetente del obstetra, que no apareció hasta que ya habías terminado de parir a Madison. Me entraron ganas de darle una patada. Menos mal que estaba aquella comadrona tan genial, esa que nos recordaba a la Spice pija.

Se miró las manos con expresión ausente. Alice se preguntó si se habría dado cuenta de que se estaba toqueteando el dedo donde antes llevaba la alianza. Era un hábito muy típico de Nick: cuando se quedaba pensativo, hacía girar el anillo. Y ahora, aunque ya no lo llevaba puesto, seguía haciendo el mismo gesto.

—Y cuando nació Olivia y tuvieron que hacerte una cesárea de urgencia... —Nick metió las manos en los bolsillos y exclamó—: ¡Pensé que me daba un infarto!

—Sí que lo pasaste mal... —se compadeció Alice, aunque se dijo que para ella tampoco debía de haber sido una fiesta.

Nick sonrió y cabeceó maravillado.

—Recuerdo que no quería distraer su atención de ti y de la niña, ya sabes, como en esas películas en las que el marido se desmaya durante el parto. Me dije: «Voy a morirme discretamente en aquel rincón». Estaba convencido de que tú también te morirías y de que los niños se quedarían huérfanos. ¿No te lo había contado nunca? Seguro que sí.

—Pensaba que estábamos hablando de momentos felices. —Alice estaba consternada. Sin aquellos recuerdos, era como si aún le faltara vivir todos esos episodios de gritos y sangre.

—Los momentos felices llegaron cuando todo acabó y nos dejaron solos, con la niña envuelta en una mantita, y pudimos criticar a los médicos y a las enfermeras que nos caían mal mientras nos tomábamos un té y mirábamos tranquilamente al bebé por primera vez. Le contamos los deditos de las manos, disfrutamos contemplando a aquella personita recién nacida. Fue... mágico. —Se aclaró la voz.

—¿Y cuál es tu recuerdo más triste de los últimos diez años? —le preguntó Alice.

—Ah, ahí hay donde elegir. —Nick esbozó una sonrisa extraña, que Alice no habría sabido si calificar de cínica o de triste—. El día en que dijimos a los niños que íbamos a separarnos, el día en que me fui de casa, la noche en que Madison me llamó y me suplicó llorando que volviera...

A su alrededor había grupitos de invitados que tomaban té, charlaban y reían. Alice notaba en la cabeza el calor de las estufas. Pensó que el cerebro se le derretiría, que se fundiría como el chocolate al fuego. Se imaginó a Madison llorando al teléfono, suplicando a Nick que volviera.

Nick tendría que haber colgado y haber vuelto a casa de inmediato, y tendrían que haber puesto una película en el vídeo para verla todos juntos en el sofá, mientras cenaban pescado y patatas de la freiduría. La felicidad no debería ser complicada. Allí estaban Ben y Elisabeth, los pobres, luchando desesperadamente por tener familia, mientras Nick y Alice dejaban que la suya se desmoronara.

—¿No te parece que deberíamos volver a intentarlo, por los niños? —preguntó, acercándose más—. Bueno, no solo por ellos. También por nosotros, por quienes éramos hace un tiempo.

—¡Disculpad! —Era otra ancianita, de permanente azulada y rostro arrugado y feliz—. Sois Nick y Alice, ¿verdad? —Se acercó a ellos y en un tono confidencial añadió—: Soy lectora del blog de Frannie y hace un tiempo puse un comentario sobre vosotros. ¿Queréis saber qué decía?

—¿Sobre nosotros? —Nick la miró horrorizado—. ¿Frannie tiene un blog? No tenía ni idea. ¿Quiere decir que Frannie escribe sobre nosotros?

—Sí, bueno... Pero tranquilo, corazón... No cuenta cosas

personales... —dijo la señora, palmeando amablemente el brazo de Nick—. Aunque sí mencionó que os habíais separado, y yo dije que, en mi humilde opinión, estabais hechos el uno para el otro. ¡Por las fotos, se ve que os queréis de verdad!

—¿Frannie ha colgado fotos nuestras en internet? —Nick se escandalizó—. ¿Por qué nadie me había dicho nada hasta ahora?

—¡Huy! —exclamó la señora, tapándose la boca con una mano—. ¡Me parece que he hablado demasiado! —Se volvió hacia Alice y preguntó—: ¿Ya has recuperado la memoria, corazón? ¿Sabes? A una amiga mía le pasó algo parecido en 1954. No conseguimos convencerla de que había terminado la guerra. Al final se le olvidó hasta su nombre... Claro que eso a ti no te pasará; seguro que no.

—No —dijo Alice—. Yo me llamo Alice. Alice. Alice...

—Dígame que Frannie no ha colgado fotos de los niños en internet... —dijo Nick.

—¡Ay, sí, qué guapos son vuestros niños! —exclamó la señora.

—Genial. ¡Una incitación a asesinos y pedófilos! —soltó Nick.

—Estoy segura de que Frannie no pretende incitar a nadie a matar niños —observó Alice—. ¡Mirad, asesinos, unas preciosas víctimas a vuestra disposición!

—Lo digo en serio. ¿Por qué siempre piensas que a nosotros no puede pasarnos nada? Como esa vez que perdiste a Olivia en la playa. ¡Eres tan pasota...!

—¿Ah, sí? —dijo Alice, desconcertada. ¿Se le había perdido la niña?

—No somos inmunes a la tragedia.

—Lo tendré en cuenta —dijo Alice, y la cara de Nick se crispó en una mueca de irritación, como si le acabara de picar un mosquito.

—¿Qué pasa? —dijo Alice—. ¿Qué he dicho?

—¿Ha venido tu hermana? —intervino la señora, dirigiéndose a Alice—. Quería decirle que debería adoptar. Seguro que después de ese ciclón de Birmania hay un montón de niños huérfanos. En mis tiempos se abandonaban bebés en las puertas de las iglesias, pero por lo visto eso ya no pasa, por desgracia. ¡Ah, por allí va tu madre! —exclamó la señora al ver a Barb, que aún llevaba el maquillaje y el vestido de baile y sostenía un portapapeles en la mano, rodeada de ávidas ancianitas—. ¡Voy a apuntarme al cursillo de salsa! ¡Me habéis inspirado!

Y se alejó con paso tambaleante.

—Por favor, ¿podrías decir a Frannie que no me gusta nada que cuelgue información sobre mí y sobre mi familia? —dijo Nick, otra vez con aquel tono gélido y petulante.

—¡Díselo tú! —protestó Alice.

Nick adoraba a Frannie. El antiguo Nick habría ido a buscarla y habría tenido una acalorada conversación con ella. En las reuniones familiares lo pasaban en grande discutiendo de política y jugando a las cartas.

Nick soltó un suspiro. Luego se frotó las mejillas como si le dolieran las muelas, y al empujar la carne hacia arriba, sus ojos se vieron más pequeños y arrugados, como si tuviera cara de gárgola.

—No hagas eso —dijo Alice, tocándole el brazo.

—¿Qué pasa? —dijo Nick—. ¿Qué demonios quieres?

—¡Ay, Señor! —Alice suspiró—. ¿Cómo es que nuestra relación se ha vuelto tan explosiva?

—En fin, yo tengo que marcharme —dijo Nick.

—¿Qué les ha pasado a Mildred y George? —preguntó Alice.

Nick la miró sin comprender.

—Los leones de arenisca —precisó Alice.

—No tengo ni idea —contestó Nick.

27

«¡Pero Alice...!», exclamó Alice para sus adentros.

Era la mañana siguiente a la Velada del Talento Familiar. Los niños habían llegado sanos y salvos al colegio y ella estaba sentada frente al escritorio del estudio, con la intención de buscar pistas que la ayudaran a activar la memoria. Acababa de toparse con la explicación de que la señora Bergen ya no le hablara.

Echó la silla para atrás, colocó los pies sobre la mesa y se recostó en el respaldo, mirando al techo. «¿En qué estarías pensando?», se dijo.

Por lo visto, Alice se había convertido en uno de los miembros más activos de la asociación que presionaba al ayuntamiento para que permitiera la construcción de bloques de apartamentos en la zona. La señora Bergen, por su parte, presidía la asociación que defendía lo contrario.

Alice bajó los pies de la mesa y cogió otro papel del montón, mientras mordisqueaba una barrita de chocolate para animarse. Había atiborrado la despensa de chocolate. Los niños estaban contentísimos, aunque fingían que no era ninguna novedad.

Era un recorte de periódico con el siguiente titular: «Los vecinos de Rawson, enfrentados», ilustrado con fotos de la señora Bergen y de Alice. La señora Bergen aparecía en su jardín, junto a los rosales, con un sombrero de paja y sosteniendo una taza de té con expresión dulce y entristecida.

«Esta propuesta de recalificación es un escándalo; si prospera, nuestra hermosa calle perderá su carácter y su estilo tradicional», declara la señora Beryl Bergen, que reside desde hace cuarenta años en su domicilio de la calle Rawson, donde crió a sus cinco hijos.

—Tiene toda la razón —opinó Alice en voz alta.

Alice salía sentada en la misma silla en la que estaba ahora; su pose era seria y formal, muy propia de una cuarentona. Se le escapó un gruñido al leer sus propias declaraciones.

«Es una evolución inevitable —opina la señora Alice Love, que se instaló en el barrio hace diez años—. Sidney necesita zonas residenciales más densas y próximas al transporte público. Cuando compramos la casa nos dijeron que estaba prevista una recalificación en un plazo de cinco años, lo cual nos animó a invertir en la finca. El ayuntamiento no puede echarse atrás ahora, con la consiguiente pérdida de dinero para los vecinos.»

¿Cómo? ¿De qué estaba hablando? No tenía ni idea de que estuviera previsto recalificar la zona. Nick y ella habían hablado de envejecer en esa misma casa. Jamás habían pensado en venderla a un promotor para que la derribase y construyera un horrible edificio de apartamentos.

Siguió leyendo, y aún se sorprendió más al llegar al último párrafo.

Alice Love ha asumido la presidencia de la Asociación de Vecinos para la Recalificación de Rawson tras la trágica muerte de su socia fundadora, Gina Boyle.

¡Claro! Gina... La maldita Gina.

Alice se levantó con decisión y entró en la cocina, donde se estaba enfriando una bandeja de brownies de chocolate recién hechos.

—¿Os he preparado esto alguna vez? —había preguntado a sus hijos la noche anterior, enseñándoles la foto del libro de cocina.

—Yo una vez te lo pedí —le explicó Olivia—, pero dijiste que tomábamos mucho azúcar.

—Sí, es verdad... pero ¡qué más da! —había contestado Alice, mientras Olivia soltaba una risita y Tom y Madison intercambiaban una mirada de preocupación, como si fueran adultos.

Cogió una fiambrera, la llenó de brownies de chocolate y, sin pararse a pensarlo, se encaminó resueltamente a la casa vecina y llamó al timbre.

La sonrisa de bienvenida de la señora Bergen se desvaneció en cuanto vio a Alice. No abrió la puerta mosquitera.

—Señora Bergen —comenzó Alice. Apoyó la palma de la mano en la tela metálica de la mosquitera, como si estuviera visitando a un familiar en la cárcel—. Lo siento muchísimo. He cometido un terrible error.

Las notas de Elisabeth para Jeremy

Hoy estaba dando un seminario de un día titulado «Utilidad de la publicidad directa para conseguir unas ventas más sustanciosas», destinado a la Asociación de Comerciantes de Carne al Por Menor.

Pues sí, Jeremy. Cualquier profesional o pequeño comerciante puede beneficiarse de la publicidad directa. Incluso tú.

¿Tienes ganas de estampar el coche contra un poste telegráfico?

Jeremy Hodges, doctor psiquiatra, te encauzará en una dirección mejor.

Caja de antidepresivos GRATUITA por las diez primeras sesiones.

O algo así. No estoy muy inspirada.

En fin, la cuestión es que los carniceros eran muy simpáticos y han escuchado con interés mi intervención. Han hecho unas cuantas bromas típicas del sector y algunas preguntas muy perspicaces. (Me los imaginaba como unos tipos campechanos, arrebolados y joviales, pero creo que solo fingen ser así para vender más salchichas.) El seminario iba de maravilla. Es imposible tener ganas de suicidarte cuando estás explicando cómo imprimir personalidad a un anuncio de costillitas de cordero.

De repente, he visto que entre el público había alguien con muy poca pinta de dedicarse al comercio de carne al por menor.

Era Alice. Últimamente está bastante cambiada. Creo que no se maquilla tanto, y va menos repeinada. Usa la ropa de siempre pero combinada de otro modo, y ha recuperado prendas que no le veía puestas desde hacía años. Hoy llevaba una falda larga, un jersey beis un poco gastado, ceñido a la cintura con un cinturón ancho, y un fular de lentejuelas que he visto alguna vez en el cajón de los disfraces de Olivia. Estaba guapa, Jeremy, y por una vez no la he odiado por tener el tiempo y el dinero necesarios para mantenerse en forma y por no tener que clavarse agujas en el tripa todas las noches. Cuando la he mirado me ha sonreído, me ha saludado con un gesto y se ha tapado los ojos con la mano, como diciendo: «Haz como si no me vieras...».

No sé por qué, me ha emocionado verla. Cuando iba a contestar a Bill, de Comestibles Ryde, que había hecho una pregunta sobre los costes del franqueo, me ha temblado la voz.

En la pausa de media mañana Alice se me ha acercado y me ha dicho con la voz entrecortada: «¡Estoy nerviosísima, como si hablara con una famosa!». No creo que fuera sarcasmo. Lo ha dicho con simpatía. «¿Por qué no viniste a la fiesta de Frannie?», ha preguntado a continuación.

He estado a punto de contarle la verdad. Las palabras me bailaban en la punta de la lengua, dispuestas a salir por la boca, pero no eran exactamente la respuesta a su pregunta, y además sabía que se lo habría tomado a mal.

Y la entiendo. Cualquiera se lo tomaría a mal.

El problema es que su reacción me habría lanzado otra vez al abismo de la locura, y ya me cuesta bastante mantenerme en el lado de la cordura.

Supongo que podría pedir hora para hablar de esto contigo, Jeremy.

Pero no. No pienso verbalizarlo. Creo que me limitaré a esperar a que reviente y salga por sí solo.

Haré como si no pasara nada y esperaré a que ocurra lo inevitable, sin dejar que me afecte.

Meditaciones de una bisabuela

Hoy he ido sola a la mesa redonda sobre la eutanasia, mientras los demás se iban de paseo por el puerto.

La charla ha sido muy interesante e informativa. Es un tema que merece una profunda reflexión.

Sin embargo, me gustaría que no hubiera hecho tan buen día. Era un poco triste imaginármelos a todos en el barco, disfrutando de la brisa marina.

De todos modos, me alegro de haber ido.

He escrito **una carta** al representante de nuestra circunscripción en el Parlamento. Me gustaría saber qué opináis.

Por lo demás, me he sentido muy tonta y cohibida al leer vuestros comentarios sobre X. Estoy segurísima de que no me tiraba los tejos, y si fuera así... ¡me molestaría mucho! Sería ridículo, a nuestra edad. Ya no estamos para esos trotes.

Por cierto, ¡la Velada del Talento Familiar fue un gran éxito! Aquí tenéis **algunas fotos**. Mi bisnieta Olivia hizo una imitación genial de una mariposa y ganó el tercer premio (y no, yo no estaba en el jurado). Recibí las felicitaciones sin darles importancia para no parecer una vanidosa.

X charló bastante con mi bisnieta mayor, Madison. Dijo que era una «chavalita muy espabilada», y tiene razón.

Además, por mi bisnieto Tom se ha enterado de que se me da bastante bien la PlayStation y me ha retado a una partida. Él ha jugado un poco con su nieto y dice que «me hará morder el polvo». Esta noche he quedado con él en su apartamento. ¡Tiene una PlayStation esperándome! También dice que cocinará algo al horno para cenar.

Tengo que reconocer que es un buen hombre.

Por cierto, me preocupa mucho mi nieta Elisabeth. No se presentó a la Velada del Talento Familiar, lo cual no es nada propio de ella. Odio decirlo, pero esos interminables intentos de quedarse embarazada están destrozándole la vida.

¡Ah! Y Alice sigue sin recuperar la memoria. ¡Tendríais que haberla visto bailando con Nick! Si no supiera que es imposible, diría que hay indicios de reconciliación.

COMENTARIOS

AB74 dijo...
¡Ese tío quiere algo más contigo, Frannie!

Abuela Molona dijo...
Este último comentario ha sido muy ofensivo.

Óvulo Bueno dijo...
¡Hola a todos! Acabo de descubrir este blog y he estado leyendo los archivos. ¡Es genial! Pero debo decir que concuerdo con

el primer comentario. ¡A X le gustas! ¿Y por qué no? Mi abuela se enamoró y se casó por tercera vez a los ochenta y tres años. Mientras hay vida hay esperanza.

DorisdeDallas dijo...
¿Qué harás si X intenta besarte, Frannie? ¿Le besarás tú también?

Frank Neary dijo...
Señorita Jeffrey, creo que ha llegado el momento de retirarme. Me ha roto usted el corazón. Por cierto, ¿sigue en contacto con la señorita Pascoe, la de geografía? ¿Tiene su dirección?

—¡Mira, Tom, un coche de policía! —gritó Alice cuando pasó por su lado un coche patrulla con la luz azul destellando—. Niii naaa, niii naaa...

Volvió la cabeza, esperando encontrarse con una carita radiante en el asiento de atrás, pero se dio cuenta de que iba sola en el coche y de que en cualquier caso Tom ya era demasiado mayor para emocionase al ver un coche de policía, además de que no lo recordaba de pequeño.

Últimamente, esos fogonazos involuntarios de memoria, o de lo que fueran, se repetían cada pocos minutos, como un tic nervioso. Hacía un rato, en el seminario de Elisabeth, durante la pausa, había visto a uno de los carniceros cogiendo dos galletitas de chocolate a la vez y había tenido que contenerse para no aferrarle la muñeca peluda y decirle: «¡Una es suficiente!».

Con frecuencia se encaminaba con paso decidido hacia algún sitio —el estudio, la cocina o el cuarto de la lavadora—, y cuando llegaba allí no sabía por qué había ido. Una vez cruzó la carretera y, cuando ya estaba en el jardín de la casa de Gina, se detuvo y dijo en voz alta: «¡Ay, no!». O cogía el teléfono y marcaba un número, pero enseguida colgaba, sin tener idea de a quién estaba llamando. Otra vez, mientras esperaba a que salieran los niños del colegio, se había puesto a acunar el bolso como si fuera un niño pequeño, dándole palmaditas y murmurando una canción desconocida. «¡Esta por mamá!», había dicho la otra noche en la cena, dirigiendo la cuchara hacia la boca de Olivia. «Me parece que te estás volviendo loca, mami», había dicho Olivia, mirándola boquiabierta.

De un momento a otro recuperaría todos sus recuerdos. Tenía la impresión de que se estaban acercando sigilosamente, como el embotamiento y el picor de garganta que anunciaban un catarro. Lo que no tenía claro era si debía frenarlos o animarlos.

Acababa de salir del seminario de Elisabeth y se dirigía al colegio de los niños para colaborar en la biblioteca. Por lo visto lo hacía todos los jueves, lo cual le parecía una contribución más que generosa por su parte.

Mientras conducía pensaba en su hermana, en lo cómoda que se la veía en el estrado, hablando para todos aquellos carniceros, haciéndoles reír, diciéndoles qué hacer. Era evidente que se le daba muy bien hablar en público; lo hacía con mucha naturalidad, hablando en el tono relajado que emplean los famosos en las entrevistas, como si no estuvieran delante de las cámaras. Sin embargo, cuando charlaron durante la pausa, Alice había tenido la extraña sensación de que Elisabeth no era realmente ella misma, sino que interpretaba un papel. Como si fuera más de verdad en el estrado que hablando con su hermana.

Alice aún no le había comentado con ella lo del tratamiento de fecundación in vitro infructuoso. El día anterior, al volver de la Velada del Talento Familiar, la había llamado a casa, pero Ben le había dicho que Elisabeth estaba viendo un programa de televisión que le gustaba mucho y que ya la llamaría cuando acabara. Pero Elisabeth no llamó, y, evidentemente, en mitad de un seminario no había tiempo para sacar el tema. A Alice le resultaba muy extraño no saber qué le estaba pasando por la cabeza a su hermana. Ni siquiera conseguía imaginarse cómo se sentía. ¿Estaba enfadada, desolada, harta de todo?

Intentaría llamarla esa misma noche, pero era complicado encontrar un momento libre, entre convencer a los niños para que hicieran los deberes, ayudarlos a resolverlos (¡Tenían un montón! A Alice le daban dolor de cabeza. Cuando una noche Tom empezó a sacar papeles y más papeles de la mochila, a Alice se le escapó un gruñido, una reacción nada profesional por su parte), hacer la cena, arreglar un poco la casa, preparar los almuerzos del día siguiente, evitar que se pelearan por el televisor o el ordenador... Al final estaba exhausta.

Por lo visto, en 2008 no había tiempo para nada; el tiempo se había convertido en un recurso escaso. En 1998, los días cundían mucho más. Cuando se despertaba por la mañana, la jornada se desplegaba frente a ella como un amplio salón que podía recorrer tranquilamente, demorándose en los mejores momentos. Ahora, en cambio, los días se habían vuelto unos tacaños. Pasaban a toda velocidad frente a sus ojos, como coches de carreras. ¡Zas! Cuando apartaba las sábanas para meterse en la cama, tenía la impresión de que habían transcurrido solo unos segundos desde el momento en que se había levantado por la mañana.

Quizá era solo que no estaba acostumbrada a aquella nueva vida, la vida de una mujer separada con tres hijos.

Procuraba hacer las cosas de otro modo, intentando alargar las horas, pero tenía la impresión de que la nueva Alice, la que le hablaba con aquella vocecita impertinente, no aprobaría algunos de los cambios.

El día anterior, al ir a recoger a los niños al colegio, Olivia había dicho con voz quejumbrosa: «No quiero ir a violín», y Alice, que no tenía ni idea de qué era «ir a violín», había contestado: «Bueno, vale», y se había ido con los tres niños a Dino's, donde habían hecho los deberes sentados alrededor de una mesa redonda mientras merendaban leche con cacao, y Tom había aprovechado la ayuda de Dino para resolver los ejercicios de matemáticas.

Más tarde había recibido la llamada de alguien que, irritado, decía que igualmente debería pagar la clase de violín, ya que no había avisado con veinticuatro horas de antelación.

«Bueno, vale», había contestado Alice, y recibió un silencio conmocionado por respuesta.

Al llegar a casa después de la Velada del Talento Familiar, había dejado que Madison se quedara levantada hasta las once, preparando una gran tarta Selva Negra para la «Merienda Multicultural» que estaban organizando en el colegio.

—No necesito tu ayuda —había dejado claro Madison, antes de que Alice se ofreciera a ayudarla—. Quiero hacerlo sola.

—Perfecto —había dicho Alice.

—Siempre dices lo mismo —había replicado Madison—, y luego te pones a ayudarme.

—Me apuesto mil dólares a que no muevo ni un dedo —le había contestado Alice, tendiéndole una mano.

Madison la había mirado muy seria, antes de esbozar aquella preciosa sonrisa espontánea tan suya y estrecharle la mano.

—¡Yo también quiero apostarme mil dólares! —había exclamado Tom—. ¡Rétame a algo!

—¡Y yo también! —había gritado Olivia—. Rétame a algo, mami.

—¡No, no, ahora apostará conmigo! —protestó Tom—. Mamá, me apuesto a que... espera... me apuesto... espera, que pienso algo bueno.

—¡Me apuesto a que estoy cinco minutos haciendo el pino! —gritó Olivia—. ¡No! ¡Dos minutos! ¡No! ¡Un minuto!

—¡Me apuesto mil dólares a que no cuento hasta un millón! —había dicho Tom—. ¡No, quiero decir que me apuesto a que sí cuento hasta un millón! O sea, que si llego a un millón, tienes que darme mil dólares...

—Nadie puede contar hasta un millón —había opinado

Olivia, muy seria—. Tardarías... no sé... ¡una semana!

—No tanto —respondió Tom—. Mira, para contar hasta sesenta estás unos sesenta segundos... No, no, espera... Vale, pongamos que puedes contar hasta noventa en sesenta segundos. Así que... hummm... ¿dónde está la calculadora? Mamá, ¿sabes dónde está la calculadora? Mamá, ¿me estás escuchando?

—¿Siempre sois tan pesados, niños? —había preguntado Alice. A veces tenía la impresión de que le absorbían por completo la capacidad de pensar.

—Casi siempre —había contestado Tom.

Las notas de Elisabeth para Jeremy

Mientras los carniceros se concentraban en la lluvia de ideas, me he sentado y he estado pensando en el embrión que me transfirieron hace dos semanas.

Llevaba un año congelado.

Era una minúscula persona en potencia, incrustada en un trozo de hielo.

Cuando iniciamos la FIV, abría la puerta del congelador, cogía un trocito de hielo con la punta de los dedos y pensaba en mis hijos potenciales congelados, todas aquellas posibles personitas. Congelamos siete de una vez. Una mina de posibilidades: este podría ser nadador; ese otro podría tener aptitudes para la música; aquel podría ser alto; este otro, bajito; ese podría ser dulce y tímido; este otro, gracioso; ese podría parecerse a Ben; este otro podría parecerse a mí.

Ben y yo hablábamos del embrión a todas horas. Le enviábamos mensajes telepáticos de apoyo. «Resiste», le decíamos. «Espero que no estés pasando mucho frío...»

Con los años dejamos de decir esas cosas. Nos distanciamos del proceso. Era un procedimiento científico, nada más; un trámite médico algo desagradable. El aspecto científico había dejado de fascinarnos. «Sí, vale, cogen una probeta y fabrican un niño, es increíble... Pero con nosotros no funciona.»

La última vez llegábamos con retraso al hospital, y nos pusieron una multa por saltarnos una señal de prohibido girar a la derecha. Había sido idea mía, para ganar tiempo, y Ben estaba rabioso por haberme hecho caso, porque al final llegamos aún más tarde. «¿Cómo puede ser que no hayan visto la señal?», dijo el policía, y Ben hizo una mueca, como si dijera: «¡Ha sido ella!». El policía tardó un tiempo increíble en extender la multa, como si supiera que llegábamos tarde y entretenernos formara parte del castigo.

«Volvamos a casa —le dije a Ben—. De todos modos, no funcionará. Ha sido una señal. No vale la pena gastar dinero en el aparcamiento.»

Quería haberle dicho algo optimista y reconfortante, pero lo vi demasiado malhumorado.

«Magnífica actitud, magnífica», exclamó Ben. No suele ser sarcástico.

En fin, ahora sé que en realidad él tampoco creía que fuera a salir bien. Una semana después, se estaba comiendo las magdalenas de plátano de Alice y empezaba a entusiasmarse con la idea de la adopción, antes de saber si la última transferencia había funcionado o no.

La enfermera era una chica muy joven, que parecía apenas algo mayor que Madison. Dio un traspiés cuando entrábamos en la sala, lo cual tampoco me pareció un buen augurio. «¡Ay, que se le cae...!», pensé.

Cuando yo ya estaba tumbada en la camilla con las piernas elegantemente separadas, esperando a que me embutieran el enorme catéter, la enfermera murmuró algo que ni Ben ni yo oímos.

«Ahí está vuestro embrión», repitió ruborizada. Quizá era su primera vez.

Miramos la pantalla, y allá, proyectado, estaba nuestro bebé en potencia.

Era idéntico a sus no-hermanos y no-hermanas. Una

burbuja de espuma, una gota de agua aumentada con lupa.

No perdí el tiempo maravillándome. No dije: «Oh, qué emoción», ni nada parecido. No me molesté en atesorar el recuerdo en la memoria, por si algún día tenía que describirlo a mi hijo: «¡Te vi cuando no eras más que un minúsculo blastocito, cariño!».

No conocía al doctor que se encargaba de la transferencia. Mi querida médica está pasando una temporada en París, porque su hija se casa con un abogado francés. Su sustituto era un señor de cara alargada y solemne, que me recordó a nuestro asesor fiscal. Tampoco era un buen augurio (nunca nos devuelven impuestos). Normalmente, mi médica charla por los codos, pero ese hombre no dijo nada hasta que terminó el proceso. Al final señaló el embrión en la ecografía.

«Muy bien, ha encajado en el punto correcto», dijo con indiferencia, como si mi útero fuera una máquina.

Observé cómo los demás miraban la pantalla del ecógrafo, aquella estrellita parpadeante...

Yo sabía que no parpadearía durante mucho tiempo.

Aparté la mirada del monitor, me volví hacia Ben y vi que se estaba observando las manos.

Malos augurios por todas partes.

Inspira, espira, inspira, espira...

Cuando los carniceros han acabado la lluvia de ideas, he subido al estrado y les he dicho que mi asistente Layla se encargaría del resto de la jornada, como si estuviera previsto así desde el principio.

Los carniceros han estallado en amables aplausos cuando Layla se ha puesto en pie, desconcertada.

He salido de la sala. No podía quitarme de la cabeza la dichosa estrellita parpadeante.

Cuando Alice iba a entrar en la biblioteca del colegio —su

cuerpo parecía saber perfectamente qué había tras aquella puerta de doble hoja de un rincón del patio—, apareció Dominick. Estaba bastante alterado y crispaba el ceño con preocupación.

—Alice —dijo—, te he visto desde el despacho. Llevaba un buen rato llamándote.

—Lo siento —se disculpó Alice—. Siempre se me olvida cargar el móvil. ¡Esta memoria...!

Dominick no sonrió.

—También he llamado a Nick —añadió—. Viene para acá.

—¿Has llamado a Nick? ¿Por qué?

¿Iba a pelearse por ella con su ex marido? ¿Pensaba retarlo a un duelo? Pero Nick ya no la quería, así que probablemente no haría falta que se pelearan. «Claro, tío, quédatela...», diría Nick.

—Ha habido un problema —declaró Dominick—. Un problema grave con Madison.

Las notas de Elisabeth para Jeremy

Cuando me he ido del seminario, me ha llamado Ben. Tenía la voz áspera como el papel de lija.

«¿Por qué no me lo habías dicho?», ha preguntado.

Le he colgado.

No me ha gustado su tono.

28

—¿Le ha pasado algo? —El terror empezó a inundar las venas de Alice, y las piernas le temblaron con tanta fuerza que tuvo que aferrarse al brazo de Dominick para no caerse.

—Ah, no... Tranquila... —Dominick sonrió apenas y le dio una palmadita en el brazo—. Físicamente está bien. Lo que pasa es que ha habido otro incidente, y me temo que este no podemos pasarlo por alto.

—¿Otro incidente?

—Otro caso de acoso escolar.

—¿Algún niño está acosando a Madison?

Lo estrangularía. Exigiría hablar con los padres. Alguien había maltratado a su Pasita, y Alice no pensaba tolerarlo. Estaba furiosa.

—Alice... —la interrumpió Dominick. Hablaba en un tono serio, de director severo—. Es Madison la que ha acosado a alguien.

—¡Madison nunca acosaría a nadie! —Conocía a su hija. Vale, solo desde hacía cinco días, pero la conocía.

Evidentemente, podía ser una niña temperamental y a veces un poco agresiva, como cuando se enfadaba con Tom o con Olivia, pero era solo la típica rivalidad entre hermanos; eso esperaba, al menos. En el fondo Madison era buena. Solo había que ver cómo había ayudado a Olivia a coreografiar el baile de la mariposa, o cómo había ayudado a Tom a hacer los deberes de geografía. Sí, Tom se había quejado de que lo estaba agobiando y la historia había terminado con la niña llorando y el niño dándose una palmada en la frente y poniendo los ojos en blanco, como una versión en miniatura de su padre, pero bueno... la hija de Alice no era, no podía ser, una matona de colegio.

—¿Sigues... amnésica? —preguntó cautelosamente Dominick.

—Más o menos —respondió Alice.

—Pues bien, no es la primera vez que tenemos problemas con Madison. Hace unos días tuvieron que ponerle puntos a un niño con el que se había peleado.

«¡Claro!», se dijo Alice. Debía de ser ese el «pequeño incidente» al que se había referido Kate Harper en el gimnasio.

—Sé que lo ha estado pasando mal, con la muerte de Gina... y con el divorcio... —continuó Dominick, con la frente contraída por la preocupación—. Pero Alice, siento decírtelo, lo de hoy es... Oh. —Cambió de voz al ver a alguien detrás de ella—. Viene tu... esto... tu...

Alice se volvió y vio que Nick caminaba hacia ellos. Iba vestido con traje y corbata y hablaba por el móvil. Su aspecto de ejecutivo pendiente de negocios, decisiones y reuniones inaplazables resultaba bastante incongruente en aquel patio escolar iluminado por el sol, en el que resonaban las voces infantiles que recitaban la lección tras la ventana abierta de un aula cercana.

—Vaya pinta —dijo Dominick, al ver que Alice lo miraba.

—Sí.

Cuando se acercó más, le oyeron decir: «Dejémoslo en dos mil. ¿Te parece bien? Excelente. Adiós». Nick cerró bruscamente el teléfono con una mano y Alice quiso decirle: «Ay, Nick, cariño, deja de hacer el gilipollas».

—Dominick, ¿no? —saludó Nick tendiéndole una mano, como si el director estuviera allí para venderles algo.

—Sí, hola. ¿Qué tal? —dijo Dominick.

Era un palmo más alto que Nick, y comparado con él parecía un universitario desgarbado. A Alice le entraron ganas de abrazarlo, pero también quería abrazar a Nick. Eran como dos niños disfrazados de personas mayores.

—Debe de ser algo importante, para llamarnos a los dos —comentó Nick con un poco de retintín.

—Sí —contestó Dominick, y su tono fue terminante—. Madison ha amenazado con clavarle unas tijeras a Chloe Harper. Además, le ha cortado el pelo y le ha tirado una tarta a la cara. Voy a tener que expulsarla, por lo menos hasta las vacaciones. Y creo que tendría que verla un psicólogo.

—Ajá... —dijo Nick y pareció venirse abajo. El poder había pasado a manos de Dominick.

—Tiene que haber alguna explicación —dijo Alice—. Tendrá algún motivo.

—Me dan igual los motivos que tenga —replicó Dominick (con cierta prepotencia para ser alguien que quería salir con ella, pensó Alice)—. Lo que ha hecho es inadmisible. Y ya podéis imaginaros cómo reaccionará Kate Harper. También está viniendo para acá.

Así que Chloe era la insoportable hija de Kate Harper. Claro, eso lo explicaba todo...

—Tendremos que... no sé... ofrecerles algún tipo de compensación. —Nick suspiró.

—No creo que el dinero sea la respuesta en este caso concreto —afirmó Dominick. *Touché*.

—No quería decir...

—En fin, las dos niñas están esperándonos en mi despacho —le interrumpió Dominick.

Alice y Nick echaron a andar tras él como dos alumnos traviesos. Alice miró a su ex marido con perplejidad y Nick frunció el ceño.

En el despacho de Dominick, Madison y una compañera estaban sentadas frente a la mesa. La otra niña sollozaba indignada, haciendo hincapié en su derecho a protestar, y tenía algo en las manos. Alice vio, sobresaltada, que era una larga trenza rubia. La niña tenía la cara y el uniforme manchados de chocolate, nata y frutas del bosque, y el borde desconcertantemente recto de su pelo trasquilado asomaba por el cuello de la chaqueta.

—Pero Madison... —exclamó Alice sin poder evitarlo—. ¿Cómo has sido capaz?

Madison estaba blanca como el papel y sus ojos centelleaban de rabia. Estaba sentada muy quieta y muy recta, con las manos crispadas sobre el regazo, como una pequeña psicópata en la sala de interrogatorios de la comisaría.

—Esperamos una explicación, señorita —dijo Nick, y a Alice le entraron ganas de reír. Parecía que estuviera interpretando el papel de padre enfadado en una obra de teatro de aficionados.

Madison permaneció en silencio.

—¿No quieres contarles a tus padres qué ha pasado? —preguntó Dominick, en un tono mucho más creíble.

Madison movió vigorosamente la cabeza, como si se negara a revelar un secreto de Estado a sus torturadores.

—No ha dicho ni una palabra —dijo Dominick, mirando a Alice.

La otra niña alzó la trenza frente a ella, mientras las lágrimas seguían surcándole las mejillas.

—¡Mira mi pelo! ¡Mi mamá te matará, Madison Love! ¡Mi precioso pelo! Tardará años y años en crecer otra vez. No volveré a tenerlo igual hasta... no sé... los cuarenta años. Me lo has cortado porque te mueres de envidia, y ni siquiera... —Se le quebró la voz, como si de pronto comprendiera todo el horror de la situación—. ¡Ni siquiera me has pedido perdón!

—Ya vale, Chloe —le advirtió Dominick—. A ver si nos calmamos.

—Madison, pídele perdón a Chloe —dijo Alice con una voz seria y autoritaria que no reconocía—. Ahora mismo.

—Perdona... —murmuró Madison.

—¡No lo dice de verdad! —se quejó Chloe, mirando a Nick y a Alice—. ¡Lo dice pero no lo siente! ¡Ya verás cuando venga mi mamá!

—De hecho —dijo Dominick—, tu madre está a punto de llegar. Creo que el señor y la señora Love ya pueden llevarse a Madison a casa.

Se agachó delante de Madison para ponerse a la altura de su cara.

—Madison, a partir de este momento estás expulsada del colegio —le anunció—. No puedes ser alumna nuestra y comportarte así, ¿lo entiendes? Has hecho algo muy, muy grave.

Madison asintió. Su cara había pasado del blanco al rojo intenso.

—Muy bien. —Dominick se puso en pie—. Ve a buscar la mochila y espera a tus padres en la verja.

Madison salió a toda velocidad del despacho y Chloe volvió a estallar en llanto.

—Ya vale, Chloe —la reprendió Dominick con voz cansada—. Tu madre no tardará en llegar. Espérala aquí.

Hizo salir a Nick y a Alice del despacho y cerró la puerta tras él.

—No vale la pena que os encontréis ahora mismo con Kate, con todo el mundo tan alterado —dijo—. Será mejor que os llevéis a Madison y que una vez en casa habléis con ella e intentéis averiguar qué le ha pasado por la cabeza. Os recomiendo encarecidamente que la llevéis a un psicólogo. Puedo pasaros algunos nombres. —A lo lejos se oyó un furioso taconeo—. Creo que es Kate. Marchaos. —Hizo ademán de echarlos, como si los salvara de la policía secreta—. ¡Vamos, desapareced!

Nick y Alice atravesaron el patio del colegio a toda velocidad y se detuvieron al llegar a la verja. Nick jadeaba; Alice, no, estaba más en forma que él.

—¡Qué desagradable! —exclamó Alice—. ¡Yo también le habría cortado la trenza a esa niña tan antipática! ¡Y la tarta! ¡Con las horas que estuvo preparándola! Pobrecita...

—¿Quién, Chloe? —dijo Nick.

—No, Madison —respondió Alice—. ¿A quién le importa Chloe?

—Alice, nuestra hija la ha amenazado con clavarle unas tijeras.

—Sí, ya lo sé —dijo Alice.

Nick sacó el móvil del bolsillo y lo abrió.

—No veo que sirva de nada expulsarla —opinó, frunciendo el ceño al ver el mensaje de la pantalla—. Es como detenerla y reconocer que no saben qué hacer con ella. Declinan toda responsabilidad... —Miró a Alice—. No es que quiera criticar a tu novio.

—Supongo que es el protocolo que debe seguir la escuela —dijo Alice, que necesitaba proteger a Dominick y al mismo tiempo se sentía traicionada por él. ¿Acaso morrearte con el director no garantizaba un trato privilegiado en las expulsiones de los hijos?

—En fin... —Nick miró el reloj y añadió—: Tengo que volver a la oficina. Ya hablaremos luego. No sé en qué tipo de castigo estás pensando, pero está claro que tendrá que ser sev   e   r   o   .   .   .

—¿Qué quieres decir? —protestó Alice—. Creo que deberíamos hablar con ella ahora. Ahora mismo. Tú y yo.

Nick la miró sorprendido.

—¿Ahora? ¿Quieres que yo también participe?

—Claro —respondió Alice—. Creo que deberíamos ir a dar un paseo con ella. Y no vamos a ponernos a castigarla ahora... Odio esa palabra... «castigo».

—Ah, perdona... Pues si quieres le damos un premio y le decimos: «Muy bien, cariño, deberías ir pensando en ser peluquera de mayor...».

Alice soltó una risita, y Nick sonrió. Le daba el sol en la

cara, y se llevó una mano a la frente para protegerse los ojos.

—Cuando recuperes la memoria, lo notaré —dijo.

—¿Cómo?

—Por cómo me mirarás. En cuanto recuperes tus recuerdos, lo notaré en tu mirada.

—¿Te lanzaré rayos asesinos? —dijo Alice.

—Algo así —reconoció Nick, sonriendo apenado. Volvió a mirar el reloj—. Tengo una reunión a las doce, pero podría aplazarla. —No parecía convencido—. ¿Quieres que vayamos los dos a pasear con ella?

—¿Tan poco habitual es? —preguntó Alice.

—Normalmente, te ocuparías tú de resolver el asunto y dejarías claro que no necesitabas mi ayuda.

—Hay una nueva Alice en la ciudad... —canturreó Alice.

—¡Y que lo digas! —Nick iba a decir algo más, pero se interrumpió y lanzó una mirada a su espalda—. Mira, aquí llega nuestra pequeña matona.

Madison se acercaba caminando con la cabeza gacha, sujetando lánguidamente la mochila, casi arrastrándola por el suelo.

—¿Con quién voy? —dijo cuando llegó a su lado, sin mirarlos.

—Con los dos —dijo Alice.

—¿Con los dos? —Madison alzó la cabeza y frunció el ceño. Parecía asustada.

—Ven aquí —dijo Alice.

Madison se le acercó recelosa, sin apartar la vista del suelo, y Alice la atrajo hacia ella y la abrazó.

—Vamos a ver cómo lo solucionamos —anunció en voz baja, con la cara hundida en el pelo de su hija—. Vamos a dar un paseo con papá por la playa, nos pediremos unos helados, y veremos cuál es el problema.

Madison ahogó un suspiro de asombro y se echó a llorar.

Las notas de Elisabeth para Jeremy

Todo el rato me dice: «Apaga la tele».

Y yo le respondo: «Aún no».

Hace un ratito la ha apagado él directamente, pero me he puesto a chillar como si me estuviera pegando.

Ha sido una reacción un poco exagerada. Después me ha dado vergüenza.

Pero es que me había dolido. El clamoroso silencio que se ha formado cuando Ben ha apagado el televisor me ha dolido literalmente en los oídos.

Seguramente le preocupaba que los vecinos llamaran a la policía. Al fin y al cabo, es la clase de tío que cualquiera se imaginaría esposado por violencia doméstica. Así que se ha encogido de hombros y ha vuelto a encender la tele.

Y ahora estoy viendo el programa de Oprah, que habla de una nueva dieta la mar de interesante. El público está entusiasmado, y yo también, J. A lo mejor la sigo. Estoy tomando notas.

Fueron hasta Manly y se sentaron en el paseo marítimo, cerca de la estación del transbordador, en el mismo sitio donde habían estado esa vez en que se habían pasado la noche entera conduciendo, cuando Madison era un bebé.

La manta de cuadros azules y blancos que habían usado entonces todavía estaba en el maletero del coche de Nick. El azul no era tan intenso como en la memoria de Alice, pero sus manos recordaban la aspereza de la tela.

—¿Dónde compramos esta manta? —preguntó cuando se sentaron.

—No lo sé —respondió Nick a la defensiva—. Puedes quedártela si quieres. No me acordaba de que la tenía en el coche.

¡Por Dios! Alice no lo había dicho para reclamársela. Era una muestra más de la estupidez en la que estaban sumidas sus vidas. ¿Realmente se habría empeñado en quedarse con una manta de picnic?

Madison se dejó caer sobre la manta, se abrazó las rodillas y agachó la cabeza, con el pelo cayéndole a ambos lados de la cara. Alice se moría por cortárselo. Estaría mucho más guapa con el pelo corto. De hecho, podía ser el castigo perfecto. «Tú has cortado el pelo a Chloe, pues ahora te lo cortaremos a ti...»

Después de las lágrimas en el patio, Madison no había dicho nada más. Nick las había hecho subir a su flamante coche, había activado el manos libres del móvil y se había pasado mucho rato hablando mientras conducía. Reía, escuchaba, daba instrucciones cortas y lacónicas... Decía: «Lo pensaré», o también: «Pues es un desastre», mientras lanzaba miradas a los lados para cambiar de carril. Decía: «Muy bien. Es una buena noticia». Ejercía de jefazo.

—¿Lo pasas bien últimamente en el trabajo? —le preguntó Alice aprovechando una pausa entre llamadas.

Nick la miró.

—Sí —dijo al cabo de un momento—. Disfruto mucho.

—Qué bien —contestó Alice, contenta por él.

—¿Lo dices de verdad? —preguntó Nick, alzando una ceja burlona.

—Claro —respondió Alice—. ¿Por qué no iba a decirlo de verdad?

—Por nada —dijo Nick, y Alice se dio cuenta de que Madison escuchaba atentamente desde el asiento de atrás.

Al llegar a la playa, Nick había dejado la chaqueta y la corbata en el coche y había apagado el móvil. Ahora se estaba quitando los zapatos y los calcetines. Alice miró sus pies desnudos, hundidos en la arena. Le eran tan familiares como los suyos. ¿Cómo podías no querer vivir para siempre con alguien cuando incluso sus pies —aquellos pies enormes y no especialmente atractivos, con los dedos largos y velludos— te resultaban tan cercanos?

—Magnífico —opinó Nick, abarcando con un gesto la

arena fina y dorada, el cielo inmenso y azul, el transbordador que atravesaba la bahía en dirección a la ciudad. Lo dijo empleando el mismo tono satisfecho que usaba para calificar una buena comida en un restaurante, como si alguien hubiera preparado expresamente para él el clima y la playa y se los hubiera servido en bandeja, y sí, gracias, todo está como yo esperaba, y el resultado será una propina generosa. Era muy típico de él. Alzó la cara hacia el sol y cerró los ojos.

Alice se quitó las botas (tenía un gusto impecable, pensó para sí) y los calcetines.

—Llevas los calcetines de fútbol de Tom —dijo Madison, levantando un momento la barbilla.

—Me he vestido corriendo —se justificó Alice.

Madison le lanzó su mirada habitual.

—Y el fular que llevas puesto es de la caja de disfraces de Olivia.

—Lo sé, pero es que es precioso. —Alice alzó en el aire la fina gasa del fular.

Madison le dirigió otra mirada inescrutable y agachó otra vez la cabeza.

—Bueno, Madison... —empezó a decir Nick, abriendo los ojos.

—Me habías prometido un helado —dijo Madison mirando severamente a Alice, como si aquella fuera una más en una larga lista de promesas incumplidas.

—Cierto, te lo he prometido —aceptó Alice.

—Ya voy yo —dijo Nick tras un suspiro. Se puso los zapatos y miró a su hija—. No les digas a tus hermanos que hemos comido helado en la playa, ¿vale? Si no, mañana todos los integrantes de la familia Love estarán expulsados del colegio.

—Vale —contestó Madison, soltando una risita. Cuando Nick se alejó, dijo—: No quería contarte lo que ha pasado delante de papá.

Debían de ser cosas de chicas.

—Vale, cuéntamelo a mí.

Madison bajó otra vez la cabeza.

—Chloe ha dicho que el señor Gordon y tú os habíais... —explicó con voz entrecortada.

Alice no entendió la última palabra.

—¿Cómo dices? —preguntó.

—¡Enrollado! —dijo Madison con un hilo de voz—. Ha dicho que el señor Gordon y tú os habíais enrollado en su despacho como unas cien veces.

¿El señor Gordon? ¡Ah, Dominick!

—Cariño... —dijo Alice, sin saber por dónde empezar. De entrada, no estaba segura de si lo que decía su hija era cierto o no. No podía haber tenido relaciones con Dominick en su despacho, ¿no?

—Me han entrado ganas de vomitar. He tenido que respirar hondo y taparme la boca con una mano. No os habéis enrollado, ¿verdad? Nunca te has quitado la ropa delante del señor Gordon, ¿verdad?

En fin, si lo había hecho, era de suponer que Chloe no estaría al tanto. No era probable que Dominick lo hubiera anunciado públicamente en la asamblea de profesores y alumnos.

—Chloe Harper es una mentirosa —dijo con resolución.

—¡Lo sabía! —exclamó Madison, aliviada—. ¡Es lo que le he dicho! —Miró al mar y se puso el pelo detrás de las orejas—. Y entonces ella me ha dicho que soy la niña más fea de todo el colegio, pero en eso no mentía, en eso decía la verdad.

A Alice le dio un vuelco el corazón.

—¡Pero eso no es verdad!

—Me ha entrado una cosa rara, como si la cabeza me fuera a estallar —siguió contando Madison—. Tenía a Chloe delante, y he cogido las tijeras de manualidades y le he cortado la trenza. He hecho así, ¡zas!, y la trenza ha caído al suelo. Y luego, cuando se ha vuelto para mirarme, le he lanzado la tarta a la cara. ¡Ha quedado destrozada! ¡Nadie ha querido ni probarla! Y era la mejor tarta que he hecho nunca...

—¿Has amenazado a Chloe con clavarle las tijeras?

—¡No! Eso se lo ha inventado para meterme en un lío.

—¿Me estás diciendo la verdad?

—Sí —respondió Madison.

—Vale —dijo Alice. En fin, era un comienzo—. Mira, Madison, a lo largo de la vida te toparás con personas que te dirán cosas desagradables, y si continúas reaccionando así, podrías acabar en la cárcel.

Madison la miró pensativa.

—Bueno, soy demasiado joven para ir a la cárcel... —dijo al final.

—Sí, ahora eres una niña, pero cuando crezcas...

—Cuando crezca, dará igual.

—¿Quieres decir que no te importará ir a la cárcel? No lo creo.

—¡No! —respondió Madison, con un gesto de exasperación—. Quiero decir que dará igual que la gente me diga cosas feas, porque seré mayor y podré contestarles: «Me importa un pepino, me voy a Francia...».

Ah, claro. Alice recordó que de pequeña pensaba algo parecido. Cuando eras mayor nadie hería tus sentimientos, porque... ¿cómo puede haber algo que te afecte cuando puedes coger un coche y largarte a donde quieras?

Antes de que hubiera logrado idear una respuesta que no desilusionara a Madison —¿qué otra cosa podía esperar?—, una sombra se cernió sobre ellas.

—¡Su pedido! —Nick estaba al lado de las dos, sosteniendo tres cucuruchos de helado.

—Supongo que te sigue gustando el de ron y pasas —dijo, dirigiéndose a Alice.

—Claro. —Qué raro que se lo preguntase...

Se sentaron de cara al mar y empezaron a comer los helados.

—Madison me ha contado lo que le ha dicho Chloe —comentó Alice—, y es algo muy desagradable y que además no es cierto.

—Muy bien —contestó Nick, vacilante. Dio un lametón al helado, mirándolas.

—Así que tendremos que enseñarle a reaccionar de otra manera cuando se enfade por algo.

—Yo, cuando me enfado, siempre respiro hondo diez veces antes de hablar —dijo Nick.

—No es verdad —lo rebatió Madison—. Pegas un grito, y mamá también. ¿Y aquella vez que mamá te arrojó la caja de cartón de la pizza?

Vaya. Pues sí que estaban dando buen ejemplo a sus hijos...

Alice carraspeó y empezó a hablar.

—Bueno, la cuestión es que...

—¿Vas a volver a casa, por favor, papá? —la interrumpió Madison—. Tendrías que venir y ser otra vez el marido de mamá. Seguro que dejaría de enfadarme tanto y ya no volvería a hacer nada malo en la vida. Si queréis puedo ponerlo por escrito en un contrato. Así podréis... no sé... demandarme o algo así si algún día me porto mal, cosa que no pasará.

Miró a su padre con una desesperada expresión de súplica.

—Cariño... —comenzó a decir Nick con el rostro crispado, como si le doliera una muela.

Enseguida se interrumpió, distraído por algo que pasaba en la playa. Se oían gritos y había personas corriendo. Alice vio que se estaba arremolinando gente en lo alto de las rocas, a la altura del acuario, señalando algo que había en el agua.

—¡Hay ballenas jorobadas en el puerto! —les gritó un hombre que pasó corriendo, con la cámara colgada del cuello.

Nick se levantó de golpe, sin soltar el helado, y Madison y Alice alzaron la cabeza para mirarle.

—¿A qué esperáis? —les dijo, y al cabo de un momento los tres atravesaban la playa corriendo y recorrían el sendero señalizado que subía hasta lo alto de las rocas, sujetando a duras penas los helados.

En un tramo especialmente empinado, Alice se les adelantó, saltando los escalones de dos en dos sin ningún esfuerzo mientras sostenía el helado con una mano y se sujetaba la falda con la otra.

Cuando llegó arriba, estuvo a tiempo de ver un gran chorro que emergía del agua, al pie del acantilado.

—Son una madre y su cría —le explicó una mujer—. ¡Mire, ahí están! Ahora saldrán otra vez.

Madison y su padre terminaron de subir el tramo de escalones. Nick llegó a lo alto jadeando. ¿Cómo era que estaba en tan baja forma?

—¿Dónde, dónde? —gritó Madison, con la cara colorada y nerviosa.

—Ahora las verás —dijo Alice.

Durante unos segundos no hubo ningún movimiento. La brisa formaba pequeñas ondulaciones en la superficie del agua y una gaviota emitía graznidos quejumbrosos.

—Ya se han ido —anunció Madison—. Nos las hemos perdido, como siempre.

Nick miró el reloj.

«Vamos, ballena... —pensó Alice—. Alégranos el día.»

De pronto, se abrieron las aguas y un enorme animal se elevó en el aire. Parecía un ser prehistórico que acabara de romper la barrera invisible que lo separaba de la vida normal. Alice pudo atisbar un trocito de su panza blanca y cubierta de percebes. El animal se quedó suspendido en el aire, como si planeara, antes de volver a desplomarse sobre el agua, lanzándoles a la cara una nube de gotas saladas.

Madison sujetó con fuerza el brazo de su madre. Su rostro, cubierto de gotitas de agua, estaba radiante de alegría.

—¡Mira, mamá, mira!

La ballena giró voluptuosamente en el agua, permitiéndoles ver trozos de su piel negra y aterciopelada, y golpeó el agua con la cola, como si estuviera jugando en una piscina.

—Madison, Alice, mirad allí... ¡es la cría! —gritó Nick con la voz de un chaval de quince años.

394

El ballenato golpeaba el agua con la cola como una versión en miniatura de su madre. Alice lo imaginó soltando risitas gorjeantes.

—¡Oh, oh! —exclamaba Nick, embobado.

Los rodeaba una multitud de rostros fascinados y alegres. Sentían el frescor de la brisa marina en la cara y el calor del sol en la espalda.

—¡Otra! —dijo Madison—. ¡Salta otra vez, mamá ballena!

—¡Sí! —la secundó el señor de la cámara—. ¡Salta!

Y la ballena, obediente, volvió a saltar.

Las notas de Elisabeth para Jeremy

Ben amenaza con telefonearte. Cree que me estoy comportando como una loca.

Meditaciones de una bisabuela

Le he ganado en la PlayStation.
Y ha intentado besarme.

COMENTARIOS DESACTIVADOS

Volvieron a donde habían extendido la manta, con Madison bailoteando a su alrededor. Estaba eufórica. Brincaba, saltaba, se colgaba de la mano de Nick, de la de Alice, de los dos a la vez... Las personas con las que se cruzaban la miraban sonrientes.

—¡Ha sido lo más bonito que he visto en la vida! —exclamaba sin cesar—. Voy a hacer un póster con la foto para colgarlo en mi habitación.

El señor de la cámara había anotado el email de Nick y había prometido mandarle la fotografía que había sacado.

—Espero que se vea bien la ballena —comentó Nick.

—¡Sí, sí! —dijo Madison—. Se ve perfectamente. ¿Puedo mojarme los pies, solo para tocar un poco el agua?

Miró a Alice y Alice miró a Nick, quien se encogió de hombros.

—Claro —aceptó Alice—. ¿Por qué no?

La vieron correr hacia el agua y se sentaron otra vez sobre la manta.

—¿Crees que necesita ir al psicólogo? —dijo Alice.

—Lo ha pasado muy mal —dijo Nick—. El accidente de Gina, lo nuestro... Y siempre ha sido muy sensible.

—¿A qué te refieres, con lo del accidente de Gina? —Alice recordó la pesadilla de hacía unos días. «Quítaselo de encima...», decía Madison.

—Madison iba contigo en el coche —le explicó Nick—, y vio el accidente. No lo recuerdas, ¿verdad?

—No —respondió Alice—. Solo recuerdo la sensación. —Aunque aquella mezcla de miedo, repugnancia y pavor le parecía imposible en ese momento, con el mar, el sol, los helados y las ballenas.

—Caía una tormenta muy fuerte —le explicó Nick—, y se desplomó un árbol sobre el coche de Gina. Madison y tú ibais en el coche de atrás.

Un árbol. De modo que aquella pavorosa imagen de un árbol negro y deshojado que se bamboleaba frente a un cielo tormentoso era real.

—Debió de ser horrible para las dos —dijo Nick en voz baja. Cogió un puñado de arena y dejó que se deslizara entre los dedos—. Y yo no... yo no os...

—¿Qué?

—No os apoyé como es debido —dijo Nick.

—¿Por qué no? —preguntó Alice con curiosidad.

—Sinceramente, no lo sé —respondió Nick—. Me sentía alejado de ti y creía que no aceptarías mi compasión. Pensaba... Tenía la impresión de que, si hubieras podido elegir, habrías preferido que me matara yo en lugar de Gina. Recuerdo que intenté abrazarte y que me apartaste bruscamente, como si te repugnase. Tendría que haber insistido. Lo siento.

—Pero ¿por qué pensabas que habría preferido que te mataras tú en lugar de Gina? —preguntó Alice. Se le antojaba una idea estúpida e infantil, totalmente absurda.

—No nos iba muy bien por entonces, y tú y ella os habíais hecho muy amigas —explicó Nick—. Quiero decir... era genial que fuerais amigas, pero... —Hizo una mueca extraña—. Le contaste a Gina antes que a mí que estabas esperando a Olivia.

—¿Ah, sí? —¿Por qué había hecho algo así?, se preguntó—. Lo siento.

—En fin, es solo un detalle —dijo Nick. Calló un momento y añadió—: Aparte de eso, una vez te oí contarle algo de nuestra vida sexual, o más bien de nuestra ausencia de vida sexual. Vale, ya sé que las mujeres habláis de sexo entre vosotras, pero me impresionó tu voz, cargada de desprecio... Y más tarde, cuando Mike y Gina rompieron y tú te ibas con ella de bares para ayudarla a ligar, tenía la sensación de que la envidiabas. Te habría gustado ser una mujer soltera, como ella, y yo estaba en medio, cortándote las alas.

—Lo siento mucho —se disculpó Alice. Tenía la impresión de que era otra persona la que se había portado tan mal con él, como si Nick le estuviera hablando de una ex novia que le había partido el corazón.

—Y entonces Gina tuvo el accidente, y fue el final de todo. Estabas muy fría conmigo. Fue justo eso lo que sentí: como si te hubieras vuelto de hielo.

—No lo entiendo —dijo Alice. Si su amiga Sophie hubiera muerto, se habría pasado horas y horas llorando entre los brazos protectores de Nick. Al cabo de un momento preguntó—: ¿Por eso no fuiste al funeral?

—Tenía una reunión importante en Nueva York —explicó Nick, suspirando—. Era por algo que llevábamos varios meses planeando, pero te dije un millón de veces que no tenía ningún inconveniente en anular el viaje. Te pregunté si querías que estuviese en el funeral, y tú solo decías: «Haz lo que quieras», así que pensé: «Bueno, quizá prefiere que no vaya». Ella también era amiga mía... tiempo atrás. Pero eso siempre se te olvida. Me daba rabia que Gina fuese tan mandona contigo, pero le tenía afecto. El problema es que las cosas se complicaron a partir de su separación. Yo quería conservar la amistad con Mike, pero tú lo considerabas una traición hacia Gina, y ella pensaba lo mismo. Estaba furiosa conmigo. Cada vez que la veía, me preguntaba: «¿Has visto a Mike últimamente?», y las dos me lanzabais miradas asesinas, como si yo fuera el malo de la película. No veo por qué tenía que dejar tirado a un buen amigo, solo porque se hubiera separado... En fin, lo hemos hablado un millón de veces. Solo intento explicarte que cuando Gina se mató me sentí... no sé... muy raro. No sabía cómo debía comportarme. Esperaba que me dijeras: «¡Por supuesto que debes anular el viaje! ¡Claro que debes venir al funeral!». Era como si necesitara tu permiso.

—Así que todos nuestros problemas se han debido a Gina y a Mike —concluyó Alice. Esos dos desconocidos habían destrozado su matrimonio.

—Tampoco creo que debamos echarles toda la culpa —dijo Nick—. Tú y yo discutíamos. Discutíamos por las cosas más tontas.

—¿Como qué?

—Como... no sé... unas cerezas. Un día que íbamos a comer a casa de mamá y le llevábamos una cestita de cerezas, me comí unas cuantas. Fue el crimen del siglo. No me lo perdonaste. Me lo estuviste reprochando durante meses.

—Por unas cerezas... —reflexionó Alice.

—En el trabajo, la gente respetaba mi opinión —continuó Nick—, y de pronto, cuando llegaba a casa, era el tonto del pueblo. Ponía mal los platos en el lavavajillas, no sabía elegir la ropa para los niños... Al final dejé de ofrecerme a ayudar en la casa. No merecía la pena.

Estuvieron un momento sin decir nada. Cerca de ellos había otra manta extendida, en la que se había sentado una pareja con un niño pequeño y una niñita de meses. El niño cogió, ni corto ni perezoso, un puñado de arena y quiso echárselo a la cara a su hermanita. La madre gritó: «¡Cuidado!», y el padre lo frenó justo a tiempo. La madre puso los ojos en blanco y el padre murmuró algo que no oyeron.

—No estoy diciendo que fuese perfecto —dijo Nick—. El trabajo me absorbía mucho. Tú me acusabas de estar obsesionado. Siempre hablas del año que estuvimos con el proyecto Goodman. Tuve que viajar mucho y tú te quedabas sola con los tres niños. Una vez me echaste en cara que te había «abandonado». Siempre he considerado ese año como el punto culminante de mi carrera profesional, pero... —Dejó la frase a medias y lanzó una mirada al puerto—. Quizá también fue el año que destrozó nuestro matrimonio.

«El proyecto Goodman.» Al oír aquellas palabras, Alice notó mal sabor de boca. «El maldito proyecto Goodman.» La palabra «maldito» parecía encajar a la perfección delante de «proyecto».

Suspiró. Todo era tan complicado... Sus errores, los errores de Nick... Por primera vez pensó que quizá su matrimonio no tenía solución.

Miró a la pareja con los dos niños pequeños. El padre volteaba al niño en el aire y la madre reía, sacando fotos con una cámara digital. Cuando rememoraran aquel día, ¿se acordarían del momento en que el padre volteaba al niño o del momento en que arrojaba arena a su hermanita?

Madison se les acercó desde la orilla, con la cara radiante y llevando algo en las manos en forma de copa.

Nick tenía una mano apoyada en la manta, justo al lado de la de Alice.

Alice notó el suave roce de sus dedos.

—Quizá deberíamos intentarlo de nuevo —dijo Nick.

29

El viernes aparecieron George y Mildred.

Alice los encontró al fondo del garaje. George estaba tumbado de costado, como si le hubieran dado una patada. Su cara de león, tiempo atrás majestuosa, estaba cubierta de un moho verde que le daba un aire avergonzado, como si fuera un viejo manchado de comida. Mildred estaba abandonada sobre un estante, al lado de un montón de tiestos viejos. Le faltaba parte de una garra y tenía una expresión triste y resignada. Los dos estaban hechos un asco.

Alice los sacó a la veranda posterior y empezó a frotarlos con agua y lejía, tal como le había recomendado la vecina, la señora Bergen, que estaba encantada de que Alice hubiera cambiado de bando en el asunto de la recalificación y volvía a saludarla y sonreírle cuando se encontraban y a proponer que los niños fueran a su casa a tocar el piano cuando quisieran. «¡Ya no tenemos cinco años! —dijo Tom, displicente—. ¿No sabe que tenemos una PlayStation?»

Barb se había ofrecido a llevarse a Madison de compras el primer día de expulsión.

—No te preocupes, no la malcriaré —le había dicho a su hija—. No le voy a comprar ropa ni nada por el estilo. Solo si veo algo muy especial, claro, en cuyo caso lo guardaré para dárselo por su cumpleaños.

Mientras frotaba los leones con el estropajo, Alice se preguntó si George y Mildred volverían a ser los mismos. ¿Era demasiado tarde? ¿Estaban demasiado estropeados por tantos años de descuido?

Y en cuanto a Nick y ella, ¿pasaría lo mismo? ¿Acaso cada discusión, cada traición y cada insulto habían ido formando una dura capa de mugre sobre algo que en otro tiempo había sido tan hermoso y tan tierno?

En fin, si era así, tendrían que atacar la suciedad hasta eliminarla. ¡Los leones quedarían geniales, mejor que nuevos! Frotó la melena de George con tanta energía que le castañearon los dientes.

Sonó el teléfono y Alice soltó el estropajo, aliviada.

Era Ben. Su voz sonaba grave, lenta y muy australiana, como si llamara desde las despobladas tierras del interior. Dijo que Elisabeth llevaba veinticuatro horas viendo la tele en la cama, que se ponía a chillar cada vez que él intentaba apagarla, y que no sabía si podía dejarla mucho más tiempo en ese estado.

—Supongo que le ha afectado mucho el fracaso del último tratamiento de fecundación in vitro —opinó Alice, echando una mirada a las fotos de los niños y los avisos del colegio sujetos con imanes en la nevera, deseando que su hermana pudiera disfrutar también de una vida como aquella.

Hubo un momento de silencio.

—Sí, esa es otra —dijo Ben—. Por lo visto el tratamiento no fracasó. Han llamado de la clínica para confirmar la hora de la primera ecografía. Elisabeth está embarazada.

Las notas de Elisabeth para Jeremy

Le estoy oyendo en la habitación de al lado, hablando por teléfono con Alice. Me prometió que no le contaría a nadie que estoy embarazada.

Sabía que acabaría por contarlo. Es un mentiroso.

No te puedes imaginar qué rabia me da. Rabia contra Ben. Contra su madre, contra la mía. Contra Alice. Contra ti, Jeremy... Os odio a todos. Por ninguna razón en especial.

Supongo que es por la compasión, la comprensión, la simpatía. Y sobre todo, por las esperanzas. Por los comentarios que tendré que oír: «¡Este será el definitivo! ¡Tengo un buen presentimiento...!».

Siento que la rabia me recorre el cuerpo como una oleada de lava al rojo vivo. Intento controlarla, como imagino que haré con los dolores del parto. Tengo náuseas, me duelen los pechos y noto un sabor raro en la boca... y he pasado por esto tantas veces... no puedo volver a pasar por lo mismo una más.

Y lo que más rabia me da, Jeremy, es que, a pesar de que estoy sinceramente convencida de que voy a perder a este bebé como he perdido a todos los demás, en el fondo oigo una vocecita patéticamente optimista que canturrea: «¿Y si...?».

Alice cogió el coche para dirigirse a casa de Elisabeth.

Ben le había indicado el camino, pero cuando llegó al vecindario no había nada que le sonara remotamente. Quizá no visitaba tan a menudo a su hermana... Estaba tan ocupada siempre... Tenía tantas cosas que hacer...

Elisabeth y Ben vivían en una casita de ladrillo, con un césped muy cuidado en el jardín delantero. Era un barrio familiar. En el jardín de la casa de al lado había un columpio, y la vecina de enfrente estaba abriendo la puerta del coche y sacando a un niño de la sillita de viaje. A Alice le recordó su calle diez años atrás.

Oyó el rugido del televisor en cuanto Ben abrió la puerta.

—Quiere el volumen a tope —le explicó Ben—. Y prepárate, porque si intentas apagar la tele se pondrá a gritar como un animal atrapado. Me está volviendo loco. Anoche tuve que instalarme en la habitación de invitados, y no sé si ella ha llegado a dormir en algún momento.

—¿Qué crees que le pasa? —preguntó Alice.

Ben encogió sus hombros de oso.

—Supongo que le aterra volver a perderlo. A mí también. Quiero decir... en cierto modo sentí alivio cuando pensaba que el análisis había salido negativo.

Alice entró tras él en la casa —muy limpia, pulcra y vacía, sin acumulaciones de trastos ni desorden— y lo acompañó al dormitorio, donde vio a Elisabeth sentada en la cama, con el mando del televisor en una mano y un cuaderno y un bolígrafo en el regazo.

Iba vestida con el mismo traje de chaqueta que llevaba puesto en el seminario para la asociación de carniceros, pero tenía el pelo enmarañado y churretes de rímel negro bajo los ojos.

Alice no dijo nada. Se quitó los zapatos de una patada y se sentó sobre la cama, al lado de su hermana, tapándose con la colcha y recostando la espalda en una almohada.

Ben estaba de pie en el umbral, sin saber qué hacer.

—Vale —dijo al final—. Me voy al garaje un rato.

—Muy bien. —Alice le sonrió.

Miró fugazmente el perfil de su hermana. Elisabeth tenía la cara seria y los ojos clavados en el televisor.

Alice permaneció callada, sin saber qué decir. Quizá bastaría con hacerle compañía.

Daban un capítulo viejo de *Mash*. Los personajes y las risas enlatadas la llevaron directamente a 1975, cuando Elisabeth y ella se sentaban en el sofá beis al salir del colegio, esperando a que su madre volviera del trabajo, y merendaban bocadillos de pan de molde con embutido y salsa de tomate.

Empezó a divagar y pensó en aquella extraña etapa de su vida que había empezado el viernes anterior, cuando había recuperado la conciencia en el gimnasio. Era como si hubiera pasado la última semana en un lugar exótico donde no hubiera tenido más remedio que aprender habilidades nuevas. Habían sucedido tantas cosas... Había conocido a sus hijos, había visto a su madre emparejada con Roger, había asistido a la Velada del Talento Familiar...

Al cabo de un rato notó que Elisabeth se removía y contuvo el aliento.

—¿No tienes cosas que hacer? —preguntó, molesta, su hermana.

—Ninguna más importante que esto —contestó Alice.

Elisabeth hizo una mueca y dio un tirón a la colcha, dejándole las piernas al aire. Alice dio otro tirón y se tapó otra vez.

Cuando se acabó *Mash*, Elisabeth cambió de canal y los delicados rasgos de Audrey Hepburn llenaron la pantalla. Elisabeth volvió a pulsar el mando y pasó a un programa de cocina.

Alice necesitaba tomar un café, pero pensaba que quizá echaría a perder ese momento, fuese cual fuera ese momento, si se iba a la cocina a prepararse una taza; o si se acercaba a Dino's y pedía un capuchino doble con leche desnatada.

Dino...

Cogió el bolso, que había dejado en el suelo, al lado de la cama, y hurgó en su interior. Sacó la figurita de la fertilidad y la dejó cautelosamente sobre la sábana, entre Elisabeth y ella. La muñeca les lanzó una mirada inescrutable desde sus ojos saltones. Alice le dio la vuelta para colocarla de cara a Elisabeth.

—Vale, ¿qué es eso? —dijo Elisabeth al cabo de otro rato de silencio.

—Un amuleto de la fertilidad —le explicó Alice—. Dino, el de la cafetería, me lo ha dado para ti.

Elisabeth cogió la muñeca y la observó con atención.

—Supongo que quiere impedir que vuelva secuestrar al hijo de una clienta.

—Seguramente —admitió Alice.

—¿Y qué tengo que hacer con esto?

—No lo sé —contestó Alice—. A lo mejor puedes colocarla en un altar y hacerle ofrendas...

Elisabeth puso los ojos en blanco y esbozó una sonrisa. Dejó la muñeca sobre la mesita de noche.

—Lo espero para enero —dijo—. Si es que...

—¡Qué bien! ¡El verano es la época perfecta para tener un bebé! —exclamó Alice—. No hará frío cuando te levantes a darle de mamar por la noche.

—No habrá ningún bebé —dijo crudamente Elisabeth.

—Podemos pedirle a papá que interceda por ti —propuso Alice—. Seguro que tiene influencias ahí arriba.

—¿Crees que no se lo pedí en los demás embarazos? —dijo Elisabeth—. He rezado miles de oraciones... a Jesús, a la Virgen, a san Gerardo, que por lo visto es el patrón de las gestantes... Y nadie me ha hecho caso nunca, nadie me ha escuchado. Todos han pasado de mí.

—Papá nunca pasaría de ti —dijo Alice, y de pronto vio con toda nitidez el rostro de su padre. Normalmente solo conseguía recordar la cara de las fotos, pero no la verdadera—. Lo que pasa es que en el Cielo deben de pedir muchos trámites...

—De todos modos, no sé si creo en la otra vida —reflexionó Elisabeth—. Al principio tenía una visión romántica de papá cuidando a los niños que yo perdía, pero como la cosa se descontroló tanto... A estas alturas debe de tener una guardería entera...

—Por lo menos así no tendrá tiempo de pensar en mamá bailando salsa con Roger... —dijo Alice.

Esta vez Elisabeth sonrió de verdad.

—A mamá nunca se le olvidan las fechas en que me toca parir —explicó—. Me llama a primera hora de la mañana y charla un poco conmigo. Nunca habla de la fecha, solo charla un poco.

—Parece que se lleva bien con los niños —dijo Alice—. La adoran.

—Es una abuela estupenda. —Elisabeth suspiró.

—Imagino que la hemos perdonado —dijo Alice.

Elisabeth se volvió y la miró secamente, pero no preguntó: «¿Perdonarla por qué?».

Había algo de lo que nunca habían llegado a hablar en serio —que Alice supiera, ni siquiera habían aludido a ello de pasada—: el hecho de que Barb hubiera desertado de su papel de madre cuando su marido había muerto. Se había dado por vencida. Fue muy duro. Eludió sus responsabilidades sin más. De la noche a la mañana, Barb se había convertido en una mujer a quien le importaba un pepino si sus hijas salían a la calle abrigadas o sin abrigar, si se lavaban los dientes o no, si se comían las verduras o las escupían... ¿Acaso hasta entonces solo fingía preocuparse por ellas? Meses después de que el padre de Alice y Elisabeth muriera, Barb no hacía más que deambular por la casa y llorar desesperadamente mientras miraba el álbum de fotos. Fue en esa época cuando apareció Frannie y consiguió que sus vidas tuvieran otra vez una pauta y un orden.

Alice y Elisabeth habían dejado de pensar en Barb como su madre y habían empezado a considerarla como una hermana pequeña un poco tonta. Aunque al final se recuperó y trató de ejercer otra vez su autoridad, ya no se lo permitieron. Fue una forma de venganza sutil pero clara.

—Sí —respondió Elisabeth al cabo de un momento—. Supongo que la hemos perdonado. No sé cuándo sucedió exactamente, pero la perdonamos.

—Es extraño cómo funcionan las cosas.

—Sí.

Después de un anuncio de una tienda de alfombras, Elisabeth volvió a hablar.

—Siento mucha rabia. No te puedes imaginar lo rabiosa que me siento.

—Ya —dijo Alice.

Hubo otro silencio.

—Hemos malgastado siete años intentando construir una

típica vida de barrio residencial, de pareja con 2,1 hijos... Y no hemos hecho nada más. En realidad no hemos vivido... Y ahora voy a tener que dejar otra vez todo en suspenso durante varios meses, hasta que pierda al bebé, y después tendré que superar el trauma, y luego Ben me acompañará a presentar los impresos de la adopción, y todo el mundo nos dará ánimos y nos hablará con entusiasmo: «Ah, sí, vais a adoptar... qué bonito, qué multicultural...», y pretenderán que me olvide de este niño.

—Pero a lo mejor no lo pierdes —la animó Alice—. A lo mejor llegas a tenerlo.

—Claro que lo voy a perder.

El cocinero de la tele echó unas gotas de miel en un cazo, mientras decía: «Hay que usar mantequilla sin sal, ahí está el secreto».

—Solo tengo que comportarme como si no estuviera embarazada —dijo Elisabeth—. De este modo, si lo pierdo, no me dolerá tanto. Pero por lo visto no soy capaz. Me digo: «Ten esperanzas, piensa que funcionará...», y al cabo de un momento me entra el pánico. Cada vez que voy al baño, estoy aterrada por si veo una mancha de sangre. Cada vez que voy a hacerme una ecografía, estoy aterrada por si les cambia la cara. Te dicen que evites preocupaciones porque el estrés es malo para el bebé, pero ¿cómo quieren que no me preocupe?

—Puedes delegar la preocupación en mí —propuso Alice—. ¡Puedo pasarme el día preocupándome por ti! Se me da genial, ya lo sabes.

Elisabeth sonrió y volvió a mirar la pantalla. El cocinero sacó algo del horno y olfateó el aire con deleite. «*Voilà!*», dijo.

—Cuando murió Gina, tendría que haber ido a verte enseguida y no lo hice. Lo siento.

«Qué raro», pensó Alice. Todo el mundo tenía que disculparse por algo relacionado con la muerte de Gina.

—¿Y por qué no viniste?

—No sabía si querías verme —explicó Elisabeth—. Tenía

la impresión de que no encontraría las palabras adecuadas. Gina y tú estabais muy unidas, mientras que tú yo nos habíamos... distanciado.

Alice se aproximó más a su hermana, hasta que sus piernas se tocaron.

—Pues acerquémonos otra vez —propuso.

En la pantalla desfilaron los créditos del programa de cocina.

—Voy a perder al bebé —dijo Elisabeth.

Alice le puso una mano sobre la tripa.

—Voy a perder al bebé —repitió Elisabeth.

Alice acercó la cara a su vientre.

—Escúchame, sobrinito o sobrinita, ¿verdad que esta vez resistirás? Tu mamá ha sufrido mucho por ti.

Elisabeth cogió el mando, apagó el televisor y comenzó a llorar.

Meditaciones de una bisabuela

Yo también le besé.
No podéis estar más sorprendidos que yo.

COMENTARIOS DESACTIVADOS

—Me gustan los leones —dijo Dominick.

Eran las nueve de la noche del sábado y Dominick estaba de pie frente a la puerta, cargado con un paquete de galletas de chocolate, una botella de licor y un ramo de tulipanes. Iba vestido con vaqueros y una camisa de cuadros algo descolorida, y necesitaba afeitarse.

Alice miró a George y a Mildred, que estaban de nuevo en sus puestos, protegiendo la entrada. No tenía muy claro si le parecían divertidos y estrafalarios, o cutres y horteras.

—Se me ha ocurrido pasar por si te apetecía compañía —dijo Dominick—. Si no estás muy liada con lo de mañana...

Alice se había pasado la tarde tumbada en el sofá, contemplando el techo y pensando vagamente en el bebé de Elisabeth y en la propuesta de Nick de volver a intentarlo. Por lo visto, Nick pensaba que podían empezar con una «cita». «Podríamos ir al cine», había sugerido, y Alice se había puesto a pensar en hasta qué punto tendrían que «intentarlo», una vez sentados en el cine. ¿Tendrían que masticar con entusiasmo las palomitas? ¿Tener una animada conversación al salir? ¿Contar cuántas veces se había mostrado el otro gracioso o cariñoso? ¿Tendrían que «intentar» despedirse de una forma romántica? No le apetecía mucho tanto «intento». Solo quería que Nick volviera a casa y que todo fuera como antes. Estaba cansada de tonterías.

Había sido un día extenuante. Todos los niños habían tenido partido, uno tras otro. Olivia jugaba a *netball*; mucho salto espectacular, pero poco contacto con la pelota. Tom, a fútbol; muy bien... había marcado dos goles. Y Madison, a hockey; fatal, terrible... «¿Lo has pasado bien?, le había preguntado Alice al salir del campo. «Ya sabes que lo odio», había contestado Madison. «Entonces ¿por qué juegas?» «Porque tú dijiste que me convenía practicar algún deporte de equipo», había contestado su hija. Alice había ido directa a hablar con el entrenador y había borrado a Madison del equipo. Tanto el entrenador como su hija estaban contentísimos.

Y en cada partido, Alice tenía deberes que había cumplido a la perfección, como si no fuera una impostora en su propia vida. Había anotado los tantos en el partido de hockey de Madison. Había asado salchichas para los jugadores después del partido de fútbol de Tom. Increíblemente, había arbitrado el partido de *netball* de Olivia. Alguien le había tendido un silbato y a pesar de sus protestas —«No, no, no tengo ni idea...»—, se había encontrado con el frío instrumento metálico en la mano. Y al cabo de un momento corría a lo largo de la línea lateral, lanzando enérgicos pitidos, mientras de su boca salían extrañas indicaciones —«¡Falta!», «¡Balón fuera de banda!», «¡Defensa, vuelve a tu posición!»— que las jugadoras atendían sin rechistar.

Nick asistió a los tres partidos, pero no tuvieron tiempo de hablar. Él también tenía deberes que cumplir. Había sido árbitro en el partido de Tom. «Somos unos padres geniales», había pensado Alice, con una mezcla de orgullo y temor. De hecho, ¿sería ese el problema? ¿Por eso necesitaban intentarlo de nuevo? ¿Porque ella se había convertido en una «mamá» y él en un «papá», y las mamás y los papás eran seres genéricos, aburridos y nada sexys? ¿Por eso algunos aún se besaban en el cuarto de la lavadora durante las fiestas, para recordar que en algún momento habían sido adolescentes calenturientos?

Al día siguiente era el día de la Madre, el día previsto para el Megamerengue. Debería estar preparando cosas, organizando papeles, haciendo llamadas de última hora para comprobar que todo el mundo había cumplido con lo previsto... Sin embargo, Alice no estaba especialmente interesada en el Megamerengue. Por otra parte, en la reunión del otro día había tenido la impresión de que las componentes del comité organizador lo tenían todo bajo control.

—Pasa —dijo a Dominick, mirando de reojo las galletas.

—¿Los niños ya se han acostado? —preguntó él.

—Sí, pero... —Alice estuvo a punto de decir en tono de broma que seguramente Tom estaba jugando con la Nintendo bajo la colcha, pero calló al recordar la experiencia de Madison con las tijeras. Sería como chivar a su hijo al director del colegio.

—¿Cómo se ha tomado Kate lo de Chloe? —preguntó.

—Se ha puesto histérica, como era de prever —respondió Dominick.

—Le he dejado un mensaje pidiéndole disculpas —dijo Alice—, pero no me ha devuelto la llamada.

—¿Entiendes que no tenía más remedio que expulsar a Madison? —dijo Dominick mientras Alice cogía el ramo de flores—. No quería que...

—Sí, claro. Tranquilo. Qué flores más bonitas, por cierto. Gracias.

Dominick dejó el paquete de galletas sobre la encimera y dio vueltas a la botella de licor que llevaba en la mano.

—Cuando recuperes la memoria, lo notaré —declaró.

—¿Cómo lo notarás? —dijo Alice.

—Por tu mirada. Ahora me miras de manera formal, amistosa, como si no me conocieras, como si nunca...

¡Ay, madre! ¡Chloe Harper tenía razón! ¡Se habían «enrollado»!

Dominick dejó la botella de licor y se le acercó.

No, no, no... Otro beso no. Estaría mal. No encajaría con el espíritu del «intentarlo de nuevo».

—Dominick... —protestó.

Sonó el timbre.

—Perdona —dijo Alice.

En la puerta estaba Nick.

Llevaba una botella de vino, queso, galletas y un ramo de tulipanes idéntico al que acababa de traer Dominick. Debían de estar en oferta en alguna floristería cercana.

—¡Has restaurado los leones! —constató Nick complacido. Se inclinó y le dio una palmadita a George en la cabeza—. ¡Hola, amigo!

—Bueno, yo me voy ya... —Dominick acababa de llegar a la puerta. Alice vio que su mirada se dirigía a las flores y al vino.

—¡Ah, hola! —Nick irguió la espalda y su sonrisa se desvaneció—. No pensaba que... Me voy enseguida.

—No, no. Yo también me iba —dijo Dominick muy decidido—. ¡Hasta mañana! —Acarició fugazmente el brazo de Alice y bajó corriendo la escalera de la veranda.

—¿He interrumpido algo? —Nick entró en el vestíbulo

tras ella y vio el ramo de tulipanes de Dominick—. ¡Vaya, todo el mundo te trae regalos esta noche!

Alice bostezó. Se moría de ganas de que su vida volviera a la normalidad. Poder pasar una tranquila noche de sábado en casa... Tenía ganas de decir: «Estoy cansada, creo que me voy a dormir», y que Nick, sin apartar la vista del televisor, contestara: «Vale, termino de ver esta peli y subo». Y que luego leyeran cada uno un libro en la cama y después apagaran las lamparillas y se quedaran dormidos. ¿Quién habría dicho que un sábado en casa podía resultar algo tan extraño y ajeno?

Lo que hizo, en cambio, fue abrir la caja de galletas de chocolate que había traído Dominick, coger una y ver cómo Nick se quedaba quieto en medio de la cocina, sin saber qué hacer.

—¿Abro la botella? —propuso Nick.

—Claro.

Nick descorchó el vino y sirvió dos copas. Alice puso el queso en un plato y se sentaron cada uno a un extremo de la mesa larga del comedor.

—¿Vienes mañana a lo del Megamerengue? —preguntó Alice, cogiendo otra galleta de chocolate.

—Pues no, no tenía previsto ir. ¿Quieres que vaya?

—¡Claro!

Nick rió y le lanzó una de sus miradas de perplejidad.

—Vale, pues entonces iré.

—Creo que a mediodía habremos terminado —dijo Alice—. Te dará tiempo a ir a casa de tu madre.

Nick la miró sin comprender.

—A la comida del día de la Madre —precisó Alice—. ¿No te acuerdas? Tu hermana te preguntó si irías, en la Velada del Talento Familiar.

—Ah, sí. Claro.

—¿Cómo te las arreglas sin mí? —preguntó jovialmente Alice.

Nick se puso serio.

—Voy tirando. No soy un completo inútil.

Alice se estremeció al oír su tono.

—No he dicho que lo fueras —dijo, cogiendo un trocito de queso—. ¿O sí lo he dicho?

—No me crees capaz de tener a los niños la mitad del tiempo. Según tú, se me olvidarán las actividades extraescolares, no firmaré las autorizaciones, no leeré los avisos importantes del colegio... ¡No sé cómo me las arreglo para dirigir una empresa!

«Bueno, tienes una asistente personal que se ocupa de estas minucias», pensó Alice.

No sabía muy bien cuál de las dos Alice había dicho eso: la Alice antipática del futuro o la Alice verdadera. Su marido siempre había sido un hombre muy competente.

Nick volvió a servir vino para los dos.

—Es horrible verlos solamente los fines de semana. No consigo comportarme con naturalidad ante ellos. A veces me oigo hablar con la voz de mi padre cuando quería hacerse el gracioso. Mientras vengo a buscarlos con el coche, ya estoy pensando en qué chistes les contaré. Y pienso: «¿Qué he hecho para terminar así?».

—¿Pasabas mucho tiempo con ellos entre semana?

—Sé lo que insinúas. Sí, trabajo muchas horas, pero tú nunca quieres acordarte de las veces en que volvía temprano a casa. Salía a dar paseos en bici con Madison, y en verano, los viernes por la tarde, me pasaba horas jugando a críquet con Tom. Vale, ya sé que siempre dices que fue un único viernes, pero me consta que fueron por lo menos dos, y además...

—No pretendía insinuar nada.

Nick hizo girar la copa de vino en la mano y miró a Alice con cara de decir: «Voy a serte sincero».

—No se me dio muy bien mantener el equilibrio adecuado entre vida privada y vida profesional; es algo que tengo que trabajar. Si volvemos, lo haré mejor. Me comprometo a mejorar.

—Vale —contestó Alice. Le hizo gracia la frase «me comprometo a mejorar», pero Nick parecía comportarse como si aquel fuera un momento decisivo. Ella no creía que hubiera para tanto. Vale, algunos días él se quedaba trabajando hasta muy tarde... Si era lo que había que hacer para prosperar en la empresa, no era tan grave.

—Supongo que mi rival no trabaja tantas horas —dijo Nick.

—¿Rival? —Alice empezaba a notar los efectos del vino. Tenía en la cabeza una nube de pensamientos difusos, imágenes fugaces de caras que no conocía y recuerdos vagos de sentimientos que no habría sabido describir.

—Dominick.

—Ah, él. Es simpático, pero lo cierto es que estoy casada contigo.

—Estamos separados.

—Sí, pero estamos «intentándolo». —Alice soltó una risita—. Lo siento, no sé por qué me hace tanta gracia. No es divertido, ni mucho menos. Ay, creo que necesito un poco de agua...

Se levantó y al pasar junto a Nick se dejó caer en su regazo, como una jovencita que coquetea en una fiesta.

—¿Vas a intentarlo, Nick? —le susurró al oído—. ¿Vas a intentarlo con todas tus fuerzas?

—Estás piripi —dijo Nick, y acto seguido la besó, y por fin todo fue como debía ser.

Alice se apretó contra él y sintió un delicioso alivio. Como cuando te sumerges en una bañera llena de agua caliente al volver a casa empapada por la lluvia, o como cuando te deslizas entre unas sábanas de algodón recién planchadas después de un día extenuante.

—¿Papi? —dijo una vocecita a sus espaldas—. ¿Qué haces aquí?

Nick dio un respingo y Alice salió despedida de su regazo.

Olivia estaba plantada en medio de la cocina, en pijama, con las mejillas sonrosadas de sueño y frotándose los ojos con los nudillos. Dio un gran bostezo y se desperezó, extendiendo los brazos hacia lo alto. Los miró un momento, frunciendo el ceño perpleja, y de pronto su cara se iluminó de felicidad.

—¿Vuelves a querer a mami?

Meditaciones de una bisabuela

Siento haber desactivado los comentarios en los últimos dos posts, sobre todo porque sé que todos os moríais de ganas de comentar cosas, pero, no sé por qué, quería simplemente informaros y estar unos días sin leer vuestras respuestas.

Antes de que os animéis, voy a aclarar las cosas. No se trata de una relación ni de ninguna tontería de esas.

No es más que una inofensiva aventurilla. ¿Por qué no? ¡Es una agradable distracción! Mañana voy a llevarlo al **Megamerengue** que ha organizado Alice para el día de la Madre.

Ah, hay otra noticia interesante. Acabo de volver de otra batalla con la Play (¡he ganado yo, claro!) y X me ha confesado una cosa.

¡Resulta que lee este blog!

En fin, me he quedado atónita, pero no puedo protestar. Es un blog de dominio público y nunca he restringido el acceso con contraseñas ni nada de eso, aunque no sabía que algunos residentes del complejo terminarían dando con él.

Además, resulta que X ha dejado comentarios con seudónimo. ¡El muy granuja! No ha querido decirme cuál. ¿Alguna idea?

COMENTARIOS

Abuela Molona dijo...
Lo que acabas de contarnos me inspira ciertas reservas, Fran-

nie. ¡X ya te ha engañado! ¿Es esta una buena base para una relación? (Creo que es <u>AB74</u>. Siempre me pareció un frescales.)

AB74 dijo...
No soy yo, Abuela Molona. ¡Yo diría que es ese impresentable de Frank Neary!

Frank Neary dijo...
No soy yo, señorita Jeffrey. Yo siempre he hablado con el corazón.

Beryl dijo...
¡Yo creo que es Abuela Molona! ¡Es un disfraz genial! En fin, llámalo aventurilla, romance o lo que quieras, pero ¡disfruta del momento, Frannie!

DorisdeDallas dijo...
Besas muy bien, Frannie.

30

Había llegado el «gran día».

Alice se sentía como una minúscula prenda de vestir, un calcetín o algo parecido, dando vueltas en la lavadora en pleno centrifugado. Todo el mundo la quería llevar a un sitio u otro. En cierto momento tenía a una persona —desconocida— colgada de un brazo y a otra —también desconocida— colgada del otro, intentando arrastrarla en direcciones opuestas. Veía caras preocupadas, caras nerviosas, caras exultantes, que se le acercaban y al cabo de un segundo desaparecían. La gente se arremolinaba en grupitos a su alrededor, para acribillarla a preguntas o para contarle los problemas que estaban teniendo con entregas que no llegaban puntuales. «¿Dónde dejamos los huevos?» «¿Dónde se colocan las reposteras?» «Los de la prensa quieren confirmar si pueden venir a las doce y hacerte la entrevista a las doce y media. ¿Estás de acuerdo? ¿Vamos bien de tiempo?»

¿Los de la prensa? ¿Una entrevista?

Los flashes de las cámaras destellaban como luces estroboscópicas. Tendría que haber estado más atenta en la reunión del comité organizador. No se había hecho cargo de la envergadura del proyecto. Era... ¡un megaproyecto!

Estaban en una gigantesca carpa de colores que habían instalado en el patio del colegio, con una gran pancarta que proclamaba: «Megamerengue del día de la Madre: ¡100 madres prepararán la tarta de limón y merengue más grande del mundo! Entrada: 10 dólares (niños gratis). Los beneficios serán para la escuela y para la Fundación contra el Cáncer de Mama».

El interior de la carpa estaba organizado como un auditorio. A los lados estaban las gradas para los espectadores. En las paredes había carteles con los nombres de los «orgullosos patrocinadores del Megamerengue del día de la Madre». Alice vio uno de la cafetería Dino's. En el centro estaba todo el material necesario para preparar la tarta. Era como un edificio en construcción: había una carretilla elevadora, una hormigonera y una grúa, además de un molde y un horno gigantescos, especialmente fabricados para la ocasión. También habían extendido una enorme mesa redonda, con cuencos dispuestos a intervalos; al lado de cada uno había un surtido de los ingredientes necesarios para preparar la mezcla: huevos, harina, mantequilla, azúcar y limones. El marido de Maggie, el tipo congestionado de la cinta de correr, que por lo visto era gerente de una fábrica, se había encargado de aportar el equipamiento y estaba dando órdenes a una serie de operarios desconcertados.

—A ver si me aclaro. Primero horneamos la masa sin el relleno, ¿no? —le preguntó a Alice.

En fin, al menos eso sabía responderlo.

—Sí —dijo Alice. Y después, con más rotundidad, añadió—: Así es.

—Muy bien, jefa —dijo el marido de Maggie, y se fue corriendo.

La gente empezaba a entrar en la carpa, después de pagar la entrada a las dos componentes del comité organizador del Megamerengue que flanqueaban la puerta. Las gradas se estaban llenando rápidamente. Una banda infantil empezó a tocar una canción.

Una esquina de la carpa estaba reservada a diversas actividades para los niños, todas ellas en torno a algún «megatema».

Podían hacer megapompas de jabón, jugar en una megapiscina de espuma o pintar con megapinceles en un megalienzo. Alice había llevado allí a Madison, Tom y Olivia, para que se entretuvieran un rato.

—Todo controlado, ¿no? —preguntó alguien.

Era Dominick, que llevaba a Jasper de la mano. Alice alzó la cabeza, y al toparse con la mirada de Dominick, volvió a bajarla con gesto culpable. Tenía la impresión de que lo había engañado, cosa que... en fin, seguramente era lo que había hecho.

—Siento lo de anoche —se disculpó.

—No pienses en eso ahora —respondió Dominick—. Ah, por cierto... No sé si te acordarás de lo que teníamos previsto para hoy... el *Fantasma de la Ópera*...

La noche anterior, después del beso interrumpido, Nick había vuelto a meter en la cama a Olivia y se había marchado, tras acordar una primera «cita» con Alice para el día siguiente. Había dicho que reservaría una mesa para cenar en el que antes era su restaurante italiano favorito.

—Ah, pues no lo recordaba —empezó a decir Alice. Tenía que romper cuanto antes con aquel hombre tan amable—. Mira, Dominick, resulta...

—¡Alice, querida! —Era Kate Harper, que brillaba aún más de lo normal bajo la luz que se filtraba por la tela de la carpa. Detrás de ella había un señor de cara triste, acompañado de una huraña Chloe. Le habían cortado el pelo en un estilo moderno que disimulaba el trasquilón, pero había que reconocer que no estaba tan mona sin su melena.

—Vale, hablamos luego —se despidió Dominick—. Avísame si me necesitas. Estoy a tu disposición.

—¡Yo también estoy a tu disposición, Alice! —añadió alegremente Jasper.

—Me ha extrañado ver a Madison —comentó Kate con voz acerada—. Pensaba que se quedaría en casa, en vista de... del incidente.

—Madison ha sufrido un severo castigo —contestó secamente Alice. En fin, lo sufriría en cuanto Nick y ella decidiera qué era lo más acertado. Lanzó una mirada al rincón de las actividades infantiles y vio a Madison contemplando entusiasmada una pompa de jabón gigante. Estaba tan contenta esos días... Era una pena estropeárselo.

—Eso espero —replicó Kate, y bajando la voz añadió—: Porque Chloe está traumatizada. No quiere comer, no duerme... ¡Esto la marcará de por vida!

—Kate, deja tranquila a la pobre Alice —dijo su marido—. Ya tiene bastante lío ahora mismo.

A Kate le temblaron las aletas de la nariz, como si hubiera sido la propia Alice la que le hubiera exigido que la dejara en paz.

—Ya sé que estás muy ocupada, pero no sé si te haces cargo de la gravedad del asunto. El mensaje que me dejaste en el contestador no me pareció muy serio. ¡Y lo que hizo Madison fue inadmisible!

—¡Perdón! Vamos a robarte un momentito a Alice...

Eran Nora y Maggie, las compañeras del comité organizador del Megamerengue, que enlazaron a Alice por los codos y se la llevaron rápidamente de allí.

—Tú no participas en la preparación del Megamerengue, ¿verdad, Kate? —gritó Nora, volviendo la cabeza cuando ya se alejaban—. ¿Por qué no vas a sentarte a las gradas?

Alice vio que Kate daba media vuelta y se marchaba, aferrada al brazo de su marido y hablándole al oído con gesto ofendido.

—No sé qué tengo que hacer —reconoció Alice—. Lo único que hago es asentir cuando me preguntan. —No era como arbitrar el partido de *netball*, cuando su cerebro había empezado a funcionar con el piloto automático.

—No pasa nada —la tranquilizó Maggie—. Todo va como la seda gracias a ti.

Le enseñó un papel en el que estaba impreso el guión de la jornada, junto con anotaciones de su puño y letra que Alice no recordaba haber escrito. Vio que había puesto: «Seguid el guión a pies juntillas» en letras mayúsculas y lo había subrayado dos veces.

De pronto Maggie hizo un gesto de disgusto.

—Ay, cariño, veo que ha venido tu ex. ¿Qué hace aquí? Supongo que quiere dárselas de padre responsable.

Ex... Al oír la palabra «ex», Alice visualizó una imagen mental del último novio que había tenido antes de Nick, Richard Bourke, aquel creído que le había roto el corazón. Pero cuando se volvió, vio que era Nick quien entraba en la carpa, vestido con una camisa azul que le sentaba de maravilla. Una vez le había dicho que siempre debería ir de azul.

—Lo he invitado yo —explicó a sus amigas.

—Ah —respondió Maggie, mirándola muy seria—. Bueno, pues nada.

—Por cierto, supongo que querrás que sea una de nosotras la que presente el acto, ¿no? —dijo Nora—. Podemos decir que estás un poco indispuesta. Pero claro, antes tenemos que pararle los pies a nuestra saboteadora favorita, la señora Holloway, que está ansiosa por apoderarse del micrófono y apuntarse todos el mérito.

—¿Micrófono? —preguntó Alice, perpleja.

Nora señaló el micrófono que había en la tarima instalada en el centro de la carpa.

¡Por Dios! Estaba previsto que hablara ante toda esa gente...

—No, no, ni loca... Quiero decir que sí, claro, que podéis presentarlo vosotras —dijo.

—Perfecto —respondió Nora. Y saludó con cara de póquer al ex marido de Alice—: Hola, Nick.

— Nora, Maggie, ¿qué tal? —Nick saludó con una inclinación de cabeza, incómodo.

Al verlo en el papel de odiado ex marido, a Alice le entraron ganas de protegerlo. Era como cuando Ella la había llamado «mula» en la Velada del Talento Familiar.

—Feliz día de la Madre —le dijo Nick, mientras Nora y

Maggie se alejaban y desaparecían entre la multitud—. ¿Has desayunado en la cama?

Alice asintió.

—Tortitas. Creo que han empezado a prepararlas a las cinco de la mañana, porque he oído ruido y gritos en la cocina. Tendrías que ver cómo la han dejado. Pero tengo que reconocer que les han quedado riquísimas. Me parece que Madison será una gran cocinera de mayor. Una chef mandona, gritona y desordenada...

—Lo siento, esta vez no estaba yo para vigilarles —dijo Nick—. Es tu primer día de la Madre sin mí.

—Y espero que el último —señaló Alice.

—Por supuesto —aceptó Nick, sosteniéndole la mirada—. Estoy convencido.

—Bueno, bueno, bueno... ¿Qué tenemos aquí, Barb? ¡Por lo que veo, son nuestros queridos estudiantes de baile!

La madre de Alice y el padre de Nick estaban junto a ellos. Roger empezó a darles palmaditas en los hombros como un vendedor de coches, envolviéndolos en la familiar fragancia de su loción de afeitado, mientras Barb lo contemplaba llena de orgullo, como si su marido realizara una increíble hazaña.

—¿Cómo va, cariño? —dijo Barb, saludando a su hija—. Estás guapísima, por supuesto, pero te veo muy pálida y ojerosa... Debe de haber una epidemia de algo, porque Elisabeth tiene también muy mala cara.

—¿Ha venido Libby? —preguntó Alice, sorprendida.

—Está allí, con Frannie —dijo Barb señalando una de las gradas, donde Elisabeth ocupaba el asiento contiguo al de Ben. Parecía mareada; debía de tener ganas de vomitar. Seguramente era una buena señal. Al menos no estaba viendo la tele.

Al lado de Ben estaba sentada Frannie, junto al señor canoso que había organizado la carrera de sillas de ruedas en la Velada del Talento Familiar. Frannie tenía la espalda muy recta y miraba en derredor un poco cohibida, pero Alice vio que el señor canoso le decía algo al oído y ella juntaba las manos y soltaba una carcajada.

—Es el nuevo amigo de Frannie —explicó Barb—. Se llama Xavier. ¿No te parece entrañable? Para serte sincera, siempre pensé que Frannie era lesbiana...

Alice se quedó boquiabierta al comprobar la tranquilidad con que su madre usaba la palabra «lesbiana».

—¡No hace falta que pongas esa cara! —añadió Barb—. En cuarenta años que hace que la conozco, no la había visto nunca con novio.

—Eso es porque es muy exigente —opinó Roger—. Necesitaba encontrar al hombre adecuado. Como tú.

—¡Ay! —exclamó coquetamente Barb, con la cara radiante de felicidad—. ¡La verdad es que ha sido una suerte encontrarte!

—Papá sí que ha tenido suerte de encontrarte a ti —dijo Nick, repentinamente serio.

La madre de Alice se volvió y le miró sorprendida.

—¡Caray! Vaya piropo, Nick —exclamó complacida, y un poco ruborizada.

En ese momento volvió a aparecer Maggie, envuelta en un largo delantal rosa que llevaba estampada la frase «Megamerengue del día de la Madre» junto al dibujo de una enorme tarta de limón y merengue. Debajo ponía: «Sidney 2008». Tendió a Alice uno idéntico.

—¡Los delantales han quedado preciosos, Alice! —dijo mientras le pasaba la prenda por la cabeza y se la ataba a la cintura.

Alice miró en derredor y vio que un montón de mujeres vestidas con delantales de color rosa hacían cola para ocupar su puesto en torno a la enorme mesa de los cuencos.

—Creo que todo está a punto para empezar —anunció Maggie—. ¿Te parece bien?

—Claro, claro —contestó Alice tan alegremente.

—Tú mandas —dijo Maggie—. Después de mí, claro.

—Buena suerte, cariño —dijo Barb—. Espero que tengan cuidado con ese horno, porque el merengue se quema enseguida. Recuerdo que una vez hice una tarta de limón y merengue porque venía a cenar el jefe de tu padre y lo pasé fatal. Todo el rato miraba el horno y pensaba...

—Ven, Barbie —dijo Roger, tomándola del brazo—. Me contarás el final de la historia cuando nos sentemos.

Le guiñó un ojo a Alice mientras se llevaba a la parlanchina Barb hacia las gradas, y Alice sintió un repentino cariño hacia él. Roger quería a su madre... A su estilo egocéntrico y vanidoso, la quería.

—Voy a decirles a los niños que se sienten —dijo Nick, y se marchó hacia la zona de juegos.

Alice se acercó a donde estaban Maggie y las demás mujeres vestidas con delantales rosa, esperando para ocupar su posición en torno a la mesa.

—¡Qué bien organizado está todo! —dijo la mujer que estaba a su lado. Tenía una marca de nacimiento que parecía una quemadura en la mitad inferior de la cara—. Eres un hacha, Alice.

«Soy un hacha», pensó Alice, desconcertada.

Nora se colocó frente al micrófono.

—Señoras y señores, ¿podrían ocupar sus asientos, por favor? ¡Vamos a empezar la preparación de la tarta!

Alice paseó la mirada por las gradas buscando a Nick, y lo vio con Olivia sentada en el regazo. Las alitas de hada que la niña había insistido en ponerse le rozaban la cara. Tom estaba sentado a su izquierda, sacando fotos con una cámara digital, y Madison a su derecha, contemplando absorta la mesa de trabajo. Nick dijo algo mientras señalaba a Alice y los tres niños sonrieron radiantes y agitaron una mano en su dirección.

Alice los saludó a su vez, y en ese momento vio a Dominick y a Jasper. Estaban sentados dos filas más atrás que Nick y los niños, y también agitaron una mano con entusiasmo, pensando que los estaba saludando a ellos.

¡Uf! Al cabo de un segundo, vio que Libby y Ben también la saludaban con una mano, junto con Frannie, Xavier, Barb y Roger.

Intentó que su sonrisa y su gesto abarcaran a todos y a cada uno en particular.

—Estoy aquí en nombre de Alice Love —volvió a intervenir Nora—, que tenía que presentar el acto. Como muchos de ustedes sabrán, Alice tuvo un accidente en el gimnasio la semana pasada y se encuentra un poco indispuesta. ¿Saben una cosa? Aún recuerdo el momento en que me dijo que quería reunir a cien madres para preparar la tarta de limón y merengue más grande el mundo. ¡Pensé que se había vuelto loca!

Se oyeron algunas risitas entre el público.

—Pero ya conocen a Alice. Cuando se le pone algo entre ceja y ceja, no hay quien la pare.

Se oyeron risas, esta vez comprensivas.

¿No había quien la parase? ¿Cómo podía haber cambiado tanto en solo diez años? Con lo pacífica que era antes... Una chica tranquila, ansiosa por gustar y un poco tonta.

—Pues bien, al cabo de muy pocos meses, como era de esperar, ¡aquí estamos! ¡Dediquemos a Alice un gran aplauso!

El público estalló en un aplauso entusiasta. Alice inclinó la cabeza y sonrió sin convicción.

—Queremos dedicar esta jornada a una amiga muy querida, miembro de la Asociación de Padres y Madres, que falleció trágicamente el año pasado —continuó Nora—. La receta que vamos a usar para la preparación de esta tarta de limón y merengue es suya, y estamos convencidas de que hoy nos acompaña a todos en espíritu. Me refiero, por supuesto, a Gina Boyle. Te echamos de menos, Gina. Por favor, les invito a guardar un minuto de silencio.

Alice observó que todo el mundo agachaba solemnemente la cabeza en honor de aquella mujer que por lo visto había sido un elemento tan importante en su vida. Se sentía un poco aturdida. Las tortitas del desayuno no le habían sentado bien. Al cabo de lo que pareció mucho más de un minuto, Nora alzó la cabeza y volvió a tomar la palabra.

—Señoras, ¡a las varillas!

31

La señoras empuñaron con solemnidad las varillas y empezaron a batir como si fueran las componentes de una orquesta.

—Se baten los huevos, la nata, el azúcar, la ralladura de
limón y el zumo de limón hasta obtener una masa homogé-
nea —leyó Nora.

Tras un momento de silencio, todas las señoras dejaron
sobre la mesa las varillas y empezaron a introducir los ingredientes en sus respectivos cuencos.

Alice empezó a cascar los huevos uno por uno para ir
echándolos en el bol. Todas las mujeres que la rodeaban ini-
ciaron la misma operación. Se oyeron risitas nerviosas y su-
surros.

—¡No quiero ni un pedacito de cáscara en la masa! —gritó alguien desde las gradas, entre el regocijo general.

Al cabo de unos minutos, el sonido de las varillas batien-
do la mezcla inundó la carpa.

Siguiendo las indicaciones de Nora, cuando terminaron
se pusieron todas en fila y una tras otra fueron vertiendo la
mezcla en una cuba amarilla de tamaño industrial.

«Esto será un desastre», pensó Alice.

—A continuación se introducen la harina, la almendra
molida, el azúcar glas y la mantequilla en la cubeta del robot
de cocina y se amasa el conjunto hasta que adquiera la consis-

tencia del pan rallado —siguió leyendo Nora—. En este caso, en lugar de un robot de cocina, vamos a usar una hormigonera. ¡Tranquilos, está limpia! Ahora, cada madre puede ir introduciendo sus ingredientes en la hormigonera.

—Me parece increíble que estemos haciendo esto —dijo Alice a Maggie en un susurro, mientras todas las mujeres se ponían a la cola, sosteniendo los cuencos llenos de masa—. ¡Menudo jaleo!

—¡Lo has organizado tú, Alice! —Maggie rió.

Uno de los operarios puso en marcha la hormigonera, mientras las madres separaban las yemas de la claras.

—Después se añaden las yemas de huevo y se amasa el conjunto —indicó Nora.

Una vez más, las mujeres se colocaron en fila y fueron añadiendo una a una las yemas de huevo. Unos minutos después, la hormigonera volcaba una enorme cantidad de pasta amarilla sobre la superficie enharinada de la mesa.

—A continuación se amasa la pasta para suavizarla.

Las mujeres se colocaron alrededor de la mesa y comenzaron a trabajar la masa. «Esto será incomible», pensó Alice, viendo que todas aquella manos inexpertas daban tirones y empujones a la masa. A su alrededor destellaban los flashes.

—Y ahora deberíamos dejar la masa en la nevera durante media hora para que se enfríe, pero hoy nos interesa más la cantidad que la calidad —explicó Nora—. De modo que vamos a estirarla directamente.

Los operarios trajeron un gigantesco rodillo pastelero.

Alice observó cómo se colocaban tres mujeres a cada extremo del rodillo, agarraban las asas con fuerza y empezaban a moverlo hacia delante, como si estuvieran empujando un coche averiado.

Se oyeron exclamaciones y risas, y algunos espectadores les indicaron a gritos cuando las mujeres empezaron a avanzar en direcciones distintas, pero increíblemente, al cabo de pocos minutos la masa empezó a estirarse. Funcionaba. Funcionaba de verdad. Estaban consiguiendo formar una enorme lámina de masa, del tamaño de una cama de matrimonio.

—Y ahora viene la parte más difícil —dijo Nora—. Cubrir el molde con la masa.

«No lo conseguiremos», pensó Alice mientras las señoras se colocaban alrededor de la lámina de masa y la elevaban en el aire con las palmas de las manos, como si sostuvieran un lienzo muy valioso. Todas tenían la misma expresión en la cara, en la que se mezclaban el miedo y la concentración.

—Mierda, mierda... —protestó la mujer de la marca de nacimiento cuando vio que la lámina empezaba a hundirse por el centro.

Una de sus compañeras corrió hacia la parte que se hundía y consiguió salvar la lámina. Tropezaban las unas con las otras y se gritaban órdenes lacónicas, como «¡vigilad aquel lado!» o «¡salvad esa parte!».

Nadie sonrió ni rió hasta que la delicada lámina de masa cubrió totalmente el enorme molde. Habían conseguido colocarla sin que se rompiera ni se formaran grietas. Era un milagro.

—¡Hurra! —aclamó el público. Las mujeres intercambiaron sonrisas de puro éxtasis mientras presionaban la lámina con los dedos para adherirla a los lados del molde. Después cubrieron la masa con un montón de hojas de papel vegetal y las sujetaron con bolitas de cerámica para repostería. Cuando terminaron, los operarios elevaron el molde en el aire y lo colocaron dentro del horno.

—Vamos a hornear la masa durante diez minutos —continuó tranquilamente Nora, como si fuera de lo más normal haber llegado hasta ese punto—, y mientras tanto, nuestras expertas reposteras prepararán el merengue.

Las señoras volvieron a ocupar sus puestos alrededor de la mesa y empezaron a batir las claras de huevo, añadiendo poco a poco el azúcar glas.

El calor del horno inundó la carpa. Alice notó que se le enrojecían las mejillas y que el sudor le empapaba la frente. El aroma de la masa horneada inundó el aire. Empezó a dolerle la cabeza y pensó que quizá estaba incubando una gripe.

El olor del pastel le estaba trayendo un recuerdo a la memoria. El problema era que se trataba de un recuerdo demasiado grande, como la lámina de masa gigante. Era excesivo para una sola persona.

—¿Te encuentras bien? —le preguntó Maggie, acercándose.

—Sí, estoy bien.

Cuando sacaron el molde del horno, hubo una gran ovación. La masa había adquirido un bonito tono dorado. Las señoras retiraron las bolitas de cerámica y el papel vegetal, y vertieron el relleno de limón sobre la base. A continuación tenían que cubrirlo con el merengue. La alegría las embriagaba. Se pusieron a bailar en torno a la tarta como colegialas, mientras echaban el esponjoso merengue sobe la crema de limón y creaban formas caprichosas con las cucharas de madera.

Volvieron a destellar los flashes de las cámaras.

—¿Alice? —dijo Nora, otra vez al micrófono—. ¿Nos das tu aprobación?

Alice tenía la impresión de que el mundo estaba envuelto en una especie de gasa. Lo veía todo borroso y la boca le sabía a algodón. Era como si se acabara de despertar y necesitara deshacerse de los sueños nocturnos y aclarar sus pensamientos. Parpadeó y observó atentamente la tarta.

—¿Podríais aplanar un poco el merengue en aquella esquina? —propuso, sorprendida de que su voz sonara normal. Una de las mujeres se apresuró a obedecer la indicación.

Alice miró a Nora y asintió con la cabeza.

—Y ahora, señoras y señores, ¡vamos a hornear la tarta! —anunció Nora.

El marido de Maggie alzó una mano para indicar al operario de la carretilla mecánica que podía empezar. Todas las miradas se clavaron en la enorme tarta que la carretilla elevó en el aire e introdujo en el horno. Hubo otra ovación atronadora.

—Mientras la tarta está en el horno, los alumnos de cuarto curso nos ofrecerán un pequeño espectáculo —explicó Nora—. Como muchos de ustedes recordarán, a nuestra querida amiga Gina le encantaba Elvis. Siempre que estaba en la cocina, ponía un disco suyo. Nunca la oímos escuchar otra cosa. Por este motivo, los niños de cuarto han decidido deleitarnos con un popurrí de los grandes éxitos de Elvis. ¡Gina, querida, esto va por ti!

Sonaron risas y vítores cuando treinta Elvis en miniatura se dirigieron resueltamente al centro de la carpa. Todos llevaban gafas oscuras y monos de satén blanco cubiertos de brillantes piedras de bisutería. Un profesor puso en marcha el equipo de música y los niños empezaron a bailar «Hound Dog» al estilo de El Rey.

Las reposteras no tenían ningún sitio donde sentarse, de modo que se recostaron en la mesa de trabajo. Algunas se quitaron el delantal. A Alice le dolían las piernas. Le dolía todo, en realidad.

«Cómo me suena esto...»

«Sí, claro, porque es Elvis, y todo el mundo ha escuchado a Elvis.»

Empezó a sonar la melodía de «Love me Tender».

El olor dulce y cítrico de la tarta era mareante. Era imposible pensar en nada que no fuera una tarta... de limón... y merengue...

«Este olor... me suena tanto...»

«Sí, claro, porque es una tarta de limón y merengue, y en este país todo el mundo sabe a qué huele una tarta de limón y merengue.»

Pero no era solo eso. Había algo más.

Hacía un momento, Alice notaba que las mejillas le ardían. Ahora, en cambio, sentía frío, como si un viento helado le golpeara la cara.

Qué mal se encontraba... Se encontraba fatal.

Alice lanzó una mirada desesperada a las gradas, en busca de ayuda.

Vio que Nick dejaba a Olivia en el suelo y se levantaba del asiento.

Vio que Dominick se ponía de pie de un salto y fruncía el ceño con preocupación.

Los dos empezaron a abrirse paso entre los asistentes, tratando de bajar hasta el centro de la carpa.

La música había pasado a «Jailhouse Rock».

El olor de la tarta de limón y merengue era cada vez más intenso. Le subía por los orificios de la nariz y le hacía cosquillas en el cerebro, llenándolo de recuerdos.

¡Ay, Dios! Claro, claro, claro...

A Alice le fallaron las piernas.

Las notas de Elisabeth para Jeremy

Me perdí el momento en que Alice se desplomó en el suelo porque justo había ido al baño.

Habían instalado una hilera de inodoros portátiles, de esos de plástico azul.

Tenía una mancha de sangre.

Pensé: «Muy propio, perder a mi último bebé en un inodoro portátil».

Sórdido y un poco ridículo. Como mi vida.

32

—¡Hola!

La mujer que le había abierto la puerta mientras se secaba las manos en un delantal de flores la recibió con una gran sonrisa, como si Alice fuera una amiga muy querida.

Alice no tenía ganas de ir. No le había hecho mucha gracia que esa tal Gina se presentara justo al día siguiente de instalarse en la casa del otro lado de la calle para invitarla a una «merienda-cena». Para empezar, ¿no debería haber sido Alice la que propusiera la invitación, ya que era la que vivía en el barrio desde hacía más tiempo? Se sentía culpable, como si esa tal Gina controlara mucho mejor que ella las cuestiones de protocolo, aunque solo hacía falta mirarla para ver que no era de esa clase de personas. Hablaba demasiado fuerte y tenía una dentadura demasiado perfecta, demasiado maquillaje, demasiado perfume, demasiado de todo. Era una de esas mujeres junto a las que Alice se sentía empequeñecida y sin personalidad. Además, ¿qué era eso de una «merienda-cena»? ¿Qué problema había con las meriendas normales y corrientes, a base de té y pastas?

Seguro que sería un desastre.

—¡Hola, preciosa! —Gina se inclinó para saludar a Madison.

Madison se aferró a la pierna de Alice en un arrebato de timidez y pegó la cara contra su pubis. Alice detestaba que hiciera eso. Siempre se imaginaba a la gente pensando que la niña había heredado la torpeza social de su madre.

—No se me dan bien los niños —declaró Gina—. Seguramente por eso me está costando quedarme embarazada.

Alice siguió a Gina por la casa, intentando despegar a Madison de su pierna. Por todas partes había cajas esperando a ser desempaquetadas.

—Tendrías que haber venido tú a mi casa —dijo.

—Tranquila, soy yo la que está ansiosa por hacer nuevas amistades —explicó Gina—. Voy a intentar seducirte con mi tarta de limón y merengue. —Se volvió rápidamente y tropezó con una caja—. Bueno, no me refiero a «seducirte» en un sentido literal...

—¡Vaya, qué pena! —exclamó Alice. Y acto seguido, como una tonta, dijo—: También es broma...

Gina rió y la invitó a pasar a la cocina. Hacía calor y en el aire flotaba el dulce aroma de la tarta de limón y merengue. Sonaba Elvis en el equipo de música.

—Creo que propuse una «merienda-cena» en lugar de una merienda normal —dijo Gina—, así que si quieres podemos tomar champán en lugar de té. ¿Te apetece champán?

—Sí, gracias —respondió Alice, aunque no estaba acostumbrada a beber antes de la noche.

Gina dio un brinco de alegría.

—¡Menos mal! Si hubieras dicho que no, yo tampoco habría podido beber, y ya sabes... una copita ayuda a hablar con gente nueva. —Descorchó la botella y sacó dos copas—. Mike y yo somos de Melbourne. Aquí, en Sidney, no conozco a nadie. Por eso estoy tratando de hacer amigos. Y últimamente Mike trabaja hasta muy tarde, así que entre semana me siento bastante sola.

Alice sostuvo la copa mientras Gina la llenaba de champán.

—Nick también trabaja mucho últimamente.

—¿Alice?

—¿Alice?

Nick la sostenía por un brazo mientras Dominick la sostenía del otro. Las piernas le temblaban como si fueran de gelatina.

—Ya —dijo Alice.

—¿Te soltamos? —dijo Dominick.

«No, quiero decir que ya empiezo a recordar. Empiezo a recuperar la memoria.»

Era como si se hubiera roto un dique dentro de su cabeza, dejando escapar un torrente de recuerdos.

—Dadle un vaso de agua —dijo alguien.

Alice estaba necesitada de nuevas amistades. Cuando Madison tenía un año, Sophie había roto inesperadamente con Jack, y se había creado un círculo de amigas solteras, que usaban ropa vistosa y tacones de aguja, gritaban mucho y empezaban a salir a las nueve de la noche, yendo en taxi a los bares elegantes del centro de la capital. Al final se había distanciado de Alice.

Y Elisabeth vivía en su mundo, triste y ensimismada, y no estaba demasiado pendiente de ella.

De modo que la amistad con Gina prosperó con rapidez. Fue como un enamoramiento. Además, ¡Nick y Mike también se cayeron bien! Se iban de acampada todos juntos o improvisaban cenas que duraban hasta altas horas de la noche, con los niños durmiendo en el sofá. Era maravilloso.

Las gemelas de Gina, Eloise y Rose, nacieron unos meses antes que Olivia. Las dos tenían unos enormes ojos castaños, una naricilla respingona y pecosa y la abundante cabellera de su madre. A Olivia le gustaba mucho jugar con ellas.

Un verano, las dos parejas alquilaron dos casas flotantes contiguas en el río Hawkesbury. Al atardecer cogían el bote para ir de una a otra y montaban barbacoas en cubierta. Olivia y las gemelas pintaron las uñas de los pies de sus madres con laca de diferentes colores. Una mañana en que Gina y Alice se estaban dando un baño después de desayunar, se pusieron a hacer el muerto y contemplaron admiradas sus uñas multicolores, mientras Nick, Mike y los críos jugaban a Marco Polo, gritando y persiguiéndose en el agua. Todos estaban de acuerdo en que esas habían sido las mejores vacaciones de su vida.

Evidentemente, cuando se quedó embarazada de Olivia, se lo contó a Gina antes que a Nick.

Nick se había ido dos semanas al Reino Unido y solo había llamado dos veces.

Dos veces en dos semanas.

Estaba liadísimo, decía. Estaba en su mundo.

Pero ¡consiguió el contrato! ¡Le dieron la prima! ¡Podrían construir una piscina!

—Nunca —le dijo a Nick.
—¿Qué dices?
Alice intentaba decir: «Nunca estabas...».

El año del proyecto Goodman, Nick nunca estaba en casa. Y cuando llegaba, olía a oficina, a sudor colectivo. Aunque estuviera hablando con ella, seguía pensando en el trabajo.

Olivia tuvo tres otitis en tres meses.

Tom pillaba unos berrinches terribles.

De un día para otro, Madison empezó a angustiarse tanto con el colegio que vomitaba todas las mañanas. «No es normal, Nick. Tenemos que hacer algo. Estoy tan preocupada que no puedo ni dormir.»

Nick contestó: «Son fases. Ahora mismo no puedo hablar; mañana tengo que coger un avión a primera hora».

Gina dijo: «Me han presentado a un psicólogo infantil que a lo mejor podría ayudaros. ¿No deberías comentárselo al director del colegio? ¿Qué dice su maestra? ¿Quieres que me quede un día con Tom y Olivia para que puedas dedicar más tiempo a Madison? ¡Qué conflicto, chica!».

Gina era de ese tipo de mujeres que se implicaban en la vida escolar. Se ofrecía voluntaria para lo que fuera. Y Alice se convirtió también en ese tipo de mujer, y descubrió que le gustaba y que se le daba bien.

Mike y Gina tenían problemas. Gina le contaba a Alice todos y cada uno de los comentarios desagradables y de los gestos desconsiderados de su marido. Mike le confesó a Nick que estaba insatisfecho con su vida. Una calurosa noche del diciembre austral, Alice y Nick dieron una fiesta en casa. Mike se emborrachó y besó a aquella bruja de Jackie Holloway en el cuarto de lavar. Gina fue a por champán y los pilló in fraganti.

Una noche, Nick y Alice estaban hablando en la cama, en la oscuridad de la habitación.

—Mike es amigo mío.

—¿Estás diciendo que te parece bien que se bese con otra en el cuarto de lavar de nuestra casa?

—Claro que no, pero toda historia tiene dos versiones. No nos entremetamos.

—¡Aquí no hay dos versiones! Es inadmisible. No debería haberla besado.

—Bueno, quizá si Gina no incitara continuamente a Mike a comportarse como alguien que en realidad no es...

—¡Gina no hace eso! ¿Por qué lo dices? ¿Porque lo anima a buscar otro trabajo? ¡Eso es porque donde está ahora no se encuentra a gusto!

—Oye, ¿te parece normal que estemos reviviendo sus peleas, tú en el papel de Gina y yo en el de Mike?

Se dieron media vuelta y durmieron cada uno en su lado, haciendo lo posible para no rozarse.

No habían sido unas «cerezas». Se trataba de una bandeja de fruta variada que había quedado reducida a la mitad. Una bandeja muy bien presentada que Alice había estado confeccionando durante toda la mañana para llevársela a la madre de Nick. Aún estaba dando vueltas por la casa, terminando de vestir a los niños, y él, en lugar de ayudarla, se había puesto a leer el periódico y se había comido la mitad de la bandeja, como si Alice fuera la criada.

Cuando Mike se marchó de casa, Gina se empeñó en adelgazar. Por eso Alice y ella decidieron contratar a un entrenador personal y se apuntaron a un gimnasio. Empezaron a asistir a clases de step. Perdieron todos los kilos que les sobraban y adquirieron una forma física envidiable. Alice estaba encantada. Había bajado dos tallas. No tenía ni idea de que hacer ejercicio fuera tan divertido.

Gina tenía una cita con un tipo al que había conocido por internet y Alice se quedó cuidando a los niños. Nick trabajaba hasta tarde.

Cuando Gina llegó a casa, estaba radiante y entusiasmada. Alice, en chándal y tumbada en el sofá, sintió envidia. ¡Las primeras citas...! Sería maravilloso volver a vivir una primera cita.

Cuando Nick llegó a casa esa noche, le dijo: «Estás muy flaca».

Cuando Nick se enteró de que su padre había empezado a salir con la madre de Alice, su reacción fue soltar una carcajada.

—No es su tipo. A mi padre le gustan las divorciadas pijas y de tetas operadas que cobran un dineral de pensión. Esas mujeres que leen los libros que hay que leer y van a las obras de teatro que hay que ver...

—¿Estás diciendo que mi madre no es lo bastante culta para tu padre?

—¡Odio el tipo de mujeres con las que sale normalmente mi padre!

—¿Así que tu padre ha rebajado sus expectativas al liarse con una pobre señora de un barrio modesto?

—¡Es imposible hablar contigo! Es como si quisieras hacerme decir lo que no quiero decir. Vale, papá ha rebajado sus expectativas. ¿Es eso lo que quieres que diga? ¿Contenta?

Elisabeth se había esfumado. La hermana de Alice se había convertido en una mujer huraña y amargada, de risa forzada y sarcástica. A nadie le había pasado jamás algo tan terrible como lo que le estaba pasando a ella. Alice ya no sabía cómo hablarle para no ofenderla.

Una vez le preguntó si se había hecho otra implantación de embriones y Elisabeth frunció la boca con desdén. «Los embriones no se implantan; se transfieren —dijo en tono burlón—. Ojalá fuera tan sencillo.»

¿Por qué demonios iba a estar Alice al tanto de la terminología? Si la invitaba a los cumpleaños de los niños, Elisabeth suspiraba como si la estuvieran torturando, pero de todos modos iba y se pasaba todo el tiempo con cara de mártir. Nunca se ofrecía a ayudar y se limitaba a estar de pie en la sala, con una mueca de fastidio. «No hace falta que me hagas favores», quería decirle Alice.

Después del cuarto aborto, Alice habló con su hermana y

le propuso donarle sus óvulos. «Tus óvulos son demasiado viejos —contestó Elisabeth—. No tienes idea de lo que estás diciendo.»

Cuando Roger se prometió con la madre de Alice, Nick se puso hecho una furia.

—¡Vaya! ¡Fantástico, maravilloso! —decía—. ¿Cómo se va a sentir mi madre?

Como si fuera culpa de Alice. Como si Barb hubiera obligado al padre de Nick a casarse con ella.

Dejaron de tener relaciones sexuales. Simplemente, dejaron de tenerlas. Ni siquiera hablaron del tema.

—Vamos a llevarla un momento afuera, que le dé el aire.

Alice era vagamente consciente de que la estaban sacando de la carpa medio a rastras medio en volandas. Todo el mundo los miraba, pero ella solo podía pensar en los recuerdos que se le agolpaban en su mente.

Cuando estaba a punto de tener a Madison y sintió los primeros dolores, dijo para sí: «No hablarán en serio... No pretenderán que aguante esto...». Pero por lo visto, sí que lo pretendían. Siete horas después, cuando el parto había terminado, ni ella ni Nick podían creer que hubieran tenido una niña. Estaban tan absurdamente convencidos de que sería un niño... «¡Es una niña!», se decían el uno al otro. La sorpresa los había puesto eufóricos. Su hija era una criatura extraordinaria, como si fuera la primera niña que nacía en el mundo.

Tom venía de nalgas. Alice no paraba de chillarle a aquella comadrona de cara fofa y cansada: «La espalda, me duele la espalda...». Y todo el rato decía para sí: «Nunca más voy a pasar por esto».

El parto de Olivia fue el peor. «Hay sufrimiento fetal y habrá que hacer una cesárea de urgencia», le dijeron, y de repente la habitación se llenó de gente y Alice fue transportada en camilla por un largo pasillo, viendo desfilar rítmicamente las luces del techo y preguntándose cómo lograrían que su pobre bebé dejara de sufrir antes de nacer. Cuando se despertó de la anestesia, la enfermera le dijo: «¡Ha tenido usted una niñita preciosa!».

A Madison le salió el primer diente a los ocho meses y estaba todo el tiempo tocándoselo con el dedo y frunciendo el ceño.

Tom se negó en redondo a sentarse en la trona. No la usó nunca.

Olivia no aprendió a caminar hasta los dieciocho meses.

La chaqueta con capucha de Madison, roja con flores blancas...

El mugriento elefante azul que Tom llevaba consigo a todas partes... «¡Quiero mi elefante!» «¿Habéis visto el dichoso elefante de Tom?»

El primer día de colegio, Olivia irrumpió en el patio corriendo y gritando de alegría. A Madison tuvieron que arrancarla de los brazos de Alice.

Alice entró un día en la cocina y se encontró a Tom metiéndose guisantes congelados en la nariz. «Quería ver si me salían por los ojos», le explicó al médico.

Olivia se les perdió en la playa de Newport. Alice comenzó a hiperventilar de puro miedo. «¡Tenías que vigilarla!», le decía Nick todo el rato. Como si el problema fuera ese: que Alice hubiera cometido un error; no que Olivia se hubiera perdido, sino que Alice hubiera hecho algo mal.

—¿Alice? Respira hondo...
No hizo caso de las voces. Estaba muy ocupada recordando.

Era un día de agosto muy frío. Gina y ella volvían a casa desde el gimnasio, cada una en un coche. Normalmente iban juntas, pero Alice había tenido que llevar a Madison al dentista antes de la clase. El dentista había dicho que a los dientes de Madison no les pasaba nada y que no sabía qué era lo que le producía aquel dolor en la mandíbula. Mandó a Madison a la sala de espera y le preguntó a Alice en voz baja: «¿Puede ser que la niña esté estresada?».

Alice miró el reloj con impaciencia, ansiosa por llegar a tiempo al gimnasio, porque no quería perderse el comienzo de la clase de step. Ya había faltado a una el día anterior porque Olivia tenía que presentar un tema en el colegio. ¿Estresada? ¿Qué hacía Madison que pudiera estresarla? Últimamente estaba insoportable. Seguro que solo quería saltarse las clases.

En el coche, Madison se quejó de que había tenido que esperar en la guardería del gimnasio mientras Alice y Gina estaban en clase.

—Soy demasiado mayor para esperar en la guardería. Solo hay estúpidos bebés que berrean.

—Bueno, estarías en el colegio, si no te hubieras inventado esa historia del dolor de muelas.

—No me lo he inventado.

El día era oscuro y tormentoso, y los relámpagos surcaban el cielo. Empezó a llover. Sobre el parabrisas caían gotas grandes como piedras.

—No me lo he inventado, mamá.

—Calla. Estoy pendiente de la carretera.

Alice odiaba conducir con lluvia.

El viento bramaba con fuerza. Los árboles se balanceaban como si estuvieran interpretando un baile espectral.

Entraron en la calle Rawson, y Alice vio que las luces de freno del coche de Gina se encendían.

Gina iba al volante del poco práctico utilitario que se había regalado a sí misma por su cuarenta cumpleaños. No había elegido un coche familiar, sino un Mini rojo con franjas blancas a los lados y matrícula personalizada. «Me hace sentir joven y alocada», decía. Le gustaba conducirlo con la capota abierta y con Elvis a todo volumen.

Alice miró cómo el Mini avanzaba bajo la lluvia y supo que Gina estaba cantando a todo pulmón las canciones de Elvis.

—Ese árbol parece a punto de caer —dijo Madison.

Alice alzó la vista.

Era el estoraque de la esquina. En otoño se ponía precioso. En ese momento se estaba balanceando hacia un lado y al otro, y emitía un terrible crujido.

—No se caerá.

Cayó.

Fue todo muy rápido, violento e inesperado. Como un amigo al que quieres y que de repente te asesta un puñetazo en la cara. Como un dios cruel que a propósito, solo por fastidiar, coge el árbol y lo arroja sobre el Mini en un arrebato de mal genio. Se oyó un ruido espantoso, un pavoroso estruendo. Alice clavó el pie en el freno. Instintivamente cubrió el pecho de Madison con el brazo, como si quisiera protegerla del impacto. Madison gritaba: «¡Mamá, mamá, mamá...!».

Y de pronto se hizo el silencio, solo alterado por el rumor de la lluvia. La radio emitió el pitido de las noticias de la una.

Delante de ellas había un tronco enorme que atravesaba la calzada. El pequeño Mini rojo de Gina parecía un cochecito de juguete aplastado.

Una mujer salió corriendo de una casa y se detuvo delante del árbol, tapándose la boca con la mano.

Alice paró el coche a un lado de la calle y puso las luces de emergencia.

—No te muevas —dijo a Madison.

Abrió la puerta del coche y empezó a correr. Aún llevaba los shorts y la camiseta del gimnasio. Tropezó y se cayó, se hizo daño en la rodilla, se levantó y siguió corriendo, agitando los brazos inútilmente en el aire, intentando que el tiempo retrocediera hasta dos minutos atrás.

—Dadle una manta. Está temblando.

Nick no fue al funeral. No fue al funeral.
No fue al funeral.

El director del colegio sí que asistió al funeral. El señor Gordon. Dominick. Dijo: «Te acompaño en el sentimiento, Alice; sé que erais muy amigas», y la abrazó. Ella apoyó la cara sobre su camisa y se echó a llorar. Él se quedó a su lado mientras los globos de color rosa se elevaban en el cielo gris.

No sabía cómo vivir sin Gina. Formaba parte de su rutina diaria. Ir al gimnasio, tomar un café, llevar a los niños a clase de natación, recibir la sesión de entrenamiento personal, cuidar la una de los hijos de la otra, ir al cine, reírse de tonterías... Conocía a un montón de madres del colegio, claro está, pero no eran como Gina.

La felicidad había tocado a su fin.

Todo le parecía absurdo. Lloraba todas las mañanas en la ducha, con la frente pegada a los azulejos, mientras el champú le entraba en los ojos.

Se peleaba con Nick. A veces empezaba las peleas a propósito, solo porque eran una distracción de la tristeza. Tenía que contenerse para no pegarle. Tenía ganas de arañarlo, morderlo y hacerle daño.

Un día, Nick dijo: «Me parece que debería irme a vivir a otro sitio». Y ella dijo: «Estoy de acuerdo», y pensó: «En cuanto se vaya, telefonearé a Gina; ella me ayudará».

Era como si el rencor se hubiera instalado de repente, como si siempre se hubieran odiado el uno al otro y por fin tuvieran la oportunidad de dejar de fingir y de decirse lo que realmente sentían. Nick quería que los niños estuvieran la mitad del tiempo con él. Era absurdo. ¿Cómo iba a ocuparse de ellos él solo, trabajando tantas horas? Sería traumático para los críos. Además, lo que en realidad quería no era tenerlos con él, sino rebajar la pensión alimenticia. Por suerte, Alice se acordó de que Jane, su antigua compañera de trabajo, era abogada de familia. Jane le pararía los pies a Nick.

Cuatro meses después de que Nick se marchara de casa, Dominick la invitó a salir. Fueron al National Park a dar un paseo y les pilló la lluvia. Dominick era un hombre tranquilo y sencillo, con el que estaba a gusto. No conocía los restaurantes de rigor, prefería las cafeterías sin pretensiones. Hablaban mucho del colegio, y respetaba las opiniones de Alice. Parecía más auténtico que Nick.

Habían hecho el amor por primera vez la noche antes, en casa de Dominick. Los niños de Alice estaban con su abuela.

¡La noche antes de golpearse la cabeza!

Había sido muy bonito.

Bueno, vale, también había sido un poco raro... Por ejemplo, él se había empeñado en lamerle los dedos de los pies... ¿De dónde había sacado una idea así? Le hizo cosquillas y Alice le dio un puntapié en la nariz sin querer. Aun así, había sido muy bonito comprobar que alguien deseaba su cuerpo... hasta la punta de los pies.

Dominick era el tipo de hombre que le convenía. Nick había sido un error. ¿Cómo vas a elegir a la persona que te conviene cuando aún eres una estúpida veinteañera?

La pesadumbre empezó a remitir. Seguía estando ahí, pero ya no era como una losa que le oprimía el pecho. Alice intentaba mantenerse ocupada.

Una mañana se acercó a Dino's a tomar un café y se encontró con un grupito de mujeres con cara de circunstancias en la acera, rodeando a alguien que parecía en pleno ataque de histeria. Hasta Dino había salido a la calle. Alice estaba a punto de desviar la mirada, pues no quería ver a aquella pobre loca, pero se dio cuenta, horrorizada, de que era su hermana. Era

Elisabeth, y cuando Dino le contó qué había pasado. Lo primero que sintió Alice fue vergüenza. ¿Cómo podía no haberse dado cuenta de hasta qué extremo había degenerado la situación? Cuando estaba a punto de contarle a Dino las penalidades que había pasado Elisabeth, se enfadó consigo misma. Era como si hubiera terminado aceptando los abortos de su hermana como parte de la vida.

La acompañó hasta su coche, la dejó sentada en el asiento del copiloto, contemplando la carretera, y luego volvió a la cafetería e intentó tranquilizar a la madre de la niña que por lo visto Elisabeth había tratado de secuestrar. Era Judy Clarke, que también tenía un niño que iba a la misma clase de Madison. Mientras volvían a casa, Elisabeth dijo: «Gracias», y ya no dijo nada más.

En fin, estaba claro que habían llegado a un límite. Aquel interminable ciclo de embarazos y abortos tenía que terminar. Se estaban dando cabezazos contra una pared, y Elisabeth empezaba a perder la cordura. Alice había perdido a su mejor amiga y su matrimonio se había roto, pero había conseguido seguir adelante. Alguien tenía que hacer entrar a Elisabeth en razón. Decidió que en cuanto llegara a casa buscaría en internet datos sobre la adopción. El jueves siguiente hizo magdalenas de plátano y luego llamó a Ben con la excusa de que tenía un problema con el coche. Ben le dijo que iba enseguida.

—¿No habría que llamar a un médico?

—No —dijo Alice en voz alta, sin abrir los ojos—. Estoy bien. ¡Dadme un minuto!

Había llegado a los recuerdos de la semana anterior. Era como si hubiera estado ebria todo el tiempo. Estaba avergonzada.

La mañana de la clase de step había desayunado un bollo con queso de untar en la cafetería del gimnasio. Por eso había estado pensando en el queso de untar en medio del aturdimiento.

¡Había salido en camilla del gimnasio! ¿Cómo podía ser que no hubiera reconocido las instalaciones, o a la monitora de step, o al marido de Maggie haciendo ejercicio en la cinta, o a Kate Harper saliendo del ascensor?

Y después, la impresión de enterarse de que se estaba divorciando de su marido...

La conversación telefónica con la asistente personal de Nick. Esa mujer nunca le había tenido simpatía —Alice sospechaba que estaba enamorada de Nick—, y desde la separación la trataba con franca hostilidad.

El número de baile en la Velada del Talento Familiar, la química que había creído notar entre Nick y ella... ¡Por Dios, si hasta había devuelto el anillo de la abuela Love! Estaba decidida a guardarlo para Madison, y ahora quizá terminaría en manos de la nueva mujer de Nick, si es que volvía a casarse. Aquel anillo era parte del legado de Madison.

Nick se había apostado veinte dólares a que Alice no querría volver con él cuando recuperara la memoria. Probablemente se había estado riendo de ella todo el tiempo.

¡Y Alice lo había besado! El recuerdo, ahora, le repugnaba. Nick se había aprovechado de su amnesia para acordar un régimen de visitas del cincuenta por ciento. Menos mal que no había llegado a firmar ningún papel...

¡Por Dios, si hasta habían llevado a Madison a comer helado y a avistar ballenas después de cortarle la trenza a Chloe Harper! Estaban criando a una pequeña delincuente...

Había dicho a la señora Bergen que había cambiado de bando en el asunto de la recalificación. Pues nada, tendría que decirle que volvía a su primera postura. No quería seguir viviendo en aquella casa. Demasiados recuerdos...

¡Y ese mismo día, Tom tenía que haber participado en el

baile de cuarto curso! Tenía el disfraz de Elvis preparado, pero no le había dicho nada...

¡Nora no había mencionado a los patrocinadores en su discurso!

Tendría que averiguar si habían hecho ya los trámites para aparecer en el *Libro Guinness de los Récords*. Había que hacer las cosas bien; si no, no se aceptaría oficialmente la marca. Maggie y Nora tenían buena intención, pero no sabían muy bien lo que estaban haciendo.

La señora que tenía una mancha de nacimiento en la cara era Anne Russell, la madre de Kerrie, que iba a la misma clase que Tom. Alice y ella colaboraban el mismo día en la biblioteca escolar. ¿Cómo podía haber olvidado a Anne Russell?

¿Cómo podía haberlo olvidado todo?

Alice abrió los ojos.

Estaba sentada en el césped de la escuela.

Nick y Dominick estaban agachados a su lado.

—¿Te encuentras bien? —preguntó Nick.

Alice lo miró, y Nick dio un respingo, como si acabara de recibir una bofetada.

—Has recuperado la memoria —dijo. No era una pregunta.

Se puso en pie, y fue como si contrajera la cara; su expresión era fría e indiferente.

—Voy a decir a los niños que ya estás bien. —Empezó a alejarse, pero de pronto se volvió para mirarla y dijo—: Me debes veinte dólares.

Alice se volvió hacia Dominick.

—Todo se ha arreglado, cariño —dijo él, sonriendo y abrazándola.

33

Alice corría con el móvil en la mano, para no perder la llamada que estaba esperando.

Estaba siguiendo la ruta que hacía con Gina y con Luke. Al final lo había despedido; le parecía inadmisible pagar ciento cincuenta dólares por una sesión de entrenamiento personal, cuando aún no había acordado la pensión con Nick. También se había desapuntado del gimnasio. Últimamente se limitaba a correr y a recordar.

Desde que había perdido y vuelto a recuperar la memoria, estaba obsesionada con recapitular su vida. Había empezado a escribir un diario; cada vez que salía a correr, dejaba que le vinieran recuerdos a la cabeza, y cuando llegaba a casa, los apuntaba. Era difícil saber si había recuperado por completo la memoria de los últimos diez años o si seguía teniendo lagunas. Sabía que antes del accidente tampoco habría recordado el decenio anterior en todos sus detalles, pero no dejaba de rebuscar en su mente datos olvidados.

Esta vez estaba rememorando una noche de cuando Tom era un bebé de meses. Todo el mundo les había asegurado que, después de los problemas que habían tenido con Madison, su segundo hijo dormiría la mar de bien. Pero se equivocaban. Tom necesitaba mamar continuamente. No le iba eso de darse un atracón cada tres o cuatro horas, ¡qué va! Prefería tomar un poquito de leche cada hora. ¡Cada hora! Eso significaba que Alice solo podía dormir cuarenta minutos seguidos antes de que la despertara otra vez el llanto del niño en el intercomunicador. Y Madison, aunque ya tenía dos años, aún no había dormido ni una sola noche entera.

En esa época de su vida, Alice estaba obsesionada con dormir. Lo deseaba con locura. Veía anuncios de somníferos o de colchones en la tele y la envidia la corroía. Cuando terminaba de amamantar a Tom, volvía apresurada y tambaleante a su habitación y se desplomaba sobre la cama. Después soñaba con el bebé: se había quedado dormida sobre su hijo y lo estaba asfixiando, lo había dejado sobre el cambiador para coger un pañal y se le había caído al suelo... Y de repente, cuando por fin había conseguido sumirse en el más delicioso y profundo de los sueños, el llanto en el intercomunicador la despertaba. Era como estar muriéndote de sed y que alguien te tienda un vaso de agua fresca y te lo arrebate cuando acabas de llevártelo a la boca y solo le has dado un sorbito. Sería mejor no poder beber nada, ni gota.

Aquella noche, Nick tenía que levantarse muy temprano porque tenía previsto un viaje importante. Alice acababa de meterse en la cama después de convencer a Madison de que volviera a dormirse («¿Por qué no puedo salir a jugar al jardín aunque sea de noche?»), y de pronto Tom empezó a llorar. Cuando se inclinó sobre la cuna para cogerlo en brazos, Alice notó que le rodaba la cabeza y sintió una repentina rabia contra aquella criatura que no la dejaba dormir. «¿Qué quieres de mí?», le dijo. Estrechó las manos en torno al cuerpecito del niño. «Calla... de... una... vez...»

Con recelosa lentitud, volvió a dejarlo en la cuna. Tom berreaba a pleno pulmón, como si lo estuviera colocando en una cama de clavos. Alice volvió a su habitación, encendió la luz y le dijo serenamente a Nick: «Tendrás que encerrarme con llave; me han entrado ganas de hacerle daño al niño».

Nick se incorporó y la miró con ojos soñolientos y perplejos.

—¿Le has hecho daño al niño?

Alice había empezado a temblar incontroladamente.

—No —contestó—. Solo me han entrado ganas. Me han entrado ganas de estrujarlo hasta que dejara de llorar.

—Vale —respondió Nick sin alterarse, como si Alice acabara de contarle algo perfectamente normal. Se levantó, le dio la mano y la hizo acostarse—. Procura dormir.

—Pero tengo que darle de mamar.

—Le daré la leche que te sacaste hace tiempo y guardaste en el congelador. Vete a dormir. Anularé el viaje de mañana. Duerme.

—Pero...

—Duerme. Solo duerme.

Era lo más sexy que le había dicho nunca. Nick la arropó, desconectó el intercomunicador y salió de la habitación, apagando la luz y cerrando la puerta. El silencio y la oscuridad eran deliciosos.

Alice consiguió dormir.

Cuando se despertó, los pechos le dolían y rezumaban leche, la luz del sol inundaba la habitación y la casa estaba en silencio. Miró el despertador y vio que eran las nueve. Tal como le había prometido, Nick había anulado el viaje. Alice había dormido seis horas seguidas, todo un triunfo. Veía todo más claro y tenía la cabeza despejada. Bajó a la cocina y se encontró a Nick dándole el desayuno a Madison, mientras Tom gorjeaba y daba pataditas en su hamaca.

—Gracias —dijo Alice, rebosante de alivio y gratitud.

—De nada. —Nick sonrió.

Tenía una expresión orgullosa, feliz de haberla salvado. Solucionaba los problemas. Siempre le había gustado hacerle la vida más fácil.

Así que no era estrictamente verdad que nunca estuviera en casa o que siempre antepusiera el trabajo a la vida familiar.

¿Y si Alice le hubiera pedido ayuda más claramente? ¿Y si hubiera entrado en crisis más a menudo, para que él pudiera convertirse en el príncipe azul encargado de rescatarla? Vaya, eso parecía una idea errónea y sexista. ¿Y si Alice no se hubiera considerado la única experta en el cuidado de los niños, si no hubiera sido tan condescendiente con él cuando vestía a los niños con combinaciones imposibles...? Nick no soportaba sentirse tonto, así que había dejado de hacerlo. ¡Era tan ridículamente orgulloso...!

Claro que ella también había sido ridículamente orgullosa, empeñada en ser la madre mejor y más eficiente del planeta. «No habré triunfado en el mundo de Nick, como Elisabeth y esas mujeres que se ponen traje de chaqueta para ir a trabajar, pero he triunfado en el mío...»

Acababa de llegar a la parte más difícil de la ruta, a la cuesta donde Gina empezaba a soltar palabrotas... Notó que se le agarrotaban las pantorrillas.

Era bonito pensar que por cada recuerdo desagradable de su matrimonio, había otro recuerdo feliz. Alice quería ver con claridad, comprender que las cosas no eran blancas y negras sino que estaban llenas de matices. Y sí, últimamente no les había ido bien, pero tampoco era tan grave. Que una relación termine no quiere decir que no haya tenido buenos momentos.

Pensó en aquella época tan extraña de su vida, después de recuperar la memoria. Al principio todo eran escenas inconexas, palabras, emociones que la asaltaban en oleadas violentas, un amasijo tan caótico que casi la asfixiaba. Al cabo de unos días, cuando su mente empezó a calmarse y los recuerdos empezaron a ocupar el espacio que les correspondía, Alice se sintió aliviada. Cuando había perdido la memoria, se sentía como si nadara a ciegas en un agua turbia; ahora, en cambio, volvía a ver todo claro. Y lo que veía era lo siguiente: su matrimonio había llegado al final, y estaba enamorada de Dominick. Así eran las cosas. Dominick le producía la dulce y reconfortante sensación de estar con un hombre que la amaba, que estaba fascinado con ella y que deseaba descubrir quién era ella. Con Nick, lo único que sentía era amargura, rabia y dolor. Nick ya tenía decidido de antemano cómo era Alice; habría podido detallar todos sus defectos, sus errores y sus manías. Alice apenas soportaba estar en la misma habitación que él. Cuando pensaba que en algún momento había acariciado la idea de volver, se sentía aterrada. Era como si alguien la hubiera drogado, hipnotizado y engañado.

No solo había recuperado la memoria del último decenio, sino también su verdadera personalidad, tal como se había desarrollado a lo largo de los años. Aunque la posibilidad de borrar el dolor y las decepciones de los últimos tiempos tenía su atractivo, habría sido una mentira. La joven Alice era una ilusa, una ilusa dulce e inocente. A la joven Alice le faltaban por experimentar diez años de vida.

Sin embargo, aunque intentaba razonar con ella, regañarla, borrarla, la joven Alice se negaba en redondo a desaparecer.

Durante los meses que siguieron al accidente, su yo joven continuó apareciendo de vez en cuando. Por ejemplo, cuando Alice estaba pagando la gasolina y la mano se le iba sin querer hacia el expositor de chocolatinas Lindt. O cuando estaba discutiendo seriamente con Nick algún detalle del régimen de visitas y sin poder evitarlo le preguntaba por algo que no tenía ninguna relación con el tema del que estaban hablando, como por ejemplo, qué había desayunado esa mañana. O cuando se dirigía con prisas al gimnasio pero de pronto decidía saltarse la clase y se paraba a llamar a Elisabeth para invitarla a un café. O cuando corría porque llegaba tarde y una vocecita le decía al oído: «Relájate...».

Al final dejó de enfrentarse a la joven Alice y firmó una tregua con ella. Dejó que se quedara, mientras no abusara de las chocolatinas.

Era como si pudiera cambiar de lente y ver su vida desde dos perspectivas absolutamente distintas: la de su yo más joven —más joven, más ingenuo y más estúpido— y la de su yo maduro —más sabio, más sensato y más cínico.

Además, quizá algunas veces la joven Alice tenía razón. Como con Madison, por ejemplo. Antes de perder la memoria, Alice estaba pasando una mala época con su hija mayor. Madison tenía un comportamiento tan desesperante que Alice, en su fuero interno, aunque le daba vergüenza reconocerlo, había llegado a culparla por el accidente de Gina. Si no hubiera tenido que llevarla esa misma mañana al dentista, Gina no habría estado en aquella esquina justo en el momento en que cayó el árbol porque se habría parado a tomar un café con Alice antes de volver a casa.

Madison era lista y se había dado cuenta del resentimiento de Alice. Era una niña muy sensible desde siempre, que además había sido testigo del accidente mortal de la amiga de su madre y después había tenido que ver cómo sus padres se separaban.

No era de extrañar que estuviera tan alterada. Elisabeth le recomendó un psiquiatra del que había oído hablar, un tal Jeremy Hodges. Madison había estado visitándolo dos veces por semana y la terapia parecía irle bien. Por lo menos no había vuelto a atacar a nadie más en el colegio, y como por suerte acababan de trasladar a Europa al marido de Kate, la familia Harper ya no formaba parte de sus vidas.

Sonó un bocinazo en plan amistoso y Alice vio a la señora Bergen al volante de su pequeño Honda azul. Curiosamente, después de recuperar la memoria, Alice había perdido interés en el asunto de la recalificación. Ya no le parecía necesario vender la casa para trasladarse a otro lugar donde no hubiera vestigios del pasado. Sabía que de todos modos los malos recuerdos la acompañarían, y no quería dejar atrás los buenos.

Por otro lado, si prosperaba el proyecto de construcción

de bloques de apartamentos, en fin... la vida era así. Todo cambiaba. Sí, no había duda de que todo cambiaba.

Llegó a la esquina en la que se había matado Gina y recordó una vez más el terror y la incredulidad de aquel momento. Sin embargo, después de haber perdido y vuelto a recuperar la memoria, la pesadumbre que sentía era distinta. Ahora era más sencilla, más triste y más serena. Hasta entonces, Alice había canalizado el dolor en multitud de direcciones distintas: rabia contra Nick, que debería haberse puesto de parte de Gina cuando Mick y ella se separaron; frialdad hacia Elisabeth, a quien nunca le había caído bien Gina; irritación contra Madison, ya que Gina seguiría viva si hubieran ido las dos en el mismo coche. Ahora bien, gracias a que le habían referido hechos cruciales en su vida —«Tu mejor amiga murió...»— cuando carecía de recuerdos, había podido aclarar sus sentimientos. Ahora solamente sentía añoranza.

Le vibró el teléfono en la mano, y Alice se detuvo y respondió sin mirar el nombre de la pantalla.

—¿Sabes algo ya? —Era Dominick.

—¡Aún no! —dijo Alice—. ¡Deja la línea libre!

—Perdona. —Dominick rió—. ¡Hasta la noche! Llevaré un pollo asado, ¿vale?

—Sí, sí. ¡Adiós!

Dominick necesitaba comprobar que las cosas iban bien, más de una vez si era necesario, para estar tranquilo. Podía convertirse en una manía un poco molesta, pero en fin, todo el mundo tiene sus manías. Y por otra parte, a Alice ni siquiera se le habría ocurrido pedir a Nick un favor tan sencillo como comprar un pollo asado antes de volver a casa por la noche en un día de entre semana. Su ex marido estaba demasiado ocupado con asuntos importantes. Dominick, en cambio, estaba a su plena disposición cuando terminaba la jornada laboral. No era como Nick, que a veces se comportaba como si Alice y los niños no fueran del todo reales, como si su auténtica vida fuera la que llevaba en la oficina. Y no era que el trabajo de Dominick no fuera estresante... Nick dirigía una empresa, pero Dominick dirigía un colegio. Y ¿cuál de los dos aportaba más a la comunidad?

Lo único que Alice habría querido era poder dejar de comparar a Dominick con Nick, como si solo amara a Dominick por ser tan diferente de su ex marido. A veces tenía la impresión de que el único objetivo de su relación con él era compararla con la que había tenido con Nick.

Hacía unos días, Dominick la había acompañado al partido de fútbol de Tom, al que también había asistido Nick. Alice había sido muy consciente de que su ex marido la estaba mirando desde el otro lado del campo, mientras ella respondía con grandes carcajadas a los chistes de Dominick. Lo cierto era que había exagerado un poco las risas.

Lo más terrible era que, incluso cuando Nick no estaba cerca, Alice se lo imaginaba mirándola. «Nick, mira qué a gusto estamos Dominick y yo acurrucaditos en el sofá y viendo la tele. Dominick me está acariciando el pie, cosa que tú nunca hacías... Mira cómo entramos en la cafetería cogidos de la mano. Dominick no pierde el tiempo buscando la mejor mesa. Simplemente, nos sentamos donde hay un sitio libre y ya está. ¡Mira, Nick, mira...!»

¿Debía concluir que su relación con Dominick era puro teatro?

Alice dejó de correr y empezó a caminar con energía, ahogando un gemido al recordar que había estado tomando vino con Nick en la cocina y había sentido un exquisito alivio al besarlo.

Qué vergüenza, qué tonta había sido... ¡Y él la había besado también y le había dicho que quería «intentarlo de nuevo»!

Alice no tenía ningunas ganas de volver a intentarlo. Ningunas. A lo hecho, pecho. Era hora de empezar una vida nueva. Había tomado la decisión correcta. A los niños les encantaba Dominick. Seguramente les dedicaría más tiempo del que su padre les había dedicado en la vida.

Además, las cosas con su ex marido estaban funcionando de una manera muy adulta y civilizada. Habían acordado una «custodia compartida» bastante aceptable para los dos. Los niños no convivirían con él la mitad del tiempo, como él quería, pero tampoco los vería solamente los fines de semana. Había decidido tomarse libre la tarde de los viernes para ir a buscarlos al colegio.

Hacía poco, Alice se había dado cuenta de que esperaba con ilusión el momento de verlo, cuando le traía a los niños a casa. Por lo visto, iba a ser uno de esos divorcios «amistosos».

Sí, un buen matrimonio —visto en conjunto— podía desembocar en un buen divorcio. Según le habían contado los niños, Nick tenía una novia que se llamaba Megan.

Alice no sabía muy bien qué sentía respecto a Megan.

El teléfono volvió a sonar.

Por fin. Era él. Alice se sentó en el murete de ladrillo de un jardín para poder hablar tranquilamente.

—Dime. ¡No me tengas en ascuas!

Al principio no lo entendió porque hablaba con una voz ahogada, como si se estuviera sonando la nariz.

—¿Qué? ¿Qué has dicho?

—Es una niña —repitió Ben, en voz alta y clara—. ¡Una niña preciosa!

34

Las notas de Elisabeth para Jeremy

Hasta que la oí llorar, no terminaba de creerme que fuera a tener un bebé.

Lamento decírtelo, Jeremy, porque sé lo mucho que has trabajado para que no me convirtiera en un caso perdido.

Pero es así: no podía creérmelo. Aquel día, cuando entré en el inodoro portátil mientras se cocía la tarta de limón y merengue más grande del mundo, estaba convencida de que acababa de sufrir mi último aborto.

Y de repente, dejé de sangrar. Solo había sido un «goteo», según la alegre terminología médica. Como unas gotas de lluvia, o unas gotas de veneno.

Sin embargo, a pesar de que el goteo había terminado, seguía sin creerme que estaba esperando un bebé. Tampoco lo creí cuando la ecografía salió normal, o cuando noté las pataditas y los movimientos de la niña, o cuando me apunté a las clases de preparación para el parto, o cuando elegí la cuna, o cuando lavé la ropita de bebé que acababa de comprar, o cuando me decían: «Empuja, empuja...». Ni siquiera entonces me creía que estaba dando a luz un bebé, un bebé verdadero.

Hasta que la oí llorar. Y entonces pensé: «Eso suena a recién nacido, a un recién nacido de carne y hueso».

Y aquí está la pequeña Francesca Rose.

En todos estos años tan tristes, he visto llorar a Ben muy pocas veces. Ahora, sin embargo, no para de llorar. Es como si hubiera acumulado una enorme cantidad de lágrimas y por fin las dejara salir. Coge a la niña en brazos, y de repente le resbalan lágrimas por las mejillas. La estamos bañando, le pido que me pase una toalla, y veo que se echa a llorar otra vez. Tengo que decirle: «Por favor, Ben, cariño...».

Yo no lloro tanto como él. Estoy demasiado pendiente de hacer las cosas bien. Todo el tiempo estoy llamando a Alice para hacerle consultas sobre la lactancia materna. «¿Cómo sabes que está tomando suficiente leche?» O cuando la niña llora y no sé qué hacer. «¿Qué le pasa esta vez? ¿Tiene gases?» Me preocupa su peso, o su piel. «La veo un poco reseca.»

Otras veces, de noche, cuando la niña está mamando bien, agarrada al pezón y chupando con ganas, soy repentinamente consciente de su realidad, de la maravillosa y delicada certeza de su existencia, y la felicidad es tan grande y tan arrolladora que me estalla en la cabeza como un fuego de artificio. No sé cómo describirlo. A lo mejor es como un primer chute de heroína...

(¿Cómo la convenceré de que no tome drogas? ¿Hay algún tipo de programa de prevención para niños al que pueda apuntarla? ¿Qué opinas, J? Hay tantos motivos de preocupación...)

En fin, quería decirte que al final organizamos la ceremonia que sugeriste en recuerdo de los niños que habíamos perdido. Un día de invierno soleado y tranquilo, fuimos a la playa con un montón de ramos de rosas, seguimos el camino de las rocas y lanzamos al agua una flor por cada pequeño astronauta. Me alegro de haberlo hecho. No lloré. Pero cuando veía las rosas alejándose en el agua, tuve la impresión de que algo se liberaba dentro de mí, como si hubiera llevado un corsé demasiado apretado durante mucho tiempo. Y cuando volvíamos al coche, me di cuenta de que respiraba a pleno pulmón y que el aire me sentaba bien.

(Teníamos previsto leer un poema, pero me pareció que

Francesca estaba cogiendo frío. Aún no ha pillado ningún resfriado. El otro día sorbía un poco, pero por lo visto se le ha pasado, menos mal. Estoy pensando en darle un cóctel de vitaminas. Alice dice que no hace falta, pero... En fin, estoy divagando.)

También quería pedirte disculpas por pensar que eras un estirado padre de familia con una vida perfecta. En la última sesión, cuando me contaste que tu mujer y tú también estabais siguiendo un tratamiento de fertilidad y me explicaste que la foto que tienes en la mesa no es de tus hijos sino de tus sobrinos, me dio mucha vergüenza haber sido tan egocéntrica.

En fin, aquí tienes las notas que me pediste que escribiera, Jeremy. Sé que no tenías intención de leerlas, pero he decidido dártelas de todos modos. A lo mejor te son útiles con otros pacientes. O a lo mejor te son útiles a ti cuando tu mujer empiece a hacer cosas raras, como seguramente hará en algún momento.

Ayer vinieron a verme las Estériles, cargadas de carísimos regalos. Fue desagradable, porque sabía muy bien lo que sentían. Sabía que intentaban tranquilizarse diciéndose que solo estarían veinte minutos en la casa y que luego podrían llorar en el coche. Me hablaban en tono alegre y animado, pero cada vez que, resignadas, cogían en brazos a la niña, sentían una punzada de dolor en sus cuerpos cansados e hinchados. Me quejé de la falta de sueño porque esa noche habíamos dormido muy mal y exageré un poco la situación, aunque sé que no hay nada que pueda molestar más a una Estéril que oír cómo una madre que acaba de parir se queja, como si con ello pudiera hacer que la Estéril se sienta mejor por no tener hijos. Es como decir a un ciego: «Vale, ya sé que no ves las montañas o las puestas de sol, pero piensa que en el mundo también hay vertederos y contaminación. ¡Es horrible!». No sé por qué me quejé. Sin embargo, empiezo a entender ese deseo torpe y desesperado de hacer que los demás se sientan bien... aunque sabes sin duda que no lo conseguirás. Seguramente me pondrán verde en la próxima comida. Dudo que vuelva a verlas, porque ahora nos separa una distancia demasiado grande... a no ser, claro, que alguna de ellas ingrese también en el bando en el que estoy ahora mismo.

No sé si te parecerá una presunción por mi parte, Jeremy, pero me preguntaba si tu mujer y tu habías empezado a plantearos también si ha llegado el momento de abandonar.

Si es así, quiero decirte algo que quizá te parecerá absurdo.

Ben y yo deberíamos haber abandonado hace años. Ahora lo veo claro. Deberíamos haber «explorado otras opciones». Deberíamos haber intentado adoptar. Desperdiciamos años de nuestra vida y estuvimos a punto de destrozar nuestro matrimonio. El final feliz del que disfrutamos ahora podría y debería haber llegado mucho antes. Y aunque me encanta que Francesca Rose tenga los ojos de Ben, también sé que el vínculo biológico que la une a nosotros es irrelevante. Es una persona independiente, por derecho propio. Es Francesca. Si no fuéramos sus padres «naturales», la querríamos tanto como la queremos ahora. Quiero decir... ¡Por Dios! ¡Si le he puesto Francesca por su bisabuela, que no tiene ningún vínculo biológico con nosotros y entró en nuestra vida cuando yo ya tenía ocho años...! Y nadie puede querer a Frannie más de lo que yo la quiero...

Eso es lo que quería decirte.

Bueno, para ser totalmente sincera, tengo que hacer una precisión.

Y es que, si tu mujer me preguntase si estaría dispuesta a volver a pasar por todo lo que he pasado, le contestaría lo siguiente: Sí. Rotundamente sí. Por supuesto que pasaría por lo mismo. Sin duda. Volvería a experimentar otra vez lo mismo, cada inyección, cada pérdida, cada subidón de hormonas, cada segundo de incertidumbre, para llegar justo a donde estoy ahora, con mi preciosa niña durmiendo junto a mí.

PS: Te adjunto una figurita un poco extraña y más bien fea. A lo mejor funciona. Buena suerte, Jeremy. Creo que serás un padre genial. Tardes lo que tardes y sigas el camino que sigas para conseguirlo.

35

Meditaciones de una bisabuela

¡¡¡Ha quedado la primera!!!

Hoy era el concurso de oratoria de Madison. Como comenté en anteriores posts, competía con los mejores alumnos de otras escuelas de primaria, así que la cosa estaba reñida.

Ha pronunciado un discurso muy ilustrativo y entretenido sobre los récords mundiales. (¿Sabíais que el récord de meterse serpientes de cascabel en la boca es de... ¡ocho al mismo tiempo!?)

Estábamos todos muy nerviosos. Mi querido Xavier estaba pálido y sudoroso y Alice sacaba fotos a todo el mundo. Cuando han proclamado ganadora a Madison, estábamos en el séptimo cielo. Olivia se ha puesto a bailar por el pasillo y Roger se ha levantado de un salto y ha dado un codazo en el ojo a una pobre señora (ha sido un momento un poco incómodo). Barb se ha echado a llorar.

Elisabeth y Ben han venido con Francesca Rose, que está cada día más guapa. Tom la entretenía agitando el llavero de Ben. Le encantan los bebés; dice que son científicamente interesantes.

A Alice y a Dominick se les veía muy felices juntos. (Alice está mucho más relajada desde el accidente. Ha perdido el gesto adusto y crispado que tenía. A lo mejor a todos nos vendría bien un coscorrón de vez en cuando...) Dicen que se van a ir a vivir juntos. Mmm... ¡Ya sabéis lo que pienso del tema! También me he enterado de que Nick tiene novia, aunque por suerte no la ha traído, sino que ha venido con sus hermanas y su madre. La verdad es que son un poco «pijas», como dicen los jóvenes.

Todo el mundo opina que no hay ninguna posibilidad de que Alice y Nick se reconcilien. «¡Es imposible!», me dicen, como si fuera una viejecita ilusa. Sin embargo...

Xavier y yo estábamos sentados al lado de Nick, justo detrás de Alice y Dominick. Cuando han proclamado ganadora a Madison, Alice no ha mirado a Dominick, sino que se ha dado la vuelta hacia Nick. En un gesto casi involuntario, le ha tendido la mano, y él ha respondido. Ha sido una fracción de segundo y solo se han rozado los dedos, pero he visto sus caras. No digo nada más.

COMENTARIOS

DorisdeDallas dijo...
Yo también los he visto, y me pareces una chica muy aguda. ¿Nos vamos a la cama?

Epílogo

Flotaba con los brazos extendidos, con el agua acariciándole el cuerpo, envuelta en una fragancia veraniega a coco y salitre. Notaba en el paladar un agradable sabor a desayuno: beicon, café y tal vez cruasanes. Alzó un poco la cara y la luz del sol matinal reverberó con tanta intensidad que tuvo que entornar los ojos para verse los pies. Llevaba cada uña pintada de un color: rojo, dorado, violeta... Curioso. La laca no estaba bien aplicada; había pegotes y se salía de los bordes. Otra persona flotaba a su lado, a la derecha. Era alguien que le caía muy bien, que la hacía reír y que llevaba las uñas de los pies pintadas del mismo modo. La otra persona agitó sus dedos de uñas multicolores en un gesto amistoso y a ella le invadió una soñolienta satisfacción. Una voz masculina gritó en la distancia: «¿Marco?», y un coro de voces infantiles contestó: «¡Polo!». El hombre volvió a gritar: «¿Marco, Marco, Marco?», y las vocecitas respondieron: «¡Polo, Polo, Polo!». Se oyó una carcajada larga y gorjeante, como un chorro de pompas de jabón.

«Estamos en el río Hawkesbury. Es el verano en que alquilamos las casas flotantes.»

Alice alzó la cabeza y miró a Gina. Había cerrado los ojos y sus cabellos largos y rizados flotaban a su alrededor como si fueran algas.

—Gina... No te has muerto, ¿verdad?

Gina abrió un ojo.

—¿Parezco muerta? —dijo.

Alice sintió un gran alivio.

—¡Vamos a celebrarlo con champán!

—¡Claro! —aceptó Gina con voz soñolienta—. ¡Vamos!

Otra persona se les acercó nadando, subiendo y bajando la cabeza y dando torpes brazadas. Sus hombros bronceados emergían y volvían a sumergirse. Era Dominick. El pelo mojado se le pegaba a la cabeza y tenía gotitas de agua en las pestañas.

—Hola, chicas —las saludó, salpicándolas.

Gina no dijo nada.

Alice se sintió incómoda. Algo no cuadraba. Dominick no debería estar allí.

Gina dio media vuelta y se alejó nadando.

—¡No, no! ¡Vuelve! —gritó Alice.

—Se ha ido —constató Dominick, entristecido.

—No deberías estar aquí —le dijo Alice. Lo salpicó y él la miró ofendido—. Estas no son tus vacaciones.

La radio-despertador se puso en marcha, y una estridente canción de los ochenta alteró el silencio matinal.

Hubo un repentino movimiento y un tirón de la colcha le dejó los hombros al descubierto.

—Lo siento.

La radio dejó de sonar.

Alice dio media vuelta y se tapó otra vez con la colcha.

Había soñado con Gina, después de mucho tiempo sin soñar con ella. Le gustaban aquellos sueños, tan vívidos que casi parecía que volvía a verla, que pasaba otro día con ella. Con la diferencia de que Dominick no debería estar allí. Le parecía casi una traición contra Nick que Dominick se hubiera inmiscuido en el recuerdo de las vacaciones en el río. Nick lo había pasado muy bien aquel verano. Era como si le estuviera viendo saltar por la cubierta de la casa flotante, jugando a los piratas. Agarraba a Tom por la cintura y le decía: «¡¡¡Vas a ser pasto de los tiburones, grumete!!!», y lo lanzaba al aire, muy arriba. Alice veía con toda claridad la cara de alegría de Tom y su cuerpecito moreno, eternamente suspendido bajo un cielo muy azul.

Tom.

Abrió los ojos.

¿Había vuelto Tom a casa?

Su hijo había prometido estar en casa a las doce, pero ellos se habían ido a dormir antes. Alice pensaba levantarse durante la noche para ver si había vuelto, pero se había quedado dormida.

¿Había oído el giro de la llave en la puerta de entrada, el rumor del coche sobre la grava, la música que se apagaba bruscamente, los pasos torpes de un adolescente que sube la escalera intentando no hacer ruido?

¿O era un recuerdo de otra noche?

Debería comprobar si estaba, pero era muy temprano y tenía mucho sueño. Era domingo, el único día en que podía quedarse durmiendo hasta tarde. Se levantaría, iría hasta la habitación de Tom, abriría la puerta y se lo encontraría tumbado en la cama, con la ropa del día anterior. Notaría aquel olor a humedad, a loción de afeitado y a calcetines sucios. Y se habría desvelado y ya no podría volver a dormir. Y entonces tendría que pasarse dos horas sentada en la cocina, esperando a que bajara alguien más.

¡Y era el día de la Madre! Se suponía que tenían que llevarle los regalos y el desayuno a la cama. Si se acordaban, claro. El año anterior se les había olvidado por completo. Eran adolescentes, y estaban inmersos en las dichas y desdichas de sus propias vidas.

Pero ¿y si Tom no había vuelto? ¿Y si no denunciaban su desaparición hasta las diez de la mañana? «Me he quedado dormida», tendría que explicarles a los policías cuando le preguntaran por qué había tardado tanto en informar de la ausencia de su hijo de dieciocho años. Los policías se mirarían con complicidad, pensando: «¡Pues sí que los cuida bien! Una madre tan perezosa se merece que su hijo se mate en el día de la Madre».

Apartó las sábanas de golpe.

—Tom está en casa —dijo a su lado una voz soñolienta—. He ido a comprobarlo hace un rato.

Alice volvió a taparse.

Tom siempre dormía en casa. Era un chico formal, que cumplía sus promesas. No le gustaba que le hicieran demasiadas preguntas sobre su vida —«No más de tres seguidas», decía—, pero era un buen chaval y estaba preparando a conciencia el examen de acceso a la universidad. Un chico que jugaba a fútbol, que salía con sus amigos y que aparecía por casa acompañado de jovencitas guapas y enamoradas, que suponían que si conseguían caerle simpáticas a Alice, todo saldría bien. ¡Qué equivocadas estaban! Cuando Alice demostraba especial interés en una chica, ya no volvía a verla.

Sería Olivia la que la noche menos pensada no volvería a casa.

Alice aún no había asimilado del todo la transformación de Olivia, que había dejado de ser aquella niñita dulce y angelical para convertirse en una adolescente maleducada, áspera y reservada. Se había alisado y teñido de negro la melena rubia y rizada para parecerse a Morticia Addams. Había sonreído con desdén cuando Alice había preguntado: «¿A quién?». Era imposible hablar con ella. Cualquier cosa que le dijeras era recibida como una ofensa. Cada dos por tres se encerraba en su habitación, tras un violento portazo que hacía que la casa retumbara. «¡Odio mi vida!», chillaba, y Alice empezaba a indagar en internet sobre el suicidio infantil, pero al cabo de un momento oía la risa estridente de su hija hablando por teléfono con las amigas. Drogas, embarazo precoz, tatuajes...

¡Con Olivia, todo parecía posible! Alice estaba convencida de que dos años más tarde, cuando fuera Olivia quien tuviera que preparar el examen de acceso a la universidad, necesitaría terapia psicológica. Para sí misma, no para su hija.

«No es más que una fase —le decía Madison—. No le hagas caso, mamá.»

Madison había consumido toda su dosis de angustia adolescente antes de cumplir los catorce, y ahora era una joya. Era tan guapa que algunas veces, cuando bajaba a desayunar con el pelo alborotado y la piel translúcida de tan blanca, Alice se quedaba sin aliento. Estaba estudiando económicas y tenía un novio, Pete, que estaba coladito por ella y al que Alice empezaba a considerar su hijo honorario; una pena, porque tenía la impresión de que Madison le rompería el corazón en un futuro próximo. Todo había ido muy deprisa. Hacía cuatro días, volvían del hospital con un bebé lloroso, arrugado y minúsculo, y al cabo de un momento aquel bebé se había convertido en una guapa joven de piernas largas, pómulos marcados y opiniones rotundas.

—Crecen tan deprisa... —le había dicho a Elisabeth, pero su hermana no la creía.

De todos modos, ahora era ella la experta en cuidados maternales. Aunque sus hijos eran aún pequeños, Elisabeth sabía perfectamente cómo había que tratar a los adolescentes. A Alice le entraban ganas de decirle: «Ya verás cuando tu preciosa Francesca deambule por la casa en pijama después de haber dormido hasta mediodía, y cuando le insinúes que estaría bien que se vistiera antes de que se haga otra vez de noche, reaccione con un ataque de histeria...».

Pero Elisabeth estaba demasiado ocupada para escucharla. ¡Tenía tantas cosas que hacer...!

Después de tener a Francesca, Ben y ella habían adoptado a tres niños vietnamitas.

Dos de ellos eran hermanos. El más pequeño era asmático y visitaba continuamente el hospital. Otro iba a un logopeda porque era tartamudo. A Francesca le encantaba nadar e iba a la piscina tres veces por semana. Elisabeth colaboraba con la comunidad vietnamita y con un grupo de apoyo para padres adoptivos, y era tesorera de la Asociación de Padres y Madres del colegio. También había vuelto a practicar remo, y estaba delgada como un palo.

Además, Ben y ella tenían dos perros, un gato, tres conejos de Indias y un acuario. La casa vacía y silenciosa en la que había entrado Alice unos años atrás, cuando Elisabeth no quería levantarse de la cama, ahora parecía un manicomio. A los cinco minutos, a Alice empezaba a entrarle jaqueca.

Por suerte, pensaban celebrar la comida familiar del día de la Madre en su casa y no en la de Elisabeth. Madison, su preciosa hija mayor, se encargaría de cocinar.

«Duerme, Alice. Dentro de unas horas esto estará lleno de gente», dijo su vocecita interior.

Su madre y Roger llegarían un poco antes, porque tenían muchas ganas de enseñarle las fotos del viaje a Las Vegas, donde habían participado en una exhibición de bailes latinos. Como había dicho una vez Frannie antes de morir, habían construido una nueva vida en torno al baile. Xavier había precisado: «No como nosotros, que hemos construido una nueva vida en torno al sexo». Frannie se había pasado un mes sin hablarle, enfadada por que hubiera dicho algo así delante de sus bisnietos.

Frannie había muerto inesperadamente hacía un año, mientras dormía. Había pasado sus últimos años de vida luchando por la legalización de la eutanasia, discutiendo y reconciliándose con Xavier, y publicando escritos en el blog. Cientos de lectores de todo el mundo mandaron flores y notas de pésame.

Xavier también estaría en la comida. Se había apagado tras la muerte de Frannie. Se pasaba las horas sentado en una tumbona al sol, sin hablar apenas, echando de vez en cuando una cabezadita.

Alice podía estar días e incluso semanas sin pensar en Frannie, pero cuando había alguna celebración familiar como la de aquel día, sabía que en un momento u otro su ausencia la golpearía como un puñetazo en el estómago.

«Ay, Frannie, ojalá hubiéramos podido tenerte con nosotros unos años más...»

«Duerme. Vuelve a dormirte.»

Alice se durmió y volvió a soñar con Gina.

Estaba sentada con ella, con Mike y con Nick en torno a una mesa, después de haber pasado varias horas comiendo y bebiendo.

—Me gustaría saber cómo seremos dentro de diez años —decía Gina.

—Igual que ahora, pero con más michelines, más canas y más arrugas —contestaba Nick, que estaba un poco achispado—. Pero seguiremos siendo cuatro amigos que se reúnen para cenar y charlar de sus recuerdos.

—¡Uau! —decía Gina, alzando la copa—. ¡Qué bonito, Nick!

—A poder ser, en un yate —precisaba Mike.

¿Era un recuerdo o un sueño?

—Alice —dijo una voz junto a su oído.

Alice abrió los ojos y vio la cara soñolienta y legañosa de Nick.

—¿Estabas soñando con Gina?

—¿La he nombrado?

—Sí, y a Mike también.

Afortunadamente, no había nombrado a Dominick. Su historia con Dominick aún la incomodaba un poco. ¿Soñaba Nick a veces con Megan? Lo miró con recelo.

—¿Qué pasa? —preguntó él.

—Nada.

—Feliz día de la Madre.

—Gracias.

—Enseguida te subo un café —dijo Nick.

—Vale.

Nick cerró los ojos y se quedó dormido de inmediato.

Alice apoyó la cabeza en las manos y pensó en el sueño. Había salido Dominick porque el día anterior lo había visto en el supermercado. Estaba estudiando una cajita de hilo dental con gran atención, como si su vida dependiera de ello. Alice tuvo la impresión de que no la había visto, y como no le apetecía enfrascarse en otra de aquellas charlas superficiales en las que los dos se esforzaban en comportarse con naturalidad, se escondió de inmediato detrás de la siguiente estantería.

Era rarísimo pensar que en cierto momento había considerado seriamente la posibilidad de pasar el resto de su vida con Dominick. Ahora estaba casado con la madre de otro alumno del colegio, y probablemente pensaba lo mismo de Alice.

Madison había empezado a hacerle preguntas sobre el año en que Nick y ella habían estado separados.

—Si no hubieras perdido la memoria, ¿habrías vuelto con papá? —había dicho justo el día anterior.

Alice se sentía muy culpable cuando pensaba en lo que habían sufrido los niños ese año por culpa de ellos dos. Nick y ella se habían comportado de una forma tan inmadura, tan centrados en sus propios sentimientos...

—¿Crees que os hicimos sufrir? —había preguntado, inquieta.

—No te pongas histérica, mamá... —había respondido Madison, suspirando con displicencia.

Si no hubiera perdido la memoria, ¿habrían vuelto?

Sí... No... Seguramente no.

Recordó una calurosa tarde de verano, cuando Francesca tenía unos meses. Nick había pasado a devolverles la mochila que se había dejado Tom en el coche. Los niños nadaban en la piscina de atrás, y Alice, Dominick y a Nick se quedaron en el jardín delantero, charlando sobre los veranos de su infancia, cuando jugaban a remojarse con las mangueras (aún no había restricciones de agua). Dominick estaba de pie al lado de Alice, y Nick estaba a unos pasos de distancia.

La conversación llevó a Alice y a Nick a hablar del día en que habían decidido pintar la veranda. Le contaron a Dominick que había sido un desastre, porque también hacía mucho calor y la pintura se secaba enseguida y formaba grietas.

—¡Estabas de un humor de perros! —dijo Nick—. Me echabas la culpa de todo y caminabas por toda la veranda pisoteando como un elefante. —Se puso a dar pisotones, imitándola.

Alice le dio un codazo.

—Tú también estabas de mal humor.

—Tuve que echarte un cubo de agua para ver si te calmabas.

—Y yo te tiré la lata de pintura, y tú te pusiste furioso y empezaste a perseguirme. Parecías Frankenstein.

Soltaron una carcajada al recordarlo. No podían contener la risa. Cada vez que sus miradas se cruzaban, soltaban otra carcajada.

Dominick sonreía, incómodo.

—Qué bien lo pasabais —dijo.

Al oírlo, aún rieron más fuerte.

Cuando consiguieron controlar la risa y se secaron las lágrimas de los ojos, las sombras de los árboles eran más alargadas. Alice se dio cuenta de que en ese momento eran Nick y ella quienes estaban juntos, mientras que Dominick se mantenía a unos pasos de distancia, como si fuera él quien hubiera ido a visitarlos. Miró a Dominick y vio que tenía una expresión triste y concentrada. Todos se habían dado cuenta. Quizá lo habían sabido desde siempre.

Tres semanas después, Nick volvía a instalarse en casa.

Lo curioso era que Nick no recordaba aquel día en el jardín; pensaba que eran imaginaciones de Alice. Para él, el momento significativo se había producido en el concurso de oratoria de Madison.

«Te volviste para mirarme y pensé: "¡Huy, quiere que vuelva...!"», explicaba Nick.

Alice no lo recordaba.

—¿En qué estás pensando?

Alice parpadeó. Nick estaba de pie junto a la cama, mirándola.

—Estás muy seria —añadió.

—En las tortitas —contestó Alice—. Espero que estén buenas.

—Ah, vale... Seguro que lo están. Las está haciendo Madison.

Alice vio que descorría las cortinas para saber qué tiempo hacía. Abrió la ventana y aspiró con placer. El día merecía su aprobación. Acto seguido, se dirigió hacia el baño, bostezando y rascándose la tripa.

Alice cerró los ojos y recordó los primeros meses después de su vuelta a casa.

A veces les resultaba sorprendentemente sencillo ser felices. Otras veces descubrían que tenían que «intentarlo», pero el intento parecía absurdo y estúpido, y Alice se despertaba en plena noche pensando en todas las veces que Nick había herido sus sentimientos y preguntándose por qué había roto con Dominick. Sin embargo, había otros momentos... momentos de una inesperada serenidad, cuando se miraban a los ojos y todos los años de ofensas y de alegrías, de situaciones malas y buenas, se fusionaban en un solo sentimiento que era mucho más potente, complejo y auténtico que cualquiera de los sentimientos fugaces que le había inspirado Dominick, o incluso que el amor que había sentido por Nick en los primeros años de su relación.

Antes pensaba que aquella época exquisitamente feliz del

principio de su relación con Nick era la definitiva, la que siempre intentaría reproducir y recuperar, pero ahora se daba cuenta de que estaba equivocada. Era como comparar el agua mineral con el champán. El amor de los inicios es como un tónico, ligero y burbujeante. Cualquiera puede amar así. Pero el amor que une a dos personas que han tenido tres hijos, se han separado y han estado a punto de divorciarse, se han herido y perdonado, se han aburrido y sorprendido mutuamente, han visto lo peor y lo mejor de cada una... esa clase de amor es inefable. Habría que inventar una palabra para calificarlo.

Tal vez podría llegar a sentir eso mismo con Dominick. No era que él fuera la elección incorrecta y Nick la correcta. Alice también podría haber tenido una vida feliz con Dominick.

Pero Nick era Nick. Había llegado antes y era el padre de sus hijos. Nick entendía lo que quería decir cuando soltaba: «¡Cachis!». Tenían demasiados recuerdos en común. Era tan sencillo y tan complicado como eso.

Cuando Olivia empezó la escuela secundaria, Alice había empezado a trabajar por su cuenta como organizadora de actos de captación de fondos para entidades benéficas. El trabajo remunerado aportó ciertas ventajas a su relación con Nick. A veces salían a cenar después de haber estado los dos en la oficina y ella sentía una atracción renovada por él. Eran dos profesionales coqueteando alrededor de una mesa, y el encuentro tenía el atractivo especial de una aventura fugaz. ¡Era tan agradable descubrir que su relación aún podía evolucionar...!

De repente, Nick se detuvo al pie de la cama y la miró, con la mano apoyada contra el pecho.

—¿Qué pasa? —preguntó Alice incorporándose—. ¿Te duele el pecho? ¿Te está doliendo el pecho?

Estaba obsesionada con el dolor de pecho.

Nick apartó la mano y sonrió.

—Perdona. No... Solo estaba pensando.

—¡Ostras! —protestó Alice con voz malhumorada, y volvió a tumbarse—. ¡Casi me da un infarto a mí!

Nick se arrodilló al lado de la cama, y ella lo apartó de un manotazo.

—No me he lavado los dientes.

—¡Caray! —protestó él—. Iba a hacer un comentario profundo...

—Prefiero que no te pongas profundo cuando no me he lavado los dientes.

—Solo estaba pensando —dijo Nick— en lo mucho que me alegra que te dieras aquel golpe en la cabeza. Cada día le doy gracias a Dios por haber creado el step.

Alice sonrió.

—Sí que es profundo. Y muy romántico.

—Gracias. Hago lo que puedo.

Se inclinó hacia Alice y ella se dispuso a darle un rápido besito amistoso —no se había lavado los dientes y necesitaba un café—, pero el besito se convirtió inesperadamente en un beso apasionado, y Alice sintió el cosquilleo de las lágrimas en los ojos, como si de pronto le vinieran a la cabeza los besos de toda una vida: desde el primerísimo beso de cuando empezaban a salir hasta el beso de «puede besar a la novia»; o el beso exhausto, lloroso y sin afeitar de cuando había nacido Madison; o el beso dolorosamente bonito que se habían dado después de romper con Dominick, una tarde en el aparcamiento de McDonald's, con Alice al volante, los niños peleándose en el asiento trasero y Nick plantado al lado del coche, justo después de que ella preguntara: «¿Volverás conmigo?».

De pronto se abrió la puerta del dormitorio y Nick corrió de un salto a su lado de la cama, con una gran sonrisa en la cara. Madison cargaba con una tambaleante bandeja de desayuno, Tom llevaba un enorme ramo de girasoles y Olivia sostenía un regalo.

—¡Que tengas un día de la Madre muy feliz...! —canturrearon.

—Queremos enmendar el olvido del año pasado —explicó Madison, mientras dejaba la bandeja en el regazo de Alice.

—Me parece muy bien —contestó Alice—. Cogió el tenedor, se llevó un trozo de tortita a la boca y cerró los ojos.

—Mmm...

Pensarían que estaba saboreando la tortita —arándanos, canela, crema... exquisita—, pero en realidad estaba saboreando la mañana entera, intentado captarla, fijarla, atesorarla, antes de que aquel instante tan precioso se convirtiera en otro recuerdo más.

Agradecimientos

Quiero manifestar un agradecimiento muy especial a mis queridas hermanas Jaclyn y Nicola Moriarty, por leer y comentar los primeros borradores.

También debo agradecer a mi prima Penelope Lowe su asesoramiento en las cuestiones médicas, y a mi amiga Rachel Gordon sus pacientes respuestas a mis preguntas sobre la vida cotidiana de una madre con varios niños en edad escolar.

Doy las gracias a mis excelentes editoras: Cate Paterson y Julia Stiles, en Australia; Melanie Blank-Schroeder, en Alemania, y Lydia Newhouse, en el Reino Unido. Todas ellas han contribuido a que *Lo que Alice olvidó* sea un libro mejor.